여러분의 기억 속에
남는 글이 되기를..

시녀의 유혹

시녀의 유혹

배희진 장편소설

II

D&C
BOOKS

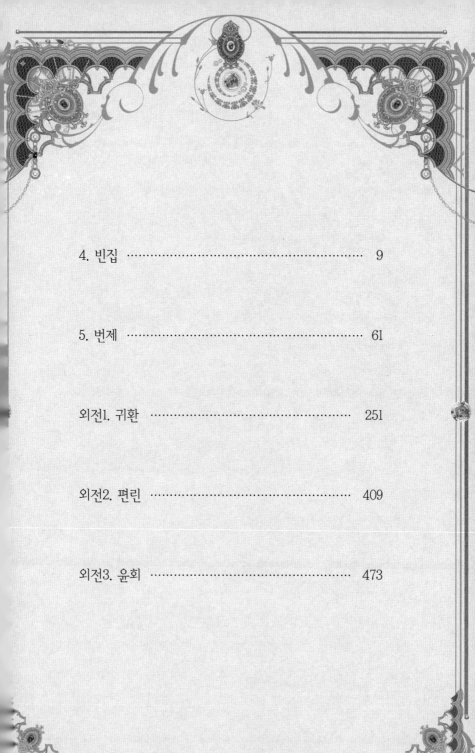

4. 빈집 ···························· 9

5. 번제 ···························· 61

외전1. 귀환 ···················· 251

외전2. 편린 ···················· 409

외전3. 윤회 ···················· 473

내 마음을 울리는 네 이름

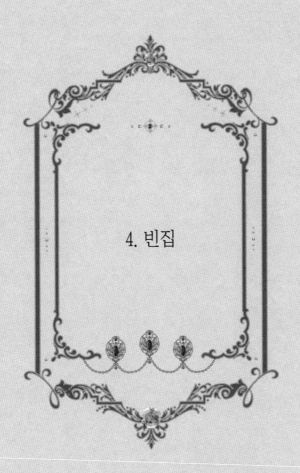

4. 빈집

4. 빈집

심장을 찾았으니 아윈에게 얼른 돌아가는 것이 옳았다. 하지만 막상 돌아가려고 하니 무언가가 마음에 걸렸다. 어딘지 모르게 석연치가 않았다.

"하워드. 잠깐만요."

나를 불편하게 만드는 것이 무언인지, 나는 알고 있었다. 바로 방에 두고 온 달튼이 신경 쓰이는 것이리라.

달튼의 모든 것은 물거품이 되었다.

마법으로써 아름답게 가꾸어 놓은 정원은 본연의 모습으로 돌아갔고, 썩지 않게 보관했던 아라벨을 놓아 주었으며, 협박으로 붙들고 있던 나를 놓쳤고, 심지어 노만의 심장을 숨겨 놓은 장소마저도 내게 들켜 버렸다.

달튼은 지금 무슨 생각을 하고 있을까.

빈집, 빈 관, 그리고 비어 버린 그의 마음.

'그냥 같이 죽을까.'

지난밤 그리 말하던 달튼의 싸늘한 눈빛과 목소리를 잊지 않고 있었다. 막다른 곳에 다다른 그가 어떤 선택을 하게 될지. 나는 그 선택이 부정적인 것이 아니기를 바랐다.

"이포 벨. 놔두고 온 게 있어?"

하워드가 내게 물었다.

"달튼을……. 그도 데려가야겠어요."

"그치를 데려가겠다고?"

"네. 그래 줄 수 있나요?"

하워드는 내 제안이 썩 마음에 들지 않는 것인지 기다란 신음을 흘렸다.

"하워드, 부탁할게요. 제게 빚을 지우고 싶다면 그러셔도 돼요. 그가 아주 밉기는 하지만 혼자 놔뒀다간 나쁜 생각을 할 것 같아서."

솔직히 하워드에게 진 빚이 늘어난다면, 그 빚을 감당할 수 없게 될 것이다. 죽기 전까지 갚지 못할지도 모르겠다. 그럼에도 불구하고 나는 하워드에게 빚을 운운하며 달튼을 데려가주기를 청하고 있었다.

도무지 달튼을 놔두고 가지 못하겠다. 빌어먹을 정이라는 게 여태 내 발목을 부여잡고 있었다. 나는 진한 한숨을 내쉬었다.

하워드는 짧게 고민하더니 이내 볼멘소리로 대답했다.

"하여튼 인간들이란. 어쭙잖은 동정심이 너무 많아."

그 말이 수긍을 의미하는 것임을 역시나 의심치 않았다.

하워드는 허공으로 훌쩍 뛰어올라, 달튼이 남겨진 방의 창문으로 들어갔다. 그러곤 얼마 지나지 않아 내 앞에 다시 돌아왔다.

다시 돌아온 하워드는 혼자가 아니었다. 그의 오른쪽 어깨 위엔 축 늘어진 달튼이 걸쳐져 있었다.

"기절시켰어. 기절시키지 말라고는 하지 않았잖아. 적어도 오늘 하루 동안은 깨어나지 않을 거야."

나는 상관없다는 듯이 고개를 위아래로 끄덕였다.

"잘하셨어요."

지금은 달튼이 깨어 있는 것보다는 잠들어 있는 게 나을 것 같았다. 여러모로.

"자, 이제 그럼 진짜로 돌아가 볼까."

"좋아요."

하워드는 늘 그랬듯이 제 한쪽 눈썹을 들척거리며, 내 어깨에 팔을 둘렀다.

그는 눈을 감고선 나지막한 목소리로 생소한 언어를 뱉어 냈다. 그것은 인간의 언어가 아니었으나, 왠지 모르게 익숙한 느낌이었다.

아윈의 심장을 꼭 쥔 채로 눈을 감았다. 몸이 부유하는 기분이 설핏 들었다.

다시 눈을 떴을 때, 주위의 광경은 완전히 바뀌어 있었다. 상앗빛 저택, 마른 가지들이 즐비한 스산한 분위기의 정원.

나는 그 스산한 정원에 발을 디디고 있게 된 것이었다. 언제고 빗자루를 들고 다녔던 익숙한 정원이었다.

나는 버릇처럼 아윈의 방에 딸린 창가로 시선을 돌렸다. 굳게 닫힌 창문엔 두꺼운 커튼이 처져 그 안이 전혀 보이지 않았지만, 내 심장은 빠르게 뛰기 시작했다. 기분 좋은 달음박질이었다.

"이포 벨. 내가 정확하게 찾아온 거지?"

하워드는 으스대며, 어깨를 으쓱였다. 나는 '네.'라고 대답하려고
했으나 입을 열자마자 흘러나온 것은 말소리가 아니었다.

기도 끝에서부터 비린 맛이 올라오는 기분이 듦과 동시에 무언가
를 토해 냈다. 입안에서 나온 것은 한 줌의 피였다.

나는 마른기침을 몇 차례 하며, 입안에 고여 있던 피를 뱉어 냈
다. 그럼에도 비릿한 맛이 입안에서 오랫동안 사라지지 않았다.

하워드는 제가 언제 으스댔냐는 것처럼 걱정스러운 목소리를 내
었다.

"너…… 괜찮아?"

"걱정돼요?"

"눈앞에서 누군가가 각혈을 하는데 걱정하지 않을 생물은 없어.
그게 인간이든 용이든 간에. 나도 감정은 있는 생명체라고."

"괜찮아요. 걱정하지 마세요."

괜찮다고 말하자마자 몸을 휘청거렸다. 하워드는 어깨에 걸치고
있던 달튼을 정원에 던져 버리고선(퍽 소리가 날 정도였다.) 내 팔
을 움켜잡았다.

나는 하워드에게 몸을 기댔다. 당장에라도 아윈에게 뛰어가고 싶
었으나, 다리에 힘이 전혀 들어가지 않았다. 고작 피 한 줌을 토해
냈을 뿐인데, 온몸의 정기가 송두리째 빠져나가 버린 것 같았다.

하워드는 불만이 섞인 말을 뱉어 낼 법도 했지만, 아무런 말도
하지 않으며 나를 가볍게 껴안았다.

나는 눈을 감고선 기다란 심호흡을 했다. 그러자 혈맥이 손상되
어 버린 내 심장이 힘겹게 펌프질을 하는 게 느껴졌다.

심장에서 뿜어져 나온 붉은 피들은 여러 혈관을 타고 내 몸속을

돌아다녔다. 붉은 피들은 느리지만 확실하게 내 몸을 돌고 있었다.

각혈을 하기는 했으나, 나는 아직 살아 있다. 나는 아직 죽지 않았다. 나는 스스로에게 되뇌며 감았던 눈을 떴다. 눈앞이 잠깐 핑 돌았지만, 원래의 초점을 금세 찾아갔다.

몸이 다시금 정상적인 궤도에 도달했음이 느껴지자, 나는 하워드에게 기댔던 몸을 곧추세웠다. 하워드는 손을 뻗어 내 입가를 쓸어 주었다. 이번에 그의 손끝에 묻은 것은 눈물이 아니라 붉은 피였다.

하워드는 손끝에 묻은 것의 실체가 무엇인지 상관없다는 것처럼 그것을 다시금 핥아 냈다. 그러고선 제 미간을 구겼다.

"비려."

그러게 누가 그걸 핥아 먹으랬나.

"아윈에게 가야겠어요."

"노만의 심장을 돌려줄 거야?"

"네."

"……."

나를 보던 하워드의 표정이 조금 이상해졌다. 깊은 생각에 잠긴 듯한 얼굴이었다.

그는 무언가를 얘기할 것처럼 입술을 벌렸다가도 끝내 침묵했다. 할 말이 대단히 있어 보이는 얼굴을 한 주제에.

나는 그가 무슨 말을 할지 짐작이 되었다. 노만의 허락이 있어야만 가질 수 있는 그의 심장. 그리고 내게도 주어졌던 그의 허락.

하워드도 그 사실을 이미 알고 있었던 게 아닐까? 나를 만났던 처음 그 순간부터. 줄곧. 모든 것을 알고 있었던 거라면.

나는 끝내 아무 말도 하지 않는 하워드를 지나쳐 후작저의 현관으로 향했다. 그는 나를 붙잡지 않았다.

걸음은 점점 빨라졌고 종내에는 거의 뛰듯이 아윈의 방까지 걸어
갔다. 그의 방까지 가는 동안 마주친 이는 아무도 없었다. 심장을
품에 안고 뛰어가는 내 모습을 본 사람이 없다는 점에 나는 크게
안도했다.

나는 노크 없이 아윈의 방으로 대뜸 들어갔다. 방에 들어서자마
자 느낀 것은 냄새였다.

공기의 미세한 입자 속에 서린 아윈의 체취. 언제고 그의 곁을
맴돌았던 그의 냄새였다. 그립고 또 그리웠던 냄새.

나는 숨을 깊이 들이켜며 침대까지 걸어갔다. 피를 한 움큼 토해
냈던 내 심장은, 정원에서보다도 더 빠르게 뛰고 있었다. 뛰듯이
빨리 걸었기에 거세진 것은 아니리라.

이윽고 마주한 침대 위에는 곤히 잠든 아윈이 보였다.

떠올려 봤을 때 그를 오랫동안 보지 못한 것은 아니었다. 그러나
내겐 그가 정말로 오랜만인 것처럼 느껴졌다. 꼭 몇 년 만에 본 기
분이었다.

침대에 누워 있는 아윈은 떠나기 전에 보았던 모습과 다름이 없
었다.

누워 있음에도 구김이라고는 보이지 않는 흰 셔츠, 잘 정돈된 검
은 머리칼, 바라볼 때마다 만지고 싶다는 생각이 들게 하는 기다란
속눈썹.

그전과 딱 하나 다른 것이 있다면, 그건 그의 얼굴이 전보다 창
백해졌다는 점이었다.

창백한 그의 얼굴에는 생명의 기운이라고는 전혀 느껴지지 않았

다. 하나 그런 그의 모습은 기묘하리만큼 아름다워 보였다. 누구보다도 압도적이고, 누군가에겐 치명적인 아름다움.

나는 노만의 심장을 그의 가슴 위에 올려놓았다. 솔직히 어떻게 해야 이 심장이 다시 그의 몸속으로 흡수될지는 전혀 모르겠다.

하지만 나는 그 심장이 본능적으로 제 자리를 찾아갈 것이라고 여겼다. 무려 십 년이 넘는 세월 동안이나 머물렀던 아원의 몸이었다. 제 터전을 찾아가지 못한다는 것이 더 이상했다.

내 생각은 정확하게 들어맞았다. 심장은 아원의 가슴께에 올려놓기 무섭게 밝은 빛을 뿜어냈다. 밝고 선명한 빛이었다.

심장은 능청스럽게 아원의 가슴 안으로 흡수되기 시작했다. 스스럼이라고는 전혀 없어 보였다. 나는 노만의 심장이 아원에게 스며드는 과정을 빠짐없이 응시했다.

내게도 허락된 노만의 심장이었건만, 나는 그것에 작은 욕심조차 나지 않았다. 그 심장을 가진다면 죽지 않을 거란 걸 알면서도.

생각은 더 이어지지 않았다. 영원히 깨지 않을 듯 잠들어 있던 아원의 눈꺼풀이 걷히기 시작했기 때문이다.

천천히 뜨여지던 눈꺼풀은 이윽고 완전히 걷혀졌다. 그는 눈을 몇 번이고 깜빡거렸다. 제가 깨어난 사실을 믿지 못하는 것처럼.

그러다 아원의 시선이 내게 향했다. 어느 누구보다도 까만 그의 동공이 내게서 떨어지지 않았다. 그는 눈을 재차 깜빡이며 제 입술을 천천히 열었다.

"이포 벨."

내 두 눈에선 눈물이 흘러내렸다. 머릿속에서만 되뇌었던 그의 목소리가 실제로 내 귓가에 스미고 있다는 게 잘 믿기지 않았다.

아윈은 손을 뻗어 울고 있던 내 뺨을 쓸어 주었다. 오랜만에 닿은 그의 손이 따뜻하기만 했다.

"내 마음을 울리는 네 이름."

그는 입가를 비스듬히 기울였다. 분명한 미소였다.

아윈은 내 뺨을 천천히 문질렀다. 눈물 자국이 모두 사라지기를 바라는 손짓 같았다.

그의 손끝이 닿을 때마다 온몸의 솜털이 바짝 서는 기분이었다. 나는 굉장히 민감해져 있었다. 오랜만에 느낀 그의 손길이기에 그런 것일지도 모르겠다.

"아윈. 정말로 깨어난 거예요?"

나는 아윈이 깨어난 것이 현실임을 거듭 확인하고 싶었다. 잇새로 나온 목소리가 희미하게 떨렸다.

"이리로 와."

아윈은 내 뺨에 머물던 손을 내려, 내 팔을 제 쪽을 끌어당겼다. 나는 침대 위로 올라가 그의 옆에 몸을 뉘였다.

아윈은 내 쪽으로 몸을 돌렸다. 그러곤 내가 제게 가까이 닿길 기다렸다는 듯이 나를 껴안았다.

아윈의 한쪽 손은 내 허리에 머물렀고, 나머지 손은 내 뒤통수에 닿아 있었다. 그는 내 머리칼을 과하지 않게 흐트러뜨렸다.

나는 그의 가슴팍에 얼굴을 묻은 채로 못다 흘린 눈물을 마저 흘렸다. 구김 없던 그의 셔츠가 구겨지고 젖어 갔다. 아윈은 내 등을 반복적으로 토닥여 주었다.

울음이 조금 그쳤을 때, 아윈의 목소리가 들렸다. 오랜 시간 잠들어 있었음에도 전혀 가라앉지 않은 훌륭한 목소리였다.

"괜찮아."

그는 별다른 말을 보태지 않았다. 그저 괜찮다는 한마디만을 건넸을 뿐이다.

하나 그것은 그 어떤 위로보다도 훌륭한 위로가 되어 내 마음을 다독여 주었다. 곧이어 눈물은 자취를 감추고야 만다.

나는 그의 가슴팍에 파묻었던 얼굴을 떼어 내고선, 아윈의 얼굴을 올려다보았다. 아윈은 물기가 채 가시지 않은 내 속눈썹에 가볍게 입을 맞추어 주었다.

"이포 벨. 내가 잠들어 있었던 동안 무슨 일이 있었는지 얘기해 줄래?"

"지금요?"

"아니, 나중에. 지금은 조금만 더 누워 있자."

아윈은 눈을 느릿하게 깜빡였다. 또다시 길고 긴 잠에 빠져들 법한 얼굴이었다.

"졸려요?"

"아마도."

당신은 줄곧 잠들어 있었으면서, 또 잠이 오는 거예요? 나는 작은 목소리로 구시렁거렸다.

아윈은 내 투덜거림이 우스웠던 것인지 바람 빠진 소리를 내었다. 그러곤 내 이마에 입술을 가져다 대었다.

이마에서부터 시작된 그는 입맞춤은 내 코끝과 입술에도 차례차례 이어졌다. 이미 몇 번이고 와 본 익숙한 길을 걷듯, 아주 자연스러운 수순이었다.

"걱정하지 마. 이번엔 오래 잠들지 않을 거야. 난 알아. 그리고 확신해. 넌 내 말을 믿어?"

"당신의 말을 믿지 않은 적은 없었어요."

그렇게 말하긴 했지만, 약간은 걱정됐다. 아윈이 또다시 내가 깨울 수 없는 잠에 빠져들까 봐.

하지만 그에게 토를 달지는 못했다. 오래 잠들지 않을 거라는 그의 말에 대한 믿음이 있었기에. 걱정보다도 그를 향한 믿음이 더 컸기에.

"내가 다시 깨어나면, 그땐 하루 종일 네 얘기만 들을 거야. 네가 어디를 갔다 왔는지. 누가 너를 괴롭혔는지. 네가 무엇을 포기했는지."

아윈은 내게서 눈을 떼지 않은 채로 이어 말했다.

"그리고 내 생각은 얼마나 했는지."

"아윈……."

당신은 내가 얼마나 당신 생각만을 했는지 짐작조차 하지 못할 거야. 나는 대답 대신 그의 뺨을 쓸어 주었다.

창백한 그의 뺨엔 온기가 스며 있었다. 살아 있는 자의 온기. 나는 아윈이 깨어난 것이 꿈이 아님을, 그리고 현실임을 다시금 자각했다.

"나는 오로지 네 꿈만을 꿨어."

아윈은 나른한 목소리로 고백하듯이 말했다.

"네 꿈을 꾸면서 너만을 생각했어. 이포 벨."

그는 그 말을 끝으로 눈을 감았다. 머지않아 그는 정말로 잠이 들어, 고른 숨소리를 내었다. 나는 잠든 아윈의 뺨에 입을 가볍게 맞추었다.

당신이 또다시 깨어나지 못한다면, 나도 당신을 따라서 영원히 잠들어 버릴 거야.

'그냥 같이 죽을까.'

나는 그 말을 했던 달튼의 마음을 이해할 수 있을 것도 같았다.

아윈을 제외한 모든 것들은 가치를 잃은 세계. 아윈만이 존재하는 내 세계 속에서 아윈이 사라진다는 건 그런 의미였다.

나는 잠든 아윈을 두고 조용히 침대를 나왔다.

흐트러진 이불을 정돈하고, 아윈의 목 끝까지 이불을 덮어 주었다. 아윈은 제 품에서 내가 빠져나간 것을 전혀 알아차리지 못한 채로 잠들어 있을 뿐이었다.

아윈, 당신은 지금도 내 꿈을 꾸고 있는 걸까.

나는 아윈의 방을 나와 정원으로 향했다. 정원에 두고 온 하워드와 달튼이 생각나서였다. 급한 불을 껐으니, 이제 그들과 관련된 것들에도 정리가 필요할 것 같아서.

정원으로 가는 내내 얼떨떨한 기분이 들었다. 일이 너무 잘 해결되어서 느껴진 얼떨떨함이었다. 물론 당연히 기쁘기도 했다.

하나 기쁜 기분보다도 얼떨떨한 기분이 훨씬 더 컸다. 심지어 기쁜 마음조차도 삼켜 버릴 정도로.

아윈이 깨어났고, 그가 나를 기억했고, 심지어 그가 내 이름을 불러 주었다는 사실이 여전히 꿈만 같다. 어째서 나는 현실을 현실이라고 쉽사리 받아들이지 못하는 걸까.

나는 어깨가 가라앉을 정도로 숨을 길게 내뱉었다. 잠에서 깨어난 아원과 도란도란 얘기를 하다 보면 이 현실성 없는 현실에 완벽히 적응할 수 있을 것 같았다.

정원으로 내려갔을 때, 제일 먼저 보인 것은 하워드였다. 그는 잘 다듬어진 잔디 위, 뒤집힌 채로 엎어진 달튼의 등에 다리를 꼰 채로 앉아 있었다. 달튼은 여태 기절해 있는 듯했다.

"하워드."

나는 그의 이름을 부르며 그에게 가까이 다가갔다. 순간 몸이 균형을 잃고 약간 기우뚱거렸다. 좀 어지러운 것 같기도 하고…….

"가까이 오지 마."

하워드는 제게 가까이 다가오던 나를 막아섰다.

"왜요?"

"너 냄새나."

하워드는 눈가를 찌푸렸다. 마치 내게 지독한 악취가 난다는 듯이. 나는 팔을 들어 코를 킁킁거렸다. 악취는 개뿔. 오가닉 비누 향이 은은하게 맡아질 뿐이었다.

"좋은 냄새요?"

그러자 하워드는 제 눈가를 더욱 찌푸리며 대답했다.

"바보 냄새."

"그건 도대체 무슨 냄새예요?"

"멍청이 냄새."

"……."

"너 맹꽁이 같아."

도대체 하고 싶은 말이 뭐야?

나는 하워드를 따라서 미간을 찌푸렸다. 미간을 찌푸린 것과는 별개로 맹꽁이라는 말은 좀 귀엽다고 생각했다.

"하워드. 왜 제가 바보에 멍청이에 맹꽁이인가요?"

"살길이 있는데 왜 포기해. 인간들에겐 연명이 제일 중요한 거 아니야?"

나는 그가 무슨 말을 하는지 단번에 이해했다.

아원에게 가기 전, 하워드가 머뭇거리며 기어이 하지 못했던 그 말은 노만의 심장에 대한 얘기였음이 틀림없었다.

"알고 있었어요? 제게도 노만과의 접점이 있었고, 심장을 받을 수 있는 그의 허락도 받았었다는 걸."

"인간 이포 벨. 너와 처음 대화했던 그날, 내가 그렇게 말했잖아."

"……."

"네게서 노만의 냄새가 난다고."

그건 내게 남겨진 노만의 허락과 관련된 냄새인 걸까.

나는 여전히 하워드에게 다가가지 못한 채로 그를 응시했다. 하워드는 통명스러운 목소리로 물었다.

"사랑. 그것 때문이야?"

나는 부정하지 않으며 고개를 끄덕였다.

나의 흔쾌한 대답은 되레 독이 되었는지, 하워드에게서 흉포한 기운이 솟아오르기 시작했다. 흉흉한 아우라를 내뿜고 있는 하워드는 화가 난 것처럼 보였다.

무엇이 그를 화나게 만든 걸까.

"도대체 그딴 감정이 뭐라고 너는 네 목숨도 포기해?"

"모르겠어요. 그냥 그러고 싶었어요. 그러지 않으면 안 됐으니까."

하워드는 따지듯이 물었다.

"사랑이라는 건 그런 거야?"

"글쎄요. 단언할 수 없어요. 사랑이라는 건 엄청 추상적이라서 일반화시킬 수 있는 게 아니니까. 하지만 제가 사랑하는 방식은 그런 거였어요."

그러니까 그런 거다.

아윈의 몸속에 스며드는 노만의 심장을 보고도 아쉽다거나 욕심이 나지 않는. 오히려 아윈이 다시 깨어날 것임을 기대하게 되는.

심지어 고장 난 내 심장이 아윈을 깨울 수 있는 키였다면, 나는 망설임 없이 내 심장을 아윈에게 주었을 것이다. 내가 사랑하는 방식은 그런 것이었다.

하워드는 아무 말도 하지 않았다. 일자로 다물어진 그의 입술에선 말을 내뱉을 기미는 전혀 보이지 않았다.

나는 잠잠해진 틈을 타 하워드에게 한 발자국 더 가까이 다가갔다. 그는 내가 다가오는 걸 빤히 보면서도, 이번엔 나를 저지하지 않았다.

"……아까 그 저택에서 달튼에게 뭐라고 했어요? 귓속말을 하셨잖아요."

나는 엎어진 채로 곤히 잠든 달튼의 얼굴을 내려다보았다. 깨어 있을 땐 별일을 다 벌이더니, 자는 모습은 천사가 따로 없었다.

하워드는 그제야 꾹 다물고 있던 입술을 떼어 냈다.

"아, 그거?"

"네. 문득 궁금해져서요."

"흐음. 혹 노만의 마지막 흔적을 정말로 건드렸다면, 인간 마법사의 그 잘난 얼굴을 찢어발겨 줬을 거라고 했어. 그렇게 되지 않은 건 이포 벨 덕이 컸으니, 네게 평생 감사하며 살라고 했지. 납치나 감금 같은 허접한 짓은 그만하라고."

어라, 진짜로 폭력적인 말을 한 거였잖아.

나는 하워드의 귓속말에 달튼의 얼굴이 파리하게 질렸던 것을 떠올렸다. 달튼은 제 얼굴을 아주 사랑하는 자였고, 그 얼굴이 용에 의해 찢어발겨진다면……. 그 사실을 감당하지 못할 것이라고 생각됐다.

"맞는 말이긴 한데, 조금 잔인하네요."

"이봐, 실제로 그렇게 하진 않았잖아? 나는 그저 경고를 준 것뿐이야. 하지만 이 인간 마법사는 정말로 발칙했어. 이미 죽은 용에게 허락을 받는 방법을 강구해 내다니. 의지가 대단하다고 해야 할지, 무모하다고 해야 할지……."

"그런 방법이 있어요?"

"세상에 불가능한 일은 없어."

"그럼 당신이 사랑을 깨닫게 되는 일도 가능하다는 거죠?"

하워드는 눈을 가늘게 뜨고선 나를 바라보더니 이내 심드렁한 표정을 지었다. 마치 내 마지막 말을 듣지 않았다는 것처럼.

아무래도 내 마지막 물음은 대답해 주기 싫은가 보다. 대답을 강요하고 싶었던 것은 아니었으므로 나는 그의 침묵을 용인했다.

그러다 하워드는 쯧쯧, 혀 차는 소리와 함께 푸념에 가까운 말을 늘어놓았다.

"사랑, 사랑. 너나 이 인간 마법사나. 그놈의 사랑 타령."

그 소리는 기묘한 형태가 되어 내 귓가에 전달되었다. 소리의 세기가 제멋대로 울렸고, 이명을 빙자한 소음이 귓전에 끊임없이 맴돌았다.

순간 몸이 또다시 기우뚱하며 균형을 잃었다. 가까스로 '하워드.' 라고 그를 부른 것 같기도 한데, 제대로 말을 내뱉었는지는 미지수였다.

내 몸은 하릴없이 바닥으로 추락하기 시작했다. 그리고 정신이 아득해지는 기분이 들었다. 한계. 머릿속엔 지금 내 몸의 상태를 일컫는 단어가 떠다녔다.

달튼 위에 앉아 있던 하워드가 재빠르게 다가와 내 몸을 받쳐 드는 게 느껴졌다.

"성가셔."

그 소리를 듣는 것을 마지막으로 내 몸과 정신은 완벽한 정적 속에 잠겨 버렸다.

'아이야, 깨어나렴.'

나는 어디선가 들리는 소리에 자연스럽게 눈을 떴다. 눈을 뜨자마자 느껴진 것은 따스한 햇볕의 온기였다.

한겨울 날에 웬 온기람. 그런 생각과 함께 주변을 둘러보자, 긴 시간 잊고 있었던 전경이 보였다. 내 앞에는 끝을 알 수 없는 깊은 숲이 있었고, 내 등 뒤에는 붉은 벽돌의 작은 저택이 하나 있었다.

이곳은 수도로 오기 전, 내가 살았던 터전이었다. 내 역사가 시작된 곳.

분명 후작저의 정원에 있었던 것 같은데, 왜 갑자기 이곳으로 와 버린 걸까. 해답은 금방 알 수 있었다. 나는 꿈을 꾸고 있는 것이리라.

어린 시절의 나는 집 앞에 있던 숲길을 거니는 것을 좋아했다. 큰 이유가 있어서 좋아했던 것은 아니었고, 사방이 숲인 우리 집에서 갈 수 있는 곳이 그곳밖에 없어서였다.

부모님은 그런 내게 한 번씩 경고를 주곤 했다.

'이포. 숲 속의 깊은 곳까진 가면 안 된단다.'

'왜요?'

'거기엔 덫이 많거든. 그건 짐승뿐만 아니라, 사람을 잡을 수도 있어.'

덫은 종류가 다양했다. 발목을 옭아매는 올무부터, 땅을 깊게 파 아래로 빠지게 만드는 구덩이까지. 부모님은 구태여 덫의 종류까지 설명해 주며 내게 거듭 주의를 주었다.

그 시절엔 줄줄이 소시지 같은 내 동생들이 태어나기 전이었어서, 부모님의 관심이 오로지 내게만 닿아 있던 유일한 시절이었다.

하지만 어린 나는 부모님의 말을 잘 새겨듣지 않았다. 청개구리처럼 숲길의 깊숙한 곳까지 들어가는 경우가 부지기수였다.

깊은 숲속에 들어가, 어느 날은 날개를 다친 황금빛 새를 발견해 치료해 주기도 했고, 또 어느 날은 귀여운 토끼들을 보기도 했었다.

부모님이 거듭 경고했던 덫은 한 번도 보지 못했었다. 한 번도 보지 못했기에 영원히 덫을 볼 리가 없겠다고, 나는 은연중에 태평한 생각을 하고 있었다.

과한 방신이었다.

그 사건이 일어났던 날은 다른 날보다도 훨씬 쾌청했던 날이었다. 봄날의 햇볕이 좋았던 날. 숲길의 나뭇잎들은 모두 푸르렀고,

공기는 상쾌하기만 했었다.

그날 나도 모르게 평소보다도 훨씬 더 깊숙이 숲속으로 들어갔다.

푸르게만 보였던 나무의 잎들이 회색빛으로 보이고, 상쾌하기만 했던 공기가 어쩐지 스산하게 느껴지고, 육식성인 짐승의 날카로운 눈빛이 내게 향한 듯한 기분이 들고 나서야, 나는 뒤늦게 생각했다.

돌아갈까.

그때 나는 처음으로 그 숲이 무섭게 느껴졌다. 친구라고만 생각했던 친근한 숲에 처음으로 갖게 된 부정적인 감상이었다.

그 순간 숲길 어디선가 희미한 총성이 두어 번 울리는 게 들렸다. 나는 그제야 무언가가 단단히 잘못되었음을 제대로 깨달았다.

돌아가야 돼. 너무 멀리 왔어.

왔던 길을 급하게 되돌아가던 때였다. 나뭇잎이 두껍게 쌓인 곳에 발을 디디던 순간, 내 몸은 땅 밑으로 추락하기 시작했다.

하릴없이 떨어지던 나는 결국엔 퍽 소리와 함께 흙바닥과 마주했다. 흙냄새가 맡아짐과 동시에 흙바닥과 부딪힌 어깨춤이 저릿했다. 떨어지며 발목까지 삔 것인지 누인 몸을 일으킬 수도 없었다.

'거기엔 덫이 많거든. 그건 짐승뿐만 아니라, 사람을 잡을 수도 있어.'

나는 경고성이 가득했던 부모님의 말을 떠올리며 위를 올려다보았다. 좁고 동그란 구멍 사이로 구름 한 점 없는 푸른 하늘이 보였다.

구덩이. 나는 짐승뿐만 아니라, 사람을 잡을 수도 있는 구덩이에 빠진 것이었다.

희미했던 총성은 방금 전보다도 더 선명해진 채로 다시금 울렸다. 그리 멀지 않은 곳에 사냥꾼들이 있음이 분명했다.

나는 두려움과 아픔에 잠식된 채로 눈물을 흘렸다. 살려 달라고 허공에 몇 번이고 소리를 질렀지만 돌아오는 대답은 없었다.

무서워. 나는 이대로 죽는 걸까.

얼마나 소리쳤던지 종내에는 목소리가 죄다 쉬어 버렸고, 울 기력마저도 모두 잃고 만다. 구덩이의 동그란 구멍 사이로 내비친 하늘이 어두워지기에 이르렀다. 모든 것에 매우 지친 나는 서서히 정신을 잃어 갔다.

누구라도 좋으니까, 제발 나 좀 구해 줘.

의식이 끊기기 전 마지막으로 들었던 것은 새소리였다. 어디선가 들어 본 듯한 익숙한 새 소리.

나는 며칠 전, 정성스럽게 치료해 주었던 날개를 다친 황금빛 새를 떠올렸다.

'아이야, 깨어나렴.'

그리고 누군가의 목소리를 들었다.

꿈은 거기서 끝이 났다.

나는 현실로 돌아와 눈을 떴다. 꿈에서 깨어났지만, 어쩐지 내 귓가엔 희미한 총성 그리고 새소리가 맴도는 기분이 들었다.

나는 영문 없이 갑갑한 기분이 들어 목 끝까지 덮어져 있던 이불을 끄집어 내렸다. 그러자 따사로웠던 꿈속 햇볕의 온기와 상반되는 차가운 겨울 공기가 느껴졌다. 뼛속까지 스미는 추운 공기에, 나는 누워 있던 몸을 반쯤 일으켰다.

그 꿈은 오랜 시간 내가 잊고 있었던 기억의 일부분이었다. 자연스럽게 잊었었고, 자연스럽게 다시 떠오른 기억. 노만의 심장을 손에 쥐자마자 돌아왔던 기억이었다.

나는 주위를 둘러보았다. 사위는 어두웠다. 낮 동안 꼼짝없이 기절해 있었나 보다. 그리고 내가 눈 뜬 방은 후작저에 존재했던 내 방이 아니었다. 손님방인 것 같았다.

정원에서 정신을 잃었던 것 같은데 침대에 누워 있는 걸 보니, 누군가가 나를 저택 내부까지 데려왔을 것이다. 나는 그 누군가가 하워드일 거라 확신했다.

침대에서 내려왔을 때 생각난 것은 아윈이었다. 다시 잠을 청한 아윈은 지금쯤 깨어났을까? 아니면 아직도 꿈속을 헤매고 있을까?

나는 녹진해진 몸을 이끌고선 방을 나섰다. 아윈에게 찾아가기 위함이었다.

내가 있던 곳이 손님방이든 다른 어디든, 나는 후작저에서 이 년 동안 일을 했던 시녀였다. 아윈의 방은 눈을 감고도 찾아갈 수 있었다.

하지만 방을 나서자마자 성가신 사람과 마주쳤다. 바로 후작저의 경비병이었다. 은빛 갑주를 입은 경비병은 나를 한껏 경계하며, 내 신원을 물었다.

"……저는 이포 벨이에요. 얼마 전까지 이곳에서 일했었어요."

나는 후작저에 남은 짐을 가지러 왔다고 변명했다. 하나 내 변명이 통하지 않은 것인지, 나는 시녀장에게 신원을 완전히 확인받고 나서야 남은 내 짐을 가지러 갈 수 있었다.

사실, 후작저에 남겨 둔 것은 내 짐이라기보다는 내 숙념이기는 한데.

나는 성가신 일을 다시 겪는 것을 피하기 위해, 주변을 연신 둘러보며 목적지로 향했다. 정신은 아직까지 몽롱했고, 한계치에 다다랐던 내 몸은 여전히 삐거덕거렸지만, 걷는 데엔 아무런 지장이 없었다.

등불만이 호젓한 긴 복도를 거닐고 계단을 몇 개 올라가자, 아윈의 방이 보였다.

언제고 굳게 닫혀 있던 방문은 웬일인지 조금 열린 채였다. 마치 아윈이 아닌 부주의한 누군가가 나보다도 먼저 그의 방을 찾았다는 듯이.

부주의한 누군가. 나는 하워드를 떠올렸다. 절대자로서 오만하지만 새삼 다정한 하워드는 문을 완전히 닫는 일에 관심이 없을 것 같았다.

설마 달튼일까 싶기도 했지만, 나는 고개를 내저었다. 하워드가 적어도 오늘 하루 동안은 달튼이 깨어나지 않을 거라고 했기 때문이었다.

나는 기척을 완전히 죽인 채로 방문 앞까지 걸어갔다. 그리고 조금 열려진 문틈 사이를 응시했다. 내 시야에는 두 남자가 맺혔다.

결이 좋아 보이는 기다란 은발을 가진 하워드와 자신의 확신대로 일찌감치 깨어난 아윈. 두 남자는 마주 보고 앉은 채로 도란도란 이야기를 나누고 있었다.

아니, 잠깐. 잠에서 깨어난 아윈과 도란도란 얘기를 나누어야 할 사람은 나일 텐데.

나는 고까운 마음이 들어 조금 열려 있던 문을 완전히 열어젖혔다. 기름칠이 잘된 덕에 문이 열리는 소리는 거의 나지 않았지만,

두 남자 모두가 기척을 느낀 듯했다.

하워드의 청록빛 눈동자와 아윈의 검은 눈동자가 내게 닿았다. 두 남자는 약속한 것처럼 같은 말을 내뱉었다.

"이포 벨?"

내가 기억해 주기를 바랐던 내 이름을.

"두 사람. 무슨 얘기를 하고 있었어요?"

저를 빼놓고. 나는 괜히 툴툴거렸다. 좀 유치했지만 어쩔 수 없었다. 대답이 돌아오기까지, 두 남자가 무슨 대화를 나누었을지 추측해 보았다.

조금 다른 의미로 잘생긴 두 남자가 한방에 있다. 아윈은 나른하지만 퇴폐적인 느낌이 강했고, 하워드는 성적인 매력이 그대로 드러나는 관능적인 미남이었다.

결론적으로 두 남자 모두가 훌륭한 미색을 가지고 있었다. 그런 두 사람은 깊은 밤, 나를 빼놓고 얘기를 나누게 된다.

아마도 초면일 그들 사이에 오고 갈 대화라는 건 '나'와 연관된 대화가 아닐까 싶었다. 두 사람 사이의 공통된 화제는 나밖에 없다고 생각했기 때문이다.

열없는 확신이 들자, 나에 대한 어떤 말이 오갔을지도 궁금해졌다. 나는 대답을 바란다는 듯이 아윈을 빤히 응시했다. 그는 그제야 대답했다.

"통성명."

"……네?"

내가 예상했던 바와는 전혀 다른 대답이었다. 나는 고개를 갸웃거렸다. 하워드는 나를 흘깃 바라보더니 이내 마주 보고 앉아 있던 아윈과 시선을 맞추었다.

두 남자의 시선은 몇 초 동안 맞물렸다. 나로선 알 수 없는 무언의 대화가 오고 간 기분이었다. 그러다 하워드의 붉은 입술이 먼저 떼어졌다.

"나는 하워드 쇼어, 용이지."

"나는 아윈 아스타, 이 저택의 주인."

아윈은 하워드가 용이라는 사실에도 눈썹 하나 까딱이지 않고 의연하게 대답했다. 놀라울 정도의 침착함이었다.

"너 왜 반말해?"

하워드는 아윈의 반말을 짚고 넘어갔다.

"당신이 먼저 반말을 했으니까."

"나는 오백 년이나 산 용이니까."

"액면가로는 그렇게 보이지 않아서."

"그래서? 존칭은 어디에 갖다 팔았을까? 인간 남자야."

하워드는 아윈을 향해 작게 으르렁거렸다. 그들의 대화는 그게 끝이었다. 짧은 촌극을 본 듯했다.

하워드를 바라보던 아윈의 시선이 내게 닿았다. 그는 고개를 오른쪽으로 조금 기울인 채로 말했다.

"여기까지 대화한 참이었어."

……정말로 촌극이었잖아?

나에 대한 이야기를 나누지 않았다는 사실이 묘하게 실망스럽기도 하고.

아윈은 제 옆에 앉으라는 듯이 내게 손짓했다. 나는 주인을 잘 따르는 강아지인 양 쪼르륵 걸어가 아윈의 옆에 꼭 붙어 앉았다.

생각해 보니, 이렇게 나란히 앉아 있는 것도 퍽 오랜만인 듯하다.

나는 무릎 위에 손을 가지런히 올린 채로 아윈의 옆얼굴을 올려다보았다. 그의 흰 뺨엔 그전에는 보지 못했던 희미한 붉은 기가 드리워져 있었다. 심장을 되찾은 그에게 비로소 새겨진 생명의 기운이었다.

뺨이 뚫릴 듯 쳐다보는 강렬한 내 시선을 아윈도 느낀 듯했다. 그는 고개를 옆으로 돌려 나와 시선을 맞추었다. 그러곤 무릎에 올라가 있던 내 손에 제 손을 포개었다.

아윈의 손. 뼈마디 사이사이를 이어 주는 조금 튀어나온 관절이 아름다운 손. 기다란 손가락이 매력적인 손. 누군가의 손을 완전히 그러잡기에 적당한 크기를 가진 손.

내 손을 모두 감싸 쥐고도 한참이나 남는 아윈의 손마저도 내 눈에는 너무나도 예뻐 보였다. 할 수만 있다면 그의 손을 집어 들어, 매끈한 손등과 유려한 손끝에 마구잡이로 입을 맞추고 싶은 심정이었다.

누군가의 따가운 시선이 아니었다면 실제로 그렇게 했을지도 모르겠다.

나는 나를 쏘아보는 시선의 주인에게로 눈길을 돌렸다. 요염하게 다리를 꼬고 앉은 하워드가 그 주인이었다. 하워드의 얼굴은 까닭 없이 잔뜩 일그러져 있었다.

"……그런 얼굴. 처음 보네."

그는 의미 모를 소리를 작게 중얼거렸다.

내 얼굴을 말하는 걸까. 내가 지금 어떤 얼굴을 하고 있는 거지. 그간 험난한 일을 많이 겪었던 터라 얼굴이 말이 아닐 건데…….

각혈을 했던 입술은 갈라져 있을 테고, 방금 전까지 자다 왔으니 얼굴도 부어 있을 테다. 나는 새삼 내 얼굴이 걱정되었다. 아윈이 못생겨진 내 얼굴을 보고, 나를 싫어하게 되면 어떡하지?

물론 내가 아는 아윈은 사람의 외형을 따지지 않는 위인이었다. 나는 그 사실을 누구보다도 잘 앎에도 불구하고, 사랑의 열병이 도진 사람처럼 안절부절못했다.

그 순간 아윈은 내 뺨에 쪽 소리 나게 입술을 맞대었다.

"정신을 잃었다며. 이제 괜찮은가?"

고작 그의 입술이 스치고 지나갔을 뿐인데, 나를 집어삼켰던 걱정은 먼지가 되어 어디론가 날아가 버렸다.

짧았던 그 입맞춤이 뭐라고. 그게 뭐라고 내 입가에 미소가 번지는 걸까.

"괜찮아요. 요즘 통 잠을 못 자서 그랬나 봐요."

나는 아무런 이상이 없다는 듯이 어깨를 으쓱였다. 그럼에도 불구하고 아윈의 얼굴은 심각해져 갔다. 내 말을 전혀 믿지 않는 것 같았다.

"얼굴이 해쓱해졌어."

그리고 그는, 나를 심각하게 걱정했다. 내 입가에 드리워진 미소가 짙어져 갔다.

"그간 끼니를 제대로 때우지 못해서요. 시간이 지나면 괜찮아질 거예요."

사실 그것은 거짓말이 될지도 몰랐다. 약해질 대로 약해진 내 몸뚱이는 곧 죽을 운명에 놓여 있었기 때문이다.

시간이 지나면 지날수록 생기가 더해지기는커녕 있던 생기마저도 잃을 가능성이 다분했다. 설령 내가 매 끼니를 모두 충분히 챙겨 먹는다 할지라도.

손상된 혈맥 때문에 심장은 피를 온전히 전달하지 못할 것이고, 내 몸을 돌아다녀야 할 혈액은 부족해질 것이다. 그러다 어느 순간 완전히 부족해지겠지.

혈액의 부재가 의미하는 것은 단 하나였다. 죽음.

"나 때문인 거야."

아윈은 자책하듯이 말했다. 나는 고개를 가로저었다.

"아니요. 당신 때문이라기보다는 방탕자인 대마법사 때문이죠."

"달튼을 그렇게 두어선 안 됐어. 네 말마따나 그를 진즉 내쫓았어야 했어."

"하지만 내쫓는다고 해서 쉬이 내쫓아질 사람은 아니라서."

"그건 그래. 쫓아낸다고 해도 제 목적을 달성시키기 위해 기어코 다시 돌아왔을 테지. 마법사란 그런 자들이니까."

아윈은 휴, 하는 짧은 한숨과 함께 내 손을 잡지 않은 나머지 손으로 제 머리칼을 쓸어 넘겼다.

아윈은 달튼도 함께 돌아왔다는 사실을 알고 있을까?

달튼과 마주했을 때, 아윈은 어떤 얼굴을 할까. 나는 이 무심한 남자가 달튼에게 화를 낼지 아니면 평소와 다름없이 무관심하게 그를 대할지 매우 궁금했다.

하나 그러한 궁금증과는 별개로 아윈이 계속해서 심각해 있기를 바라지 않았다. 나는 그에게 드리워진 무거운 기류를 물리칠 요량으로 가벼운 말을 늘어놓았다.

"그나저나 후작님도 진짜로 일찍 깨어나셨네요?"

"응. 그러겠다고 약속했잖아."

"그게 약속이었어요?"

"의미가 있는 말이 뱉어졌을 땐, 그건 약속이 돼."

아윈은 엷은 미소를 지으며 이번엔 내 이마에 입술을 얹혔다. 그의 입술이 또다시 짧게 스치고 지나갔다.

아윈의 뜨거운 숨결은 내게 지대한 영향을 끼쳤다. 나는 손끝과 발끝이 간지러워지는 느낌을 느꼈다. 내 몸은 자의를 벗어난 채로 달아오르기 시작했다.

이런 식의 거듭된 입맞춤은 어째 좀 위험했다.

나는 단추가 두어 개 풀어진 아윈의 흰 셔츠 사이를 흘끔 바라보았다. 그 안엔 희게 질린 그의 살갗이 보였다. 나는 나도 모르게 마른침을 꼴깍 삼켰다.

지금 당장 아윈의 허리를 끌어안아 셔츠를 벗기고, 그의 살갗에 입을 맞추며, 아윈의 달뜬 소리를 듣고 싶었다.

서로의 몸을 더듬으며 정점에 치달았을 때 아윈의 목소리가 얼마나 관능적이고 야한지…… 그건 듣지 못한 자들은 알지 못하는 비밀스러운 소리였다.

내가 마른침을 두 번째로 삼켰을 때, 아윈이 고개를 숙여 내 귓가에 작게 속삭였다.

"그건 조금 이따가."

그는 귓속말을 하는 데에만 그치지 않으며, 내 귓가에도 입술을 짧게 맞추었다. 그러곤 숙였던 고개를 아무렇지 않게 곧추세웠다.

나는 아윈처럼 아무렇지 못했다. 내 귓가가 뜨거워졌고, 그 여파는 얼굴에까지 드리웠다. 나는 뜨거워질 대로 뜨거워진 얼굴을 향해 손부채질을 했다. 겨울인데 왜 이렇게 더운 건지.

내 끈적한 시선에 담긴 의미를 아윈은 어떻게 눈치챘던 걸까. 그가 눈치채줘서 나야 좋기는 한데. 오랜만에 그와 함께 보낼 밤이 기대가 되었다.

"어이, 인간들. 적당히 하라고."

퉁명스러운 하워드의 목소리가 들려왔다. 그는 두어 번의 짧은 박수와 함께 우리 사이에 맴돌던 다디단 기운을 몰아냈다.

"아, 죄송해요."

나를 노려보는 하워드의 날 선 시선에, 나는 성의 없이 사죄하며 희미한 미소를 지었다. 웃는 얼굴에는 침을 못 뱉는다고 해서.

내게 닿았던 하워드의 시선은 곧 아윈에게 옮겨 가며, 그는 아윈에게 질문을 건네었다.

"그래서 아윈이라는 인간 남자야. 너도 이포 벨을 사랑하는 건가?"

하워드는 별스럽지 않은 질문을 하듯이 물었다. 그렇기 때문에 아윈 또한 대수롭지 않게 대답했다. 마치 나를 사랑하는 일이 너무도 당연하다는 듯이.

"그래, 맞아. 내 세계엔 이포 벨만이 유일한 가치를 가졌어."

우리만이 알고 있는 그 세계. 나는 맞잡은 아윈의 손을 더욱 꽉 부여잡았다. 다시는 놓고 싶지 않은 손이었다. 다시는 놓고 싶지 않은 그의 세계였다.

"그럼 그 사실도 알아?"

아윈과 나는 똑같이 고개를 갸웃거렸다. 그때 내게 드리운 감정은 그러했다. 왠지 조마조마하다. 하워드가 해서는 안 될 말을 할 것 같다.

하워드는 짓궂은 미소를 지으며 비아냥거렸다.

"네 여자를 살릴 수도 있는 심장으로 네가 깨어났다는 사실."

"......!"

나는 자못 놀란 얼굴로 그를 바라보았다. 하워드는 제가 틀린 말을 했냐는 듯이 뻔뻔한 얼굴을 하고 있었다.

하워드는 매 순간 시답지 않게 말을 뱅뱅 돌려 말하며, 진심을 솔직히 털어놓지 못했던 작자였다. 이러한 비아냥거림은 그와 어울리지 않는 것이라고 생각했다.

아니, 애당초 나는 하워드에 대해 제대로 알고 있었던 게 맞을까?

"하워드!"

나는 뒤늦게 그의 이름을 크게 불렀다. 노만의 심장과 내 죽음에 대한 이야기는 거기까지만 하라는 신호였다. 그러나 아윈은 그의 말을 똑똑히 들었을 것이다.

'네 여자를 살릴 수도 있는 심장.'

아윈은 그 말을 어떤 식으로 받아들이고 있을까.

"......지금 뭐라고 하셨습니까? 이포 벨을 살릴 수도 있는 심장이라고 하셨습니까?"

아윈은 이제 와 존칭을 쓰며, 대단히 혼란스러워진 얼굴을 했다. 나는 다급하게 그의 이름을 불렀다.

"아윈. 하워드가 농담을 한 거예요. 하워드, 거기까지만 말해요."

대화를 끝내려는 내 노력에도 불구하고, 두 남자는 내 말을 깔끔하게 무시했다. 서로를 응시하는 그들의 시선이 내게 닿는 일은 없었던 것이다.

하워드는 내가 말릴 새도 없이 또다시 제멋대로 지껄이기 시작했다.

"조금 더 쉽게 얘기해 줄게. 이포 벨은 곧 죽어."

죽어. 그 한 마디에 우리 사이를 맴도는 공기가 싸늘하게 얼어붙었다. 겨울이라는 계절감을 훨씬 뛰어넘은 싸늘함이었다.

나는 한숨을 길게 내뱉었다. 어쩐지 속이 울렁거렸다.

어차피 아윈도 알아야 할 사실이기는 했다. 하지만 갑작스럽게 전개된 상황 속에서 어떤 태도를 취해야 할지 조금도 가늠할 수 없었다.

우리 사이엔 농도 짙은 침묵이 맴돌았다.

"……이포 벨은 살 수 있었지만, 저 때문에 살길을 포기했다는 소리로 들립니다만."

침묵을 깬 이는 아윈이었다. 하워드는 대답 대신 나를 쳐다보았다.

다시 마주한 그의 얼굴에는 짓궂은 미소가 띠어져 있지 않았다. 무감각한 얼굴로, 무슨 생각을 하고 있을지 모를 낯빛을 띠고 있을 뿐이었다.

아윈은 하워드의 침묵을 긍정이라 여긴 것 같았다. 이젠 아윈마저도 내 쪽으로 시선을 돌려, 나를 빤히 바라보았다. 나는 그와 눈을 맞출 자신이 없어, 고개를 숙였다.

"이포. 사실이야?"

나는 어떤 대답을 해 줘야 하는 걸까. 내가 어떤 대답을 해 줘야, 당신이 슬퍼하지 않을까. 지금 내 죽음을 털어놓는 게 과연 옳은 일인 걸까.

"너는 왜……. 왜 그런 선택을 한 거지?"

아윈은 자초지종을 묻지 않았다. 단지 내가 저를 위해 희생한 사실, 그것의 진위 여부만을 묻고 있었다.

그는 내 뺨에 손을 대어 숙여진 내 얼굴을 들어 올렸다. 이내 완전히 들린 얼굴, 우리의 시선이 마주쳤다.

투명할 정도로 맑았던 아인의 검은 눈동자가 무겁게 가라앉아 있었다. 그마저도 아름다운 그의 눈동자가 내게 묻고 있었다.

'너는 왜 그런 선택을 한 거지? 대답해 줘.'

대답은 제법 자연스럽게 흘러나왔다.

"당신을 사랑하니까."

침묵을 고집했다고는 믿기지 않는 홀가분한 대답이었다. 애당초 다른 이유가 존재하지 않았기에 쉬이 대답한 것일지도 모르겠다. 어쩌면 내 목숨보다도 소중해진 당신의 의미.

속이 더욱 울렁거리는 기분을 느낀 것은 그때였다. 제대로 먹은 것도 없건만 무언가가 목 끝까지 치솟아 오르는 기분이었다.

사랑하는 남자 앞에서 구토하는 볼썽사나운 모습을 보여 주고 싶지는 않은데.

나는 입술을 안쪽으로 동그랗게 말며 토기를 잠재우려 했지만, 생리적인 현상을 끝내 막을 수 없었다. 조금 벌어진 입술 사이로 무언가가 질질 흘러나오기 시작했다.

토사물일 거라고 생각했지만, 그것은 피였다. 내 입가에선 본연의 색을 잃어 탁해진 검은 피가 흘러내렸다.

마구잡이로 흘린 것은 아니었고, 낮에 흘렸던 것처럼 딱 한 줌의 피였다. 나는 아인에게 닿았던 시선을 누그러뜨리고선 입가를 소매로 쓸었다. 아, 타이밍 한 번 죽이네.

그와 동시에 내 몸이 오른쪽으로 약간 기울었다. 나는 가벼운 어지럼증을 느끼며 눈가를 미세하게 찌푸렸다. 예기치 못하게 좁아진 시야 사이로 마주 앉아 있던 하워드의 얼굴이 보였다 사라지길 반복했다.

아원은 내 어깨를 감싸 쥐며, 흔들리던 내 몸을 제 쪽으로 끌어당겼다. 나는 하릴없이 그의 가슴팍에 얼굴을 기대며 마른기침을 했다.

좁아진 시야 사이로 이번엔 끔찍한 것이 보였다. 내가 아원의 허벅지 위에 뱉어 버린 토사물을 가장한 핏덩이. 그것이 그 정체였다.

사랑하는 남자 앞에서 구토를 하는 것 못지않게 피를 토해 낸 일 또한 최악이라는 생각이 들었다. 아원이 더럽다고 생각하면 어떡하지. 늘어 가는 건 한숨뿐이었다.

아원은 이제 내 비보가 완전히 진실이라고 믿을 것임이 자명했다. 그는 갑작스러운 내 비보에 어떤 감정을 느낄까? 어떤 생각을 할까?

나는 용기를 내어 누그러뜨렸던 시선을 들어 올리기 시작했다. 우리가 다시 얼굴을 마주하기까지는 한참이나 걸렸다.

나는 아원의 눈썹, 눈동자, 코끝, 입술을 면밀히 살폈다. 놀랍게도 아원은 내가 처음 보는 얼굴을 하고 있었다. 그는 아주 겁먹은 얼굴이었다.

"무서워요?"

아원은 고개를 느릿하게 끄덕였다.

"당신은 무엇을 무서워하고 있어요?"

그때 나는 새삼 한 가지 사실을 깨닫게 되었다.

그래, 맞아. 그에게 돌아온 감정은 사랑뿐만이 아니었어. 절망, 화, 두려움…… 그는 인간다운 감정을 가진 채였다.

굳게 닫힌 그의 입술은 조금 열렸다가도 이내 그 상태로 멈칫거렸다. 무슨 말을 해야 할지 모르겠다는 모습이었다. 그러다 힘겹게 한마디를 뱉어 냈다.

"……지금 아파?"

"아뇨."

피를 토하기는 했으나 당장 어딘가가 아픈 것은 아니었다. 나는 고르게 호흡하고 있었고, 아윈과 대화를 나눌 수도 있었다.

아윈의 물음은 이어졌다.

"그동안 아팠었어?"

"아뇨."

물론 이따금씩 아프기는 했었지만, 매 순간 아팠던 것도 아니었다. '아니.'라는 단호한 내 대답은 적어도 거짓말이 아니었다.

아윈은 아랫입술을 짓이겼다. 그는 이제 초조해 보였다. 그 모습 또한 아윈에게서 처음 보는 모습이었다.

"하워드. 자리 좀 비켜 줄래요?"

나는 이 사태를 만든 장본인에게 말했다. 그를 쳐다보지도 않은 채였다. 하워드는 앉아 있던 몸을 일으켜, 그대로 방을 나섰다. 발소리의 흔적조차 들리지 않은 조용한 퇴장이었다.

이윽고 둘만 남은 공간, 우리는 누구 하나 먼저 서두를 꺼내지 못하고 있었다. 아윈은 초조한 얼굴로, 조급해 보이는 눈동자로 나를 바라보기만 할 따름이었다.

당신은 무슨 생각을 하고 있는 걸까?

별안간 접어든 소강상태 속에서, 나는 고민했다. 아윈에게 어디서부터 어떻게 설명을 해 주어야 할지.

왜 그런 선택을 했느냐는 아윈의 물음에 '당신을 사랑하니까.'라고 솔직하게 답하기는 했지만, 나는 뒤늦게라도 하워드의 말은 우스갯소리였다는 거짓말을 하고 싶었다.

내가 죽는 일은 일어나지 않을 거라고, 나는 그런 말도 안 되는 거짓말을 하고 싶었다.

오늘은 그와 힘겹게 재회한 뜻깊은 날이었다. 기념일로 정해도 모자랄 판국에 죽음이라는 불길한 단어로 아윈과 대화를 나누고 싶지 않았다.

우리는 적어도 오늘만큼은 재회의 기쁨을 나누며, 기나긴 밤을 함께 보내야 된단 말이다.

그동안 맞대지 못했던 서로의 살갗을 맞대고, 눈물이 날 정도로 그리웠던 그의 체취를 마음껏 맡고, 물리도록 그에게 입을 맞춰야 한단 말이다.

그리고 당신의 심장이 아직까지 나를 기억하고 있음을, 나를 사랑하고 있음을 내게 확인시켜 주어야 했다.

내가 바랐던 이상이 모두 수포가 되어 버린 것만 같았다. 나는 가벼운 한숨을 내쉬었다.

하나 그렇다고 해도, 상의 없이 내 사정을 밝힌 하워드가 원망스러운 것은 아니었다. 내가 곧 죽는다는 사실은 아윈도 알아야 할 사실이었기 때문이다. 분명히.

어쩌면 하워드가 한 일은 내가 바라던 이상보다 현실적인 처방이었을지도 몰랐다. 곧 죽을 나나, 남겨질 아윈에게나.

그러나 나는 곧 무너져 내릴 듯 나약한 얼굴을 하고 있는 아윈을 보는 게 힘들었다.

"아윈. 제가 지금 죽었나요?"

아윈은 뒤늦게 대답했다.

"……아니."

"제가 지금 쓰러졌나요?"

"아니."

"그래요. 저는 아직 살아 있어요. 아직 죽지 않았어요."

그러니까 당신이 무서워하지 않았으면 좋겠어. 그게 무엇이 되었건 간에. 설령 그것이 내 죽음이라고 할지라도.

"아윈."

"……."

"무슨 생각을 해요?"

아윈은 무거운 한숨을 내쉰 뒤 입술을 떼어 냈다.

"잘…… 모르겠어. 당황스럽고, 괴롭고, 무엇보다도 너무 슬퍼. 심장이 꽉 조여서 숨을 제대로 쉴 수 없는 기분이야. 눈물이라도 흘리면 나아지는 걸까? 그런 걸까? 너무 어려워. 아니, 그전에 네 얘기부터 듣고 싶어. 네가 곧 죽는다는 건 무슨 의미야? 나는 그걸 어떻게 받아들여야 하는 거지?"

아윈은 정리되지 않은 말들을 두서없이 내뱉었다. 그는 제게 든 감정들을 가감 없이 알려 주며, 내게 답을 구했다.

'나는 어떻게 해야 해?'

나는 그에게 답하듯이 그의 가슴 위로 손을 올렸다. 그러곤 그 안에 있을 심장의 모양을 손끝으로 그렸다.

"심장에는 세 개의 혈맥이 있어요."

고민하고 주저했던 것이 무색할 정도로 내 사연은 흔쾌히 흘러나왔다. 아윈이 내 사정을 궁금해한다면 알려 줄 수밖에 없었다. 그의 간절한 말에 함락된 것은 나였다.

"저는 거기서 하나의 혈맥을 잃은 채로 태어났죠. 두 개의 혈맥 속엔 심장을 갉아먹는 벌레가 살고 있어요."

놈은 죽지 않고 꾸준히 내 혈맥을 갉아먹고 있으며, 내 심장과 입술을 맞출 날을 고대하고 있다.

키스 벌레. 그것이 끔찍하게 로맨틱한 놈의 이름이다.

몇 달 전에 쓰러졌던 나는, 삼 개월 후에 죽을 거라는 사형선고를 받았다. 그 이후에 짝사랑하던 당신과 첫날밤을 보냈고, 어쩌다 보니 당신과 거듭 밤을 보내게 되었다.

짝사랑에 그칠 것이라 생각했던 내 예상과는 다르게 뜻밖의 행운처럼 당신의 사랑을 얻게 되었다.

나는 그동안 아윈에게 차마 털어놓지 못했던 사실들을 토로했다. 아윈은 중간에 끼어들지 않으며, 내 말을 묵묵히 경청했다.

언제 어떻게 털어놓아야 할지 매번 고민했던 이야기였는데, 이렇게 털어놓고 나자 왠지 개운한 마음도 들었다.

"그래서 남은 날은…… 얼마나 될까."

아윈은 조심스럽게 물었다. 곧 눈물이라도 왈칵 쏟아 낼 것 같은 떨리는 눈동자로 나를 보며.

"글쎄요. 아마도 보름 정도는 되지 않을까요."

사실 그것도 안 되려나요. 나는 뒷말을 쓰게 삼켰다. 참으로 암담한 날짜였다.

죽음은 어쩜 이토록 소리 없이 다가와 내 목을 서서히 조르고 있는 걸까.

아윈은 눈을 지그시 감았다. 그는 깊은 생각에 잠긴 것처럼 오랫동안 눈을 뜨지 않았다.

나는 감겨진 그의 눈꺼풀 위, 기다란 속눈썹을 빤히 들여다보았다. 새삼 촉감이 매우 궁금해지는 속눈썹이었다. 오늘 밤, 닳도록 만져 봐야지.

머지않아 그의 눈꺼풀이 들렸다. 나를 바라보는 그의 눈동자에선 빛이 났다. 그 빛은 어두운 사위를 밝혀 주는 제일 밝은 빛이었다. 언제고 점멸하지 않을, 빛을 내는 그 어떤 것보다도 찬란한 빛.

반짝이던 빛은 곧이어 아윈의 뺨을 타고 흘러내렸다. 그것은 눈물이었다.

그는 마른 숨을 토해 내며 눈물을 쏟아 냈다. 눈물이라고는 절대로 흘리지 않을 것 같았던 메마른 눈동자였건만, 그 눈동자에서는 걷잡을 수 없는 많은 눈물이 흘러나오고 있었다.

나는 손을 뻗어 그의 눈가와 젖은 뺨을 쓸어 주었다. 아윈이 매번 내 눈물을 닦아 주었듯이.

"아윈, 울지 말아요. 제가 어떻게 해 드리면 될까요?"

아윈은 흐르는 눈물을 주체하지 못하며 내게 말했다. 그의 목소리는 잔뜩 젖어 있었다.

"네가 그랬듯이 그냥 나를 안아 줘."

나는 그를 끌어안았다. 맞닿은 그의 몸이 뜨거웠다.

나는 그의 등을 가만히 쓸어 주었다. 아윈은 자연스럽게 내 어깨에 제 얼굴을 묻었다. 그의 눈물이 내 목덜미를 타고 흘러내렸다.

그의 뜨거운 눈물과 그보다도 더 뜨거운 그의 체온과, 그리고 그의 심장 고동 소리를 느꼈다. 그러자 내 심장이 빨리 뛰기 시작했다.

빠르게 뛰는 내 심장이 의미하는 바는 무엇일까. 그가 나를 위해 눈물을 흘리고 있음을, 나는 달가워하는 걸까?

아윈의 진심이 느껴져서, 다시 스며든 그의 두 번째 심장이 여전히 나를 사랑하고 있음을 느껴서, 나는 그 사실을 흡족해하고 있는 걸까?

"그리고 내 이름을 불러 주는 거야."

아윈은 숨이 막힐 정도로 나를 꽉 끌어안으며 말했다.

"아윈 아스타."

내가 항상 그에게 바랐던 것들을 이번엔 그가 내게 바라고 있었다. 묘한 기분이었다.

"나는 아직도 꿈을 꾸고 있는 걸까."

나는 대답을 할 수 없었다.

"하지만 그렇다고 하기엔 네 목소리가 너무 선명해."

"……."

"차라리 꿈이었으면 좋겠어."

나는 그가 바라는 대로 꿈이라고 말해 주고 싶었다.

그래, 당신의 말이 맞아. 이건 지독한 악몽일 뿐이야. 그렇게 말해 줌으로써 아윈이 슬퍼하지 않기를 바랐다.

고작 내 죽음 따위가 뭐라고, 당신이 눈물을 흘리는 걸까. 내 마음을 울리게 하는 그의 울음소리에 나도 눈물을 쏟아 내고 싶었다.

"이포 벨. 꿈이라고 말해 줘. 제발."

그는 애원하듯이 말했다. 하지만 결국 나는 그의 바람대로 대답해 줄 수 없었다.

이것은 현실이었다.

당신은 깨어났고, 나는 곧 죽을 것이다.

조금 늦었지만 우리는 이제 현실을 받아들여야 했다. 우린 재회의 기쁨을 충분히 만끽하기도 전에 또다시 다가올 긴 이별을 준비해야만 했다.

"너를 잃게 될까 봐 두려워."

나는 안고 있던 그를 밀어냈다. 아윈은 나를 쉬이 놓아주며 내 얼굴을 내려다보았다.

바라본 그의 얼굴은 여전히 눈물로 잔뜩 얼룩져 있었다. 투명한 눈물은 그의 메마른 뺨에 하염없이 흘러내렸다. 나는 촉촉이 젖은 아윈의 입술에 내 입술을 묻었다.

아윈은 키스할 의지가 없다는 듯 아무런 행동도 취하지 않았다. 나는 아윈의 혀를 감싸기도 하고, 그의 아랫입술을 정성껏 핥아 냈다.

그렇게 일방적인 키스를 끝낸 다음, 나는 말했다.

"아윈. 저는 아직 살아 있어요."

이별이 곧 다가올 테지만, 오늘 당신과 입을 맞춘 것도 현실이니까. 그러니까 당신은 오늘의 내 온기를 기억해요. 내가 당신과 보낸 하루하루를 소중히 기억하고 추억했듯이. 그러면 당신의 눈물이 멈출까.

"……."

아윈은 흐르는 눈물을 도무지 어찌할 도리가 없다는 듯이 제 몸을 가늘게 떨었다. 나는 아윈의 눈가에도 입술을 맞대었다.

그는 얼마 만에 눈물을 흘린 걸까.

아주 오랜 시간 동안 눈물을 흘리지 않았을 그였다. 그는 지난 몇 년간 흘리지 못했던 눈물을 오늘에서야 죄다 흘려 내고 있는 것은 아닐까.

나는 아원이 눈물을 그칠 때까지 기다려 주었다. 쉼 없이 흐르는 눈물도 끝은 분명 존재했다. 나는 눈물이라면 진절머리 나게 많이 흘렸던 사람이었고, 그 끝이 도래함을 충분히 경험한 바였다.

피가 통하지 않을 정도로 주먹을 꽉 쥐고선 끅끅 소리를 내며 우는 아원을, 나는 또다시 안아 주었다.

당신, 도대체 언제까지 울 생각이야.

나는 그의 등을 토닥여주며 눈을 감았다. 눈을 감고 처음 보았던 그의 여러 얼굴들을 내 머릿속에 새겼다. 울고 있던 아원의 얼굴, 지레 겁을 먹었던 아원의 얼굴, 초조했던 아원의 얼굴 또한.

나를 위해서 울어 줘서 고마워요.

나는 그 말을 몇 번이고 되뇌었다. 차마 소리가 되어 흘러나오지 못한 메시지였다.

시간이 얼마나 흘렀는지 모르겠다. 듣는 이마저도 서러워질 정도로 울던 아원의 흐느낌이 잦아져 있었다. 나는 그제야 안고 있던 아원을 놓아주었다.

그의 눈동자는 붉게 충혈되어 있었지만, 그의 눈가에서 흐르는 눈물은 더는 없었다. 예상했던 대로 그 끝이 도래한 것이리라.

아원은 무기력해진 목소리로 한마디를 뱉어 냈다.

"왜 하필 내게, 아니, 네게 그런 일이 일어난 걸까. 다시 깨어났다는 사실이 조금도 기쁘지 않아."

"……아원."

아원은 시선을 떨구었다. 그리고는 의미 없이 마른 입술을 몇 차례 짓이겼다.

"일단은 씻으실래요? 당신의 눈물이랑, 제가 토해 낸 피랑……. 아무튼 당신의 몰골이 지금 말이 아니거든요."

나는 어색하게 화제를 옮겼다. 괴로워하는 아윈의 모습을 더 이상 바라볼 자신이 없었다.

다행히도 그는 고개를 끄덕여 주었다. 나는 힘이 쭉 빠져 녹초가 되어 버린 아윈을 일으켜, 그의 방에 있던 욕실로 들어갔다.

아윈은 내 손길에 따라 제 옷가지를 벗기 시작했다. 그가 입고 있던 흰 셔츠가 벗겨지고, 나는 그의 벨트마저도 풀었다. 나신이 되어 버린 그의 몸을 빤히 바라보다 나는 작게 감탄했다.

눈이 부실 정도로 완벽하잖아.

신의 안배로 잘 빚어진 그의 몸엔 군더더기는 조금도 없었다. 셔츠 사이로 훔쳐만 보았던 그의 매끄러운 살갗이 너무도 자세히 보였다.

만지고 싶다. 다른 이는 만져 보지 못한 그의 비밀스러운 곳에까지 입을 맞추고 싶다.

나는 손을 뻗었다. 내 손끝엔 아무것도 걸치지 않은 그의 가슴이 닿았다.

"이포 벨."

그는 내 이름을 조용히 불렀다. 울음 탓이었는지 황홀하기만 한 그의 목소리가 제법 잠겨 있었다. 하나 그럼에도 좋은 목소리라는 점에는 변함이 없었다.

"만지고 싶었어요."

"……."

"줄곧. 계속. 당신의 심장을 찾으러 가는 동안."

아윈은 침묵했다.

"만지면 키스를 하고 싶어요."

그는 자연스럽게 되물었다.

"키스를 한 다음엔?"

그는 이전에 나누었던 우리의 대화를 기억하는 듯했다. 손을 잡으면 키스를 하고 싶고, 키스를 하면 함께 밤을 보내고 싶다는.

나는 순리에 따라 대답했다.

"당신과 함께 밤을 보내고 싶어요."

"……."

"아윈 아스타. 당신의 밤을 제게 주세요."

구슬펐던 상황과는 전혀 어울리지 않는 말이었지만, 어찌 되었건 나는 시한부이기 전에 사람이었다. 사람은 본능에 충실한 법이었다.

고로 우리 사이에 슬픈 기류가 맴돈다고 할지라도, 아윈의 벗은 몸을 보고선 내가 외설적인 생각을 하는 건 어쩔 수 없다는 거다.

아윈은 또다시 침묵했다. 나는 대답을 강요하지 않으며, 그를 씻기기 시작했다.

그는 내가 하라는 대로 움직였다. 팔을 들라면 팔을 들었고, 오른쪽으로 가라고 하면 그쪽으로 한 뼘 걸어갔다. 사람의 말을 알아듣는 아름다운 인형을 다루는 듯한 기분이었다.

깨끗해진 아윈에게 새 옷을 입혔다. 나는 그를 침대에 앉혀 두고선, 그의 젖은 머리카락을 정성스레 닦아 주었다. 감기에 걸리면 안 되니까.

아윈은 씻고 나오는 내내 아무런 말도 하지 않았다. 혼자만의 생각에 잠긴 듯한 모습이었다. 그의 머리칼이 얼추 말랐을 때, 나는 앉았던 몸을 일으켰다.

"아윈, 저도 씻고 올게요."

아윈을 씻기느라 반은 젖어 버린 드레스(나는 아직까지도 달튼이 준 홈드레스 차림이었다.)를 벗고 싶기도 했고, 씻고 싶기도 했다.

나는 그렇게 아윈을 지나쳐 욕실로 가려 했다. 하지만 아윈이 내 손목을 부여잡았다. 센 악력이었다.

"내 눈앞에서 사라지지 마."

손목에 닿은 아윈의 체온이 뜨겁기만 했다.

"하지만 드레스도 젖었고, 저도 하루 종일 씻지 못해서. 일단은 씻고 난 뒤에 다시 얘기해요. 해야 할 얘기가 남았으니까."

"그럼 내가 씻겨 줄게."

나는 영 신통치 않다는 목소리로 말했다.

"당신이요?"

"어."

"누굴 씻겨 본 적 있어요?"

"예전에 한 번."

"누구요?"

"……부모님이 키우던 강아지."

내 손목을 쥐고 있던 아윈의 악력이 느슨해지며, 그는 고개를 약간 숙였다. 강아지를 씻겨 본 적 있다는 말이 부끄러웠나 보다. 나는 그의 손을 끌어내리며 말했다.

"아윈. 욕실에 간다고 해서, 제가 사라지지는 않아요."

"응……."

아윈은 기운 없이 대답했고, 나는 얼른 욕실로 향했다. 그가 벌떡 일어나 나를 뒤따른 것은 그 순간이었다.

"아윈."

"욕실 앞에서 기다릴게."

그는 안절부절못했다. 그 모습이 꼭 주인의 뒤꽁무니를 쫓아다니는 강아지를 떠올리게 했다.

결국엔 고개를 끄덕여 주었다. 욕실 앞에서 기다리겠다는 그를 단호하게 내치지 못하겠다.

아윈은 차마 욕실 안까지 따라 들어오지 못하며, 욕실 문이 완전히 닫힐 때까지 나를 바라보았다. 안타깝다는 생각이 드는 건 왜일까.

강아지를 씻겨 봤다던 아윈을 불신하는 건 절대로 아닌데, 혼자 씻고 나오는 편이 훨씬 빠를 것 같아서 그를 욕실까지 불러들이지 못했다.

홀로 욕실에 들어오고 나니 기분이 무겁게 가라앉기 시작했다. 아윈의 감정을 신경 쓰느라 미처 돌아보지 못했던 내 감정들이 뒤늦게 밀려온 것이었다.

흐르는 물에 몸을 씻다, 마침내 울컥해 버리고 말았다. 바보 같았다.

아윈 앞에선 괜찮다고 강한 척을 했지만, 사실 가장 울고 싶었던 사람은 나였다.

나는 하나도 의연하지 않았다. 나는 강하지 않았다. 다른 누구의 죽음이 아니라 내 죽음이었다. 나는 몹시도 슬펐다. 나는 죽고 싶지 않았다.

하지만 아윈이 계속해서 눈물을 흘리기를 바라지 않았다. 나는 그래서 어쭙잖게 태연한 척을 했다. 나는 지금 살아 있다고, 그것만 생각하라고.

아윈 앞에서 참았던 눈물은 기어코 후드득 흘러내렸다. 나는 입술을 꾹 깨물며 울음을 삼켰다.

내가 눈물을 흘릴 날은 얼마나 남았을까. 이젠 그조차도 얼마 남지 않았을지도 몰랐다.

눈물의 흔적을 말끔히 없앤 후에 욕실 문을 열었을 때, 아윈은 나를 제 품에 끌어당겼다.

"왜 이렇게 오래 걸려."

"그랬던가요."

"문을 열고 들어갈까 수십 번은 고민했어. 기다릴 수가 없었어."

"……."

"내 시야에 네가 보이지 않으니까 미칠 것 같았어."

그는 정말로 욕실에서 내가 사라질까 봐 염려했던 것일까. 웃으면 안 되는 줄 알았지만 나는 작게 키득거렸다. 울다가 웃으면 안 되는데.

"아윈. 당신이 무슨 말을 한다고 해도 저는 이제 당신의 시야에서 벗어나지 않을 거예요."

"약속해."

아윈은 답지 않게 투정 부리듯이 말했다.

"백 번이라도 약속해 줄 수 있어요."

그게 뭐가 어렵다고. 나는 으스대었다. 아윈은 나를 오랫동안 껴안고 있었다.

우리는 침대에 마주 보고 누워 서로를 꼼꼼히 바라보았다. 아윈의 뺨 위로 그의 머리카락이 흘러내려 있었다. 나는 그것을 그의 귀 뒤로 넘겨 주었다.

"머리가 많이 길었네요. 내일 자를래요?"

아윈은 대답했다.

"네가 잘라 줘."

"저는 잘 못 해요."

"뭐 어때."

아윈은 평소처럼 심드렁하게 대꾸했다. 그에게선 울음의 기운은 완전히 사라져 있었다. 나는 그 점이 다행이라고 생각했다.

"이상해질지도 모르는데요?"

"넌 내 머리 모양이 이상해지면, 나를 싫어할 건가?"

"아뇨. 그럴 리가 없잖아요."

머리가 어떠하든, 그가 무슨 옷을 입든 그 본질은 변하지 않는 것이다. 나는 아윈을 사랑했고, 부수적인 것들은 그를 사랑하는 내 마음에 아무런 영향도 주지 않았다. 아주 조금도.

"그럼 됐어. 이상하게 자른다면 너는 그에 대한 책임을 지고, 잘 잘라도 그에 대한 책임을 져."

"후자는 왜요?"

"결과가 어떻게 되든 간에 한번 손을 댔으면 끝까지 책임져야지."

"……."

"네가 나를 책임져 주었으면 좋겠어."

내 감정을 돌아오게 한 책임을 져.

농담일지 진담일지 모를 말을 건넨 아윈의 입술이 내 이마에 닿았다 떨어졌다.

"그렇게 안 봤는데 좀 치사하네요."

툴툴거리긴 했지만, 내 입꼬리는 스멀스멀 올라가고 있었다. 재회 후 내가 바랐던 아윈과의 대화는 이런 것이었기 때문이다. 내가 웃자 아윈도 나를 따라 미소 지었다.

"이포 벨. 내가 잠들어 있었던 동안 네가 겪은 일들을 얘기해 줘."

"저 엄청 고생했어요."

"알고 있어."

"당신이 상상할 수 없을 정도로."

"그럼 이제는 내가 상상할 수 있게 자세히 얘기해 줘. 네 말을 기억할게."

아윈은 고백하는 듯한 다디단 목소리로 말했다.

어디서부터 얘기해야 좋을까. 나는 그간 내게 있었던 일들을 떠올렸다.

아윈이 잠들고, 협곡을 찾아가고, 하워드를 만나고, 달튼을 찾았으나 그에게 납치를 당했고, 벚나무의 몸통 속에서 노만의 심장을 빼냈고, 결국 아윈의 저택으로 돌아왔다.

내 이야기의 시작과 끝은 모두 아윈이었다.

나는 아윈이 알아듣기 쉽게 말을 추려 냈다. 아윈으로서 시작하고, 아윈으로서 끝나는 그 이야기를.

그는 내게 시선을 떼지 않은 채로 내가 하는 말을 올곧이 들었다. 그러면서도 중간중간 내 머리칼을 넘겨 주기도 했으며, 내 손을 잡기도 했다.

이야기는 곧 끝이 났다. 내 이야기가 끝나기 무섭게 아윈은 진심이 담긴 짧은 감상평을 남겼다.

"엄청 고생했구나."

"네."

"왜 그런 고생을 했어?"

대답은 막힘없이 흘러나왔다.

"당신을 사랑하니까."

진심이 가득한 내 고백에 아윈은 영문 모를 복잡한 얼굴을 했다. 그는 작은 한숨과 함께 나를 가만히 응시하기만 했다. 백 마디 말보다도 더 많은 메시지가 담긴 듯한 눈빛이었다.

그가 또다시 우는 건 아닐까, 라는 걱정을 했지만 다행스럽게도 그는 눈물을 흘리지 않았다. 다만 곧 울 듯한 눈빛을 내비쳤을 뿐이다.

아윈은 나를 끌어안으며 뒤늦게 대답했다.

"나도 사랑해."

내 진심에 대한 제 진심을.

나는 아윈을 사랑했고, 아윈 또한 나를 사랑한다고 했다.

내가 살아온 나날 중 제일 행복한 순간을 꼽으라면, 지금일 테다. 하지만 아이러니하게도 나는 지금이 제일 슬프기도 했다.

많은 것을 바란 건 아니다. 사랑하는 사람이 생기고, 마음이 통한다면 그저 오랫동안 함께 있기를 바랐다.

밤늦도록 같이 시간을 보내다, 헤어지기를 아쉬워한다. 끝내 아쉬움을 못 이겨 다음 날의 태양이 떠오르는 걸 함께 지켜본다.

같은 침대를 쓰고, 같은 식탁을 쓰고, 같은 생각을 공유한다. 내가 바라던 건 딱 그 정도뿐이었다.

그러나 우습게도 나는 그런 것조차도 바랄 수 없는 처지였다. 내겐 삶의 유예 기간이 존재했으니까.

물론 남은 보름 동안만이라도 내 바람을 이룰 수 있을지도 모르겠지만, 마음이 먹먹해졌다.

차라리 당신을 사랑하지 않았더라면, 나는 아무렇지 않게 죽을 수 있었을까? 아니, 당신을 사랑하지 않는 게 가능한 일일까?

애당초 아윈을 보지 않았다면 모를까. 그를 본 이상 그에게 빠져들지 않을 수는 없었을 것이다.

불가항력. 나는 그 말을 되뇌어 생각했다.

아윈은 내 등을 쉼 없이 토닥여 주었다. 그러곤 어디선가 들어본 적이 있는 자장가를 나지막이 읊조렸다. 황홀한 목소리로 부르는 그의 자장가가 매우 훌륭했다. 잠이 오지 않았던 내가 곧 잠들 정도로.

아윈과의 진득한 밤을 바랐건만, 나는 그의 손길과 노랫소리에 따라 서서히 잠이 들었다.

아, 이대로 잠들기는 아쉬운데. 하지만 무거워진 눈꺼풀을 더는 들어 올릴 수 없었다.

"……그래, 맞아. 심장이야."

그 말은 꿈과 현실의 경계선상에서 어렴풋이 들은 아윈의 말이었다.

'그래, 맞아. 심장이야.'

무슨 의미였을까.

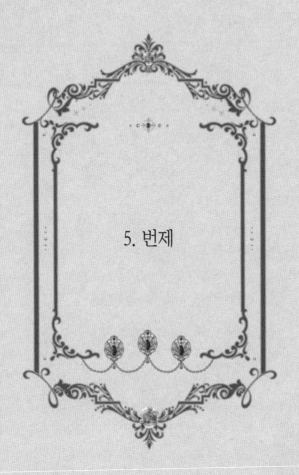

5. 번제

5. 번제

잠에서 깬 이유는 아마 얼굴 위로 내리쬐는 햇살 때문이었을 것이다. 겨울 햇살인 주제에 그 열기가 만만치 않았다. 나는 감고 있던 눈을 떴다.

나는 잠들었을 때처럼 아원의 품에 안겨 있었다. 그의 품속을 조심히 빠져나와, 잠든 아원의 얼굴을 내려다보았다. 죽은 듯이 잠든 아원은 고른 숨을 뱉어 내고 있었다.

나는 그의 얼굴을 지겹도록 바라보다 침대 위에 있던 창가를 응시했다. 그러자 어슴푸레한 구석 없이 완전히 밝아진 하늘이 보였다.

아, 오늘도 살아서 눈을 떴구나. 죽지 않았구나.

나는 자연스럽게 그렇게 생각했다. 아원의 목소리가 들린 것은 그 순간이었다.

"깼어?"

언제 깬 것인지 아원도 눈을 뜬 채였다. 나는 고개를 작게 끄덕인 뒤 다시금 창가를 바라보았다. 아원의 눈이 내 시선을 좇아갔다.

"하루가 지나갔어."

그는 몽롱한 듯, 왠지 구슬픈 듯이 말했다.

"싫어요?"

아원은 대답 대신 무방비하게 놓인 내 손을 그러잡았다. 맞잡은 그의 손은 평소와는 다르게 축축했다.

"내가 싫다고 한다면, 다음날이 오지 않게 해 줄 수 있어?"

나는 고개를 내저었다. 나는 평범한 시녀일 뿐이다. 다음날이 오지 않게 하려면 얼마나 대단한 능력을 가지고 있어야 하는 걸까. 감히 짐작되지 않았다.

아원은 짧은 한숨과 함께 말했다.

"그럼 내 머리를 잘라 줘."

앞뒤가 하나도 맞지 않는 말이었다.

"제가 졌어요."

나는 항복했다. 사랑하는 남자가 이토록 원하는데 어떻게 더 거절해야 하나 싶다.

아원은 잡고 있던 손을 오랫동안 놓지 않았다. 그의 손은 시간이 지날수록 축축해져만 갔다. 평소엔 땀이라곤 없던 사람이 왜 이렇게 식은땀을 흘리고 있는 걸까.

"아파요?"

내 물음에 아원은 고개를 가로저었다. 나는 그와 손을 잡지 않은 나머지 손으로 그의 이마를 짚어 보았다.

열은 전혀 없었다.

태어나서 누군가의 머리카락을 잘라 준 적이 없었다. 그렇기에 나는 꽤 곤란한 얼굴로 아원의 머리카락을 노려보았다.

눈썹과 눈꺼풀 사이를 웃도는 아원의 검은 머리카락은 내가 보기에도 조금 답답해 보였다. 설령 매우 잘생긴 아원이라고 할지라도 답답한 건 답답한 것이다.

저것을 어떤 각도에서 얼마나 잘라야 좋을까.

가위를 쥔 내 손에 기분 나쁜 땀이 질척거렸다. 아원의 손에 스며 있던 땀을 나무랄 처지가 아니었다.

내가 가위를 든 채로 아무것도 하지 못하자, 아원은 어서 자르라는 듯이 고개를 까딱거렸다.

하얀 목재 의자에 앉은 아원에게선 그 어떤 긴장감도 느껴지지 않았다. 그는 아마추어인 나를 무한 신뢰하고 있었고, 나는 그 점이 퍽 부담스러웠다.

나는 괜스레 열이 오르는 기분이 들어 닫아 두었던 창문을 활짝 열어젖혔다. 열린 창문 사이로 차가운 겨울바람을 온전히 맞자, 긴장이 약간은 사그라지는 것도 같았다.

나는 긴장을 가라앉힌 다음, 그의 머리카락 위로 가위를 가져다 대었다. 자연스럽게. 예쁘게. 엇나가지 않게. 나는 스스로에게 주문을 걸어가며 그의 머리카락을 잘라 내기 시작했다.

머리카락을 자르는 일에 숨겨진 재능이 있었던 것처럼, 나는 제법 잘 자르고 있었다. 내 가위질 한 번에 아원의 잘생긴 눈썹이 드러났고, 긴 앞머리 뒤에 숨겨져 있던 그의 훤한 신수도 드러났다.

그래, 이렇게만 자른다면 완벽······.

"······!"

하다고 생각했는데, 실수로 그의 앞머리를 뭉텅이로 잘라 버리고야 말았다. 동시에 그의 머리카락에는 우스운 곡선이 생겨 버렸다. 제길.

가위질을 하던 내 손은 그대로 굳어 버렸고, 나는 침을 꼴깍 삼켰다.

"잘못 잘랐어?"

아윈은 내가 둘러댈 시간조차 주지 않으며 냉정하게 물었다. 과연, 그다운 반응이라고 생각했다.

나는 바싹 말라 버린 입술을 벌리며 대답했다.

"······지금이라도 전문가를 부를까요?"

"됐어."

아윈은 제 머리를 손으로 몇 번 흐트러뜨렸다. 그 덕에 들쭉날쭉했던 그의 앞머리가 조금은 감춰졌지만, 나는 그에게 미안한 마음이 들었다.

그때 열어 놓은 창문 사이로 황량하고 거센 바람이 들어왔다. 불어오는 바람 때문에 흐트러졌던 아윈의 머리카락이 더욱 흐트러졌다.

아윈은 창가 쪽을 넌지시 쳐다보며 말했다.

"네가 내 머리를 잘못 자른 건, 바람 탓이라고 하자."

"······."

"바람이 많이 불어서 손이 엇나간 거라고."

"하하."

나는 어색하게 웃었다.

"나는 아무래도 상관이 없으니까."

아윈은 정말로 괘념치 않다는 것처럼 픽 웃었다.

"그래도……. 나중에 전문가를 불러올게요. 정리가 필요할 것 같아요."

"이포. 네가 정 그러기를 원한다면 그렇게 해도 좋아."

나는 아윈의 하얀 얼굴에 떨어진 잘린 머리칼들을 털어 내 주었다. 그는 내 손길을 묵묵히 받아들이며 입술을 떼어 냈다.

"그러고 보니 사고가 났던 날도 바람이 많이 불던 날이었어."

"사고요?"

"응. 예전에 심장을 다쳤던 날."

아아, 아윈의 심장에 있던 나사가 고장 난 날 말이지?

아윈은 무슨 바람이 불어서인지 과거에 제게 있었던 일을 털어놓기 시작했다. 나는 잠자코 그의 말을 경청했다. 어젯밤, 아윈이 내 말을 잘 들어주었듯이.

"바람이 많이 불던 날이기는 했지만, 활동하는 데엔 지장이 없던 날이었지. 그랬기 때문에 나는 마차를 타고 어디론가 가고 있었어."

"그래서요?"

"그런데 내가 탄 마차가 출발하자마자 어디선가 흉포한 바람이 불어오기 시작한 거야. 폭력적이고, 난폭한 바람이었지. 그 바람은 내가 타고 있던 마차를 순식간에 뒤덮었어. 마차는 전복됐고, 나는 크게 다쳤지. 죽지 않은 게 기적일 정도로."

거기까지 말한 아윈은 말하던 것을 멈추고 숨을 길게 내뱉었다. 마침 나도 그의 얼굴에 떨어져 있던 머리카락들을 모두 털어 내 준 뒤였다.

내 손길이 멈추자 아윈은 내 허리를 부드럽게 끌어안아, 나를 제 무릎 위에 앉혔다. 그러고선 이야기를 이어 갔다.

"운이 좋게도 눈에 띄는 외상은 모두 말끔히 치료됐어. 하지만 그때부터 이상하리만큼 모든 것에 무뎌진 거야. 타인의 감정에 공감할 수도 없었고, 내 감정도 잘 모르겠더라. 외상과는 별개로 내 심장은 말끔하게 치료되지 못한 거였어."

아윈은 그때부터 감정을 잃고 살았던 걸까?

나는 그의 손을 부여잡았다.

"고장 난 내 심장을 고치기 위해서 여러 의원이 다녀갔어. 하지만 모두들 하나같이 두 손 두 발 들었지. 그러다가 마지막으로 찾아온 게 달튼의 스승이었어. 그는 어디선가 새로운 심장 하나를 들고 와 그걸 내 몸에 스며들게 만들었어."

나는 그 심장을 알고 있었다. 노만의 심장이자 이제는 아윈의 두 번째 심장이 되어 버린 그 심장.

"그 심장은 협곡에 사는 노룡의 것이라고 하더군. 노룡의 심장은 내게 잘 스며들었지만, 이상하게도 잃어버렸던 내 감정들은 돌아오지 않았어."

"아! 저, 다음 부분은 알 것 같아요."

"다음 부분이 뭔데?"

"저라는 존재 때문에 당신의 감정이 돌아오게 되었다는 사실이요."

아윈은 희미한 미소를 지었다. 내 말이 틀리지 않았다는 의미를 지닌 미소였다.

"네 말이 맞아, 이포 벨."

나는 의기양양한 얼굴을 했다. 그사이에도 아원의 말은 계속되었다.

"이건 네게 처음으로 털어놓는 건데, 달튼의 스승이 노룡의 심장을 가져오기 전에……. 그러니까 마차 사고가 있고 나서, 누군가가 나를 찾아온 적이 있었어."

"누구요?"

"나를 찾아왔던 이는 기다란 금발이 아름다웠던 남자였어. 그 남자는 아주 깊은 밤에 찾아와 반쯤 잠에서 깬 내 머리카락을 쓰다듬으며 말했어. '미안해. 너를 다치게 하려던 것은 아니었어. 나는 그저 너무 슬펐을 뿐이야.'"

나는 앵무새처럼 그의 마지막 말을 따라 했다.

"미안해. 너를 다치게 하려던 것은 아니었어. 나는 그저 너무 슬펐을 뿐이야."

나는 마음속으로도 그 말을 몇 번이고 되뇌었다. 어쩐지 그 억양과 울림이 예상되는 말이었다.

아원은 내 어깨 위에 제 머리를 가볍게 기대며 말했다.

"그게 무슨 말인지 잘 이해할 수 없었던 나는 곧 다시 잠들었어. 날이 밝아 잠에서 깼을 땐, 그 남자는 사라져 있었지. 시간이 흐른 후에야 알아차린 건데, 그 시절 나를 보러 왔던 금발의 미남자는 사실 용의 협곡에 살았던 노룡이 아니었을까 해. 그에겐 어떤 슬픈 일이 있었고, 그는 그 슬픔을 이기지 못해 포효를 한 거야. 흉포했던 바람의 출처는 노룡의 포효가 아니었을까? 그래서 그가 제 심장을 내게 준 것은 아닐까? 심장을 가져온 이는 달튼의 스승이지만, 오로지 그의 재량만으로 노룡의 심장을 내게 성공적으로 이식시켰을 거라 여겨지지 않아. 심장의 주인의 허락이 필요했던 것은 아닐까. 나는 그렇게 생각했어."

늦은 밤 아윈을 찾아왔던 미남자는 정말로 노만이었던 걸까? 노만은 무슨 일 때문에 그토록 슬펐던 걸까?

'미안해. 너를 다치게 하려던 것은 아니었어. 나는 그저 너무 슬펐을 뿐이야.'

노만의 허락이 있어야만 가질 수 있는 그의 심장. 아윈이 노만의 심장을 가질 수 있었던 이유는, 마차 사고를 일으킨 것에 대한 노만의 부채감 덕분이 아닐까 싶었다.

내 머릿속엔 여러 생각들이 끊임없이 흘러갔다. 정리되지 않는 사고의 흐름을 막을 수 없었다.

"나는 그 사실을 성인이 된 후에야 알아차렸어. 무언가 확증이 있었던 건 아니었는데, 어느 순간 갑자기 알아차리게 되더군. 쿵하고 머릿속에 작은 울림이 울리며, 노룡과 심장, 그리고 금발의 미남자의 이미지가 떠오르는 거야. 마치 누군가가 친절하게 알려주는 것 같았지. 모든 것이 연결되어 있다고."

나는 고개를 작게 끄덕였다.

모든 것이 연결되어 있다. 어쩌면 우리의 만남에도 노룡의 개입이 있었을지도 모른다.

"나는 그길로 노룡의 협곡에 가서, 노룡이 잠든 곳을 찾아다녔어."

"찾으셨어요?"

아윈은 느릿하게 대답했다.

"물론."

"……."

"내가 찾은 노룡은 파충류를 연상하게 하는 모습이었지만, 몸집은 파충류보다도 훨씬 더 컸지. 그는 가만히 앉아 있었어. 아니, 엎어져 있었던 것인지도 모르겠군."

"혹시 그의 뼈를 본 거예요?"

아윈도 내가 봤던 노만의 흠 없는 뼈들을 봤을까 싶었지만……

"아니, 뼈는 나중에. 내가 노룡을 막 발견했을 땐, 그는 매끈해 보이는 황금빛의 피부를 가지고 있었어."

그는 뼈를 감싸고 있던 황금빛 피부를 가진 노만을 보았다고 했다. 나는 그 모습을 상상했다. 황금빛 피부를 가진 채로 제 몸을 웅크리고 있었을 노만. 그리고 무신경한 눈으로 노만을 바라봤을 아윈.

"나는 무언가에 홀린 듯이 그의 피부에 손을 댔어. 내 손이 닿기 무섭게 그의 피부는 먼지가 되어 어디론가 날아가 버렸어. 결국 내 눈앞에 남은 거라곤 살갗 하나 보이지 않던 뼈였지."

먼지처럼 날아가 버린 노만의 황금빛 육신. 어두웠던 동굴을 잠깐 수놓게 된 노만의 황금빛 흔적들. 그리고 그 또한 무신경한 눈으로 바라봤을 아윈.

"이포 벨. 이전에 누군가의 죽음을 본 적이 있느냐고 물은 적이 있었지? 나는 그 순간 '죽음'을 느꼈어. 물론 심장이 없었던 그는 이미 오래전에 죽어 있었던 걸지도 모르겠지만."

"아윈. 그때 어땠어요?"

나는 이전에 아윈에게 했던 질문과 같은 질문을 했다.

지난날 감정이 제대로 돌아오지 않았던 아윈은 '글쎄.'라고 대답했었다. 그렇다면 감정이 돌아온 그의 대답은 무엇일까.

"슬펐어."

"……."

"덩치가 크든, 작든, 용이든, 사람이든……. 누군가가 내 눈앞에서 사라진다는 건 정말 슬픈 일이야."

아원은 쓸쓸한 목소리로 덧대어 말했다.

"나는 그걸 뒤늦게 깨달아 버린 거야."

내가 죽는다면, 당신도 노만처럼 제 슬픔에 못 이겨 힘들어할 건가요?

내가 사라진 공백. 흉포한 바람을 불러올 수 없는 아원은 어떻게 자신의 슬픔을 토로할까.

나는 아원의 어깨를 잡아 내 쪽으로 끌어당겼다. 그는 오래도록 내게 안겨 있었다.

나는 아원의 방을 나와 내 방으로 향했다.

아원을 독차지하고 싶은 마음이 굴뚝같았지만, 아원은 내가 사랑하는 남자이기 전에 후작님이었고, 이 저택의 주인이었다. 그런 그는 오랫동안 잠들어 있었다.

나는 후작저를 떠나기 전, 아원의 부재로 인해 침울하기만 했던 저택의 분위기를 기억하고 있었다. 다시 깨어난 아원은 침울했던 저택의 분위기를 환기해 주어야 할 책임이 있었다. 고로 그는 잠깐 동안 후작으로서의 일을 하러 간 터였다.

아원은 정말 가기 싫은 얼굴로 안절부절못했으나 끝내 무거운 발걸음을 옮겼다. 그는 얼른 돌아오겠다는 말을 거듭 남기며, 내게 쉬고 있으라고 했다. 그래서 내가 찾아간 곳이 내 방이었다.

나는 묘한 설렘을 동반한 채로 내 방의 방문을 열었다. 문을 열자마자 천연 오가닉 비누의 향기가 은은하게 맡아졌다.

역시나 비싼 건 언제나 옳다. 오랫동안 비누를 쓰지 않았음에도 불구하고 향의 잔재가 지금까지 남아 있으니 말이다.

나는 방 안을 둘러보았다. 새로운 세입자가 들어온 것은 아닌 듯 그 안은 내가 떠나기 전과 다름이 없었다.

놔두고 갔던 내 관과 비누는 잘 있을까?

나는 내 관이 있었던 위치로 시선을 돌렸다. 창가 밑, 볕이 잘 드는 곳에 자리한 갈색빛의 관은 금방 눈에 띄었다. 그 자리에 그대로 있었구나.

내 관. 머지않아 내가 뉘일 곳.

나는 관의 앞까지 걸어가 자세를 낮추었다. 관 위에 얼굴을 묻자, 지난날 내 발길을 부여잡았던 목재 향이 맡아졌다. 햇볕을 받아 올곧게 자란 나무 냄새.

나는 만족할 때까지 그 냄새를 맡은 뒤 고개를 들어 올렸다. 그동안 주인의 관리를 받지도 못했건만, 관 뚜껑엔 먼지가 한 톨도 보이지 않았다. 되레 누군가가 꾸준히 닦기라도 한 것처럼 그 위가 반질거렸다.

그 순간 생각난 사람은 케이티였다. 나의 유일한 친구였던 케이티. 그녀가 내 관을 관리해 준 게 아닐까 싶었다. 그녀말곤 다른 이는 떠오르지 않았다.

관을 본 케이티가 무슨 생각을 했으려나. 기기괴괴하다 여겼으려나. 그녀는 원래도 나를 좀 이상하게 생각했는데, 이제는 더 희한한 여자로 생각하는 게 아닐지 염려가 되었다.

닫혀 있던 관의 뚜껑을 열었다. 매끄럽게 열린 관 속에선 코끝을 마비시킬 정도의 짙은 천연 오가닉 비누 향이 맡아졌다.

나는 숨을 깊숙이 들이켰다 내쉬었다. 진한 향이었지만 역하거나 속이 매스껍지 않은 오묘한 향이었다. 그 향은 외려 내 마음을 차분하게 가라앉혀 주었다.

열린 관의 내부에는 달튼이 사 준 오가닉 비누들이 여전히 즐비했다.

죽을 때까지 쓸 비누만 사 달라고 했더니, 관을 그득하게 채울 만큼 비누를 사 줬던 달튼이었다. 내가 후작저를 나설 때까지 쓴 비누는 고작 세 개뿐이었다.

"어라."

그런데 조금 이상하다. 딱히 개수를 세었던 것은 아니지만, 묘하게도 비누가 몇 개 줄어든 것 같았기 때문이다. 마치 누가 몰래 쓴 것처럼.

등 뒤에서 작은 인기척이 느껴진 것은 그때였다. '케이티인가?' 라고 생각하며 고개를 뒤로 돌렸다. 하나 그곳엔 의외인 사람이 서 있었다.

"하워드?"

그는 내가 열어 두었던 방문을 완전히 열어젖히며, 방 안으로 들어왔다.

"지나가다가 우연히 보여서."

그는 방문을 닫은 다음 내 쪽으로 걸어왔다. 관 앞까지 오고 나서야 걸음을 멈춘 그가, 나를 가만히 내려다보았다. 나는 그에게 물었다.

"후작저에서 주무셨어요?"

하워드는 고개를 가볍게 끄덕였다.

"이곳엔 빈방이 많더군."

"잠자리는 불편하지 않았어요?"

"그럭저럭 쓸 만했어."

그러곤 그는 슬금슬금 내 눈치를 봤다. 괜스레 제 은발을 한 번 쓸어 넘기기도 했고, 또 괜히 "으흐흠." 하는 긴 신음을 흘리기도 했다.

나는 그의 의미 없는 행동들의 이유를 단번에 알 수 있었다. 아무래도 하워드는, 아원에게 내 사정을 멋대로 말해 버린 것 때문에 내 눈치를 보는 것이리라.

나는 하워드를 올려다보며 말했다.

"저 화 안 났어요."

하워드의 고백이 섣불렀다고 생각했지만, 어찌 되었건 곧 밝힐 사실이었고, 어떻게 밝힐지 고민하던 사실이기도 했다. 결론적으로 아원과도 대화를 잘 나누었으니, 내가 하워드에게 화낼 이유는 없었다.

"내, 내가 언제 그런 게 궁금한데? 네가 화가 났건 나지 않았건 전혀 신경 안 써."

하워드는 발끈했다. 그리고 완전 신경 쓰고 있는 얼굴을 한 주제에 아니라고 한다. 오백 년이나 살았으면서 지나치게 솔직하지 못하다.

그래서 나는, 내가 화가 나지 않은 이유를 솔직하게 털어놓았다.

"당신이 저와 상의도 없이 제 상황을 밝히기는 했지만, 어쨌든 결론은 나쁘지 않았거든요."

하워드는 나를 물끄러미 들여다보며 물었다.

"그래서. 그 인간 남자는 뭐래? 노만의 심장을 네게 주겠대?"

나는 입술 위에 검지를 올렸다.

"비밀."

나와 아원 사이에 있었던 일을 하워드에게 곧이곧대로 알려 줄
필요는 없어서.

나는 짓궂은 미소마저도 지었다. 그러자 역시나 발끈한 쪽은 하
워드였다.

"나 원. 살려 주고, 구해 준 보람이 없잖아."

"대신 제가 당신에게 빚을 엄청 많이 졌잖아요."

"그럼. 다 갚고 죽어야지."

"못 갚고 죽으면 어떻게 돼요?"

"그럴 일은 없어."

하워드는 확신하고 있었다. 내가 제 빚을 모두 갚아 낸 뒤에 죽
을 거라고. 살날이 약 보름밖에 남지 않은 시한부인 나로선 잘 이
해되지 않는 확신이었다.

나는 지금 당장 내가 가지고 있는 것들을 읊어 보았다. 하워드에
게 내 현실을 가감 없이 알려줄 참이었다.

"하지만 저는 돈도 없고, 가지고 있는 거라곤 낡은 빗자루랑 메
이드복 몇 개랑……. 또 뭐가 남았더라."

놀랍게도 더 기억나는 것이 없었다. 물론 내게는 관과 비누가 있
었지만, 관은 내가 쓸 것이었고, 비누는 달튼에게 선물 받은 것이
었다. 타인에게 선물 받은 것을 또 다른 타인에게 선물하는 건 볼

썽사나운 일이라고 생각했다.

그나저나 나, 진짜로 가진 게 없구나. 생의 것은 아무것도 가지고 갈 수 없는 죽음. 그에 걸맞은 단출함이었다.

"메이드복. 지금 네가 입고 있는 거 말하는 거지?"

그는 내가 입고 있던 옷을 위아래로 훑어보았다.

내가 지금 입고 있는 옷은 어젯밤 아윈의 방에서 갈아입었던 메이드복이었다.(왜인지는 모르겠지만, 아윈의 방에는 여분의 메이드복이 있었다.)

"네, 맞아요."

나는 굽혔던 몸을 일으켜, 제자리에서 몇 차례 빙글빙글 돌았다. 하워드가 내 메이드복을 훑어보는 걸 더 용이하게 만들어 주기 위함이었다.

하워드의 청록빛 눈동자가 내 움직임을 부산스럽게 좇았다. 그 모습이 좀 귀엽고 우스웠다.

"혹시…… 이게 취향이세요? 그렇다면 메이드복이라도 몇 개 드릴게요. 훗날 당신이 사랑하게 될 여자에게 선물해 줄 수도 있고, 뭣하면 본인이 직접 입어 볼 수도……."

나는 하워드가 메이드복을 입은 모습을 상상하며 킥킥거렸다. 어쩜 여자보다도 더 예쁜 얼굴과 허리까지 내려오는 기다란 은발 덕에 제법 잘 어울릴 성싶다. 물론 키가 너무 커서 치마가 좀 짧을 수도 있겠지만…….

"야야, 인간 여자야. 거기까지만 해."

하워드는 퉁명스럽게 말했다.

"하지만 줄 게 정말로 없단 말이에요."

"과연 그럴까?"

"네?"

"나 말이야."

통명스러워 보였던 하워드의 얼굴이 삽시간 진지해졌다. 그는 웃음기 없는 얼굴로 앞으로 한 발자국 내디뎠다. 그 덕에 우리 사이의 거리가 더욱 가까워졌다.

나는 본능적으로 뒷걸음질을 쳤다. 왜인지 모르겠지만, 하워드 주위에 흐르는 기류가 완전히 바뀌어 버린 것만 같았다. 자못 무겁고 진중하게.

머릿속에는 위험을 알리는 경종이 울리고 있었다. 무언가 좋지 않은 예감이 들었다. 느릿하게 뒷걸음질 치던 와중, 반쯤 열어 두었던 관의 뚜껑에 다리가 걸렸다.

"……!"

엇, 하는 짧은소리와 함께 내 몸이 뒤로 기우뚱했다. 쓰러지는 내 몸뚱이를 부여잡은 것은 하워드의 손이었다. 그는 내 허리에 제 팔을 재빨리 둘러 내 신형이 무너지는 걸 막았다.

뒤로 나자빠지는 일은 일어나지 않았지만 외려 하워드와의 거리는 너무나도 가까워져 있었다. 서로의 숨결이 느껴질 만큼의 거리에서, 하워드는 말했다.

"네가 지금 가지고 있는 것들 중에 갖고 싶은 게 생겼어."

그는 나를 똑바로 세워 주며 내 허리에 둘렀던 제 팔을 물렀으나, 그럼에도 좁혀진 거리를 다시 늘리지는 않았다.

서로의 무릎이 닿을 정도의 가까운 거리 속, 나를 향한 하워드의 시선이 따가웠다. 그가 아닌 다른 곳으로 시선을 돌릴 수 없는 강럴한 눈빛이었다.

무료해 보이기만 했던 그의 청록빛 눈동자가 평소와는 다른 빛을 띠고 있었다. 이를테면 어떤 갈망과 열기가 맴돌고 있다고 해야 할까.

하워드는 내 어깨에 아무렇게나 내려와 있던 머리카락 한 줌을 쥐어 잡았다. 이윽고 그의 입술이 내 머리카락 위에 내려앉았다. 부자연스러움이라고는 없는, 경건한 느낌을 주는 입맞춤이었다.

눈을 감고 입을 맞추는 그의 모습을 내려다보았을 때, 나는 왠지 숨을 제대로 쉴 수 없었다.

"하워드……."

입맞춤을 끝낸 그가, 쥐고 있던 머리칼을 놓아주며 한 발자국 뒤로 물러났다. 나는 그제야 비로소 숨을 제대로 쉴 수 있었다.

하워드는 아무 일도 없었다는 듯 심드렁한 얼굴로 느른하게 팔짱을 꼈다. 나는 그에게 물었다.

"갖고 싶은 거……. 그게 뭔데요?"

괜스레 이상해졌던 분위기를 누그러뜨릴 약간의 농을 덧대면서.

"역시나 메이드복?"

하워드는 눈가를 찌푸렸다.

"비밀."

김이 새는 기분이었다. 내가 가진 것 중에 갖고 싶은 게 생겼다고 했으면서 이제 와 숨기는 이유는 무엇일까.

"일단은 지금 가야 할 곳이 있어."

"제가요?"

"어."

"어디요?"

하워드는 고개를 삐딱하게 기울이며 말했다.

"배은망덕한 인간 마법사에게로. 그치가 깨어났거든."

배은망덕한 인간 마법사. 나는 그의 풀 네임을 읊조렸다.

"방탕자 달튼 레이서스."

하루 동안 마법으로 곤히 잠들어 있었던 그가 기어코 깨어난 듯했다. 지금 달튼에게 어떤 감정을 가지고 있느냐고 묻는다면, 나는 그렇게 대답할 것이었다.

"글쎄."

그를 향한 애증은, 애정이라고 정의할지 증오라고 정의할지 아직 확실한 결정을 내리지 못한 상태였다. 그와 함께한 추억은 너무도 즐거웠고, 그가 내게 한 짓은 도무지 용서할 수 없었다.

하워드는 그런 내게 의문을 표했다.

"뭐가 글쎄라는 건데?"

"그런 게 있답니다."

"……."

"그럼 달튼이 있는 곳으로 가 볼까요?"

하워드는 탐탁지 않은 얼굴을 했지만 더는 묻지 않고 돌아섰다. 나는 그의 뒤를 조용히 따랐다.

앞장서서 걷던 하워드는 내 쪽으로 한 번도 뒤돌아보지 않으며 전방만을 응시했다. 목적지는 그리 멀지 않았다.

"여기야."

어느새 걸음을 멈춘 하워드는 어느 방문을 턱짓했고, 나는 그곳을 바라보았다. 그곳은 놀랍게도 이 층 복도 끝 방이었다. 일전에 달튼이 쭉 머물던 바로 그 방이었던 것이다.

"들어가 봐. 나는 밖에 있을 테니까."

하워드는 제법 눈치 있게 굴었다. 어제도 그렇게 해 주었으면 얼마나 좋았을까.

나는 문고리에 손을 올리며 고개를 작게 끄덕였다. 하워드는 손을 들어 올려 내 머리카락을 제멋대로 헝클어트렸다.

"헛짓거리 하지 못하게 대충 손을 써 놨으니까 안심하고."

"우와."

어떻게 거기까지 생각한 건지. 나는 진심으로 놀랐다는 듯이 그를 보았다. 하워드는 별일이 아니라는 것처럼 어깨를 으쓱거렸다.

"나도 귀찮아지는 건 질색이라서."

그는 무관심하게 말했지만, 그것이 그의 속 깊은 배려임을 나는 잘 알고 있었다. 보면 볼수록 다정한 하워드.

나는 들어가 보겠다는 말과 함께 방문을 열었다. 문은 매끄럽게 열렸고, 나는 그 안으로 들어가 문을 닫았다.

방 안을 둘러보자 이곳 또한 내가 떠나기 전과 달라진 게 없었다. 몇 없는 가구들과 기다란 행거에 걸려 있던 달튼의 화려한 망토들…….

익숙한 물건들 사이로 그가 보였다. 침대 위에 힘없이 앉아 있는 달튼이 그 주인공이었다. 나는 선뜻 그를 부르지 못하며, 생각했다. 깨어난 달튼이 처음 한 생각은 무엇이었을까, 하고.

'더는…… 감당할 수 없어.'

모든 것을 놓아 버릴 것처럼 혼잣말을 했던 달튼이었다.

더는 감당할 수 없는 막다른 길에 다다른 달튼은 어떤 생각을 하고 있을까. 내 예상대로 나쁜 생각을 하고 있는 걸까?

"똑똑."

나는 목소리로 문소리를 흉내 내었다. 아래로 푹 숙여져 있던 달튼의 고개는 그제야 내 쪽으로 들렸다.

마주친 달튼의 오드아이에서는 그 어떤 감정도 느껴지지 않았다. 지난날 내게 향했던 그의 열기 가득한 눈동자는 어디론가 사라진 뒤였다. 그를 지배했던 광기에 가까운 열의는 어디로 사라져 버린 걸까.

달튼은 공허해 보이는 눈동자로 나를 한참이나 바라보았다. 굳게 닫힌 그의 입술은 열릴 기미가 전혀 없었다.

비어 버린 마음. 나는 그 말을 마음속으로 되뇌며 그에게 다가갔다.

"잘 잤어요?"

나는 침대 어귀에 조심스럽게 걸터앉았다. 침대 헤드에 등을 대고 앉아 있던 달튼은 묵묵부답이었다. 말 없는, 고요한 시선만이 내게 박힌 채였다.

"저랑 말 안 할 거예요? 제게 해야 할 말이 있지 않나요?"

그렇게 말하기는 했지만, 달튼이 내게 무슨 말을 해야 하는 건지 나도 잘 알지 못했다.

그에게 화를 내야 함이 옳았지만, 나는 그에게 여전히 제대로 된 화도 낼 수 없었다. 어차피 죽을 건데 화를 내봤자 무슨 의미가 있겠냐는 생각이 들었다. 불필요하고 소모적이다.

비록 달튼 때문에 아윈과 있을 시간이 줄기는 했지만, 지나간 시간들을 되돌릴 수는 없는 노릇이었다.

일은 이미 벌어졌고, 시간은 이미 흘러갔다. 지금 내게 있어 중요한 것은 현재일 뿐.

다시 깨어난 아원과 함께 나눌 짧은 시간들을 충분히, 후회가 남지 않게 누리고 싶었다.

그리고 나는 역시나 달튼이 내 이름을 기억해 주었으면 좋겠다고 생각했다. 관에 뉘인 내게 그가 국화 한 송이를 얹어 주었으면 좋겠다.

화를 내어 달튼이 나를 완전히 저버리는 것보다, 그쪽이 훨씬 더 가치 있는 일이라 여겨졌다. 죽을 날이 가까워질수록 아원과 관련된 일을 제외한 모든 것에 무뎌지는 기분이었다.

그때, 달튼의 입술이 무겁게 벌어지며, 그 사이로 한마디가 흘러나왔다.

"······미안해."

'미안해.'

그가 저지른 온갖 일들을 관통하는 한마디였다. 요즘 들어 달튼에게 많이 들었던 말이기도 하고. 달튼은 제가 행한 일말의 일들이 잘못된 것이었음을 명백히 시인하고 있었다.

"달튼······."

나는 그의 얼굴을 자세히 들여다보았다. 달튼의 뺨은 오목하게 파여 어제보다도 메말라 보였다. 빈집에서 보았던 대로 그의 입술은 여전히 보기 흉하게 터진 채였다.

초췌해진 그의 모습 속, 그전에는 보이지 않았던 것이 눈에 띄었다. 선이 고운 그의 목에 채워져 있던 검은색의 목걸이가 그 정체였다. 아니, 목걸이라기보다는 목줄에 가까워 보였다.

저것이 하워드가 말한 '헛짓거리 하지 못하게 대충 손을 써 놨으니까 안심하고'에 대한 건가.

"당신이 잘못한 건 알고 있어요?"

달튼은 고개를 짧게 끄덕였다. 고민 없는 고갯짓이었다.

"아윈과 만났어요?"

달튼은 이번엔 고개를 좌우로 내저었다.

두 사람. 아직 만나지 않았구나.

"아윈에게 사과하실 거죠?"

그는 더 이상의 대화를 바라지 않는다는 듯이 침대에 누우며 내게서 등을 돌렸다. 몸을 동그랗게 웅크린 그가 자못 왜소해 보였다.

"오늘은 이만 가 볼게요."

나는 앉아 있었던 몸을 일으켰다. 달튼을 어르고 달래서 대화하고 싶은 상냥한 마음이 들지는 않았다.

그렇게 걸터앉았던 침대에서 일어서려고 했을 때, 달튼의 작은 목소리가 들려왔다.

"너를 사랑해서 미안해."

"……."

"나는 그저 사랑하고 싶었을 뿐이야. 그뿐이었어."

그리고 그는 한마디를 더 덧대었다.

"네가 원한다면, 나는 너와 함께 죽어 줄 수도 있어."

나는 대답 없이 그대로 방을 빠져나왔다.

'너와 함께 죽어 줄 수도 있어.'

유언처럼 남긴 달튼의 마지막 말은 내 귓가에 오랫동안 맴돌았다. 그 말 속에 담긴 감정은 애정 하나만이 아니었다. 어디론가 사라져 버렸다고 생각한 열의가 그 속에 배어 있는 것 같았다.

복도에 하워드는 보이지 않았다.

나는 그의 이름을 몇 번이고 불러 봤지만, 돌아오는 대답도 없었다. 나는 그를 찾는 걸 포기하고선 복도를 거닐었다.

걸음을 내디디며 내 방으로 돌아갈지, 아윈을 찾아갈지 잠깐 고민했다. 마음 같아서야 아윈을 찾아가고 싶었지만, 바쁠 그에게 짐이 되기는 싫었다.

나는 결국 내 방으로 다시 돌아왔다. 방문을 닫기가 무섭게 누군가가 내게 말을 건네었다.

"어디 갔다 왔어?"

믿을 수 없게도 아윈의 목소리였다. 나는 소리가 나는 방향으로 고개를 돌렸다.

그곳엔 정말로 아윈이 있었다. 그냥 아윈이 아니라, 각 잡힌 흰 셔츠에 검은빛의 조끼까지 완벽하게 갖추어 입은 구색이 훌륭한 아윈이 말이다.

그는 팔짱을 낀 채로 창틀과 마주한 벽에 몸을 기대고 있었다. 창가로 들어오는 겨울날의 차가운 햇살이 아윈을 반쯤 비추었다. 햇살의 각도에 따라 그늘지는 그의 얼굴이 오늘따라 더 비현실적으로 보였다.

새삼 넋을 잃게 되는 잘생긴 얼굴이었다. 얼기설기하게 잘린 그의 앞머리조차도 하나의 예술 작품처럼 보일 정도로.

"후작님? 저를 기다리고 계셨어요?"

나는 예고 없는 그의 등장에 고개를 갸웃거렸다. 그는 나를 오랫동안 기다린 것처럼 대답했다.

"응. 너를 기다렸어."

"많이요?"

아윈은 팔짱을 풀어 제 손목시계를 내려다보았다.

"248초까지 세던 참이었어."

"……."

"300까지 세어도 네가 돌아오지 않는다면, 직접 찾아다니려고 했지."

나는 심장 부근에 손을 올린 채로 길게 심호흡했다.

"아, 좀 아슬아슬했다."

아윈은 소리 없이 웃었다. 그는 벽에 기댔던 몸을 똑바로 세워 내게 다가왔다. 가깝게 다가온 그가 내 이마 위에 입술을 짧게 맞추었다.

"248초가 그렇게 긴 줄 몰랐어. 고작 4분 남짓한 시간일 뿐인데."

나 원. 이렇게 다정하게 말하면 어쩌자는 거야.

나는 실없이 미소를 흘리며 아윈을 쳐다보다, 그 뒤로 낯선 물건이 놓인 것을 발견했다. 그 물건의 정체는 행거에 걸린 흰 드레스였다.

"저건 뭐예요?"

나는 눈짓으로 하얀 드레스를 가리켰다. 내 방에 놔둔 것이니, 당연히 나를 위한 아윈의 선물일 거라는 섣부른 기대와 함께.

"네 거."

섣불렀던 기대는 실망으로 바뀌지 않았다. 나는 들뜬 마음으로 아원을 지나쳐 드레스가 걸린 행거까지 단숨에 걸어갔다.

가까이에서 본 드레스는 멀리서 보았을 때보다도 훨씬 더 고급스럽고 아름다웠다. 겹겹이 잘 덧대어진 훌륭한 프릴하며, 재질은 또 얼마나 좋았던지 손가락이 미끄러질 정도로 부드러웠다. 계속해서 보고 있자니 꼭 웨딩드레스 같기도 했다.

"웨딩드레스 같아요."

"결혼?"

"응. 결혼할 때 입는 거요."

아원은 어느새 내 등 뒤까지 다가와 내 허리를 감싸 안았다. 가깝게 닿은 그의 몸은 따뜻하기만 했다. 그는 내 어깨에 제 얼굴을 얹은 채로 말했다.

"결혼하고 싶어?"

"아무렴요."

"누구랑?"

답이 너무 뻔한 질문이잖아. 나는 즉답했다.

"당신이랑."

아원은 작게 키득거렸다. 그러곤 늘 그렇듯 제게 있어 생소한 단어의 의미를 내게 물었다.

"결혼이란 뭔데?"

나는 결혼에 대해서 곰곰이 생각했다.

"인간은 확인받고 싶어 해요. 사랑이든, 우정이든 그게 뭐든 간에요. 물론 확신이 없어서, 확인받고 싶어 하는 건 아니에요. 하지만 어떨 땐 가시적인 것을 원할 때가 있죠. 그런 감정들은 정의하기엔 너무나도 추상적인 것이니까. 그래서 하는 게 결혼이라고 생각해요."

"응."

"이 사람을 평생 사랑하겠다는 걸 여러 사람들 앞에서 약속하는
거예요. 이를테면 증인을 두고서 맹세한다고 해야 할까요. 다른 사
람들 앞에서 상대방의 사랑을 다짐받는 것보다 더 가시적인 확인
은 없을 테니까. 그런 데에서 얻는 안도 때문에 결혼하는 게 아닐
까요? 물론 제 생각이에요."

아원은 내 말을 앵무새처럼 따라 했다.

"증인을 두고서 맹세한다."

아원은 내 목덜미에 짧게 입술을 맞댄 후 내 귓가에 속삭였다.

"그럼 오늘 결혼하자."

"······네?"

나는 몸을 뒤쪽으로 틀며, 내 허리를 안고 있던 아원의 얼굴을
바라보았다. 오늘 결혼하자는 말을 스스럼없이 내뱉은 아원의 얼
굴이 보고 싶었다.

"너는 결혼에 대해서 그렇게 생각한다며. 그럼 너도 확인받기를
바라고 있는 거 아닌가?"

그는 세상에서 제일 달콤한 소리로 물으며, 세상에서 제일 아름
다운 미소마저도 지었다. 아원에게만 반응하는 내 심장은 가쁜 소
리를 내며 흥분했다.

"그런 일은 네게 손수건을 주는 일보다도 쉬운 일이야."

아아, 아원. 심장에 해로운 말을 계속하면 내 심장이 남아나질
않는다고. 나는 호흡이 가쁠 정도로 뛰는 심장 어귀를 부여잡았다.

"왜냐면 너를 사랑하는 걸, 나는 이미 확신하고 있으니까."

"아윈……."

"구태여 증인들 앞에서 맹세하지 않더라도 말이야."

내가 지금 죽는다면, 사인은 설렘사일 것임이 분명했다.

잘 땋아진 내 머리 위, 꽃 모양의 장신구를 꽂는 케이티의 손이 덜덜 떨리고 있었다. 나는 거울로 반사된 케이티의 얼굴을 살펴보았다. 그녀는 몹시도 긴장한 얼굴을 한 채였다.

나는 떨고 있는 그녀의 손을 잡아 주었다. 케이티가 흠칫 놀라는 게 느껴졌다. 그녀가 그토록 마음을 졸이고 있는 이유는 무엇일까.

"왜 떨어."

"휴."

케이티는 낮은 한숨을 내쉬었다.

"응?"

"그, 그러니까. 후작님이 갑자기 깨어나신 것도 너무 놀라운 일인데, 너도 갑자기 돌아오고……. 그리고 또 후작님이 너를 단장시켜 달라고 부탁하신 것도 너무 놀라워서. 네 모습은 꼭 오늘 결혼하는 신부 같잖아. 후작님은 너를 제 신부처럼 대하고……. 아, 내가 너무 이상한 소리를 한 거지?"

그녀는 머쓱한 미소를 지었다.

오늘 결혼하자던 아윈의 추진력은 대단했다. 그는 케이티와 다른 시녀들에게 내 단장을 지시하고선, 다른 무언가를 준비하러 간 터였다.

나는 케이티 포함 다른 시녀들과 재회의 인사를 나누기도 전에 아윈이 가져온 흰 드레스를 입었고, 옅은 화장을 했으며, 머리 장식까지 꽂게 되었다.

거울에 비친 내 모습은 케이티의 말대로 영락없는 신부의 모습이었다. 지금 당장 식장으로 달려가 사랑의 맹세를 한다 해도 이상할 게 전혀 없을 정도였다.

"아니, 이상한 소리는 아니었어. 실제로 그렇게 될지도 모르고."

"뭐? 실제로 그렇게 된다고?"

"그나저나 케이티. 네 손에서 익숙한 냄새가 난다."

나는 잡고 있던 케이티의 손을 잡아채 내 코끝까지 가져다 대었다. 거기에서는 익숙한 냄새가 났다.

천연 오가닉 비누 향. 비누가 사라진 것에 의아함을 느꼈는데, 범인이 너였구나.

"……미안해."

케이티는 내가 무슨 말을 하고 있는지 단번에 알아차리고선, 내게 사과했다.

"나는 네가 버리고 간 줄 알았어. 냄새가 좋아서 딱 하나만 쓴다는 게……. 화났어?"

"아니. 화 안 났어."

"……."

"그리고 마음껏 써도 돼. 나는 이미 쓸 만큼 충분히 썼거든. 그렇게 많은 걸 나 혼자 다 쓸 수 있을지도 미지수고."

"그래도 미안."

케이티는 한껏 미안한 표정을 지었다.

"케이티. 넌 그 비누를 쓸 때, 내 생각을 한 번이라도 했어?"

"당연하지! 그건 네 비누니까."

"그럼 됐어. 나는 그거면 돼. 넌 비누를 쓸 때마다 내 생각을 이따금씩 해 줘. 나는 그 사실로도 아주 행복할 것 같아."

그녀는 내 말에 의아한 표정을 지었지만, 나는 설명을 덧대지 않았다. 그저 앉아 있던 몸을 일으켜 오랜만에 만난 케이티를 안아주었을 뿐이다. 그녀는 군말 없이 얌전히 안겼다.

"케이티, 그동안 보고 싶었어. 너도 내가 보고 싶었어?"

"으응. 당연하잖아. 시녀 중에서 너랑 제일 친했는데. 이제 완전히 돌아온 거야?"

"일단은."

"다신 떠나지 않을 거지?"

나는 안고 있던 그녀를 놓아주었다. 의아했던 케이티의 얼굴은 이제 얼떨떨함으로 물들어 있었다. 나는 그녀의 마지막 질문에 미소로 회답했다.

미안, 이번엔 더 오랫동안 떠날 것도 같은데.

나는 차마 거기까진 말하지 못했다.

"이포 벨."

아윈은 웃음기가 밴 목소리로 내 이름을 불렀다. 나는 화장대 앞에 앉아 있던 몸을 일으켰다.

"오셨어요?"

"어. 너도 준비가 끝났다며."

나는 고개를 끄덕였다. 그러자 아윈이 내게 손을 내밀었다. 그의 손엔 흰 장갑이 끼워져 있었다. 손끝을 그의 손바닥 위로 올리며, 아윈의 모습을 눈으로 훑었다.

아까 보았을 때도 그의 구색이 완벽하다고 생각했는데, 옷을 갈아입고 온 그의 구색은 더더욱 훌륭해져 있었다.

"아, 눈부셔."

나는 나도 모르게 눈가를 찌푸렸다. 회색빛의 연미복을 입은 그의 후광이 너무나도 눈부셨기 때문이다.

"마음에 들어?"

아윈은 잡고 있던 내 손을 자신의 쪽으로 당기며 물었다.

"네. 완전 멋있어요."

"네 신랑으로 적합해?"

"더할 나위 없이 훌륭하죠."

아윈은 미소를 지었다. 그 미소 또한 더할 나위 없이 훌륭했다.

우리 사이로 다른 목소리가 끼어든 것은 그때였다.

"이, 이포 벨. 정말로 후작님과 결혼하는 거야?"

아, 케이티. 나는 그녀가 아직까지 방에 있었다는 사실을 뒤늦게 깨달았다. 그녀는 완전히 놀란 얼굴로 우리를 번갈아서 응시하고 있었다.

"케이티. 실제로 그렇게 될지도 모른다고 했잖아."

나는 케이티를 향해 한쪽 눈을 찡긋거렸다. 케이티는 놀라 벌어진 입을 미처 다물 생각조차 하지 못하며 한 마디를 읊조렸다.

"맙소사."

아원과 나는 마주 본 채로 키득거렸다.

아원은 제 시녀가 깜짝 놀라 버린 작은 사실을 즐거워했다. 모든 것에 무심하기만 했던 과거의 아원과는 판이했다.

"나가자."

아원은 내 손을 완전히 그러잡고선 나를 이끌었다. 우리의 목적지가 어디인지 알 수 없었던 나는, 아원이 이끄는 대로 그를 따라갔다.

우리는 기나긴 복도를 한참이나 거닐었다. 중간중간 만난 시종과 시녀들이 우리의 모습을 보며 경악에 가까운 시선을 보내는 게 느껴지기도 했다.

하나 나는 주눅이 들지 않았거니와 그 시선이 불편하지도 않았다. 나는 되레 당당하게 가슴을 펴고 아원과 걸음의 속도를 맞추었다.

오늘 아원이 내게 결혼을 하자고 했어. 그건 손수건을 주는 일보다도 쉬운 일이래.

나는 그가 했던 말들을 힘껏 외치며 자랑하고 싶었다.

"아원. 그런데 이 드레스는 어디서 구한 거예요?"

"어머님이 돌아가시기 전에 내게 준 드레스야. 어머님은 미래에 필요할 일이 있을 거라고 말씀하셨지."

"어머나."

"어머니의 선견지명은 정확했다고 생각해."

"그래서 오늘의 저는 어때요? 생각해 보니, 당신의 감상을 듣지 못한 것 같아."

아원은 내 쪽으로 고개를 비스듬히 기울이며 대답했다.

"드레스가 제 주인을 잘 찾아간 것 같아. 예뻐."

붉은 연지가 발린 내 입술에선 기분 좋은 웃음소리가 새어 나왔다. 오늘 하루는 죽음이니, 혈맥이 손상된 심장이니, 하는 것들을 모조리 잊은 채로 보내고 싶었다.

심장이 아프지 않다면 완벽할 텐데. 더불어 각혈도 하지 않았으면. 나는 어딘가에 존재할 절대적인 존재에게 간절하게 빌었다.

물론 돌아오는 대답은 없었다.

⊹⊹⊹

우리는 밖으로 나왔다. 아윈은 신사답게 에스코트하며 계속해서 나를 어디론가 이끌었다.

날은 무척이나 좋았다. 겨울인 주제에 햇볕이 제법 따사로웠으며, 불어오는 바람에 서린 냉기의 농도도 옅었다. 여러모로 결혼하기에 적합한 날이었다.

나는 그런 식으로 의미부여를 하고 있는 내 자신이 우스워 작게 키득거렸다.

잘 정돈된 잔디를 밟을 때마다 기분 좋은 소리가 났다. 나는 철 지난 사랑 노래를 콧소리로 흥얼거리며 아윈의 뒤를 따랐다.

아윈이 걸음을 멈춘 곳은 아윈만이 이용할 수 있는 정원이었다. 하지만 나도 몇 번이고 왔던 곳이기도 했다.

노룽의 협곡이 보이는 이곳이 꽤나 오랜만인 것처럼 느껴졌다. 나는 얼마 전에 다녀갔던 협곡을 넌지시 바라보았다. 다시는 가고 싶지 않다고 생각했지만, 어쩐지 그리운 감상을 주는 그곳.

내 옆에 있던 아윈은 협곡이 아닌 다른 어딘가를 응시하고 있었다. 나는 그 시선의 종착지로 시선을 옮겼다.

우리와 그리 멀지 않은 곳에 익숙한 인물 세 명이 서 있는 게 보였다. 후작저의 총집사인 노년의 남자, 인상은 차갑지만 마음은 따뜻한 시녀장, 그리고 아윈의 생활비서 격으로 있었던 중년의 남자까지도.

아윈은 내 두 손을 꼭 부여잡으며 말했다.

"증인들."

그는 내 귓가에 작게 속삭였다.

"그리고 저 증인들 앞에서 네게 맹세를 할 거야."

아윈은 내게 기울였던 고개를 똑바로 세운 뒤, 제 진심을 고했다. 정원을 울릴 만큼의 커다란 목소리였다.

"나 아윈 아스타는 이포 벨을 사랑해."

아윈은 맞잡고 있던 내 왼손을 자신의 입가까지 들어 올렸다. 사랑을 고한 아윈의 어여쁜 입술이 내 왼손 네 번째 손가락 위에 오랫동안 머물렀다.

왼손 약지. 결혼반지를 끼우는 그곳.

그의 입맞춤은 결혼반지를 끼워 주는 행위보다도 심도 있는 행위로 느껴졌다. 행복했고, 벅찼고, 그리고 슬펐다.

왜 슬픈지는 잘 모르겠다. 나는 벅차오르는 수많은 감정에 휩쓸려 눈물을 흘렸다. 눈물은 눈동자에 차고 넘쳐 왈칵 흘러내렸다.

아윈은 내 약지에 머물던 입술을 떼어 내고선 내 눈가를 쓸어 주었다.

"이포. 너도 맹세해야지."

그는 나를 달래듯이 말했다. 나는 정돈되지 않은 목소리로 한 마디씩 힘겹게 뱉어 냈다.

"저도…… 저도 당신을 사랑해요."

나는 소매로 눈물을 훔치며, 아윈의 입술에 쪽 소리 나게 입을 맞추었다. 우리의 서약이 끝나자, 박수 소리가 들리기 시작했다. 증인을 빙자한 저택의 사용인들이 친 박수였다.

머지않아 사용인들은 정원에서 조용히 사라졌다. 증인으로서 해야 할 일을 모두 끝냈다는 것처럼.

그들이 모두 사라지자, 아윈은 입고 있던 재킷을 벗어 내 어깨에 덮어 주었다. 재킷에는 그의 체온과 체취가 고스란히 담겨 있었다. 좋은 냄새.

"제대로 준비해 주지 못해서 미안해."

"괜찮아요. 지금도 완벽한걸요."

"하지만 나중에 더 완벽하게 결혼하자. 오늘은 임시."

"이게 임시라고요?"

나는 소매로 다시금 눈가를 닦았다. 눈물은 오랫동안 멈추지 않고 있었다.

"응. 더 멋지고 성대하게 다시 할 거야. 증인도 훨씬 많이 세울 거고 반지도 준비해야지. 그 외에 네가 원하는 게 더 있다면, 그것도 모두 들어줄게."

아윈의 근사한 말에 나는 눈물을 펑펑 흘렸다. 눈물을 흘린 여파로 다리에 힘이 풀려 주저앉자, 그도 자세를 낮추어 내 등을 부드럽게 쓸어 주었다.

"왜 자꾸 우는 거지?"

"진짜로 당신과 결혼을 한 것 같아서요."

"그럼 가짜라고 생각했어?"

나는 고개를 좌우로 내저었다.

"임시이기는 하지만, 오늘 것도 진짜야."

나는 그의 가슴에 얼굴을 기대었다. 그러자 그의 심장 소리가 들려왔다. 쿵쿵. 언제고 나를 인도했던 그 심장 소리. 나는 그의 심장 소리를 들으며 눈을 감았다.

"울지 마."

"응."

나는 그의 이름을 불렀다.

"아윈."

저는 더 멋지고 성대한, 증인도 훨씬 많은, 그리고 반지도 준비된 결혼식을 또다시 할 수 있을까요?

"아윈."

나는 그의 이름을 또다시 불렀다.

"응"

당신이 준비할 더 멋진 결혼식이 오기 전에, 제가 죽어 버리면 어떡하죠?

나는 아윈의 품에 더욱 깊숙이 파고들었다.

"……저도 내일이 오는 게 싫어요."

"잠들지 않으면 내일이 안 오지 않을까?"

"그랬으면 좋겠어요."

"그럼 오늘은 잠들지 말자."

"밤새 뭐 해요?"

"얘기해."

"무슨 얘기요?"

"그냥 네 얘기."

나는 파묻었던 고개를 들어 올려 그의 얼굴을 올려다보았다. 아원의 얼굴은 자못 진지하기만 했다. 나는 깊이를 알 수 없는 그의 검은 눈동자와 눈을 맞추었다.

"저를 정말 진심으로 사랑해요?"

아원은 주저 없이 대답했다.

"사랑해."

아원의 고백에 돌연히 떠오른 것은 달튼이 한 말이었다.

'너를 사랑해서 미안해. 나는 그저 사랑하고 싶었을 뿐이야. 그뿐이었어.'

그리고 폭력적이었던 달튼의 마지막 고백도 떠올랐다.

'네가 원한다면, 나는 너와 함께 죽어 줄 수도 있어.'

나는 아원의 이름을 다시금 조용히 불렀다.

"아원."

"응."

당신도 나와 함께 죽어 줄 수 있나요?

그 생각은 아원의 삶만을 바랐던 내가 했다고는 믿기지 않는 생각이었다. 온몸엔 오싹한 소름이 돋았다.

내가 지금 무슨 생각을 해 버린 걸까.

"이포?"

나는 고개를 가로저었다.

"아무것도 아니에요."

내가 한 생각을 고백할 순 없었다.

우리의 간소한 결혼식은 곧 끝이 났다. 아윈은 기력이 없었던 나를 거뜬히 안아 들었다.

"무리할 필요 없어."

그는 야윌 대로 야위어 버린 내 몸을 소중히 든 채로 후작저로 들어갔다. 후작저로 들어와 훈기를 느끼기가 무섭게 나는 몸을 잘게 떨었다.

내가 한 일이라곤 고작 울음을 토해 낸 일밖에 없었지만, 진이 모조리 빠진 기분이었다. 손가락을 움직일 힘조차도 없을 정도였다.

드레스가 얇았던 탓일까. 겨울이라는 계절 탓일까. 그것도 아니라면, 내 몸이 돌이킬 수 없을 정도로 나약해진 까닭일까. 무슨 까닭으로 나는 이토록 지친 것일까.

눈꺼풀은 곧 감길 것처럼 무거웠다. 아윈은 눈을 느릿하게 감았다 뜨는 나를 내려다보며, 걱정스럽게 물었다.

"좀 잘래?"

"아뇨. 결혼식 날에 신랑을 놔두고 먼저 잠이 든 신부가 되고 싶지 않아요."

"하지만……."

"아윈. 임시가 아니라면서요."

"……응."

"제게는 결혼에 대한 이상이 있었어요. 사랑하는 남자와 결혼하게 된다면, 첫날밤은 끝내주게 보내야지. 항상 그렇게 생각했단 말이에요."

아윈은 내 말을 묵묵히 듣기만 했다. 나를 안은 그는 어느새 제 방에 도착해 있었다. 그는 시녀를 시켜서 닫혔던 문을 열고, 나를 침대 위에 조심스럽게 눕혔다.

나를 눕힌 후 뒤로 물러나려던 아윈을 나는 급하게 붙잡았다. 아윈은 내게 잡힌 제 손목을 가만히 바라보았다.

"아윈. 제 이상이 현실이 되게 만들어 주세요."

"하지만 넌……."

나로 인해 네가 더 아파지게 될까 봐 두려워. 채 잇지 못한 말은 그러한 것 같았다.

바보, 내가 가진 치명적인 결함이 당신으로 인해 더 악화될 리가 없잖아.

그건 내 혈맥 속에 사는 벌레만이 조장할 수 있는 일이었다. 우리의 살갗이 맞닿는 일은 내게 해가 될 만한 일이 결단코 아니었다.

나는 장담할 수 있었다.

"쉽게 생각해요. 적어도 오늘 하루만큼은 내일이 오지 않을 것처럼, 오늘이 마지막인 것처럼 서로만 생각하는 거예요."

"……."

"오늘은 저희가 증명받은 뜻깊은 날이니까."

나는 잡고 있던 아윈의 손목을 놓고선, 그의 목덜미를 끌어당겼다. 그가 더 이상 도망가지 못하게.

"키스해 주세요."

나는 망설이는 아윈을 채근했다.

"얼른."

움직임이라곤 전혀 없던 아윈의 몸이 비스듬히 기운 것은 그 순간이었다. 그는 내 위로 자연스럽게 올라와, 두 손으로 내 양 뺨을 감싸고, 그리고 입을 맞추었다.

온기 가득한 아윈의 입술은 부드러웠다. 그간 닿기를 얼마나 고대했던 그의 입술이었던가.

내가 입술을 열자, 그 사이로 아윈의 매끄러운 혀가 들어왔다. 그 혀는 내 혀를 견고히 옭아매기도 하고, 내 입 안 구석구석을 헤집기도 했다. 나누는 숨결은 더욱 뜨거워졌다.

이내 서로의 거리는 빈틈없이 단단히 붙었다. 하나 그럼에도 아윈은 그 이상의 행동을 하지 않았다. 그의 손이 내 드레스를 벗기는 일은 없었던 것이다.

아윈은 오로지 입술과 입술을 맞대는 행위에만 집중했다. 가까이 접한 그의 것은 이미 단단해져 있었음에도 불구하고.

그러다 우리의 입술은 숨을 쉬기 위해 잠깐 떨어지기에 이르렀다. 아윈은 감고 있던 눈을 떠, 내 이마와 코끝 그리고 입술 위에 차례대로 짧게 입을 맞추었다.

"이포 벨."

그는 늘 그렇듯 내 이름을 나지막이 불렀다.

나는 늘 그랬듯 그에게 대답했다.

"네."

"네 이름을 영원히 기억할게."

그는 흐느끼는 것인지 아닌지 모를 애매한 목소리로 말했다. 나는 대답하듯이 그의 입술에 내 입술을 가져다 대었다. 그런 다음, 그의 손을 잡아 내 드레스를 벗기는 일을 도와주었다.

아윈은 잠깐 망설이더니, 이내 내 드레스를 끌어 내렸다. 나는 그가 입고 있던 훌륭한 턱시도를 벗겼다. 내 손길에는 망설임이 없었다.

살과 살이 닿는 촉감이 예민하게 다가왔다. 함께 나눈 밤이 숱하게 많았음에도 불구하고, 나는 새삼 긴장이 되었다.

내 몸을 쓸어내리는 그의 손의 감촉이 생소했고, 내 치열을 핥는 그의 혀끝이 자극적이었다. 나는 처음 사랑을 나누었을 때보다도 훨씬 더 농밀한 신음을 흘렸다.

아윈은 빠르지 않게, 그리고 온 마음을 다해 나를 천천히 안았다. 우리는 친밀한 행위를 오랫동안 깊이 나누었다. 밤은 더욱 깊어져 갔다.

나는 이 밤이 끝나지 않기를 바랐다. 간절하게 열망했다.

관계가 끝난 뒤, 우리는 침대에 나란히 누웠다. 온몸이 물에 젖은 솜처럼 무거웠다.

나는 몸을 옆으로 비틀어 아윈을 바라보았다. 그는 메마른 숨을 뱉어 내며 눈꺼풀을 느릿하게 깜빡이고 있었다. 제 것을 수어 번 토해 낸 아윈은 사정 후 나른함을 느끼고 있는 듯했다.

깊은 밤, 곧 잠들어도 이상하지 않을 상황이지만, 나는 잠들고 싶지 않았다. 우리는 다음날이 오지 않기를 바랐기 때문이다.

나는 아윈의 몸에 내 몸을 바짝 붙이며, 말을 건네었다.

"있죠, 아윈. 궁금한 게 있어요."

"뭔데?"

"당신의 방에 왜 메이드복이 있었던 거예요? 아니, 그건 언제부터 있었던 거예요?"

나는 아윈의 방에서 갈아입었던 메이드복을 떠올렸다.

다른 누군가가 입었던 흔적이 있었다면 기분이 매우 나빴을 것이다. 하지만 아윈의 방에 있던 메이드복은 새것이었고, 총 세 벌이 있었다.

세 벌의 새 메이드복.

"……봤어?"

"보기만 했을까요. 어제 그걸로 갈아입었어요."

"그렇군."

그는 낭패감 짙은 목소리로 말했다.

"솔직하게 얘기하면 네가 비웃을지도 모르겠어."

그럴 리는 절대로 없어요. 나는 단언했다.

설령 아윈이 해가 달이라고 한다면, 나는 그날부터 해를 달이라고 믿을 것이다. 아침에 뜨는 뜨거운 것은 달이요, 밤에 뜨는 차가운 것은 해요. 나는 그렇게 믿을 것이었다.

아윈의 말은 내게 그 정도의 믿음과 파급력을 가지고 있었다. 그는 아직까지도 제 말의 파급력을 제대로 인지하지 못한 듯했다. 애석한 일이었다.

"……감정이 반쯤 돌아왔을 때. 그러니까, 내가 널 잠깐 피했던 그때를 기억해?"

"물론이죠."

나는 그때의 냉정했던 아윈의 외면을 기억했다. 다소 선명한 기억이었다.

그다지 기억하고 싶지 않은 기억이었으나, 기억은 왠지 떠올리고 싶지 않은 일을 조금 더 오랫동안 기억해 내곤 했다.

완전 제멋대로에, 이기적인 면모다. 기억하고 싶은 것들만 머릿속에 새길 수 있다면 얼마나 좋을까.

"너를 외면했지만, 나는 네가 보고 싶었어. 참을 수 없을 정도였지. 하지만 너를 만나는 게 주저되었어. 돌아온 감정들이 너무 생소해서……. 이런 감정들을 어떻게 해야 할지 몰라서. 너를 만났다간 내 머리가 어떻게 될 것 같아서. 나는 혼란스러웠고, 내겐 시간이 필요했어."

나는 그의 말을 잠자코 들었다.

"그러다 결국 너를 찾아갔지만."

아윈은 아이처럼 푸스스 작게 웃었다.

"아무튼 네가 보고 싶지만 찾아가길 주저했던 그때. 내 눈에 띈 것이 메이드복이었어. 언제고 네가 입고 있던 그 옷."

나는 그제야 그의 말에 토를 달았다. 시비는 아니었고, 그냥 궁금해서였다.

"메이드복은 다른 시녀들도 입는 건데요?"

아윈은 여상스럽게 대꾸했다.

"말했잖아. 내 눈엔 너만 보인다고. 내가 기억하는 시녀복을 입은 여자는 너 하나뿐이었어. 이포 벨."

맙소사. 할 말을 잃게 만드는 아주 대단한 말이다.

나는 가까이 마주한 그의 살결에 입술을 가져다 대었다. 내 입술이 닿기 무섭게 아윈의 몸이 잘게 떨리는 게 느껴졌다. 하필 맞닿은 곳이 그의 가슴팍이었던 까닭이다.

그는 내 허리 위로 부드럽게 손을 두르며 이어 말했다.

"그래서 하나둘 모으다 보니까……. 결국 세 개까지 모으게 된 거야."

"그럼 세 개까지 모은 뒤에 저를 찾아온 거예요?"

"응. 네 개째로 넘어갔다간, 시녀장에게 들킬 것 같아서."

비밀인데. 몰래 가져왔거든. 나 좀 너무했지? 아윈은 어울리지 않게 머쓱한 목소리를 내었다.

나는 키득거리며 대답했다.

"어차피 이 저택의 주인은 당신인 걸요. 당신이 메이드복을 열 개 훔쳐 와도 아무도 타박하지 않을 거예요. 하지만 이상한 소문은 돌 테죠. 희한한 성적 페티시를 가진 아윈 아스타 후작님―, 정도가 되려나요."

"놀리지 마."

"기분 나빴어요?"

"아니. 네가 비웃지만 않는다면 아무래도 상관없어."

"다시 한번 더 말씀드릴게요. 비웃지 않아요. 오히려 사랑스럽기만 한걸."

"응."

아윈은 휴, 하고 안도가 담긴 숨을 짧게 내뱉었다.

"그런데 저도 그게 어떤 기분인지 알 것 같아요."

아윈은 의아하게 되물었다.

"너도?"

"그럼요. 저도 당신의 손수건을 소중하게 모시고 있었던 걸요. 지금까지도."

"……."

"저는 매일 생각했어요. 당신의 재킷 속엔 얼마나 많은 손수건이 들어 있는 걸까, 하고."

아윈은 알 만하다는 듯이 웃으며 나를 완전히 껴안았다.

"내 재킷 속엔 네 것이 아닌 여분의 손수건은 없어."

나지막이 덧댄 말은 덤이었다.

나는 눈을 감고 아윈을 상상했다. 시녀장의 눈을 피해 메이드복에 손을 댄 아윈을.

아윈은 훔쳐 온 메이드복을 방 안에 잘 개어 둔다. 그리고 잠들 수 없는 밤, 복잡한 시선으로 메이드복을 그러쥐는 거다. 유일한 빛은 달빛뿐인 방 안, 아윈은 메이드복에 코끝을 가져다 대며 생각한다.

'이포 벨이 보고 싶어.'

하지만 그 실체는 방 안에 존재하지 않는다.

해가 밝고, 다음날이 되고, 또다시 깊은 밤이 찾아와도 실체를 마주할 수 없다. 고작 메이드복을 그러쥐는 것만으로는.

그리하여 아윈은 결심하게 된다.

'그녀를 만나서 내 진심을 토로해야겠어.'

아윈의 고백은 그런 식으로 이루어지지 않았을까?

행복한 상상의 끝은 수마였다. 수마는 소리 없이 다가와 일순간 나를 집어삼켰다.

문득 눈을 떴을 땐, 끝없는 어둠이 존재했다.

깊은 어둠 속에는 아무것도 존재하지 않았다. 빛도, 바람도, 소리도, 아무것도. 완전무결한 어둠이었다.

나는 본능적으로 자각했다.

이건 꿈임이 분명해.

팟. 스파크가 터지듯 밝은 빛이 반짝거린 것은 그 순간이었다. 하나로 시작한 밝은 빛은 이내 여러 군데에서 다발적으로 터지며, 내 눈동자엔 황금빛이 아로새겨졌다.

어두운 공간을 가로지른 황금빛의 정체는 누군가의 피부였다. 황금빛 피부를 가진, 고고하게 빛이 나는 존재.

노만. 그였다.

나는 어두웠던 공간의 정체를 뒤늦게 눈치챌 수 있었다. 이곳은 노만의 동굴이었다.

동굴의 주인인 노만은 꼬리를 동그랗게 만 채로 몸을 웅크리고 있었다. 그는 잠든 듯 고요히 눈을 감은 채였다. 아니, 죽어 있는 걸까?

나는 일전에 아윈이 했던 말을 떠올렸다.

'내가 노룡을 막 발견했을 땐, 그는 매끈해 보이는 황금빛의 피부를 가지고 있었어.'

과연, 그의 말대로였다. 노만의 황금빛 피부가 매끄러워 보였기 때문이다. 쓰다듬어 보고 싶다는 바람이 절로 들었다.

그때, 가만히 감겨 있던 노만의 눈꺼풀이 들리기 시작했다. 눈꺼풀은 눈에 띄게 흔들리며, 노만은 자신이 죽어 있지 않음을 증명했다.

파충류를 연상하게 하는 기다란 주둥이 위, 가로로 길게 찢어진 그의 눈이 이윽고 완전히 뜨여졌다. 노만의 눈동자는 황금빛 피부

못지않은 노란빛을 가진 눈동자였다.

얇은 세로의 동공을 가진 그의 눈동자는 어쩐지 쉬이 다가가기 힘든 분위기를 풍기고 있었다. 하지만 두렵거나 무섭다는 기분은 들지 않았다. 도리어 출처를 알 수 없는 그리운 감정이 들었을 뿐이다.

예전에도 당신의 눈동자를 바라본 적이 있는 것 같아. 차갑고 아름다운 당신의 눈동자를.

검은빛의 세로 동공은 내게 정확하게 닿았다. 그는 제 눈을 느릿하게 껌뻑이며 나를 직시했다. 깨달았을 땐, 동굴이 공명할 만큼의 목소리가 울리고 있었다.

'……걱정 마렴, 아이야.'

낯익은 목소리였다. 나는 그 목소리의 정체를 알고 있었다. 내 꿈속에서 내게 속삭였던 그 목소리였다.

내 심장을 네게 줄게.

그는 언제고 약속하듯이 말했었다.

'나는 약속을 지킨단다.'

그는 커다란 주둥이를 조금도 벌리지 않으며, 내게 의사를 전달하고 있었다. 실로 기이한 광경이었다.

'다쳤던 나를 치료해 주었던 아이야. 비록 너는 내 심장을 가지지는 못했지만, 그보다도 더 뜻깊은 심장을 얻게 될 거야.'

다쳤던 황금빛 새를 치료해 주었던 나. 그리고 황금빛 새의 정체였던 노만.

'내 말을 기억해 두렴. 그리고 나를 기억해 주렴.'

응, 당신을 잊지 않아.

나는 잊고 있었던 어렸을 적 기억을 떠올렸고, 이제 다시는 잊고 싶지 않았다.

'내 심장을 가진 그 아이를 안아 주렴.'

그의 심장을 가진 아이, 아윈.

나는 마음속으로 대답했다.

오늘도 분에 넘칠 만큼 그를 안아 준걸요.

그것은 그의 마지막 메시지였다. 어두운 사위를 밝혀 주었던 노만의 황금빛 육신은 먼지가 되어 어디론가 날아가 버리고 만다.

나는 그 모습을 빠짐없이 바라보았다. 꿈이라고는 믿기지 않는 선명한 광경이었다.

꿈에서 깨어나 눈을 떴다. 그러자 눈꺼풀에 언제 맺혔을지 모를 눈물이 내 뺨을 타고 흘러내렸다. 딱 한 방울의 눈물이었다.

나는 다시 눈을 감으며 생각했다.

어렸을 적, 내가 치료해 주었던 황금빛 새의 정체는 노만이었고, 깊은 구덩이에 빠졌던 나를 구해 주었던 것도 아마 노만이었던 것 같다.

노만은 곧 죽을 자신의 운명을 예감했고, 내게 제 심장을 주리라 약속했다. 그러나 그 약속은 중간에 어그러지고 만다. 달튼의 스승이 노만의 심장을 먼저 가져갔기 때문이다.

하지만 나는 결국 노만의 심장을 가진 남자를 만났고, 그에게 반했으며, 그와 사랑의 결실을 이루었다. 아윈과 나는 눈에 보이지 않는 무언가로 이어져 있기라도 한 것처럼 서로에게 이끌렸다.

노만. 우리의 사랑도 당신이 예견한 일인 건가요?

지난날, 아윈은 그렇게 말했었다.

'내겐 두 개의 심장이 있어.'

그리고 그는 내 눈물을 보며 그렇게 말했었다.

'왜 너는 나를 슬프게 하는 눈물을 흘리는 걸까. 두 번째 심장이라고 했잖아. 그가 슬퍼하고 있어.'

내 눈물을 슬퍼했던 건, 그의 두 번째 심장.

노만. 당신이 내 눈물을 슬퍼했던 건가요?

감정이 돌아오지 않았던 아윈에게 있어, 내 눈물을 슬퍼했던 건 노만이었던 것이다.

그동안 의문스러웠던 흩어진 여러 정황들이 자신의 자리를 찾아가며, 완벽한 귀결을 만들어 내고 있었다.

나는 감았던 눈을 완전히 뜨고선, 뒤늦게 아윈을 찾았다. 손을 뻗으면 닿을 거리에서 잠든 그였건만······.

"······."

믿을 수 없게도 내 손에 잡히는 것은 아무것도 없었다.

그의 부재에 심장이 덜컥 내려앉는 기분이 들었다. 고작 씻으러 갈 뿐인데도 내가 사라질까 염려했던 아윈의 마음을 이제야 조금 이해할 수 있을 것도 같았다.

나는 상체를 일으키며 방 안을 둘러보았다. 아윈은 침대 위에도, 방안 어디에도 보이지 않았다. 이 방을 나가 어디론가 가 버린 듯했다.

어슴푸레한 사위. 내일의 태양이 떠오르지 않은 새벽녘. 그리고 조금 열린 문틈. 그것은 누군가가 나갔음을 알려 주는 방증이었다.

나는 고민했다. 밖으로 나가서 아윈을 찾아봐야 하는 것인가. 아니면 그가 돌아올 때까지 얌전히 기다려야 하는 것인가.

그런데 아원은 왜 밖으로 나간 것일까? 그가 새벽녘에 잠든 나를 두고서 나갈 일이란 건, 대관절 무엇일까.

그의 조심스러운 행보는 내게 그런 느낌을 주었다.

아원은…… 마치 내가 들어선 혹은 알아선 안 될 일을 도모하러 간 것 같아.

속이 컴컴한 음모와는 거리가 멀어 보이는 아원이었다. 그는 아무것도 칠해지지 않은 깨끗한 도화지 같은 사람이란 말이다. 그런 그가 어째서 수상한 냄새를 풍기는 걸까. 장고 끝엔 답이 없었다.

아랫입술만 짓이기던 그때, 조금 열린 문틈 사이로 누군가의 인기척이 새어 들어왔다. 비밀스러운 외출을 끝내고 돌아온 아원의 발소리였다. 나는 얼른 침대에 누워 이불을 덮고선, 눈을 감았다.

끼이익. 탁탁.

문이 열리는 소리와 단정한 구둣발 소리가 함께 울렸다. 그의 발소리는 침대 앞에서 멈춰졌다. 침대맡에 조용히 앉은 듯한 아원의 손길이 내 뺨에 닿는 게 느껴졌다.

그는 내 뺨을 가만히 쓰다듬기 시작했다. 왠지 애절하게 느껴지는 손길이었다. 그는 오랫동안 내 뺨을 매만지기만 했다. 잠든 척했던 내가 다시 잠들 때까지도.

그는 나를 어떤 눈빛으로 바라보고 있었을까.

❖

눈을 뜨자마자 본 것은, 침대 헤드에 등을 기댄 채로 책을 읽고 있던 아원이었다.

그는 놀랍게도 희미한 미소를 띠고선, 다소 여유로운 얼굴을 하고 있었다. 지난 시간, 나와 떨어지면 큰일이 날 것처럼 굴었던 아윈이라고는 믿기지 않는 침착함이었다.

아윈에게선, 내 죽음 때문에 눈물을 흘리고, 흔들렸던 모습이 더는 보이지 않았다.

현실을 받아들이리라 마음먹었기에 침착해진 것인지. 거스를 수 없는 내 죽음을 그도 포기한 것인지. 그것도 아니라면, 내 죽음을 달관할 수 있는 무언가의 계책이 생긴 것인지.

나는 마지막 가정에 고개를 갸웃거렸다. 대마법사도 어찌할 수 없는 내 죽음을 아윈이 어떻게 한단 말인가.

어젯밤 비밀스럽게 자리를 비웠던 그의 모습이 떠오른 것은 그 순간이었다. 새벽녘의 비밀스러운 외출. 그리고 침착해진 그.

두 가지 사실엔 어떤 연관성이라도 있는 걸까?

머릿속이 대단히 혼란스러웠다. 하지만 아무리 생각한들, 나는 아윈의 의중을 알 수 없을 것이다. 그에게 직접 듣는 게 제일 빠른 해결책이겠지만.

나는 아윈의 얼굴을 물끄러미 올려다보았다. 비밀스럽기만 했던 그 일을, 아윈이 솔직하게 털어놔 줄까?

물론 그가 나로 인해 울지 않아서 다행이라고 생각했다. 하나 왠지 모르게 서운하다는 마음마저도 들었다.

만일 그가 나 때문에 울게 된다면, 나는 또다시 엄청 슬퍼질 텐데. 나 원. 나는 아윈에게 도대체 뭘 바라는 거야.

"아윈. 언제부터 깨어 있었어요? 저도 깨워 주지."

그것은 죽지 않고 눈을 뜬 오늘, 내가 꺼낸 첫마디였다. 아윈은 내가 깨어났음을 그제야 인지한 듯했다. 그는 읽고 있던 책을 내려 놓으며 나를 내려다보았다.

"잠이 안 와서."

그는 조금 내려가 있던 이불을 내 목 끝까지 끄집어 올려 주었다.

"더 잘래? 아직 이른 시간인데."

"아니요. 더 자고 싶지 않아요. 그나저나 뭘 읽고 있었던 거예요?"

"……아."

아윈은 무릎 위에 덮어 두었던 책의 표지를 손끝으로 매만졌다.

"감정적인 책을 읽고 있었어."

그는 답지 않게 작은 목소리로 답하며, 말끝을 흐렸다.

왠지 부끄러워하는 것 같다. 부끄러움이라고는 전혀 모를 것처럼 생긴 주제에.

"감정적인 책이라는 건……. 사랑이 충만한 책?"

아윈은 고개를 옅게 끄덕였다.

연애 소설을 읽는 아윈이라.

"풉, 큭큭."

나는 별안간 웃음을 터뜨렸다. 안 어울려도 너무 안 어울리잖아. 아윈은 머쓱한 것처럼 헛기침을 두어 번 했다.

"……내겐 여러 감정이 돌아왔고, 나는 그 감정들을 여과 없이 느껴 보고 싶었어."

아윈의 말이 맞았다. 돌아온 그의 감정에는 사랑이라는 따뜻한 감정만이 있는 것은 아닐 것이다.

사랑, 슬픔, 초조함, 불안함, 애틋함……. 그는 걷잡을 수 없는 많은 감정들을 느끼고 있을 테다. 그는 소설을 읽으며 제가 느낀 감정들을 되새기고, 고민했던 걸까?

"저한테도 읽어 주세요. 당신의 그 황홀한 목소리로."

비록 부끄러워했지만, 아원의 대답에는 망설임이 없었다.

"좋아."

그는 무릎 위에 가지런히 덮어 두었던 책을 다시 집어 들었다. 곧 아원의 붉은 입술이 떼어지며, 그의 목소리가 흘러나왔다.

그가 읽던 책은 여러 사랑 이야기가 나오는 단편집이었다. 벙어리 신부, 나쁜 남자, 시한부 여자, 사랑에 지고지순한 남자 등이 나오는 단편집.

아원의 목소리가 너무도 좋았던 까닭이었을까. 그가 읊조린 소설 속 상황들이 내 눈앞에 선명하게 그려졌다. 내가 그런 일을 실제로 겪은 것 같은 착각이 일 정도였다.

아원은 글귀에 서린 감정을 고스란히 느끼고 있는 것 같았다. 감정이 고조되는 부분을 읽는 그의 목소리는 격앙되어 있었고, 슬픈 부분을 읽는 그의 목소리는 눈에 띄는 가라앉아 있었다.

그러면서도 그는 꼭,

"내 영혼까지 네게 줄게."

라는 소설 속 진부한 사랑 대사를 엄청 열심히 암송했다. 그는 암송하는 것에만 그치지 않으며, 책에 두었던 시선을 내게 옮겼다.

그는 내 눈을 똑바로 바라보며,

"나는 단지 너를 사랑하는 한 남자일 뿐이야."

고백하듯 나지막이 속삭였고, 나는 대답 대신 그의 입술에 입을 맞추어 주었다.

대사는 진부했지만, 그의 눈빛은 살아 있었다. 그리고 그의 말

속에는 진심밖에 담겨 있지 않았다.

엔딩이 행복하지 않은 이야기가 끝날 때면, 아원은 아주 슬퍼했다.

"나는 이런 엔딩을 원하지 않아."

나는 차마 대답하지 못하며, 더러 그랬듯이 그의 입술에 입을 맞추어 주었을 뿐이었다.

왠지 내 마음이 너덜너덜하게 찢긴 기분이었다. 고작 슬픈 엔딩 따위가 뭐라고, 내 마음을 이토록 찢어지게 만드는 것인가.

내 미래와 닮았음을 직감했기에 그런 것일까. 기껏해야 소설 속 허구성이 짙은 이야기일 뿐일 텐데.

저도 슬픈 엔딩을 바라지 않아요.

끝내 흘러나오지 못한 대답을 나는 삼켜 냈다. 목구멍이 썼다. 그 말이 그토록 쓴 말인 줄은 몰랐다. 정말 몰랐다.

"오늘은 뭘 할까?"

책 읽기를 끝낸 아원이 한 말이었다.

"오늘은 일 안 하셔도 돼요?"

그러자 아원은 기가 막힌 미소를 지으며 대답하더라.

"땡땡이."

"……! 그런 말은 어디서 배웠어요?"

"아까 읽었던 책에서. 여자 주인공을 사랑하게 된 남자 주인공이 줄곧 했던 일이잖아. '그는 모든 일을 내팽개치고선 그녀를 찾아갔다. 어떨 땐 너무도 절박하게. 또 어떨 땐 다소 여유로워 보이게.'"

그는 소설 속 구절을 나지막이 읊조렸다. 그러곤 내게 물었다.

"그 남자가 왜 여유로워 보이게 찾아간 줄 알아?"

"글쎄요."

"매일 절박하게 찾아가면, 여자가 질려 할까 봐. 너도 내가 너를 절박하게만 원한다면, 나를 질려 할 건가?"

나는 고개를 내저었다.

"저는 헌신적인 남자를 좋아해요."

"나는 헌신적인 남자를 좋아하는 여자를 좋아해."

아윈은 죽이 척척 맞게 대답했다.

"어쩜. 우린 완벽한 연인이네요."

"그런가 봐."

우린 서로를 마주 보며 아이처럼 웃었다. 솔직히 좀 바보 같았다. 하지만 뭔들 어떻겠냐 싶다.

좀 바보 같이 웃으면 어때. 나는 시시껄렁한 대화를 나누는 지금이 행복했다.

감정이 복받칠 정도로 아주 큰 행복을 바라진 않을 테니, 소소한 행복을 조금 더 오래도록 누렸으면 했다. 아이처럼 웃는 아윈의 얼굴을 지겹도록 보고 싶다.

웃고 있던 아이를 보며, 자신이 어떻게 웃었는지를 떠올리려 노력했던 아윈이었다. 그는 이제야 완벽한 웃음을 되찾게 되었는데, 내가 사라지는 건 너무한 일이었다.

내가 사라져서, 아윈이 또다시 웃음을 잃으면 어떡하지?

감정이 제대로 스민 두 번째 심장이 존재함에도 불구하고, 그가 웃음을 영영 잃게 된다면.

"급한 일은 어제 미리 결재해 두었어. 오늘은 네게만 내 시간을 쏟아붓고 싶어."

아윈은 내 머리 위를 가볍게 두드리며, 침대에서 완전히 일어섰다.

❖

우리는 가벼운 식사를 함께한 뒤, 잠깐 헤어졌다. 딱히 큰 이유가 있어서 떨어지게 된 것은 아니었고, 그저 각자 단장할 시간이 필요했을 따름이었다.

오늘의 내 단장을 도와준 이는 역시나 케이티였다. 다시 만난 그녀는 어제보다도 더 놀란 얼굴로 나를 바라보았다.

"맙소사, 맙소사. 벨! 너 진짜 아윈 후작님이랑 그런 관계였던 거야?"

그녀는 믿을 수 없다는 듯이 물었다. 화장대 앞에 앉아 있던 나는, 동그란 빗으로 머리를 빗으며 대답했다.

"그런 관계라는 건, 어떤 관계를 말하는 거야?"

"사랑하는 관계!"

나는 의기양양한 미소를 지으며 대꾸했다.

"응, 맞아. 아윈과 나는 그런 관계야."

"맙, 맙소사."

케이티는 말을 더듬었다. 아니, 말만 더듬었을까. 그녀는 쓰러질 듯이 몸을 조금 휘청거리기도 했다. 대단히 믿을 수 없나 보다.

내가 오만하게 대답한 이유는 그러했다. 아주 예전에, 즉 내가 아윈에게 첫눈에 반했던 이 년 전에, 나는 케이티에게 처음으로 내 마음을 고백한 적이 있었다.

'나는 아윈 후작님에게 첫눈에 반했어. 그를 사랑하게 된 것 같아.'

진심 가득한 내 고백에 대한 케이티의 대답은 부정적인 것이었다. 사랑이라는 숭고한 감정과는 조금도 어울리지 않는 그런 대답.

'그런 소모적인 사랑은 왜 하는 거야?'

케이티는 내 사랑이 이루어지지 않을 거라고 단언했다. 신분의 고하로 인한 주제넘은 사랑이라고 일침을 가하기도 했다.

하지만 웬걸. 나는 그 사랑을 보란 듯이 이루어 냈다. 비록 수많은 고난과 역경이 있었지만 말이다.

그러니까. 나, 오만하게 굴어도 되는 거지?

나는 턱을 끌어 올리며, 쿨한 미소까지 지어 보였다. 케이티에게 한쪽 눈을 찡긋거리자, 그녀는 쿵 소리를 내며 바닥에 주저앉아 버리더라.

이 정도면 너도 이제 내 사랑을 비웃지 않겠지.

나는 소리 내어 웃으며, 붉은빛의 머리 장신구를 머리카락 위에 달았다. 단장을 도와줄 시녀는 필요 없다고 기어코 말렸지만, 결국 내게 시녀를 붙여 준 아윈이었다.

아윈은 내게 모든 것을 해 주고자 했지만, 내 단장은 나 혼자서도 충분히 할 수 있었다. 더군다나 저토록 놀라는 케이티에겐 도저히 무언가를 시킬 수가 없었다.

이내 나는 아윈이 준비해 준 상앗빛의 예쁜 드레스마저도 혼자 입기 시작했다. 케이티는 뒤늦게 정신을 차리고선 나를 도와주었다. 이따금 등에 닿는 그녀의 손이 희미하게 떨리고 있었다.

"······벨. 있지. 네가 저택에서 나간 뒤에 이상한 소문이 잠깐 돌았어."

"어떤 소문이 돌았어?"

나는 그 소문이 무엇일지 짐작할 수 없었다. 케이티는 망설이는 빛이 역력한 목소리로 답했다.

"네가 대마법사님이랑 야반도주를 했다는 소문."

그러자 이번에 놀란 소리를 내게 된 쪽은 나였다.

"맙소사. 소문의 질이 너무 좋지 않잖아."

달튼과 야반도주라니. 상상력이 풍부한 건지, 아님 자기 좋을 대로 생각하는 건지. 나는 헛웃음을 흘렸다.

"네가 시녀를 그만둔 시기랑 대마법사님이 갑자기 사라진 시기가 엇비슷하니까. 심지어 어떤 얘기까지 나왔는지 알아?"

드레스 갈아입기를 끝마치자, 케이티가 내 앞으로 걸어 나와 말을 이어 갔다. 그녀의 얼굴이 제법 의미심장해 보였다.

"아윈 후작님이 깨어날 수 없는 잠에 빠진 이유가, 너랑 대마법사님 때문이라고!"

"어떻게 그런 결과가 나올 수 있어?"

설마 우리 세 사람이 치정 다툼을 했다고 생각한 걸까?

아서라, 대단한 두 남자에게 사랑을 받게 된 여자로 소문이 나다니. 잔인할 정도로 현실적인 소문이잖아.

좀처럼 믿을 수 없는 일이지만, 그 일은 실제로 벌어진 일이었다.

나는 홀로 남겨진 달튼을 잠깐 떠올렸다. 그는 무엇을 하고 있을까. 어떤 생각을 하고 있을까. 아윈과 얘기를 나누었을까?

"아윈 후작님이 대마법사님을 오랫동안 흠모했는데, 네가 대마법사님을 유혹해 버리자 상심한 후작님이 긴 잠에 빠진 거라고."

"……."

나는 할 말을 잃고선 침묵했다.

"……소문의 질이 최악이다."

그런 말도 안 되는 소문을 누가 믿겠냐 싶었지만…….

"소문이 사실인 건 아니지?"

케이티는 반쯤 믿은 듯한 눈빛으로 나를 바라보고 있었다. 바보.
나는 그녀를 한껏 비웃으며 말했다.

"그럴 리가 없잖아. 아니야."

"……그래, 그럴 리가 당연히 없겠지."

케이티는 아쉬운 티를 역력히 냈다. 아니, 아윈이 달튼을 좋아하
지 않았다는 게 그토록 아쉬운 일이던가?

세상만사 무관심하게 굴었던 지난날의 아윈은 사용인들에게 이
상한 환상을 심어 주었음이 확실했다.

아무도 사랑하지 않을 것 같은 아윈과 몽롱한 분위기를 풍기는
아름다운 마법사인 달튼. 어째 소설을 써도 좋을 법한 소재였다.
짜증 나기는 했지만, 인정하는 바다.

"케이티. 다시 한번 더 말해 주겠는데, 정말 아니야. 그 소문은
완전히 거짓이야."

"진짜로 아니야?"

"어, 완전."

"그럼?"

케이티는 일의 전말을 물었다. 말해 주지 못할 이유도 없었다.
솔직하게 말해 줌으로써 케이티가 허구성 짙은 소문을 잠재워 주
기를 바라는 마음도 있었다.

"달튼이 아윈 후작님의 것을 탐냈고, 결국 훔쳐 갔어. 그리고 나

는 달튼이 훔친 걸 되찾기 위한 길을 나섰지. 나는 끝내 후작님의 것을 되찾아 왔고, 그는 다시 깨어나게 되었어. 이게 진짜 사실."

"……."

케이티는 전혀 이해하지 못했다는 얼굴을 했다. 나는 케이티의 머리 위를 두어 번 가볍게 두드리며 말했다.

"케이티. 그러니까 내가 지금 하고 싶은 말은 이거야. 너도 좋아하는 사람이 생기면, 끝까지 포기하지 말라는 말. 신분의 고하가 있든, 사랑이 이뤄지기 힘든 다른 사정이 있든, 끝날 때까진 끝난 게 아니니까."

"벨……."

케이티는 차마 말을 잇지 못하며, 약간 울먹거렸다. 그녀는 지난날 내 사랑을 낮잡아 얘기한 것을 미안해하고 있는 듯했다.

"오늘 도와줘서 고마워."

나는 케이티의 볼에 작게 입을 맞춘 후 뒤돌아섰다.

내가 막 문을 열려고 했을 때, 먼저 문을 연 이가 있었다. 누군가의 정체는 당연히 아원이었다.

그는 기다리다 지친 사람처럼 급하게 들어와 나를 찾았다. 우리가 떨어져 있었던 시간은 고작 삼십 분 남짓일 텐데.

아원은 제 눈동자에 내 상이 맺히자 그제야 느른한 미소를 지었다. 그리고 노크 없이 들이닥친 자신의 행동을 변명했다.

"더는 못 기다릴 것 같아서."

나는 문지방에 어색하게 선 아원의 손을 잡고선 깍지까지 꼈다.

"잘하셨어요."

등 뒤로 아연실색한 케이티의 소리가 들렸지만, 우리는 별다른 말없이 방을 함께 나섰다.

아원은 구김 없는 흰 셔츠 위에 금빛 수가 놓인 재킷을 입고 있었다. 평소엔 갑갑해서 잘 하지 않는 크라바트까지 맨 아원은 아주 완벽했다.

사실 이 남자가 완벽하지 않은 날은 없지만……. 심지어 헐벗은 몸조차도 더할 나위 없이 훌륭한 그였다.

"밖은 춥겠지?"

나는 복도 한편에 있던 창을 바라보았다. 창으로 들어오는 햇살이 밝고 따스했다. 정원수의 마른 가지만 보이지 않았다면, 겨울이 아니라고 믿을 정도였다.

"잠깐은 괜찮을 거예요."

잠깐은 괜찮았으면 좋겠어요.

"응."

우리는 서로의 걸음 속도를 맞추어 걷기 시작했다.

"아원. 손수건 들고 나왔죠?"

"물론. 언제든 네게 주기 위해서 미리 준비해 두었어."

"재킷 속에요?"

나는 그의 검정 재킷을 흘긋 쳐다보았다. 아원은 소리 없이 웃으며 대답했다.

"응. 그 속에 차고 넘칠 만큼 많이 넣어 두었지."

어쩜, 능글맞기도 해라.

"제 코에서 눈물이 흐르면 꼭 닦아 주셔야 해요."

"그런 일이 일어나기 전에 후작저로 돌아가자. 잠깐 바람만 쐬는 거야."

나는 고개를 끄덕였다.

우리는 기다란 복도를 걸으며, 끊이지 않는 대화를 나누기 시작했다. 그간 나누지 못했던 대화를 보상하려는 것처럼.

"아윈. 어젠 당신이 당신 얘기를 해 줬잖아요."

"응."

"오늘은 제 얘기를 해도 될까요?"

아윈의 대답은 한결같았다.

"응."

그는 마치 내가 어떤 것을 묻든 '응.'이라고 대답할 것처럼 굴었다. 내가 뭘 원하든 뭘 얘기하든 뭐든 이뤄 줄 것처럼. 내 말에 '아니.'라고 대답하던 지난날의 아윈과는 상반된 태도였다.

"저도 어렸을 때 사고를 당한 적이 있어요."

"사…… 고?"

그는 걸음의 속도를 늦추고선, 나를 내려다보았다.

바라본 그의 얼굴이 딱딱하게 굳어 있었다. 낯빛 또한 급변하며, 그의 얼굴이 하얗게 질리기 시작했다.

그는 꼭 내가 방금 전에 끔찍한 사고를 당한 듯이 굴고 있었다. 나는 엷은 미소를 지으며 말했다.

"심각한 표정 짓지 마세요. 그건 예전에 있었던 일이었고, 그때 무사하지 못했다면……. 지금 당신을 만나고 있을 리가 없잖아요."

"휴. 다행이다."

아원은 어깨가 축 내려갈 정도로 깊은 한숨을 내쉬었다.

"계속 얘기할게요."

아원은 또다시 짧은 대답으로 일축했다. 응.

"저는 지금까지 그때의 일을 잊고 지냈어요. 아니, 기억하지 못했다고 하는 게 더 알맞은 표현일까요?"

"왜 기억 못 했는데?"

"어떤 기억에는 시기가 있다고 생각해요. 당시엔 너무 충격적이었기 때문에 잠깐 잊고 있던 게 옳았던 거고, 시간이 흘러 그 기억이 필요해졌을 땐, 자연스럽게 다시 떠올린 거죠."

아원은 고개를 끄덕거렸다. 그의 대답은 역시나 동의였다.

"잠깐 잊고 있었던 그 사고는 어떤 사고였어?"

"숲속 깊은 곳에 있던 구덩이에 빠진 사고였어요."

그 순간 내 귓가엔 가벼운 이명이 일며, 어디선가 낮고 무거운 총소리가 짧게 들렸다.

탕―

환청이었다. 어렸을 때 들었던 사냥꾼의 총소리.

나는 침을 꿀꺽 삼켰다. 환청에 잠깐 사로잡혔던 내 귀는, 금세 아원의 황홀한 목소리를 담아냈다.

"많이 무서웠겠구나."

그는 창백하게 질린 낯짝과 어울리는 말을 했다. 걱정이 짙게 깔린 말이었다.

"엄청요. 다행히 구덩이에 떨어지면서 많이 다치지는 않았지만, 혼자 힘으로는 밖으로 나갈 수 없었어요."

"응."

"구해 달라고 소리치다가, 저도 모르게 잠이 들었답니다. 이대로 죽는 건가 싶었어요. 하지만 정신이 다시 돌아왔을 땐, 제 방 침대더라고요. 누군가가 저를 도와준 거죠."

거기까지 얘기했을 때, 우리는 기다란 복도를 모두 다 걸어와 있었다. 아윈은 닫혀 있던 현관문을 열었고, 문을 열자 차가운 겨울바람이 내 뺨을 두드렸다. 따사로워 보였던 햇살과 상반되는 차가운 바람이었다.

나도 모르게 어깨를 움츠리자 아윈은 입고 있던 재킷을 벗어, 내어깨 위에 걸쳐 주었다. 언제고 그러했듯이.

"당신은요?"

"나는 조끼도 입었어."

아윈은 재킷 하나를 벗어 준 게 큰일이냐는 듯 어깨를 으쓱였다. 그러곤 재킷을 벗기 위해 잠깐 놓았던 내 손을 다시 잡았다.

"가자. 정원에 테이블과 다과를 준비해 두었어."

나는 그가 이끄는 대로 발걸음을 옮겼다. 비쩍 마른 잔디를 밟는 소리가 소란스럽게 울렸다.

아윈은 드레스 사이로 이따금 내비치는 나의 붉은 구두를 내려다보며 물었다.

"그래서 이포 벨. 구덩이에서 널 꺼내 준 사람은 누구였지?"

그는 이야기의 흐름을 다시 찾아가려는 듯했다.

"그 당시에는 저도 누군지 몰랐어요. 부모님 말씀으론 제가 하루 동안 실종이 되었고, 그다음 날에 집 앞마당에 툭 떨어져 있었다고 하더라고요."

하늘에서 별이 떨어지듯 툭.

"저는 그 이래로 숲에 다시는 발을 들이지 않았어요."

"……."

"기억이 나지는 않았지만, 느낌은 남아 있는 거예요."

나는 목소리를 낮게 깔고선 이어 말했다.

"숲속에는 위험한 것이 있어. 그러니까 그곳에 다시는 들어가지 말자. 본능이 아는 거죠."

그 순간 숨이 턱 막히는 기분이 들었다. 잠깐 잊고 있었던 키스 벌레의 아우성이었다.

어제 하루, 웬일로 잠잠하다고 했더니……. 역시나 이 녀석. 나를 가만히 둘 생각이 아닌가 보다.

나는 아윈에게 들키지 않기 위해, 숨을 작게 골랐다. 운 좋게도 심장의 통증은 폭력적이지 않았다. 그저 숨을 쉬기 조금 불편할 정도로만 나를 옥줬을 뿐이다. 천천히. 그리고 지속적으로.

"아윈."

나는 그의 이름을 조그맣게 불렀다. 불어오는 겨울바람에 실린 그의 이름이 듣기 좋았다. 그의 목소리만큼이나.

아윈은 곧바로 대답했다.

"응."

저는 지금도 알 것 같아요. 본능이 알려 주고 있어요.

저는 곧 죽을 거예요.

잠깐 잊고 있었는데, 아니, 잊고 싶었는데, 그 사실엔 변함이 없나 봐요. 제 심장 소리가 어제보다도 가늘어진 것 같아요.

"이포 벨……?"

나는 대답 대신 숨을 기다랗게 내쉬었다. 가슴이 눈에 띄게 부풀

어 올랐다 가라앉고 있었다. 나는 몇 번의 심호흡과 함께 호흡을
정비했다.

괜찮아질 거야. 각혈을 하지 않은 게 얼마나 다행이야.

그러면서도 입가에 띠어 둔 미소를 잃지는 않았다. 그에게 아파
하는 모습을 보여 주고 싶지 않았으니까.

그가 눈치채지 못했으면 좋았겠으나, 잘 걷던 아원의 걸음이 돌
연히 멈춰 섰다.

"너…… 괜찮아?"

그는 내 앞에 선 채로 내 얼굴을 구석구석 들여다보았다. 내게
어떤 일이 생겼는지 확인하려는 모양새였다.

"네. 이제 괜찮아졌어요."

"……"

아원은 내 말을 하나도 믿지 않는 듯, 나를 게슴츠레하게 응시했다.

"정말로 괜찮아요. 그러니까 다시 걸어가요."

괜찮다는 내 말에도 아원은 그 자리에서 꼼짝도 하지 않았다. 그
는 내가 아파하고 있음을 확신한 것 같았고, 다시 후작저로 돌아가
고 싶어 하는 눈치였다.

나는 이대로 돌아가기엔 미련이 남았다. 왜냐면, 때마침 내 시야
에 흰색 테이블이 맺혔기 때문이다.

"어! 저게 당신이 준비해 둔 테이블인가요?"

나는 우리와 멀지 않은 거리에 있던 흰 테이블 쪽으로 손가락질
했다. 후작저의 스산한 정원 위, 무늬가 아름다운 식탁보가 덮인
테이블.

테이블 위에는 아원이 말했던 것처럼 다과가 준비되어 있었다.

노룡의 협곡이 보이는 후작저 뒤의 정원이 아닌, 다른 정원에서 만 끽하는 티타임이었다.

"얼른 가요. 차가 다 식겠어요."

나는 잡고 있던 아윈의 손을 끌었다. 아윈은 회색빛 먹구름이 가득한 얼굴로 마지못해 내 뒤를 따랐다. 그는 하고 싶은 말은 많지만, 참고 있는 듯했다.

이내 우리는 테이블 앞에 마주 보고 앉게 되었다. 아윈은 신사처럼 내게 의자를 빼 주기도 했다. 그러곤 당연하다는 듯이 찻잔에 차를 따르기 시작했다.

아무래도 그는 시녀였던 내 처지를 잊은 게 틀림없었다. 그렇지 않고서야 그가 저토록 조신하게 차를 따르고 있을 이유가 없었으니까.

"한 잔만 마시고 들어가자."

아윈은 많이 양보했다는 느낌이 역력한 말을 꺼내었다.

일순간 나를 옥줬던 심장의 통증은 이렇다 할 현상 없이 금세 사라져 있었다. 하지만 내가 아플까 봐, 안절부절못하는 아윈의 얼굴을 계속 보진 못하겠다.

"알겠어요. 그렇게 해요."

나, 이젠 밖으로 나가는 것도 조심스러워진 건가.

허탈함이 가득한 미소가 새어 나왔다. 나는 쓸쓸함이 더욱 커지기 전에, 아윈에게 말을 건네었다.

"아윈. 구덩이에서 저를 구해 준 이가 누군지 알게 된다면, 깜짝 놀랄 거예요."

"내가 아는 사람인 건가?"

"무척."

아윈은 고개를 갸웃거렸다. 나는 아윈이 따라 준 찻잔 속 찻물을 선뜻 들이켜지 못하며 말했다.

찻물을 마시지 못한 이유는 간단했다. 이걸 다 마시면 후작저로 들어가야 하니까. 그리고 다른 누가 아니라, 아윈이 손수 따라 준 차인걸. 아끼고, 또 아껴 먹고 싶었다.

"저희의 첫날밤을 기억해요?"

"당연히. 잊으려야 잊을 수 없는 기억이니까."

당신도 그렇게 생각하고 있었던 걸까?

나는 새삼 감동받았다. 그날을 나만 의미 깊은 날로 생각하지 않은 거라서.

"그날, 당신의 두 번째 심장이 제 눈물을 슬퍼한다고 했잖아요."

"응."

나는 찻잔의 테두리 위를 손끝으로 쓸며 이어 말했다.

"그였어요. 두 번째 심장의 주인. 저는 최근에야 그 사실을 알게 되었죠."

아윈은 한동안 침묵했다. 그에겐 무언가의 정리가 필요한 것처럼 보였다. 그러다 기품 있게 찻잔을 들어, 찻물을 들이켰다. 아윈이 찻잔을 내려놓기 무섭게 그의 물음이 내게 닿았다.

"너는 그의 이름을 알아?"

"노만."

우리와 인연이 깊은 노룡. 나는 그의 이름을 알려 주는 데에만 그치지 않고, 그의 비밀마저도 알려 주었다.

"그는 박애주의자였대요."

그것은 하워드가 알려 주었던 노만의 비밀이었다.

예전 같았다면, 아윈은 '박애주의자?'라고 한 마디를 툭 내뱉은 다음 고개를 갸웃거렸을 것이다. 감정이 결여되었던 과거의 아윈은 그 단어의 뜻은 얼추 알았겠지만, 그 뜻이 가지는 진정한 의미는 몰랐을 테니까.

그러다 '모든 것을 평등하게 사랑한다는 건 도대체 어떤 의미지?' 라고 물었을 게다.

하지만 오늘의 아윈은 감정이 풍만한 아윈이었다. 그렇기에 그는 제법 현실적인 답을 내어놓았다.

"후작저에 있는 용과는 조금 다른 용인가 보군."

아윈의 말이 맞았다. 후작저에 있는 용, 즉 하워드는 박애주의자와는 정말로 거리가 멀어 보였기 때문이다.

하워드는 누군가를 한 번도 사랑해 보지 못한 사랑 불구자였다. 같은 용인데, 이렇게나 다를 수 있나 싶었다.

그러다 문득 아쉽다는 생각이 들었다. 특정한 말의 진정한 의미를 묻지 않는 아윈을 보고 있자니, 약간은 섭섭했던 것이었다. 아기 새처럼 고개를 갸웃거리던 아윈이 보고 싶다는 생각마저도 든다면.

나는 객쩍은 생각을 접어 두고선, 노만에 대한 이야기를 이어 갔다.

"노만이 당신을 찾아와서 슬프다고 했던 건, 그가 사랑했던 누군가를 잃어버려서……. 그래서 슬펐던 건지도 몰라요. 그는 사랑하던 이를 잃었고, 슬픔에 포효했고, 그 덕에 당신의 마차가 사고를 당했던 거죠. 예상치도 못하게. 불시에 벌어진 일처럼."

"네 말대로 그는 박애주의자였으니까?"

"네, 맞아요."

아원은 낮게 웃으며 머리칼을 몇 차례 쓸어 넘겼다.

"불시에 돌아온 제 기억 속에는 노만의 기억이 존재했어요. 그는 구덩이 속에서 저를 꺼내 주었고, 자신의 동굴에서 보살펴 주었어요. 그러곤 속삭였죠. '아이야, 깨어나렴.'"

"진짜로 상냥한 용이었구나."

"사실 하워드를 제외한 다른 용들은 모두 상냥할지도 몰라요."

나는 매번 솔직하지 못한 하워드의 여러 모습들을 떠올리면서 킥킥거렸다.

아 참, 그러고 보니 그는 표면적으로만 까칠할 뿐, 사실은 꽹장히 상냥했던 용이었다. 심지어 나를 구하러 와 준 것도 하워드였다. 그는 나를 잊지 않았고, 내 이름을 기억했으며, 나를 구하러 와 주었던 것이다.

내가 진 빚 때문이라는 가당치도 않은 변명을 늘어놓던 하워드. 나는 바람에 나부끼던 그의 은빛 머리칼을 떠올렸다.

"……"

다시 바라본 아원의 얼굴이 급변해 있었다. 그는 나지막이 짓고 있던 미소를 거두어들이고선 딱딱해진 얼굴을 했다.

조금 전, 내가 아파할 때도 내비쳤던 굳은 얼굴이었으나, 굳은 두 얼굴 사이엔 커다란 괴리감이 존재하는 것 같았다. 다른 감정에 기반된 듯한 느낌.

"……아원?"

나는 그의 이름을 불렀다. 아원은 제게 든 감정을 빠짐없이 토로했다.

"마음이 답답해. 괜히 짜증이 나. 하워드라는 오만한 용을 가만

두고 싶지 않아."

그는 특히나 '하워드'라는 이름을 힘주어 불렀다.

"네 입에서 다른 남자의 이름이 나오는 걸 용납하지 못하겠어."

굳은 그의 얼굴과 억눌린 듯한 그의 목소리를 들었을 때, 생각나는 증상이 하나 있었다.

누구나 마음속에 품고 있는 작은 악마. 이름을 일컫자면, 그것은 바로 '질투'였다.

나는 질투로 휩싸인 아원의 얼굴을 물끄러미 바라보았다. 아원과 질투. 요 근래 아원의 여러 모습을 보았지만, 질투는 그와 정말로 어울리지 않는 감정인 것 같았다.

왜냐면 내게 있어 아원은 그늘 하나 없는 남자이기 때문이었다.

부정적인 것들은 그와 하나도 어울리지 않는다고 여겼다. 그는 고귀하게 태어나 숭고한 삶을 살아가도록 점쳐진 남자처럼 느껴졌다.

더럽고 불순한 것들은 그에게 닿지 못할 거야. 그는 순진무구했기에 아름다운 감정밖에 모를 거야.

나는 아원이라는 종교의 광신도처럼 그를 생각하고 있었다. 그도 나와 같은 사람일 것임이 분명한데.

"하워드. 그 용과 많이 친해진 건가?"

질투로 물든 아원은 내게 답을 구했다.

"별로 친하지 않아요. 하지만 그가 없었다면, 무사히 돌아오지 못했을 거예요."

"휴."

솔직한 내 대답에 아원은 기다란 한숨을 내쉬었다. 그의 얼굴에 드리웠던 그늘이 더욱 짙어지기에 이르렀다.

나는 뒤늦게 후회했다. 솔직하게 대답하지 말 걸 그랬나.

"나는 왜, 네게 아무것도 해 줄 수 없는 걸까."

그는 자신이 무능력하고 초라하다고 생각하는 듯했다.

"아윈. 당신은 이미 제게 많은 걸 해 주고 있어요."

"내가?"

"네."

"……."

"말했잖아요. 당신은 제 목숨보다도 소중하다고."

아윈은 줄곧 침묵했다.

"당신의 존재 가치는 그런 거예요."

"……."

"아윈. 저는 하워드보다 당신이 훨씬 더 좋아요. 당신보다 좋은 것은 세상에 존재하지 않아요."

내가 거기까지 말하자, 아윈의 얼굴에 서린 먹구름이 그제야 가시기 시작했다.

"다행이다."

서로 좋아한다는 거, 아윈이나 나나 이미 머리로는 충분히 알고 있는 사실이었다.

하지만 어느 때에는 소리가 된 메시지가 필요한 법이다. 뱉어 낸 말만큼 확실하고 솔직한 의사 전달은 없었으니까.

나는 화제를 다른 것으로 옮기고 싶었다. 아윈이 침울해하지 않을 주제에는 무엇이 있을까.

문득 떠오른 것은 그가 꾸었다던 꿈이었다. 조금 더 정확하게 말하자면, 그가 꾸었던 내 꿈이랄까.

"그러지 말고, 당신이 꿨던 꿈에 대해서 말씀해 주세요."

그는 고개를 약간 갸웃거렸다.

"꿈속에서 있었던 일 말이에요. 제 꿈만을 꾸셨다고 하셨죠?"

"응. 나는 오로지 네 꿈만을 꿨어."

아윈은 단언했다.

몇 날 며칠, 특정한 누군가의 꿈을 꾼다는 게 가능한 일일까? 비현실적인 일이라는 생각이 들었지만, 아윈의 말을 의심하지 않았다.

노만의 심장과 연관된 우리. 우리에겐 이미 현실적이지 않은 일들이 더러 일어났었다.

"꿈속에서의 저는 어땠어요? 예뻤어요? 우린 뭘 했어요? 저 혼자만 나왔던 걸까요?"

"음."

"질문이 너무 많죠? 하하."

하지만 궁금한 것이 너무 많은걸.

아윈은 고개를 내저으며 대답했다.

"더 해도 좋아. 입술이 마를 만큼 대답해 줄게."

"설마 그것도 소설에서 나왔던 대사예요?"

"……."

아윈은 조금 당황하며 시선을 떨구었다. 그냥 한 번 찔러본 거였는데, 진짜로 소설 속에 나왔던 대사였나 보다.

당황하는 그의 모습이 어쩜 사랑스럽기만 했다.

"놀리는 거 아니에요. 그냥 귀여워서."

"……알아."

아윈은 머쓱한 헛기침을 두어 번 했다. 그러곤 잠깐 동안 침묵했다. 그는 나를 기다리며 꾸었던 꿈들을 하나하나 상기하고 있는 것처럼 보였다.

이내 그의 붉은 입술이 조금씩 열리며, 아윈은 작은 미소를 지었다.

"이포 벨. 걱정하지 마. 넌 현실에서나 꿈에서나 항상 예뻤으니까."

그는 두서없던 내 물음에 대해 차근차근 답해 주었다.

"꿈속의 넌…… 항상 어느 정원에 있었어. 녹음이 짙은 버드나무가 즐비한 정원이었는데, 너는 언제나 몸통이 흰 묘목 앞에 서 있었지. 너는 웃고 있었고, 건강해 보였고, 날은 따뜻했어."

지금과는 정반대인 건가. 아윈은 씁쓸한 미소를 지으며 제 말을 덧대었다.

"너는 흰 묘목을 소중하게 껴안고선 내게 손짓했어. 꿈임에도 불구하고 나는 그 어린나무를 질투했어."

"왜요?"

"나는 너를 만질 수 없었고, 네게 닿을 수 없었으니까. 꿈은 거기서 끝났거든. 내가 다가가려고 하면 네 모습은 연기처럼 사라졌어. 그 꿈은 너로 시작해서 너로 끝나는 꿈이었지."

나는 아윈에게 들려주었던 내 여정을 떠올렸다.

아윈으로 시작해서 아윈으로 끝났던 나의 여정.

우리의 이야기는 꽤나 닮아 있었다.

"어때. 재미없지? 너무 지루한 이야기였던가."

"아니요. 지루하지 않았고, 재밌었어요."

"응."

"그런데 그 묘목 말이에요. 그게 뭔지 저도 알 것 같아요."

아윈은 의외라는 듯이 되물었다.

"네가?"

나는 고개를 끄덕였다. 그러고선 달튼의 빈집에서 보았던 어린나무를 생각했다.

겨울이라는 계절감을 잊은 초록빛의 버드나무들 사이로, 눈에 띄는 흰 몸통을 가지고 있던 녀석.

"그곳에 당신의 심장이 숨겨져 있었거든요."

나는 문득 그 묘목이 보고 싶어졌다. 어떠한 의미가 서려 있을 것 같았던 그 묘목.

아원은 무언가 떠올린 듯 미간을 옅게 구겼다. 하나 구겨진 얼굴은 오래 가지 않았다. 그는 찌푸렸던 미간을 금세 펴고선 말했다.

"용케도 찾아왔구나."

나는 대답 대신 희미한 미소를 지었다. 아원은 내 미소에 회답했다.

"사랑해."

세상에서 제일 근사한 회답이었다.

그에게서 처음 듣는 고백은 아니었지만, 내 마음은 지극히 설렜다. 곧 사멸할 심장은 아직까지는 살아 있다는 것을 증명하는 듯 세차게 뛰고 있었다.

가슴 벅찬 설렘을 느끼면서도, 한편으론 그런 생각을 했다. 당신이 나를 사랑해서 불행해지는 게 아닐까, 하는. 나는 곧 죽을 거고, 당신은 죽지 않을 거니까.

내가 없는 세상. 유보 없이 흐르는 시간 속에서, 아원은 나를 잊게 될까?

아원은 내 이름을 영원히 기억한다고 했지만, 지나간 기억은 바스러지기 마련이었다. 망각은 세상의 순리였다.

그가 내 이름을 잊는 데엔 얼마만큼의 시간이 필요한 걸까. 나는 그 시간의 무게를 잘 가늠할 수 없었다.

"전 말이에요. 당신이 행복해졌으면 좋겠어요."

"난 지금도 충분히 행복해."

나는 행복하다는 아윈의 얼굴을 빤히 들여다보았다.

우리에게 인연이라는 고리가 생긴 것은 고작 삼 개월 전. 누군가에겐 길 수도, 짧을 수도 있는 시간. 나는 그 시간을 격렬하고 후회 없이 보냈다고 자부할 수 있었다.

그리고 지금 내게 주어진 삶의 기간은 근 일주일 남짓. 내가 죽은 후에도 당신은 지금과 같은 대답을 읊조릴 수 있을까. 당신은 그때도 행복할까?

"그리고 계속 행복할 거야. 다시 한번 더 말할게. 너는 아무런 걱정도 하지 마."

아윈은 지금 내가 한 생각을 읽은 것처럼 말했다. 표정을 너무 숨기지 못한 거려나.

"그랬으면 좋겠어요."

그가 앉아 있던 몸을 일으켰다. 그는 내 쪽으로 걸어와 나를 가볍게 끌어안았다.

"지금까지 네가 날 지켜 줬으니까."

"……."

"이젠 내가 널 지켜 줄게."

아윈은 내 등을 부드럽게 토닥여 주었다. 내 귓가엔 그가 고백하듯이 내뱉은 말이 맴돌았다.

'내가 널 지켜 줄게.'

나는 그의 품에 고개를 기대었다. 그때, 돌연히 시선이 닿은 곳이 있었다. 그곳은 달튼의 방이었다.

달튼의 방은 하필 내가 앉아 있던 곳에서 잘 보이는 위치에 자리하고 있었다. 그의 방엔 커튼이 쳐져 있지 않았다. 그 순간 누군가의 그림자도 설핏 보인 듯했다.

달튼인 걸까. 생각해 보니, 그는 이전에도 창가로 우리를 지켜보곤 했었다.

"아윈."

"응."

"제가 달튼과 함께 돌아온 것을 알고 계세요?"

"여기는 후작저야. 내가 모르는 일은 없어."

아윈은 처음부터 달튼의 귀환을 눈치채고 있었던 걸까?

"만났어요?"

"뭐……. 잠깐."

"싸우지는 않았어요?"

"뭐, 그것도 조금."

아윈은 대답하기를 꺼려 했다. 나는 그의 품에 기댔던 고개를 똑바로 세우며, 그의 얼굴을 올려다보았다.

"얘기하고 싶지 않으신 거예요?"

그는 즉답했다.

"응."

"……."

"내 앞에서 달튼의 얘기는 꺼내지 말았으면 좋겠어. 하워드라는 용의 얘기도."

그는 시름이 깊은 한숨을 내쉬었다.

"……하. 나는 형편없는 질투를 하고 있나 봐."

아원의 목소리가 메말라 있었다. 나는 내 어깨에 올려진 그의 손등을 부여잡으며 말했다.

"질투를 하는 건, 당연한 일이에요. 당신이 저를 사랑하고 있다는 방증인 거죠."

"이런 내가 추하다고 생각해?"

"이제 알 때도 됐지 않았어요?"

"뭘?"

"당신이 무슨 말을 하든, 제겐 사랑스럽게만 들린다는 거."

"……."

"당신은 도대체 제게 무슨 짓을 한 걸까요."

"넌 내게 무슨 짓을 한 걸까."

우리는 심각해진 얼굴로 고뇌했다.

우린 이제 어떻게 되는 걸까.

우리의 행복한 시간을 방해한 것은 결혼식 증인을 도맡아 주었던 아원의 생활 비서였다.

오늘 할 일을 미리 결재해 두었다던 아원이었지만, 무언가 착오가 생긴 것처럼 보였다. 생활 비서는 아원을 채근했고, 그는 마지못해 고개를 끄덕이며 티타임을 끝냈다.

그때까지도 내 찻잔에 따라진 찻물은 조금도 줄지 않은 채였다. 이걸 마시면 저택으로 돌아갈까 싶어서 한 모금도 마시지 않은 건데……. 이렇게 될 것이었다면, 괜히 그랬나 싶다.

그렇게 우리는 후작저로 다시 들어가기에 이르렀다. 아윈은 빨리 돌아오겠다는 말과 함께 제 집무실로 향했다.

사랑을 확인하기 전에도 무척이나 바빴던 아윈이었다. 그는 언제나 그늘이 드리운 얼굴로 책상 앞에 앉아 있었고, 책상 위엔 의미 모를 서류들이 즐비했었다. 그랬던 그가 갑자기 한가해질 수는 없는 노릇이었다.

그렇다면 나는 이제 어디로 가면 좋을까. 무엇을 하면 좋을까. 나는 복도에 선 채로 짧게 고민했다.

아까 마시지 못했던 차를 다시 마시는 건 어떨까 싶었다. 아윈에게 차를 내가는 것도 나쁜 일이 아닐 테지. 나는 아윈이 어떤 차를 즐기는지 잘 알고 있었다.

주방으로 걸어가며, 누군가가 나를 저지할까 봐 걱정했다. 나는 시녀를 그만둔 외부인이기 때문이었다. 하지만 그것은 나의 지나친 걱정이었다.

복도를 걷는 내내 사람들의 시선이 내게 닿았지만, 나를 저지하는 이는 하나도 없었다. 시종이며 시녀며 경비며, 성별을 막론한 모두가 나를 힐끔힐끔 훔쳐보기만 할 뿐이었다.

그 순간 이상한 기분이 들었다. 꼭 세간의 주목을 받기 위해 태어난 사람처럼 느껴진 것이다.

지극히 평범한 갈색빛 머리카락에 호박빛 눈동자를 가진 시녀 이포 벨. 그 여자가 이렇게까지 주목을 받고 있다니. 역시 세상 오래 살 일이었다.

물론 기시감이 있는 일이기도 했다. 달튼과 내가 만난다는 소문이 돌았을 때, 나는 이러한 주목을 받았던 것이다.

주방에 거의 다다랐을 때까지도, 내게 말을 건네는 이는 한 사람도 없었다. 나는 케이티가 했던 말을 떠올렸다.

'맙소사, 맙소사. 벨! 너 진짜 아원 후작님이랑 그런 관계였던 거야?'

아마 이번엔 아원과 내가 사랑하는 사이라는 소문이 후작저를 뒤덮은 게 아닐까. 그렇기에 외부인인 내 행보를 아무도 저지하지 않은 걸지도.

사람들은 알까. 아원이 심지어 나로 인해 형편없는 질투를 했다는 사실을 말이다. 사용인들에게 자랑하고 싶다는 객쩍은 바람이 잠깐 들었다.

"……."

그러다 갑작스럽게 그런 생각이 들었다.

하워드와 달튼에게 질투를 하게 된 아원이, 왜 그들을 내쫓지 않은 건지. 그 사실에 이유가 있는 거라면.

생각은 더 이어지지 않았다. 손쉽게 들어온 주방에서 의외의 인물과 마주했기 때문이다.

내 눈에 띈 이는 선반 근처에 서 있던 남자였다. 그는 오늘도 서역 상인들이 입을 법한 희한한 차림새였다. 기묘한 무늬가 새겨진, 치마처럼 기다란 회색빛의 옷가지.

그는 코를 쿵쿵거리며 찻잎들의 냄새를 맡고 있었다. 그 모습은 파충류라기보다는 강아지처럼 보였다. 구태여 종을 일컫자면 대형견쯤이 되려나.

그는 왜 선반에 놓인 찻잎들의 냄새를 맡고 있는 걸까. 그는 내 쪽으로 몸을 틀며 말했다.

"……구경이 끝난 거면, 인사라도 해 주면 좋겠는데."

쇄골이 다 보일 정도로 목이 깊게 파인 관능적인 옷을 입은. 움직일 때마다 흩날리는 기다란 은빛 머리칼이 아름다운. 차 냄새를 맡고 있던 그의 정체는 하워드였다.

"등 뒤에도 눈이 달리셨어요? 제가 몰래 보고 있다는 거, 어떻게 아셨어요?"

하워드는 오만한 미소를 지었다.

"나는 용이야. 내겐 보고자 하면 볼 수 있고, 알고자 하면 알 수 있는 능력이 있어."

비범한 당신이 보는 세계는 어떤 세상일까.

무심한 아윈이 보았던 세상이 궁금했던 것과 마찬가지로 빼어난 하워드가 보고 있을 세상이 궁금해졌다.

그리고 나는, 비범한 그에게 마침 묻고 싶은 게 있었다. 만난 김에 물어보는 것이 좋을 성싶었다.

"당신에게 묻고 싶은 게 있어요."

"뭔데?"

"전 얼마나 더 살 수 있을까요?"

얼마나 더 살 수 있겠냐고 묻는 내 목소리가 제법 평온했다. 떨림도, 눈물의 기운도 없었다.

그러나 하워드에게서 남겨진 시간을 구체적으로 들은 후, 그때도 평온함을 유지할 수 있을지는 미지수였다.

"……."

하워드는 그답지 않게 침묵했다. 내가 그런 질문을 하리라 예상은 한 것 같았지만, 무슨 대답을 내어놓을지까지는 결정하지 못한 것 같았다.

'네 몸에 있는 심지의 불이 거의 다 꺼져 가. 한 달 정도면 완전히 꺼지겠군.'

숲길에서 만났던 하워드는 내게 남겨진 유예 기간을 정확하게 알고 있었다. 그렇기에 지금의 그도 내게 남겨진 시간을 구체적으로 알지 않을까 싶었다.

"저번에 한 달…… 정도밖에 남지 않았다고 하셨죠?"

"기억력이 좋군."

"이제는 얼마나 남았을까요."

하워드는 대답 대신 뒤편에 있던 높은 선반 위에 아무렇게나 앉았다. 그러곤 고개를 삐딱하게 기울인 채로 나를 빤히 응시했다. 마치 내 몸의 심지가 언제 완전히 꺼질지를 가늠해 보는 것처럼.

얼마 지나지 않아, 그의 붉은 입술이 천천히 떼어졌다. 하워드는 미소 하나 띠지 않은 얼굴로 한 글자 한 글자 힘주어 말했다.

"인간 여자야. 삶이 유한한데 그 이상을 바라는 것은 그릇된 아욕이 아니더냐."

그는 또다시 그답지 않게 오백 년 산 사람…… 아니, 용처럼 말했다. 그러니까 엄청 어르신처럼 말했다는 거다. 따지고 보면, 어르신이 맞기는 하지만.

"어르신. 하지만 제 욕심을 저도 다스릴 수는 없어요. 저는 눈물이 많은 감정적인 사람이거든요."

"어르신?"

하워드는 그 말의 어감이 마음에 들지 않은 것처럼 인상을 찌푸렸다.

"네, 어르신."

"하. 네가 감정적이고, 가끔 이상하다는 사실은 모두가 알아."

"……."

"그게 네 매…… 아니다. 흠흠. 아무튼 넌 정말 이상해."

설마하니, 그는 '그게 네 매력이야.'라는 말을 하고 싶었던 걸까? 아서라.

이상한 매력을 가진 나는, 장난치는 것을 그만두었다. 대신 그에게 진지하게 물음을 건네었다.

"그래서 하워드. 제 물음에는 답해 주지 않으실 건가요?"

하워드는 스스럼없이 대답해 주었다. 하지만 그 대답은 내 물음과 상관있는 것이 아니었다.

"나는 내게 주어진 삶대로 사는 것에 이제껏 미련이 없었어."

하워드는 무심한 얼굴로 제 은빛 머리칼을 한 차례 쓸어 넘겼다. 불어오는 바람도 없었건만, 결 좋은 그의 머리칼이 옅게 나부끼기 시작했다. 관능적이고도 아름다운 광경이었다.

나는 넋이 나간 듯이 그를 바라보았다. 하워드는 모든 아름다운 것들을 초월한 것처럼 보였다. 내가 아윈을 사랑하지 않았다면, 그에게 사랑을 구걸하고 싶을 정도였다.

물론 그것은 잠깐 들었던 생각일 뿐, 실제로 하워드에게 사랑을 느낀 것은 아니었다.

치명적인 결함이 존재하는 내 심장이 유일하게 반응하는 이는 아윈 하나밖에 없었다. 빌어먹을 키스 벌레도 아윈을 사랑하고 있을지도 몰랐다.

"하지만 널 만난 뒤에 미련이 하나 생긴 것 같아서 매우 짜증이 나."

"설마 저를 사랑하게 되었다…… 라는 말도 안 되는 말을 하려는 건 아니겠죠?"

하워드는 되물었다. 그의 목소리엔 짜증만이 가득했다.

"내가 널 왜 사랑해?"

"그러니까요."

"널 사랑하지 않아."

"네. 감사합니다."

하워드는 이마를 짚었다. 무슨 저런 인간이 다 있지, 하는 얼굴이었다. 그러다 갑작스럽게 웃음을 터뜨리는 게 아닌가. 그의 얼굴이 찰나에 부드러워졌다.

"네가 가진 것 중에 갖고 싶은 게 생겼다고 했지."

"네."

"그걸 주면 네가 궁금해하는 것을 알려 줄게. 더불어 네 빚도 탕감해 줄게."

"웬 선심이에요? 도대체 제게서 뭘 원하길래."

지난날 그는, 제가 원하는 것을 영원히 알려 주지 않을 것처럼 굴었다. 하지만 오늘의 그는 곧바로 대답해 주었다. 좀 의외였다.

"내가 갖고 싶은 건, 네 마음."

그리고 그의 대답 또한 의외였다.

내 마음이라. 그는 한 사람밖에 사랑할 줄 모르는 내 마음이 왜 갖고 싶어진 걸까.

나는 눈을 게슴츠레하게 떴다. 날 사랑하지 않는다고 단언했던

그에게 의심이 가기 시작했다. 사랑까지는 아니지만, 내게 이성적
인 관심이 생긴 게 아닐까⋯⋯, 까지 생각한 순간이었다.

하워드는 질색하며 대꾸했다. 내가 무슨 생각을 하고 있는지 다
알아차린 듯한 모습이었다.

"절대로 착각하지 마. 내가 말한 '네 마음'이라는 건, 네가 아원을
사랑하는 그 마음이니까. 더 쉽게 말하자면 나는 사랑이 스민 마음
이 궁금하고, 갖고 싶다는 거야."

"으흠."

"내게 생긴 미련 또한 사랑을 겪어 보고 싶다는 것."

"⋯⋯."

"모두 다 너로 인해 생긴 미련이자 바람이지. 이포 벨."

"그런데 그걸 어떻게 알려 드려야 하죠? 제 심장을 당신에게 드
려야 하는 건가요?"

"고장 난 심장을 어디다 쓰라고."

하워드는 내 심장이 몹쓸 것이라는 듯이 손을 허공에 휘저었다.
공짜로 줘도 안 가져, 라는 느낌이랄까.

나는 헛웃음을 지었다. 다소 어이가 없기는 했지만, 나도 그의
반응이 이해가 갔다. 곧 죽을 심장을 누가 갖고 싶어 하겠어.

"그래서 어떻게 하고 싶다는 거예요? 조금 더 자세히 설명해 주
세요."

"자세히라⋯⋯."

그는 내 마음을 원한다고는 했지만, 구체적으로 어떻게 원하는지
는 말해 주지 않았다.

무언가 생각하는 것은 있지만, 털어놓지 않은 듯한 기분. 물론

그것은 내 추측에 불과했다.

우리 사이엔 잠깐의 정적이 맴돌았다. 하워드는 선반에 놓인 애
꿎은 찻잎들을 집어 들어 그 냄새를 맡았다. 그러곤 코끝을 미세하
게 찌푸렸다. 찻잎의 냄새가 모두 향기로울 것이라는 착각은 금물
이었다.

"오늘은 몸이 좀 어때?"

아무래도 그는, 끝까진 대답해 주지 않을 참인가 보다.

제법 다정하게 물어 온 목소리가 의외라서, 나는 선뜻 대꾸했다.

"나쁘지 않아요. 각혈도 하지 않았고……. 심장이 조금 아프기는
했지만 쓰러질 정도는 아니에요. 왜, 예전에는 쓰러졌었잖아요. 당
신과 처음 만났을 때."

하워드는 냄새가 고약한 찻잎을 손끝으로 짓이기며 대답했다.

"물론 기억해."

"몸이 약해지긴 했어도 활동하는 데엔 큰 무리가 없었어요. 그래
서인지, 자꾸 그런 생각이 들어요."

"무슨 생각?"

찻잎을 내려다보던 그의 시선이 들렸다. 하워드의 청록빛 눈동자
가 나를 직시했다. 그 속에 새겨진 감색의 세로줄이 다른 때보다도
넓어진 기분이었다.

나는 신비로운 그의 눈동자를 바라보며 바보 같은 소리를 읊조렸다.

"조금 더 살 수 있지는 않을까, 하는 생각. ……저 바보 같죠?"

나를 빤히 보던 하워드는 앉아 있던 선반에서 훌쩍 내려왔다. 그
는 성큼성큼 한 걸음씩 다가와 내 앞에서 걸음을 멈추었다. 아주
가까운 거리였다.

"이포 벨. 내가 해 주고 싶은 말은 하나야."

"……."

"해가 지기 직전엔 하늘이 잠깐 밝아져."

"……네."

"모든 생명체들은 죽기 직전에 잠깐 기운이 돌아와."

그는 내 머리카락을 투박하게 헝클어뜨렸다.

"내 말을 이해했지?"

나는 고개를 끄덕였다.

그가 알려 준 대답은 그러했다. 나는 곧 죽을 것이고, 그렇기 때문에 잠깐 기운이 돈 것이라고.

활동하기에 큰 지장이 없던 몸 상태는 외려 내 죽음이 얼마 남지 않았다는 신호라고.

"그래도 고통스럽게 죽지는 않을 거야. 네 병은 그런 거니까."

위로하는 말인 건지, 뭔지.

"하지만 죽음은 소리 없이 다가와 예상하지 못한 때에 네 목숨을 앗아 가겠지."

죽음은 소리 없이 다가와 예상하지 못한 때에 내 목숨을 앗아 간다……. 나는 확신했다. 그의 말은 위로가 아니었던 거라고.

"이포 벨."

"네."

"작별 인사는 미리 해 두는 편이 좋을 거야."

그는 마지막으로 내 머리 위를 두어 번 두드렸다. 그러고선 더 할 말이 없다는 듯이 뒤돌아섰다.

하워드의 마지막 말은 우습게도 너무 다정했다. 그래서 눈물이 나는지도 모르겠다. 하워드가 각박하지 않게 굴어서. 친절하게 대답해 줘서.

고장 난 눈물샘에선 기어코 눈물이 뚝뚝 흘러내렸다. 울지 않을 거라고 다짐했던 것은 아니었으나, 후작저로 돌아와 계속해서 눈물을 흘리는 기분이었다.

사람들이 나를 볼 때마다 '울어?'라고 물었던 지난날과 변한 게 없었다. 나는 눈물에 익숙한 사람답게 소리 하나 내지 않았다. 하워드에게 내 눈물을 알리고 싶지 않았다.

하지만 뒤돌아섰던 하워드가 다시 내게로 걸어오는 소리가 들렸다. 삽시간 다가온 하워드는 내 등 뒤에서 걸음을 멈추었다.

그는 내 허리를 끌어안았다. 내 몸은 그의 품속으로 하릴없이 끌려갔다.

"난 위로 따위는 할 줄 몰라. 그래도 네가 우는 소린 듣기 싫어."

"소리 안 내고 울고 있었어요."

"이봐, 말했잖아. 나는 알고자 하면 알 수 있다고."

하워드는 잡고 있던 내 허리 위를 손끝으로 몇 차례 두드렸다. 그의 손끝은 여전히 뜨거웠다.

"인간들은 위로를 할 때 포옹을 해 준다며. 나는 그런 의미로 너를 껴안은 거야."

나는 대답할 수 없었다. 눈물의 여파로 목소리가 떨릴 것 같았기 때문이다.

"나를 인간 남자 아윈이라고 생각해도 좋아."

"……."

"네 눈물이 멈춘다면, 뭐 그게 대수야."

그는 쿨하게 말했다. 사랑 한 번 해 보지 못한 사랑 불구자가 한 말이라고는 믿기지 않는 꽤 로맨틱한 말이었다.

하지만 하워드는 몰랐을 것이다. 아윈이라는 이름이 내 눈물샘을 더 자극한다는 사실을.

나는 참고 또 참았던 울음소리를 결국 내었다. 구슬픈 소리에 당황한 것은 하워드였다.

"인, 인간 여자! 이게 네 눈물을 멈출 말이 아니었던 거야?"

네, 완전 틀렸어요.

그는 질색했다.

"그건 그렇고, 인간 남자는 어디 갔어? 너는 왜 혼자야?"

하워드가 말하는 인간 남자는 아윈이었다. 나는 찻잔에 뜨거운 물을 따르며 대답했다.

"그는 후작님이에요. 해야 할 일이 산더미 같죠."

"쯧쯧."

그는 시원하게 혀를 차면서도 내가 우려내는 찻물에서 눈을 떼지 못했다. 이내 그의 매끈한 목의 목울대가 꿀렁거리는 게 보였다.

"픕."

나는 작은 실소를 터뜨리며, 그에게 찻잔을 건네었다. 하워드는 내 웃음에도 아랑곳하지 않고선 찻잔을 냉큼 집어 들었다.

"이곳엔 처음 보는 차가 많더군. 마셔 보고 싶었어."

"네, 그런 것 같았어요."

나는 주방에 들어서자마자 보았던 하워드의 뒷모습을 기억하고 있었다. 꼭 강아지처럼 찻잎에 코를 박고 있었던 하워드였다.

다시금 선반 위에 아무렇게나 앉은 그는, 내가 준 찻물을 단번에 들이켰다. 꽤 뜨거울 텐데.

"훌륭하군. 이걸로 널 위로해 준 대가를 받은 셈 칠게."

"네?"

"너도 알잖아. 나는 셈이 정확한 용이야."

"하."

그 허무맹랑했던 위로에 대한 대가를 받으려고 했다니.

솔직히 하워드의 위로는 오히려 내 눈물을 가중시키기만 했다. 하지만 늘 그렇듯 눈물은 언젠간 멈추게 되어 있었다. 내 눈물은 그러한 이치에 따라 자연스레 멎었을 따름이었다.

곧 눈물이 멈춘 나는, 이곳에 왔던 처음 목적대로 차를 마시려고 했다. 그러자 하워드가 '내 것도 만들어 주는 거지?'라는 명령과 부탁이 섞인 말을 한 터였다.

못 해 줄 건 또 없어서, 나는 고개를 끄덕여 주었다. 그리고 전직 시녀답게 능숙한 솜씨로 하워드의 차를 내주었다.

이제 아윈의 것도 내가야지 했으나, 이 용은 오늘따라 말이 좀 많았다.

"이포 벨. 그래서 너를 제쳐 두고 일을 하러 간 아윈에게 화가 나지 않아?"

"전혀요. 저는 그를 원망하지 않아요. 이렇게 다시 만난 것만으로도 감사한걸요."

하워드는 기품 있게 찻물을 들이켠 뒤에, 나를 질타하듯이 말했다.

"너는 곧 죽어. 그러니까 더 많은 걸 바라. 왜 현실에 안주하는 거야."

비슷한 말을 달튼에게도 들은 기분이었다. 사람들은 사랑하는 사람에게 더 많은 것을 바라지 않는 내가 이상한가 보다.

하지만 말이다. 그들이 간과한 사실이 하나 있었다.

나는 끝이 정해진 시한부였다. 나는 그 사실을 그 누구보다도 잘 알고 있었다. 다른 누구의 사연이 아니라, 그건 내 사연이었으니까.

"더 바라면요? 그럼 더 바라는 대로 이뤄지나요?"

나는 냉정하게 대꾸했다. 내가 바라는 대로 모두 다 이뤄지는 거라면, 나는 진즉 더 많은 걸 바랐을 것이다. 누군 바라고 싶지 않아서 바라지 않는 줄 아는 건가.

"……."

하워드는 침묵했다.

"거봐요. 대답도 못 하시면서. 어르신, 저는 지금이 딱 좋아요."

"어르신이라고 한 번 더 말하면, 네 목을 비틀어 버리겠어."

"퍽도."

찻잔을 들고 있던 하워드의 눈이 가늘어졌다. 그는 자세 하나 바꾸지 않고선, 위압적인 기세를 개방했다. 자신의 말이 농담이 아니었다는 듯이.

어깨를 짓누르는 듯한 묘한 위압감이 내 몸을 감싸 안았다. 나는 기시감을 느끼며 어깨를 움츠렸다. 입술 사이로 앓는 소리가 미약하게 흘러나왔을 때, 하워드는 흉포했던 기운을 갈무리했다.

"됐어. 어차피 너는 곧 죽을 인간일 텐데."

나는 움츠렸던 어깨를 펴며 말했다.

"휴. 제가 하루 더 일찍 죽는다면, 그건 분명히 당신 탓이에요."

"내가 뭘 했다고."

"저 방금 엄청 고통스러웠어요."

그는 머쓱하게 뺨을 긁적였다.

"하워드는 이곳에 언제까지 머무실 거예요?"

"솔직하게 대답할까?"

"언제는 솔직하지 않으셨어요?"

그는 또다시 머쓱하게 머리를 긁적였다. 들고 있던 찻잔은 선반 위에 내려놓은 후였다.

"네가 죽을 때까지 머물 예정이야."

"아."

"네가 죽고 나면 이곳에 머물 이유가 없으니까."

"……그럼 관 속에 뉘인 저한테 라벤더를 쥐여 주시겠어요? 저는 라벤더를 좋아하거든요."

나는 갈색 관 속에 뉘인 내 모습을 상상했다.

천연 오가닉 비누 향이 스민 향기로운 관 속, 라벤더를 쥔 창백한 나. 그리고 그런 나를 내려다보고 있을 아윈. 아윈은 나를 어떤 얼굴로 쳐다볼까.

"싫어."

하워드는 딱 잘라서 말했다.

"왜요?"

"말했잖아. 네가 죽으면 이곳을 떠날 거라고. 네가 관 속에 누운 모습은 보지 않을 거야."

"아쉬워라. 당신이 준 라벤더는 조금 더 특별할 거라고 생각했는데."

"왜 특별해?"

"비범한 용의 라벤더잖아요. 평생 시들지 않는 그런 꽃이 아닐까— 생각한 거죠."

"허황된 꿈이군."

그리 말하는 하워드의 입가엔 기가 막힌 미소가 새겨졌다. 그는 빈정거리듯이 말했으면서도, 비범한 용이라는 말에 흡족해했음이 틀림없었다.

그러다 그는 앉아 있던 몸을 일으키며, 나를 지나쳐 갔다. 가겠다는 말은 없었다.

"어디 가요?"

그래서 나는 그의 행선지를 물어보았다. 차도 대접해 줬는데, 적어도 간다는 인사 정도는 해 줘야 할 거 아니야.

"갈 곳이 있어서."

"후작저예요? 그 짧은 순간에 친구라도 사귀신 거예요?"

내 물음에 하워드의 걸음이 멈추었다. 그는 두 발자국 뒤로 걸어와, 지나쳐 갔던 나와 나란히 섰다. 그러곤 대뜸 내 콧등 위에 딱밤을 놓는 게 아닌가.

"아얏."

허무맹랑한 소리는 집어치우라는 뜻인 듯하다.

"너도 아윈에게 돌아가 봐. 언제까지 나랑 노닥거릴 작정인 거야."

그는 이번엔 돌아오는 일 없이 정말로 주방을 나섰다.

주방에 남겨진 건, 그가 조금 전까지 마셨던 붉은 찻물이 담긴 찻잔 하나와 곧 죽을 나뿐이었다.

달튼에겐 삶의 의지가 없었다. 곧 죽어도 이상하지 않을 정도로. 모든 것을 그만두고 싶다는 생각만 들 정도로.

이렇게까지 의욕이 없는 건, 꼭 두 번째인 것 같았다.

아라벨의 부고를 알았을 때 처음으로 무력함을 느꼈고, 이포 벨의 손을 놓게 된 지금이 꼭 두 번째였다.

달튼은 침대에 누운 채로 며칠째 꼼짝도 하지 않았다.

그는 이따금 허공 위로 힘없이 손을 뻗었다. 그러고선 그녀에게 닿지 않을 말들을, 전하지 못한 진심을 끊임없이 되뇌었다.

난, 내 손에 닿았던 네 손의 감촉을 아직까지 기억해. 비록 제멋대로였지만, 우리 둘밖에 없었던 그 시간들을 기억해.

이포 벨. 네가 내 곁을 떠나갔다는 사실에, 나는 죽고 싶을 만큼 삶의 의지가 없어. 하지만 그럼에도 내가 죽지 못하는 건, 네가 아직 살아 있기 때문이야.

'너와 함께 죽어 줄 수도 있어.'

그 말은 거짓말이 아니었다.

달튼은 두 번이나 버려졌다는 사실을 견딜 수 없었다. 시간이 지나면 지날수록 자신의 마음은 더 망가질 것이다. 처참하게, 돌이킬 수 없을 정도로.

차갑게 얼어붙은 심장은 또다시 누군가를 진심으로 사랑할 수 있을까?

'이포, 나는 다시 사랑할 수 있을까?'

'네. 당신은 잊힌 계절을 불러오는 마법사잖아요. 그런데 잊힌 사랑을 다시 불러오지 못할까요? 당신은 충분히 그럴 수 있다고 생각해요.'

넌 틀렸어. 계절을 불러오는 일 따윈 일시적인 일인걸.

난 영원한 걸 얻지 못해. 계절을 완전히 불러오지도 못할뿐더러 네 마음 또한 영원히 얻지 못해.

곡기를 끊은 지 얼마나 되었던가. 끼니때마다 들어오는 음식에, 달튼은 손댄 적이 없었다. 손가락 하나 까딱할 기운도 없다.

달튼은 그저 그녀가 보고 싶었다.

내가 죽으면 넌 내 죽음을 슬퍼할까.

제 죽음으로 인해 그녀가 눈물을 흘리기를 희구하는 자신의 모습이 우스웠다. 도대체 얼마나 망가져야 제대로 된 사랑을 할 수 있을까.

달튼은 오랫동안 누워 있던 몸을 일으켰다. 조금 열어 둔 창가 사이로 익숙한 이의 웃음소리가 들린 것 같았기 때문이다.

그것은 희미한 소리였으나, 달튼은 확실히 인지할 수 있었다. 다른 누구의 웃음소리가 아니라 이포의 웃음소리였으니까.

그는 비척비척 창가까지 걸어가, 유리창을 통해 정원을 바라보았다. 구름 한 점 없는 깨끗한 겨울 하늘, 마른 가지가 즐비한 정원수들이 인상적인 아원의 정원.

그리고 그 속에서 대화를 나누고 있는 이포와 아원.

"……."

달튼은 창문에 손을 얹은 채로 그들의 모습을 빤히 내려다보았다. 이전처럼 비라도 내릴 수 있다면 좋을 텐데…….

빌어먹을 용의 수작질로 인해 마법을 잠깐 쓸 수 없게 된 그였다. 세상 무서울 것 없는 마법사라고 자부했건만, 오백 년 산 용을 이길 재간은 없었다.

달튼은 제 목을 답답하게 죄고 있는 검은색의 목줄을 만지작거렸다.

'버릇없는 인간 마법사야. 네게 딱 어울리는 목줄을 채워 주마. 당분간은 조용히 지내도록 해. 그게 인간 여자 이포 벨이 원하는 바니까.'

하워드가 손수 채워 준 검은빛의 목줄은 마법을 쓰거나, 자해하는 것을 막아 주는 기능을 하고 있었다.

비록 마법을 쓸 수 없었고, 비도 내릴 수 없었지만 달튼은 알 수 있었다. 창가로 보이는 어렴풋한 그녀의 얼굴을 보며, 그는 짐작할 수 있었다.

이포. 너는 곧 죽을 거야. 네 죽음엔 자비는 없을 거야.

넌 죽는 순간조차도 아름다울까? 네가 없는 세상. 나는 어떻게 죽는 게 좋을까.

차라리 다른 남자를 좋아하는 너일지라도, 네가 살아만 있었으면 좋겠어.

뒤쪽에서 낯선 목소리가 들린 것은 그때였다.

"······죽고 싶다는 생각을 하고 있는 건가? 딱하기도 하군."

달튼은 창가에서 두어 걸음 물러나 뒤를 돌아보았다.

돌아보자 보인 이는 삐딱한 미소를 짓고 있는 오만한 용, 즉 하워드였다. 하워드는 언제 소리 소문 없이 방문을 연 것인지 문틀에 몸을 기대고 서 있었다.

"동정하지 않는 투로 동정하는 것처럼 말하는 이유가 뭐지?"

날이 잔뜩 선 달튼의 물음에, 하워드가 대꾸했다.

"조금도 동정하지 않았다면, 그건 거짓말이겠지. 나도 일단은 감정이 있는, 살아 있는 생명체라서. ……같은 말을 여러 번 하는 기분이군."

"나한테는 처음이야."

"내가 대화한 인간이 너 하나뿐일 거라는 착각은 삼가 줬으면 해."

달튼은 힘없는 걸음걸이로 침대까지 걸어갔다. 그는 침대 모퉁이에 앉으며 옅은 한숨을 내쉬었다.

"그래서. 왜 또 찾아왔어? 오만한 용님 말대로 조용히 지내고 있던 참인데."

"목줄을 채워서 화가 난 건가? 화가 난다면 실력을 더 키워 와. 용을 뛰어넘는 마법 실력이 있다면 내가 채운 목줄 따윈 단번에 끊어 냈을 테지."

"……이봐. 나는 당신과 시시껄렁한 말다툼을 하고 싶지 않아. 용건이 없으면 돌아가 주었으면 좋겠어."

굳은 것처럼 서 있던 하워드가 움직인 것은 그 순간이었다. 하워드는 침대까지 걸어와 달튼을 가만히 내려다보았다.

마주한 시선 속, 달튼은 기묘한 느낌을 받았다. 파충류의 것을 닮은 하워드의 청록빛 눈동자에 자신의 머릿속이 죄다 관통당하는 기분이랄까.

제가 하고 있는 생각들을 하워드에게 속속들이 읽히는 듯한 착각이 들었다.

"인간 마법사야. 네게서 짙은 죽음의 냄새가 나."

그는 죽고자 하는 제 마음을 읽기라도 한 걸까?

달튼은 수긍 대신 픽 웃었다.

"왜 죽으려고 하는지 묻고 싶어. 나도 몰랐는데, 내가 너희들의 사랑놀이에 매우 큰 관심이 있더라고. 곧 죽는 여자를 사랑하게 된 두 남자. 선택받지 못한 한 남자. 그리고 그 여자의 죽음을 따라가려는 너."

"……."

"역시나 이포 벨을 사랑하기 때문에?"

"물론 그래. 하지만 다른 이유도 있어. 내가 죽게 되면 용서받을 수 있을지도 모르거든."

끔찍이도 싫어하는 용에게 왜 진심을 털어놓고 있는지 모르겠다. 그건 제 생각을 꿰뚫어 보는 듯한 하워드의 신비한 눈동자 때문인가. 누군가에게 털어놓고 싶다는 바람이 든 제 마음이 시킨 일인가.

"누구에게?"

달튼은 무언가에 이끌리듯이 솔직하게 대답했다.

"나로 인해 상처받은 이들에게. 그리고 그런 짓을 한 나 스스로에게도."

달튼은 허탈한 미소를 지었다. 저로 인해 상처받은 이라는 말을 꺼내기 무섭게 떠오른 사람이 바로 아원이었다.

친구라고 할 수는 없었지만, 달튼은 아원과 제법 잘 지냈었다. 동성인 동년배 중 스스럼없이 대화할 수 있는 사람은 아원이 유일했다.

달튼은 무슨 말을 하든 심드렁하게 대답하던 아원을 놀리는 걸 꽤 좋아했다. 언제 찾아가든 저를 내치지 않는 아원에게 내심 유대를 쌓고 있기도 했다.

아원은 제가 무슨 목적을 가지고 접근하는지도 모르면서, 바보처럼 자신과 티타임을 가져 주기도 했다.

달튼은 그런 아원의 소중한 심장을 뺏어 갔다. 그것도 그가 막 행복을 느끼려던 찰나에. 자비 없이. 무참히.

사랑이 어떤 것인지, 달튼은 잘 알고 있었다. 그렇기에 이포에게 막 사랑을 느낀 아원의 심장을 뺏어 간 일이 얼마나 잔인한 일이었는지도 잘 알고 있었다.

아원에게 용서받을 수 없는 짓을 해 버렸다. 아원과는 절대로 전처럼 돌아갈 수 없을 것이다. 친구인 듯 친구가 아닌 듯 제법 잘 지냈던 그 시절로.

하지만 이전 날 생각한 것처럼 후회는 하지 않았다. 용서받지 못할 짓이라고 해도, 달튼은 그렇게 할 수밖에 없었으니까.

그때의 달튼은 아라벨에 대한 미련과 집착으로 물들어 있었다.

"……살아 있는 것보다, 죽었다는 사실이 어쩐지 연민을 더 많이 자아내잖아."

죽음으로서 모든 것을 모면하려는 사실이 비겁하기는 하지만. 달튼은 차마 거기까지 말하지 못했다.

"그럴지도 모르겠군. 현실에 존재하지 않으면 관용을 베풀게 돼. 나도 내 친구가 죽었을 때 그런 걸 느꼈어."

"그럼 네가 도와줄래? 내가 죽는 일 말이야."

"이포 벨이 그걸 원한다면. 기꺼이."

"……그녀에게 대답을 벌써 들은 기분이야."

이포 벨이 내 죽음을 수락해 줄 리가 없잖아.

그녀는 제가 살아남아, 혼자 남겨진 시간 속에서 고통받기를 바랐다. 마음이 유약한 그녀는, 제가 죽기를 결단코 바라지 않으리라.

"인간 마법사야. 네가 죽지 않고도 이포 벨에게 용서받을 수 있는 기회를 준다면 어떻겠어?"

"……."

달튼은 침묵했다. 그는 하워드의 눈동자에 서린 이채를 보며 확신했다. 필시 마음에 들지 않는 방법일 거라고.

"싫어?"

"아니. 듣지 않았지만, 네가 뭘 말할지 예상이 가서. 나를 범인 취급하는 건 곤란해. 나는 나름대로 꽤 유능한 마법사거든. 잊힌 계절을 불러올 수 있는……."

달튼은 어깨를 으쓱이며 이어 말했다.

"물론 지금은 네 덕분에 아무런 마법도 쓸 수 없지만."

하워드 또한 어깨를 으쓱이며 대답했다.

"그 정도의 마법쯤이야."

달튼은 저도 모르게 또다시 제 진심을 주절주절 털어놓기 시작했다.

"……잊힌 계절이라는 말이 나와서 그런데, 죽기 전에 딱 한 가지만 바랄 수 있다면 나는 이포가 존재하는 봄을 함께 맞이하고 싶어. 내가 만든 가짜 벚꽃이 아닌 진짜 벚나무 밑에서 그녀와 같이 있고파."

"흠."

"내 욕심일까?"

"그걸 판단하는 건, 이포 벨의 몫이야."

달튼은 허탈하게 웃었다.

"그러네."

"그래서 대답은?"

"일단 들어는 볼게. 내가 이포에게 용서받을 수 있는 방법이 뭔데?"

하워드는 의미심장한 미소를 지었다.

"삶이 유한한데 그 이상을 바라는 것은 그릇된 아욕이다."

나는 하워드가 했던 말을 되뇌었다.

아원이 제일 좋아하는 차를 탔다. 그 어느 때보다도 정성을 들인 채였다.

그에게 가는 걸음은 이상하게 가벼웠다. 해가 지기 직전엔 하늘이 잠깐 밝아지고, 모든 생명체들은 죽기 직전에 잠깐 기운이 돌아온다는 하워드의 말이 머릿속에 맴돌았다.

아원의 집무실엔 금세 도착했다. 집무실 앞을 지키던 낯익은 시녀 둘은 아무것도 묻지 않으며, 문을 열어 주었다. 역시나 대단한 사람이 된 듯한 기분이 들었다고나 할까.

나는 고맙다는 인사와 함께 집무실 안으로 들어섰다. 안으로 들어서자 보인 것은 책상에 앉아 있는 아원이었다.

깜짝 이벤트처럼 방문한 내게 건네진 아원의 인사는 없었다. 침묵, 그리고 고요. 그것이 아원의 인사 대신 나를 반긴 것들이었다.

나는 발소리를 죽였다. 살금살금 책상 앞까지 걸어가 찻잔을 내려놓을 때까지도, 아원은 한마디도 하지 않았다.

나를 반기지 않아서가 아니었다. 아원은 잠들어 있었다.

조금 전까지 무언가를 쓰다가 잠든 것인지, 그의 손에는 만년필

이 쥐어져 있었다. 나는 구태여 그를 깨우지 않으며 잠든 그의 얼굴을 감상했다.

창백할 정도로 하얀 뺨, 검은 속눈썹, 그리고 붉은 입술. 숱하게 본 그의 얼굴이지만, 다시 봐도 실로 아름다웠다.

얼른 돌아오겠다고 장담한 그가 잠들어 있다는 건……

"피곤했던 걸까."

돌연히 새어 나온 혼잣말에 나는 입가를 뒤늦게 가렸다.

나의 혼잣말로 인해 아윈이 깰 성싶었지만, 그는 고른 숨소리만을 내뱉을 뿐이었다. 무겁게 내려앉은 그의 눈꺼풀엔 들릴 기미가 조금도 없었다.

문이 열리는 인기척, 혼잣말에 가까운 내 말소리에도 깨지 않는 아윈이라. 그는 꼭 몇 날 며칠을 잠들지 못한 사람처럼 보였다.

나와 있을 땐, 졸리지 않은 척 버텼던 건 아닐까. 아윈이 안쓰럽기도 했고, 사랑스럽기도 했고, 그에게 고맙기도 했다.

그때, 지난밤 비밀스러운 외출을 가졌던 아윈의 모습이 떠올랐다. 새벽녘의 은밀한 외출 때문에, 지금 잠든 걸지도 모르겠다.

나중에 그가 깨어나면, 그때 어디를 갔다 왔는지 물어봐야겠다. 그가 솔직하게 대답해 줄지는 여전히 확신할 수 없었다. 하지만 묻는 일은 적어도 내 자유였다.

나는 그 후로 한참 동안 잠든 아윈의 얼굴을 구경했으나, 그는 끝내 깨어나지 않았다.

그 순간 불안함이 들었냐고 묻는다면, 그러했다. 불안할 게 전혀 없는 상황 속에서 웬 불안감이냐고 묻는다면, 그 이유는 그러했다.

영원히 잠들 것처럼 잠들었던 지난날의 아윈을 떠올린 탓이었다.

두 번째 심장을 잃은 채 내 꿈만 꾸었던 아윈. 자의로는 깰 수 없는 꿈속에 갇혀 있었던 아윈.

그럴 일이 다시 벌어지지 않았으리라 믿으면서도 내심 조마조마 했다. 아윈은 차가 완전히 식을 때까지도 깨어나지 않았다.

나는 그의 집무실에서 나와 복도를 거닐며 생각했다.

이제 또 무엇을 하면 좋으려나. 그가 잠들어 있을 동안 의미 있는 일을 하고 싶은데.

얼마 없는 시간을 허투루 쓰고 싶지 않았다. 그때 떠오른 것은 일전에 적다 만 유서였다. 완성되지 못했던 유서를 오늘 완성하면 어떨까.

나는 내 방으로 들어와서 고동빛의 낡은 책상 서랍을 열었다. 잠겨 있지 않은 서랍 구석에는 두 번 접힌 종이 하나가 있었다.

내가 후작저를 잠깐 떠나 있었던 동안 아무도 손대지 않은 듯한 종이. 그것은 부모님께 쓰다 만 유서였다.

나는 접힌 종이를 펼쳐, 그 속에 적힌 글귀를 읽었다.

'부모님, 몸 건강히 잘 지내세요.'

그 말만 도돌이표처럼 쓰인 유서였다. 나는 그것을 밀어 두고선 새 종이를 꺼내 들었다. 아무것도 쓰이지 않은 무지의 흰 종이 위, 다시 쓰는 유서의 수신자는 아윈이었다.

부모님께 적었던 유서는 그토록 적지 못했던 것이 무색했다. 나는 아윈에게 마지막으로 하고 싶은 말을 거침없이 써 내려갔다.

「아윈 아스타.

당신이 이 유서를 읽고 있다면, 저는 이미 당신의 곁에 존재하지 않는다는 걸 의미하겠죠.

당신과 사랑을 확인한 후에 많은 생각을 했어요. 제가 사라진 세상. 혼자 남겨질 당신에 대해서.

제가 당신에게 처음부터 바랐던 것은 단 하나였어요.

그건 제 이름을 기억해 달라는 일이었죠. 물론 이 글을 읽고 있는 지금도 기억하고 있는 거죠?

벌써 잊었다면, 이 유서는 여기까지만 읽어 줘요. 더 읽을 필요가 없을 것 같아요. 하지만 아직까지 제 이름을 기억하고 있다면, 이 유서를 끝까지 읽어 주세요.

제 이름을 기억하는 일이 당신을 슬프게 하는 일이라면, 당신은 그냥 제 이름을 잊어 주셨으면 해요.

당신에게 제 마음이 닿기 전까지, 저는 당신에게 기억되고 싶었어요. 어떤 형태로든 좋으니 기억되고 싶다고. 설령 이름 하나라도.

하지만 당신과 같은 마음임을 확인한 순간부터, 어쩐지 제가 이기적이었다는 생각도 해요.

남겨질 당신을 생각하지 못한 걸까요? 제가 욕심을 너무 부린 걸까요?

제 이름을 잊어서 당신이 슬퍼지지 않게 된다면, 꼭 그렇게 해 주세요. 당신은 슬픔을 견디는 법을 배우지 말아 줘요. 그것이 제 마지막 부탁이에요.

아윈. 제 죽음에 많이 울지 않기를 바라요.

전 어차피 오래전부터 이른 죽음이 점쳐진 사람이었으니까요. 당신은 죄책감을 가지지 않고 살아갔으면 해요.

존경하는 아윈 아스타.

다음 생엔 꼭 건강하게 다시 만났으면 해요. 정해진 끝없이. 그렇게.
죽음 따윈 생각하지 않으며. 제가 당신을 한 번에 알아볼 거니까, 당신
은 아무것도 안 해도 돼요.

　사랑하는 아윈 아스타.

　부디 제 몫까지 오랫동안 살아가기를 바라요.

　안녕. 」

　나는 마지막 구두점에서 펜을 오래도록 떼어 내지 못했다. 해서,
마지막 구두점이 우스꽝스럽게 커져 있었다.

　다행인 점은 마지막 인사를 건넬 때까지도 눈물이 흐르지 않았다
는 점이었다. 바싹 말라 버린 눈가는 건조하기만 했다. 울보 이포
벨인 주제에.

　나는 어렵사리 펜을 놓으며, 종이를 반듯하게 접기 시작했다. 느
릿하게 종이를 접는 내내 묘한 기분이 들었다.

　아윈에게 내 이름이 기억되기를 항상 바랐던 내가, 이젠 내 이름
이 잊히길 바라다니.

　그가 내 이름을 기억하길 바라는 마음보다, 그가 슬퍼하지 않았
으면 하는 마음이 더 컸다. 나는 아윈이 눈물을 흘리지 않았으면
했다. 정말로.

　유서는 곧 흰 봉투 안으로 들어갔다. 나는 봉투의 접착부에 입을
맞추었다. 그러고선 나지막이 속삭였다.

　"저는 죽어서도 당신을 기억할게요. 영원히 당신만을 사랑할게요."

　나는 차마 그 말까지는 적을 수 없었다. 그 말은 아윈에게 부담
이 될 것이 분명했으니까.

나는 무지의 흰 종이를 또다시 꺼내 들었다. 부지런히 펜을 놀린 결과, 내가 마무리 지은 짧은 유서는 총 네 장이 되었다. 수신인은 각기 달랐다.

나는 잘 적어 둔 유서를 책상 서랍 깊숙한 곳에 넣어 두었다. 나중에 케이티에게 이곳에 내 유서가 있음을 알려 주어야겠다. 그녀가 내 유서를 각기 다른 수신인들에게 잘 전달해 주리라 믿어 의심치 않았다.

유서 적기를 끝낸 나는, 긴 시간 동안 숙였던 고개를 들어 올렸다. 그러자 창가로 내비친 석양빛이 눈에 띄었다.

압도적인 석양빛은 모든 것을 붉게 물들이고 있었다. 내 책상도, 내 관도, 나도. 깨어난 지 얼마 되지 않은 것 같은데, 벌써 해가 지고 있다니.

나는 생각했다. 겨울의 해는 짧다고. 그에 따라 나의 죽음이 부쩍 가까워진 듯한 기분이었다.

한숨은 연기처럼 피어올랐다.

"미안. 늦었지."

문을 연 아원이 처음으로 꺼낸 말이었다. 미안, 늦었지.

"아뇨. 늦지 않았어요."

아원은 큰 보폭으로 내 앞까지 다가왔다. 그는 다급해 보이기만 했다.

"내가 미쳤나 봐. 깜빡 잠들었어."

그는 소파에 앉아 있던 내 옆에 앉으며, 나를 끌어안았다. 나는 그의 등을 쓰다듬었다.

"수고했어요, 오늘도."

"아까 다녀갔어?"

아윈은 내가 놔두고 간 차를 본 듯했다. 나는 대답했다.

"네."

"왜 깨우지 않은 거지?"

"너무 곤히 자고 있어서요."

아윈은 심각한 목소리로 답했다.

"다음엔 곤히 자지 않는 법을 연구해야겠어."

"그게 뭐예요. 웃겨."

"이포 벨. 네 품이 얼마나 그리웠는지 몰라."

그는 나를 더 꽉 껴안았다. 그의 품속에서 우그러질 정도였다. 그에게 안겨 우그러져서 죽는 것도 꽤 나쁘지 않을 것 같았다.

"내가 없는 동안 뭘 했어?"

"쉬고 있었어요. 당신과 함께하는 게 아니라면, 뭐든 재미가 없는걸요."

아윈은 고백하듯이 읊조렸다.

"내일은 혼자 두지 않을게."

"모쪼록 부탁드릴게요."

아윈은 얼마 못 가 나를 놓아주었다. 마주 본 그는 내 얼굴을 시간을 들여 꼼꼼히 바라보았다. 더 나빠진 구석이 없는지 확인하는 모양새였다.

"아윈. 제 얼굴을 빤히 쳐다보니까, 몸 둘 바를 모르겠네요. 얼굴이 붉어질 것 같아요."

거짓말이 아니었고, 실제로 나는 얼굴의 화끈함을 느끼고 있었다. 그토록 많이 마주한 그의 얼굴이었건만.

아원은 뜨거워진 내 이마에 입술을 짧게 지분거렸다.

"저녁은?"

"대충 먹었어요."

"왜 대충 먹어. 먹고 싶은 게 있어?"

나는 고개를 끄덕였다.

"뭔데?"

아원은 지금은 절대로 구할 수 없는 음식이라도, 가령 계절에 따라 구할 수 있는 것이라든지 서역의 것이라든지, 당장 구해 올 것처럼 말했다.

나는 아이처럼 웃으며, 아원의 목덜미에 팔을 둘렀다.

"당신의 입술."

그것보다 더 맛있는 건 없을 테니까.

"……."

아원은 다소 허탈한 얼굴을 했다. 짧게 침묵한 그는 한마디를 남기었다.

"그런 건 도대체 어디서 배운 거지?"

비밀. 나는 대답 대신 그의 입술 위에 내 입술을 묻었다.

새벽 공기는 차가웠다. 나는 솜털이 비쭉 서는 추위를 고스란히 느끼고 있었다.

내 몸을 데워 주던 타인의 따뜻한 체온이 사라진 듯한 느낌. 나는 감았던 눈을 반쯤 떴다.

어두운 사위, 그와 함께 잠든 침대 위, 몽롱한 시야 사이로 등불을 챙기는 아윈의 뒷모습이 보였다.

맨몸이었던 아윈은 간소한 옷가지를 차려입은 채였다. 나는 그의 뒷모습을 뚫어져라 바라보았다.

이것은 꿈의 연장선인 것인가. 현실인 것인가.

하지만 또다시 선연하게 느껴지는 추위에 나는 직감했다. 이것은 부정할 여지없는 현실인 거야.

그리고 새벽녘, 아윈의 은밀한 외출이 또다시 감행된 것이다. 분명하다. 몽롱했던 정신이 번쩍 깨어나는 듯한 기분이 들었다.

나는 잠든 척하며 아윈이 방을 나가는 모습을 끝까지 지켜보았다. 그는 내가 깬 것을 눈치채지 못한 것인지 열었던 문을 다시금 굳게 닫았다.

나는 입고 있던 슬립 위에 숄 하나를 대충 걸쳤다. 목적은 하나였다. 오늘만큼은 그를 뒤따라야겠다. 들킨다면 그땐 어쩔 수 없는 것이겠지만, 일단은 그를 따라가 보자.

아윈에게 지난 새벽에 한 외출에 대해서 물어본다는 것을 깜빡하고선 그대로 잠든 나였다. 그의 키스가 좀 달았어야지. 관능적인 그와의 스킨십은 다른 생각을 할 수 없게 만들곤 했다.

각설하고, 조용히 방을 나오자 저 멀리, 앞서 걸어가고 있는 아윈의 뒷모습이 보였다. 나는 그가 들고 있던 불빛에 집중을 했다.

이내 아윈은 계단을 올라가기 시작했다. 나도 그를 따라 계단을 올라갔다. 한 층 위로 올라온 그는, 그리 멀지 않은 곳에서 걸음을 멈추었다. 그리고선 어느 방 안으로 들어갔다.

노크는 없었다. 더해, 문도 잠겨 있지 않았다. 그것은 마치 이전에 약속된 만남을 뜻하는 것 같았다.

저 방의 주인은 누구일까.

나는 방의 위치를 기억하고선, 왔던 길을 되돌아왔다. 방으로 돌아와 아무 일도 없었던 양 침대에 누웠다. 하지만 곧바로 잠들 수는 없었다.

나는 아윈이 들어갔던 그 방의 주인을 알고 싶었다. 그것을 알게 된다면, 그의 비밀스러운 외출의 진실을 알 수 있을 것만 같았다.

아윈은 머지않아 방으로 다시 돌아왔다. 나는 그가 돌아올 때까지도 잠들지 못한 터였다.

비밀 회동을 끝마친 듯한 그는 자연스럽게 내 옆에 몸을 뉘었다. 내 허리를 감싸는 아윈의 손길을 느끼며, 나는 추측해 보았다.

그가 설마 다른 여자를 만나고 온 걸까? 나는 그것만큼은 절대로 아닐 거라고 생각했다.

그렇다면 그는 과연 누구를 만난 걸까.

그 순간 떠오른 이는 딱 두 사람이었다. 오드아이를 가진 아름다운 마법사 달튼과 어르신이라 불리는 걸 끔찍하게 싫어하는 하워드.

둘 중 하나를 만났든지, 두 사람 모두 만났든지…… 아무튼 그들이 만났다면, 그들은 어떤 모의를 가진 걸까.

다음 날, 날이 밝자마자 찾은 이는 케이티였다.

아원에게는 따뜻한 차를 내오겠다고 둘러댔다. 그는 다른 시녀를 시키겠다며 나를 극구 말렸지만, 나는 고개를 내저었다.

"적어도 당신이 마실 차는 제가 직접 내올 수 있게 해 줘요."

가진 거라곤 메이드복밖에 없던 나였다. 줄 수 있는 게 그리 많지 않다. 아원에게 가장 자신 있게 줄 수 있는 건, 닳을 만큼 많이 써 버린 내 마음뿐이었다.

하지만 이젠 그것마저도 줄 시간이 많지 않았다. 나는 아원에게 그런 것만이라도 손수 하게 해 달라고 했다. 그는 느릿하게 고개를 끄덕였다.

물론 아원에게 훌륭한 차를 내가고 싶었던 건 진심이었다. 하지만 그보다도 케이티를 만나, 그녀에게 묻고 싶은 것이 있었다.

어젯밤, 아원이 몰래 들어갔던 그 방에 누가 기거하고 있는 것인지를. 나는 그 사실을 알아내야 했다.

케이티는 금방 찾을 수 있었다. 그녀는 주방에서 잡일을 도와주고 있었다. 나는 그녀와 오랫동안 함께 일했었다. 그녀가 이 시간에 어디에 있고, 어떤 일을 하는지는 눈에 훤했다.

케이티를 만나자마자, 나는 아원이 들어갔던 방의 위치를 알려 주었다.

"그 방을 누가 쓰는지 알아?"

내 물음에 케이티는 해맑은 미소를 지었다. 해답을 알고 있는 듯한 얼굴이었다.

"응! 기다란 은발을 가진……. 엄청 야하게 생긴 남자분. 너랑 같이 오신 분 아니야?"

기다란 은발을 가진 관능적인 남자. 나는 남자의 정체를 곧바로 알 수 있었다.

"……하워드."

"이포 벨. 그분은 누구야?"

오백 년 산 용이라고 해야 할까. 사랑을 궁금해하는 어르신이라고 해야 할까.

나는 그를 정의할 수 있는 수많은 말 중에, 제일 괜찮은 것으로 대답해 주었다.

"내 생명의 은인."

험난한 절벽에서 떨어진 나를 구사일생으로 구해 준 것 같은 분위기를 풍기는 말이었다. 포장이 너무 심했나.

케이티는 물었다.

"좋아하는 사람은 있대?"

"아니, 그는 사랑 불구자야."

그녀는 사랑에 처음 빠진 소녀 같은 얼굴을 했다. 붉어진 양 뺨의 홍조가 사랑스러워 보였다. 적어도 케이티에게선 처음 보는 표정이었다.

"그럼 내가 좋아해 보는 건 어떨까? 태어나서 그렇게 잘생긴 사람은 처음 봐. 벨, 네가 그랬잖아. 신분의 고하나 다른 어떤 것으로든, 누군가를 좋아하는 일을 망설이지 말라고."

"응. 그렇기는 한데……."

나는 선뜻 대꾸하지 못했다. 누군가를 좋아하는 일을 망설이지 말라고 호언장담 했으나 하워드는 종족부터가 달랐다.

하워드는 심장의 나사를 잃어버리지도 않았지만, 사랑을 알지 못했다. 그를 좋아하게 된다면, 케이티가 얼마나 고생할지……. 나는 눈앞이 껌껌해지는 기분이 들었다.

케이티의 여정은 어쩌면 아윈과 사랑을 이루기 위해 내가 걸어간 길보다 더 험난할지도 몰랐다. 물론 각고의 노력 끝에 하워드에게 사랑을 얻어 낼 수도 있을 것이다. 내가 그러했듯이.

하지만 나는 진한 한숨을 내쉬었다. 아무리 생각해도 그 과정이 녹록하지 않을 것 같았다. 우리의 대화에 다른 목소리가 끼어든 것은 그때였다.

"이봐, 인간 여자. 애석하게도 나는 이포 벨이 아닌 다른 인간 여자에겐 관심이 없어."

"……!"

케이티는 깜짝 놀란 얼굴로 내 뒤쪽을 바라보았다. 나와 마주 서 있던 케이티의 시선의 높이가 달라졌다.

새로이 나타난 상대와 눈을 맞추기 위해 서서히 들리는 턱 끝. 이내 케이티의 입술이 동그랗게 벌어졌다.

"하워드. 인기척이라도 내고 나타나 줘요. 그렇게 갑자기 나타나면 깜짝 놀라잖아요."

언제부터 내 뒤에 있었을지 모를 하워드가 다른 목소리의 주인이었다. 그는 오늘도 차를 마시고 싶어서, 주방에 온 것일지도 모르겠다.

"내 얘기를 하고 있길래."

하워드는 심드렁하게 대답하며, 내 옆에 나란히 섰다. 나는 그제야 그를 올려다보았다. 그의 얼굴은 어제보다도 더 좋아 보였다. 상하지 않은 그의 얼굴이 싱그럽기만 했다.

낯빛이 좋아진 하워드…….

그 말이 왜 갑자기 떠오른 것인지 알 수 없었다. 나는 머릿속에

강하게 각인된 그의 말을 떠올렸다.

'해가 지기 직전엔 하늘이 잠깐 밝아져.'

하워드는 수어 년 만수무강하게 살아갈 어르신일 텐데.

객쩍은 생각은 케이티의 설레발로 끝이 났다.

"베, 벨! 저분이 너를 제외한 다른 여자에겐 관심이 없, 없대!"

그녀는 또다시 무언가를 단단히 착각한 듯했다.

이쯤 되니 후작저를 맴돌던 희한한 소문들의 출처가 케이티가 아니었을까 싶은 의구심이 들었다. 그녀의 설레발이 모든 소문의 원흉이었다면.

"두 사람. 착각하지 않는 편이 좋을 거야. 내가 이포 벨을 특별하게 여긴다느니, 어쩌니 하는……. 나는 그냥 더 이상의 인연은 만들고 싶지 않을 뿐이니까."

하워드는 질색하며 대답했다. 그는 나와 엮이는 일을 정말로 싫어하는 것 같았다. 하지만 강한 부정은 강한 긍정이라던데.

나만 그런 생각을 한 것이 아닌 듯했다. 놀란 정신을 뒤늦게 수습한 케이티가 속삭이듯이 말했다.

"저분. 정말 솔직하지 못하다. 네게 고백했어?"

"아니."

"곧 할 것 같은데 네 생각은 어때?"

"윽. 나이 차이가 너무 심하잖아."

"응? 엄청 젊어 보이는데."

나는 고개를 가로저었나.

저래 보여도, 저 남자는 오백 년이나 살았다고.

나는 진실을 알려 줄 수 없었다.

"내가 좋아해 보려고 했는데, 안 되겠다. 좋아하는 사람이 있는 남자를 짝사랑하는 건 너무 힘든 일이야."

케이티는 하워드를 향한 마음을 금세 포기한 듯했다. 나는 그녀의 어깨를 두어 번 두드려 주었다.

"잘 생각했어. 하워드가 나를 좋아하는 건 아니지만, 그래도 저 사람을 좋아하는 일은 피했으면 해. 누군가를 좋아하는 일을 망설이지 말라고 했던 주제에…… 내 번복이 실망스럽지?"

"아니. 어떤 일에도 절대적인 것은 없으니까. 벨, 네가 확고하게 말했던 걸 번복할 정도라면, 저분을 좋아하지 말아야 할 커다란 이유가 존재하는 거겠지."

"……케이티. 감동이다. 네가 나를 그렇게까지 생각하고 있는지 몰랐어."

"이포 벨. 나는 후작저의 모든 사용인들 중에 너랑 제일 친하다고 생각해. 친한 친구의 마음도 헤아리지 못한다면, 나는 도대체 누구의 마음을 헤아릴 수 있는 걸까."

나는 말을 잇지 못했다. 눈가가 시큰거렸기 때문이다.

미쳤어, 주책맞아. 아침부터 웬 눈물이야.

나는 눈가에 힘을 주며 눈물의 기운을 몰아내려 애썼다.

나에 대한 케이티의 소중한 마음. 나는 그녀의 마음을 잊지 않겠다고 다짐했다.

케이티. 그렇게 생각해 주어서 고마워.

나를 이해해 주는 사람이 있다는 건, 든든한 내 편이 생긴 듯한 기분을 주기도 했다.

"이봐, 내 말은 듣고 있는 거야?"

하워드는 내 어깨 위에 손을 올리며 말했다.

"애석하게도 듣고 있지 않았나 봐요."

나는 너스레를 떨었다.

"그럴 줄 알았어."

하워드는 깊은 한숨을 몰아쉬었다. 그가 타이밍 좋게 대화를 끊어 준 덕에 기어코 눈물을 흘리지는 않았다.

나는 엷은 미소를 지으며, 하워드를 흘긋 보았다. 마침 그도 나를 내려다보고 있었던 탓에, 우리의 시선은 곧바로 교차했다.

하워드의 눈동자가 내 눈에서 떨어지지 않았다. 그는 내가 눈물을 흘렸는지, 아닌지를 꼼꼼히 확인하고 있는 것처럼 보였다.

당신, 설마 내 눈물을 막아 주기 위해서 대화에 끼어든 것은 아니겠지?

이내 그는 어색하게 시선을 돌렸다. 내가 눈물을 흘리지 않았다는 사실에 대한 확인을 끝낸 것처럼.

"케이티. 내가 차를 몇 잔 내가도 될까?"

"당연하지!"

케이티는 그렇게 대답했다가 곧바로 제 말을 덧대었다.

"그런데 그걸 내 마음대로 결정해도 되는 걸까? ……나는 그저 일개 시녀인데."

그녀의 엉뚱함에 나는 작게 킥킥거렸다. 뒷일은 내가 책임질 테니, 걱정하지 말라는 말은 덤이었다.

나는 아원 아스타의 연인이라 소문난 이포 벨이었다. 물론 실제로 그의 연인이기도 했다.

으스대고 싶었던 것은 아니었지만, 그러한 내 행보를 막을 이는 아무도 없었다. 적어도 후작저 안에서는 없다고 생각했다.

나는 세 잔의 차를 타기 시작했다. 내 것과 아원의 것, 그리고 나머지 하나는 하워드의 것이었다.

하워드에게 차를 타 주겠다는 말은 하지 않았다. 하지만 그는 찰거머리처럼 내 뒤에 달라붙어 내가 하는 모양새를 빠짐없이 지켜보았다. 그러곤 무언가를 기다리는 듯한 얼굴을 했다.

나 원, 저렇게까지 원하는데 타 주지 않을 수가 없잖아.

"……어젯밤에 아원이랑 무슨 얘기를 했어요?"

나는 뜨거운 물을 따르며, 천연덕스럽게 물어보았다. 시시한 이야기를 하듯, 대답이 어렵지 않은 물음인 듯. 하워드가 내 자연스러움에 물들어 쉬이 대답해 주기를 바랐다.

"비밀인데."

하지만 그는 내 자연스러움에 조금도 물들지 않았다. 안타까운 일이었다.

"그럼 당신에게는 차를 주지 않을 거예요."

"뭐? 그래도 이미 세 잔을 탔잖아. 네 것, 인간 남자의 것, 그리고 내 것."

"제가 두 잔 마시면 되죠."

"허허."

하워드는 헛웃음을 흘렸다.

"마시고 싶으면 본인이 직접 타서 드세요. 새벽녘에 아원과 밀회를 즐길 정도의 친분을 가지고 있다면……. 후작저에서 당신에게 한 소리를 할 만한 사람은 한 명도 없을 테니까."

농담이 아니라는 것을 보여 주기 위해, 트레이에 찻잔 세 개를 올려놓았다. 하워드의 시선이 트레이에 고정되어 있었다.

케이티와 얘기를 나누고 하워드도 만난 탓에 시간이 많이 지체되었다. 아원이 돌아오지 않는 나를 걱정하고 있을 것 같았다.

뒤돌아서려던 나를 붙잡은 것은, 하워드의 말이었다.

"새벽에 뭘 했는지 궁금하다면, 나와 거래를 할래?"

나는 하워드에게 다시금 시선을 주었다.

"너도 알다시피 나는 대가 없는 일은 하지 않아."

"또 거래예요? 하지만 당신도 아시다시피 저는 당신에게 줄 수 있는 게 없어요."

"뭐가 좋을까. 너를 탈탈 털어 보면 값진 게 하나쯤은 나올지도 모르지."

하워드는 혀를 끄집어내어 입술 위를 느릿하게 쓸었다. 무언가 구미가 당기는 것이 생긴 듯한 얼굴이었다.

내 얼굴을 훑는 그의 시선이 따가웠다. 하워드는 숨겨진 무언가를 찾는 것처럼 내 얼굴을 구석구석 살펴보기 시작했다. 그러다 그의 시선이 어느 한 곳에서 멈추었다.

그곳은 바로 내 입술 부근이었다.

"이포 벨. 네 남자에게 사랑을 속삭인 네 입술은 어때?"

"……네?"

나는 제대로 들었음에도, 그에게 되물었다.

도대체 무슨 말을 하는 거야?

"나를 아원이라 생각하고 내게 키스해 봐. 사랑이 밴 키스는 어떤 기분일까, 하는 궁금증이 들었거든."

"미쳤어요?"

미치지 않고서야 그런 말을 할 리가 없지. 나는 황당하다는 듯이 그를 쳐다보았다.

하워드는 농담이 아니라는 것처럼 진지해진 낯빛을 했다. 그러곤 손을 뻗었다. 그의 손끝이 내 입술 위에 툭 스치듯이 닿았다.

나는 깜짝 놀라 뒤로 두어 걸음 물러섰다. 그 덕에 손에 든 트레이가 조금 흔들렸다. 찻잔 속 찻물이 커다란 곡선을 그리며, 찻잔 밖으로 질질 흘렀다.

망할, 차를 다시 타야 하는 건가.

하워드는 내 입술에 잠깐 닿았던 자신의 손끝을 내려다보았다.

"네 입술. 파래졌어. 온기가 필요하다면, 내가 나눠 줄 수도 있는데."

"말도 안 되는 소리 하지 마요."

"하지만 정말로 파래진걸."

아윈이 준비해 준 두꺼운 드레스 덕에 추위는 조금도 느끼지 않고 있었다. 그럼에도 입술이 파래졌다니. 나는 하워드처럼 혀끝으로 입술 위를 가볍게 쓸어내렸다.

"확인시켜 주면 내게 온기를 나눠 받을래?"

하워드는 그렇게 말하고선, 내리깐 시선을 들어 올렸다. 그의 시선이 향한 곳은 내가 아닌 내 뒤쪽이었다.

내 뒤에 꼭 누군가가 등장한 것처럼, 하워드는 어느 곳을 빤히 바라보고 있었다.

그의 목소리가 들린 것은 그때였다.

"……불가합니다."

낮게 가라앉은 목소리가 매섭다. 하지만 늘 그렇듯 나는 그의 목소리를 사랑했다. 높든, 낮든, 가라앉든 어떻든. 그것은 내가 사랑하는 남자의 목소리였으니까.

"이포에게는 당신의 온기가 필요 없습니다."

이번엔 단호한 목소리였다. 나는 트레이를 든 채로 고개만 뒤로 돌렸다. 그러자 그가 보였다.

"아원. 언제 온 거예요?"

"찻잎을 재배하는 줄 알았어."

나는 머쓱하게 웃었다. 내가 예상했던 대로 아원은 돌아오지 않는 나를 걱정한 듯싶었다.

"죄송해요. 제가 늦었죠?"

그는 고개를 내저었다.

"네가 늦은 게 아니라, 내가 조바심이 나서."

아원의 등장으로 인해 주방에 있던 사용인들의 시선이 우리에게 주목된 것이 느껴졌다. 주위는 일순 조용해졌다.

하워드가 등장했을 때에도 잠깐 조용해졌던 주방이었다. 어쩌다 아원도 등장해 버렸으니……. 내일 들릴 후작저의 소문이 아주 궁금해졌다.

"돌아가자. 용의 말은 더 들을 필요가 없으니까."

아원은 하워드에게 명백한 적의를 드러냈다. 그는 적의를 드러내는 것에 그치지 않으며, 내가 들고 있던 트레이를 뺏어 들었다. 제가 들어 줄 테니, 얼른 돌아가자는 암묵적인 신호인 것 같았다.

나는 그를 따라 주방을 나서려고 했다. 두 남자의 밀회가 궁금하기는 했지만, 내 입술을 내주면서까지 알고자 한 것은 아니었다. 그 순간 우리를 가만히 지켜보던 하워드의 웃음소리가 들렸다.

"하, 하하. 인간 남자 아윈. 네 여자가 너의 밤 외출을 눈치챘어."

"……."

"내게 묻더구나. 나와 만나서 무엇을 했느냐고."

아윈은 무언가를 예감한 듯한 얼굴을 했다.

"……일단은 방으로 돌아가서 얘기해."

그는 트레이를 들지 않은 나머지 손으로 내 손을 잡아챘다. 손목에 닿은 악력이 꽤 셌다.

아윈은 도망치듯이 걸음을 재촉했고, 우리가 주방을 나가는 내내 하워드의 웃음소리가 끊이질 않았다. 좀 얄미웠다.

"아윈. 어제 새벽에 하워드를 왜 만난 거예요?"

맞은편 소파에 앉은 아윈은 침묵으로 일관했다. 그는 생각이 많아 보였다.

"아니라고는 하지 마세요. 방을 몰래 나가던 당신을 뒤따라갔으니까. 그리고 당신이 들어간 방에 누가 묵었는지도 아니까."

"……."

"하워드와는 무슨 이야기를 나누신 거예요?"

아윈은 대답 대신 짧은 한숨을 내쉬었다. 그래서 나는 생각했다. 나를 빼놓고서, 하워드와 아윈이 대화를 나눌 논제엔 무엇이 있는지.

나는 여러 사실을 열거해 보면서, 그 논제에 다가가기 시작했다.

내 죽음에 걷잡을 수 없는 눈물을 흘리던 아윈이 갑작스럽게 침착해진 이유. 인간이 할 수 없는 비범한 능력을 지닌 하워드. 그리고 아윈의 두 번째 심장.

하워드는 아윈의 두 번째 심장을 내게 이식시킬 수 있는 방법을 아는 게 아닐까.

나는 아윈이 했던 말을 떠올렸다.

'이젠 내가 지켜 줄게.'

아윈은 설마 자신의 심장을 꺼내어, 내게 주려고 한 걸까? 하워드는 대가를 주면 무엇이든 해 주는 용이었다.

"……하지 마요."

아윈이 대답했다.

"내가 뭘?"

"당신의 심장으로 저를 살려 보겠다느니 하는 생각. 하지 말아 줘요."

"왜 안 돼?"

그런 식으로 살고 싶지 않다고 말하려 했다. 그러나 아윈이 나를 몰아붙였다.

"너를 살릴 수 있다면 뭐든지 하고 싶어."

"그 심장은 이미 당신 거예요. 제가 가지려고 했다면, 충분히 가질 수도 있었단 말이에요."

"그럼 그냥 가지지 그랬어."

"……네?"

"왜 내게 줬어? 왜 네가 갖지 않았어? 심장이 필요한 건 너잖아. 난 죽지 않았을 거야. 설령 다시 감정이 없는 빈껍데기가 되더라도, 언젠간 깨어났을 거라고."

따지듯 원망하듯 또는 애원하듯 내뱉은 아윈의 목소리 끝이 희미하게 떨렸다.

아윈이 큰 목소리로, 누군가에게 따질 수 있다는 사실을 오늘 처음 알았다. 늘 다정하게, 혹은 무심하게 말해서, 크게 말하는 법은 아예 모를 거라고 생각했다.

"하루에 수백 번도 넘게 생각해. 넌 왜 죽어야 하는 거고, 난 왜 심장이 두 개인 거고, 내겐 왜 네게 심장을 건네줄 능력이 없는 건지."

아윈은 명백히 화를 내고 있었다. 질투만 하는 줄 알았는데, 그는 다소 새로운 감정을 토해 내고 있었다.

무릎 위에 올려진 그의 손이 꽉 쥐어져 있었다. 무언가를 부술 것처럼 움켜쥔 그의 손등이 희게 질렸다. 화내는 그에게 무슨 말을 해 줘야 할지 가늠할 수 없었다.

정말 이상한 생각일지도 모르겠지만, 화를 내는 그가 무섭다거나 그에게 짜증이 나지 않았다. 대신, 그의 새로운 면모에 묘한 신선함을 느끼고 있었다.

깊게 새겨진 그의 미간 주름, 조금 올라간 눈꼬리, 커진 동공, 거친 숨소리. 아름다운 말, 좋은 말만 뱉어 낼 법한 그의 입술에선 젠장이라는 투박한 말이 흘러나오고.

"……미안. 잠깐만. 잠깐만 머리 좀 식히고 올게."

아윈은 잘 정돈되어 있던 제 머리를 거칠게 쓸어 넘겼다. 내가 고개를 끄덕이자, 그는 그대로 방을 나갔다. 뒤돌아서던 그는 시름이 깊은 한숨을 내쉬었다.

나는 끓어오르는 그의 감정이 얼른 가라앉기를 바랐다.

가만히 기다리려고 했는데, 좀처럼 앉아 있을 수가 없었다. 찻물을 들이켤 생각도 전혀 들지 않았다.

나는 앉아 있던 몸을 일으키고선, 방 안을 정처 없이 배회했다. 어딘지 모르게 마음이 불편했다.

그러다가 마주하게 된 것은 아윈의 방 한편에 있던 거울이었다. 나는 전신 거울 속에 비친 내 모습을 빤히 들여다보았다.

거울 속엔 예쁜 드레스를 입은 앙상한 내 모습이 그려져 있었다. 형편없는 몰골 속, 눈에 띄는 곳이 한 군데 존재했다. 바로 입술이었다. 나는 내 입술을 손끝으로 매만졌다.

"정말로 파랗네."

하워드의 말대로 입술엔 붉은 기가 희미해져 있었다. 입술을 쓰다듬던 손을 내려다보자, 손끝 또한 파랗게 물들어 있었다.

입술과 손끝이 파래진 이유는 무엇일까. 내 죽음이 얼마 남지 않았음을 뜻하는 걸까?

죽음이라는 말을 되뇌기 무섭게 심장이 아릿하게 아파 왔다. 몸을 웅크릴 만큼의 거센 아픔은 아니었다. 그저 숨을 쉬기에 약간 불편한 정도. 색색거리는 숨소리가 차분하지 못했다.

키스 벌레의 자비 없는 입맞춤에 내 혈맥은 얼마만큼 손상되었을까. 아니, 내 혈맥은 얼마만큼 버틸 수 있는 걸까.

소파에 막 다시 앉았을 때, 아윈이 돌아왔다. 다시 돌아온 그의 얼굴은 차분해져 있었다. 그는 내 앞까지 다가와 무릎을 꿇었다.

아윈은 누군가의 보살핌이 필요한 어린 짐승처럼 내 무릎에 얼굴을 기대었다. 맞닿은 그의 뺨이 뜨거웠다.

"잘못했어. 네게 화를 내려던 게 아니었어. 나는 그냥 너무 답답했던 것뿐이야."

"……."

"용서해 줘."

아윈은 내게 미움을 받을까 봐 염려한 것처럼 보였다.

바보, 고작 그런 일로 당신을 미워할 리가 없잖아.

"아윈. 저는 당신이 빈껍데기처럼 살아가기를 바라지 않아요. 어차피 그것은 원래부터 당신의 것이었어요."

그는 침묵했다. 그의 얼굴에 고요한 슬픔이 맴돌고 있었다. 나는 그의 매끄러운 뺨을 쓰다듬었다.

"괜찮아요. 당신이 화를 낸 이유를 충분히 이해해요. 그리고 이런 말, 정말 이상할지도 모르지만…… 당신과 잠깐 다투었을 때, 우린 보통의 연인 같았어요."

애도 없는 죽음이 없듯 접점 없는 만남은 없었고, 다툼 없는 관계도 없었다. 우리의 다툼은 그런 의미의 다툼이었다.

"그래도 네게 화를 냈으면 안 됐어. 하지만 끓어오르는 감정들을 주체할 수가 없었어. 무심코 입 밖으로 토해 냈을 때, 나는 비로소 깨닫게 된 거야."

"……."

"끓어올랐던 감정이 화였다는 사실을."

아주 오랜만에 화를 냈을 아윈. 나는 그의 머리카락 위에 가볍게 입을 맞춘 후에 말했다.

"정말로 제게 미안하다면, 이리 올라와서 저를 안아 주세요."

아윈은 꿇고 있던 무릎을 바로 세워, 소파 위로 올라왔다. 그러곤 나를 부드럽게 껴안았다. 오가는 말은 없었다. 우리는 그저 서로의 체온만을 느꼈을 뿐이다.

사소한 순간들이 특별해지는 기분을 알고 있었다. 일상처럼 이루어진 포옹이 특별해지는 기분이었다.

사랑, 기쁨, 슬픔, 질투, 분노……. 비로소 모든 감정을 내비친 아윈과의 포옹이었으니까.

"아윈. 당신을 두고 어떻게 죽어야 할지 모르겠어요."

아윈은 끝내 침묵했다.

밤이 되자 날씨는 급변했다.

뼛속에 스미는 차가운 냉기가 심상치 않았다. 그간 햇살이 제법 따사로워서, 나는 한겨울의 추위를 완전히 잊고 있었다.

방을 모두 붉게 물들일 만큼 장작을 많이 태웠음에도 불구하고, 내뱉은 하얀 입김이 두드러져 보였다. 나는 꼭 닫힌 창밖을 바라보며 말했다.

"곧 눈이 내리지 않을까요?"

어두운 밤하늘엔 회색빛이 그득했다. 출처를 알 수 없는 곳에서 떠내려온 먹구름이 그 회색빛의 정체였다. 나는 달튼의 먹구름을 잠깐 떠올렸다.

아윈은 모포로 나를 둘둘 말아 곧 굴러갈 정도로 만든 주제에, 그 위에 제 체온까지 덧대어 주었다. 등 뒤에서 나를 껴안은 아윈의 팔이 단단했다.

"이포. 후작저 뒤에 있는 야산 초입엔 겨울에만 피는 꽃이 있어."

"그런 게 있었어요?"

나는 창밖을 보기 위해 틀었던 몸을 아원 쪽으로 비틀었다. 침대에 마주 누운 채로 바라보는 그의 얼굴이 너무도 익숙했다.

나는 대답하기 위해 조금 벌어진 아원의 입술 위를 짧게 지분거렸다. 그는 곤란해하는 낯빛을 잠깐 내비치더니, 이내 진한 키스를 했다.

나는 아원의 혀를 한동안 놓아주지 않았다. 그가 앓는 소리를 낼 때까지도.

"……혀가 얼얼해."

아원은 귀엽게 툴툴거렸다. 나는 작게 킥킥거렸다.

"겨울에만 피는 꽃에 대해서 더 얘기해 주세요. 당신은 그 꽃을 실제로 본 적이 있어요?"

"응. 보랏빛의 꽃잎과 노란빛의 심지가 예쁜 꽃이야. 그리고 내가 좋아하는 꽃이기도 하지. 감정을 잃기 전에도, 잃은 후에도 그곳에 버릇처럼 찾아가서 그 꽃들을 가만히 바라보곤 했어."

나는 야트막한 산길을 오르는 아원의 모습을 상상했다.

어느 겨울, 아원은 뒤 한번 돌아보지 않으며 산길을 오르기 시작한다.

그의 입술 사이에선 하얀 숨이 간간이 새어 나온다. 그가 한 발자국씩 걸음을 뗄 때마다, 결 좋은 그의 검은 머리칼이 옅게 흔들릴 것이다.

그렇게 얼마나 걸었을까. 앞만 보고 걷던 아원의 걸음이 멈추어진다. 그는 어딘가를 하염없이 바라본다.

그 시선의 종착지엔 화원이 존재했다. 겨울을 떠올릴 수 없는,

아주 화사하고 근사한 화원, 즉 꽃밭.

넓은 꽃밭엔 한 가지 꽃만이 피어 있는 거다. 그 꽃은 보랏빛의 잎과 노란빛의 심지가 아름다운 꽃일 테다.

아원이 좋아하는 이름 모를 그 꽃. 내가 죽기 전에, 나는 그 꽃이 꼭 보고 싶었다.

"혼자 갈 생각하지 마. 산길이잖아."

아원은 내가 하고 있는 생각을 눈치챈 듯이 말했다.

"그래도 얼른 보고 싶은걸요. 겨울에만 피는 꽃은 어떤 꽃일까 궁금해요."

"차가운 꽃이지."

"농담이에요?"

"아니."

나는 푸스스 웃었다. 아원은 그런 나를 이상한 시선으로 바라보았다. 잘 웃는 나를 이해할 수 없다는 듯한 시선.

"넌…… 살고 싶지 않아? 죽음을 너무 자연스럽게 받아들이고 있는 것 같아."

아원은, 내가 죽음을 자연스럽게 받아들여서 웃을 수 있는 것이라고 생각하나 보다.

물론 나도 내 죽음이 슬프고 괴롭고 무섭다. 더 살고 싶었다. 아원과의 행복한 시간이 끝나지 않기를 바랐다.

하지만 나는 아원의 두 번째 심장을 받을 수도 없을뿐더러 혈맥 속에 숨어 있는 키스 벌레 또한 어쩌지 못했다. 그것은 대마법사도, 늙은 용도 어떻게 하지 못 하는 일이었다.

그리고 나는 아원의 심장을 찾아왔을 때부터, 아니, 그 이전부터

늘 죽음을 생각해 왔다.

적어도 내 죽음은 당장 들이닥친 일이 아니었다. 머릿속이 너덜너덜해질 정도로 생각해 온 익숙한 것이란 말이다. 그래서 어느 정도의 침착함을 유지하고 있는 걸지도 모르겠다.

"남겨질 내 생각은?"

나는 그의 이름을 불렀다.

"아윈."

"응."

"나도 남겨질 당신에 대해서 매일매일 생각해요. 하지만 무슨 말을 해야 할지 모르겠어요. 이제 와 저를 잊어 달라고 해야 할까요? 제가 죽은 후에 당신이 계속해서 슬퍼하기를 바라지 않아요."

"……."

"당신은 제가 없어도 틀림없이 잘 살아갈 거예요."

"그런 말. 잔인하잖아."

"하지만 죽음이라는 건 그런 거예요. 잔인한 일이지만 저는 곧 죽을 거예요."

물러섬이 없는 죽음. 나를 보는 아윈의 얼굴이 다시금 굳어졌다. 엷은 미소를 짓던, 귀엽게 앓는 소리를 내던 그의 얼굴이 좋았는데.

"그러고 보니, 아까 확실한 대답을 못 들은 것 같아요. 아윈. 당신의 심장을 제게 주지 않겠다고 약속해 줘요."

아윈은 입술을 일자로 다물었다. 또다시 대답을 회피하는가 싶었지만, 그는 이번엔 대답을 피하지 않았다.

"알겠어. 그게 네가 원하는 거라면 그렇게 할게."

설령 내가 죽더라도, 당신은 온전한 감정을 가진 채 살아가 주기를 바라는 내 진심이 통한 걸까?

마침내 나는 완벽한 죽음을 맞이할 수 있게 되었지만, 혼자 남게될 아윈이 못내 마음에 걸렸다.

"그리고 제 몫까지 행복해지겠다고 약속해 주세요. 죽어서도 잊지 못할 기억을 만들어 줘서 고마워요."

담담히 쏟아 낸 말끝엔 희미한 울음기가 섞였다. 마지막을 논하는 인사는 슬펐다. 나는 눈물이 흐르려는 눈을 꼭 감았다. 아윈은 나를 끌어안아 주었다.

"울고 싶으면 울어도 돼."

눈물은 이내 감은 눈꺼풀 사이로 한 방울씩 흘러내렸다.

"나는 네 눈물까지 사랑하니까."

나는 그의 품에 안겨 눈물을 흘렸다. 내 눈물은 아윈의 가슴을 적셨다.

"죽기 전에 달튼과 마지막으로 대화를 나누고 싶어요."

달튼에게도 마지막 인사를 하고 싶었다. 그를 용서한 것은 아니지만, 그와 얘기를 나누지 않는다면 후회할 것 같았다.

물론 질투라는 이름의 소악마가 아윈의 마음을 지배하고, 그가 반대한다면 그러지 않을 셈이었다. 아윈이 원하지 않는 일을 하고 싶지 않았다.

하지만 아윈은 아무런 말도 덧대지 않으며, 허락해 주었다. 그는 내 뒤를 졸졸 따라와 달튼의 방 앞까지 쫓아왔다.

"대신 내가 밖에서 기다릴게."

"좋아요. 그리 오래 걸리지는 않을 거예요."

"혹시 그치가 이상한 짓을 하려고 한다면, 소리를 질러. 당장 들어갈 테니까."

나는 고개를 끄덕였다. 내 생각일 뿐이지만, 달튼이 내게 이상한 짓을 할 것 같지는 않았다.

나는 후작저에 돌아온 뒤 한껏 무기력해져 있었던 달튼의 모습을 기억하고 있었다. 무력감으로 물든 그가 무슨 짓을 할 리가.

노크 없이 들어간 그의 방, 달튼은 이전 날 보았던 것처럼 침대에 가만히 누워 있었다. 내 인기척에도 이렇다 할 반응이 없었다.

나는 그에게 가까이 걸어갔다. 달튼은 곧 죽을 것처럼 힘없이 누워 있을 뿐이었다. 그의 얼굴이 그전보다도 더 수척해져 있었다. 보기 흉하게 들어간 뺨이 안쓰럽게 느껴질 정도로.

생이 끝나 가는 것은 나인데, 당신이 더 빨리 죽을 것만 같아.

"식사를 하지 않으세요?"

나는 의례적으로 물었다. 그제야 허공 어딘가에 머물던 달튼의 시선이 내게 닿았다. 색이 다른 오드아이는 빛을 잃어, 메말라 보이기만 했다. 초점도, 광명도 흐려진 눈동자였다.

"어제, 너희 둘. 싸웠지?"

우리가 싸운 사실이 어떻게 달튼의 귀에까지 닿은 걸까.

그의 목엔 검은빛의 목줄이 여전히 채워져 있었다. 저것 때문에 마법을 쓰지 못할 터인데.

"네."

사정이 어찌 되었든 나는 사실을 인정했다. 그러자 달튼은 허탈한 웃음소리를 내었다.

"큭큭. 너희 둘. 싸우기도 하는구나."

"어떤 사이든 마냥 좋을 수는 없어요. 아무리 사랑하는 사이라고 해도요."

"그건 그래. 나도 아라벨과 자주 다투었어."

달튼은 오랜만에 과거를 떠올린 것처럼 말했다.

묘하게도 아라벨의 이야기를 내뱉는 그에게선 아무런 감정도 느껴지지 않았다. 지난날 아라벨을 떠올리며 눈물을 흘리던 그라고는 믿기지 않을 정도였다.

내가 기억하는 달튼은 먼저 떠난 그녀를 그리워했고, 보고 싶어 했으며, 심지어 눈물을 흘리곤 했었다.

그것은 가벼운 만남을 일삼으며, 능청스럽게 굴던 그의 이면이었다. 그를 겉핥기식으로만 아는 대부분의 사람들은 절대로 모를 사실이기도 했다.

하지만 지금의 그는 좀 이상했다. 그렇게나 사랑했던 아라벨을 모두 놓아준 듯한 느낌. 달튼은 후련해 보이기까지 했다.

나는 그 모습 속에서 작은 희망을 느꼈다. 아윈 또한 그러지 않을까 싶었기 때문이다. 아윈도 나를 열렬히 사랑했지만, 언젠가는 먼저 떠난 나를 놓아주게 될 거라고.

깨달음에 안도를 해야 했지만, 이상하게도 심장이 저릿했다. 나를 잊어 그가 울지 않기를 바라면서도, 막상 그가 나를 잊을 것을 생각하자 먹먹해진 것이다.

나는 짧게 숨을 고르며 그의 이름을 불렀다.

"달튼."

"응."

"아윈의 심장을 숨겨 둔 흰 묘목. 아라벨과 연관이 있는 거였죠?"

나는 달튼이 아라벨을 어떤 식으로 놓아주었을지 궁금해했었다. 가령 화장을 했는지, 묻어 주었는지, 아니면 내가 생각지도 못한 다른 방법일지.

최근에 들어서야 그 해답을 알 것만 같았다. 몸통이 흰 묘목. 그 것이 아라벨과 연관이 있었던 게 아닐까 싶었다.

"어떻게 알았어?"

축 늘어져 힘없이 대답하던 달튼이 처음으로 소리다운 소리를 내 었다. 그는 조금 놀라워하고 있었다. 과연, 내 생각대로였나 보다.

"그냥 그런 생각이 들었어요."

달튼은 가벼운 한숨을 내쉬었다.

"그녀에 대한 내 마음이 미련임을 깨닫던 순간, 그녀의 시신에 새겨 놓았던 마법을 풀었어. 부패를 막는 마법이었지."

나는 고개를 끄덕거렸다.

"부패를 막는 마법이 풀리자마자 그녀의 육신은 한 줌의 가루가 되었어. 잠든 듯 멀쩡해 보였던 그녀의 육체는, 사실 모두 풍화되 어도 이상하지 않을 정도로 오래전에 죽은 것이었으니까."

"네."

"나는 그 가루로 나무를 심었어. 그게 네가 얘기한 몸통이 흰 묘 목이지."

나는 바람 빠진 미소를 지었다.

"따지고 보면, 결국 아윈의 심장을 아라벨에게 이식시킨 거네요."

비록 그녀를 다시 살리는 데에 쓰지 않았지만.

"어떻게 생각하면 그럴 수도 있겠다."

"……."

"하지만 이포 벨. 나무에게는 심장이 필요 없어."

달튼은 그렇게 말한 제가 우스웠던 것인지, 작은 미소를 지었다. 누워서 주절주절 얘기를 하던 그가 일어선 것은 그때였다. 그는 몸을 반쯤 일으켜, 정좌했다.

나는 반사적으로 두어 걸음 뒤로 물러섰다.

달튼이 아무 짓도 하지 않을 거라고 생각하면서도, 무의식적으로 조심하는 거다. 그에게 당했던 이력이 한두 번이 아니었으니까.

달튼은 뒤로 어정쩡하게 물러난 내 모습을 빠짐없이 지켜보았다. 그의 시선이 내 발끝에 한동안 머물렀다.

"……이포. 넌 그 나무의 종이 뭔지도 알아?"

"글쎄요."

"그 묘목은 벚나무야."

벚나무와 벚꽃. 어쩌면 달튼과 아주 어울리는 꽃.

달튼은 아라벨과 벚꽃이 흩날리는 날에 만나, 벚꽃이 지는 날에 헤어졌다고 했었다. 그리고 나는 달튼이 선사했던 벚꽃을 기억하고 있었다. 눈물이 날 정도로 아름다웠던 꽃의 향연이었다.

그는 내 발끝을 보던 시선을 들어 올려 나와 가만히 눈을 맞추었다.

"네가 만약에 살게 된다면, 나는 다가올 봄에 너랑 함께 흩날리는 벚꽃을 맞고 싶어."

"제가 살 일도 없을뿐더러, 기적적으로 산다고 해도 당신과 함께 벚꽃을 맞을 일은 없어요."

"왜?"

달튼은 너무도 당연히 물었다.

왜 나랑 벚꽃을 맞지 않을 거야?

"달튼. 머리가 어떻게 된 거 아니에요? 당신이 한 짓을 생각해요."

"너는 곧 죽을 거고, 내가 사랑하는 너는 아윈을 사랑하는데, 내가 미치지 않은 건 더 이상한 일이겠지."

그는 기가 막힌다는 듯이 말하더니, 이내 표정을 완전히 바꾸고선 이어 말했다.

"연인 간 싸움은 오래가면 못 써. 얼른 화해해."

달튼이 한 말이라고는 믿기지 않는 말이었다. 제법 온화하잖아.

"갑자기 왜 그래요? 저를 납치, 감금하고선 사랑을 구걸했던 주제에. 이젠 그때보다도 저를 사랑하지 않게 된 건가요?"

그러자 그의 얼굴이 또다시 급변했다. 그는 이번엔 화를 냈다.

"널 미치도록 좋아해. 지금 당장이라도 너를 또 납치해서, 아무도 모르는 곳에 가두고 싶을 만큼. 빌어먹을 용에게도 들키지 않을 대단한 요새에 너를 숨겨 두고 싶단 말이야."

달튼은 달려들 것처럼 언성을 높였지만, 정좌한 몸에는 미동 하나 없었다.

"하지만 그렇게 하지 못하는 건, 나도 깨달은 바가 많기 때문이야. 내게 가두어졌을 때의 네 모습을 기억해. 넌 마음이 비어 버린 사람 같았어. 다른 사람을 떠올리는 눈으로 나를 바라보았어. 그렇게 지내다간 우리는 서로를 갉아먹겠지. 서로에게 씻을 수 없는 상처를 주겠지. 나는 그런 말로를 처음부터 예상했으면서도, 너를 한 번이라도 갖고 싶었던 것뿐이야."

그는 괴로워하고 있었다. 마른세수를 한차례 끝낸 그는 두 주먹을 꽉 그러쥐었다.

"도대체 나보고 어떻게 하란 말이야. 좋아하는 건 나도 어쩔 수 없어. 갖고 싶어. 너무 원해. 하지만 넌 곧 죽어. 넌 아윈을 좋아해. 그냥 아무 생각도 하지 않고 싶어. 죽어 버릴까? 그래야 내 고뇌와 아픔이 모두 사라지는 걸까?"

나는 눈에 띄게 축 처진 그의 어깨를 토닥여 주고 싶었다. 의미 없는 동정심이 내 마음을 두드렸다.

하지만 나는 그에게 뻗어지려던 손을 꽉 쥐었다. 그러지 않는 것이 옳은 일임을 안다.

"그래도 네가 살았으면 해. 다른 남자를 좋아하는 너라도 살았으면 좋겠다고 생각했어."

달튼은 내게서 눈을 떼지 않으며 물었다.

"지금이라도 늦지 않았어. 다시 물어볼게. 나는 너와 함께 죽어 줄 수도 있어."

나는 고개를 내저었다.

"그러지 마요."

"……."

"저를 위해서 살아 줘요. 그리고 혼자 남겨질 아윈을 잘 보살펴 줘요. 당신은 그에게도 잘못한 게 많잖아요."

"……하."

달튼은 기다란 한숨을 내뱉었다.

"달튼."

"……."

"당신이 준 천연 오가닉 비누 덕에 행복했던 시간들이 있었어요. 좋은 향은 마음을 기쁘게 해 주니까요."

나는 계속해서 말했다.

"당신이 여전히 미워요. 당신이 한 짓을 용서할 수는 없어요. 하지만 그럼에도 당신을 완전히 미워할 수는 없어요. 저희에겐 그래도 좋았던 추억이 있었으니까요."

그리고 진심을 전했다.

"달튼. 당신도 꼭 행복해지기를 바라요."

마지막 인사였다.

"마지막으로…… 한 번만 안아 보자."

달튼도 내 말이 마지막 인사였음을 인지한 것 같았다.

무의식적으로 그에게 위험을 느꼈던 것이 무색했다. 나는 거리낌 없이 침대 위로 올라가 달튼을 안아 주었다.

폭력적인 고백도, 스킨십도, 아무것도 없었다. 달튼은 나를 가볍게 안아 주었을 뿐이다.

먹지도, 씻지도 않았을 것 같은 달튼이었지만, 그에게선 좋은 냄새가 났다. 천연 오가닉 비누 향. 어쩐지 코끝을 찡하게 만드는 향기였다.

달튼의 방에서 나왔을 때, 아윈은 내가 마지막으로 보았던 모습 그대로였다. 그는 한 발자국도 움직이지 않은 채로 나를 기다리고 있었다.

"돌아가자."

아윈은 아무것도 묻지 않으며, 내 손을 잡았다.

"오늘은 뭘 할까요?"

"음."

그는 잠깐 고민하더니 늦지 않게 대답했다.

"네게 주고 싶은 게 있어."

"저한테요?"

"응. 내가 직접 찾아올 거니까. 잠깐만…… 한 시간만 기다려 줄 수 있어?"

"좋아요."

한 시간쯤이야.

내겐 해야 할 일도 있었다. 생각해 보니, 나는 케이티에게 유서에 관한 말을 하지 않았다. 꽤 중요한 일인데 말이다.

아윈은 나를 제 방까지 데려다준 뒤, 잰걸음으로 다시 방을 나갔다. 나는 지난밤 아윈의 은밀한 외출을 따라 하듯이 그의 방을 조용히 빠져나왔다. 그러곤 케이티를 찾기 시작했다.

그녀는 이번엔 어디에 있을까.

케이티를 찾은 곳은 그녀의 방에서였다. 마침 쉬는 시간이었나 보다. 그녀는 나를 보며 반색했다.

"벨! 오늘은 어쩐 일이야?"

나는 오늘 그녀를 찾아온 이유에 대해 읊조렸다.

"케이티. 일주일쯤 뒤에 내 책상 서랍을 열어 줘. 그리고 그 안에 든 편지들을 봉투에 적힌 각각의 수신인들에게 전달해 줄래?"

내 마음을 헤아리기 위한 노력을 하는 케이티. 그녀를 제외하고

선 이 일의 적임자를 떠올릴 수 없었다.

케이티는 의아해했다.

"지금 주면 안 돼?"

"안 돼. 일주일 후에 전해 줘. 널 믿어도 되지?"

물론 그전에 죽는다면, 그전에 주어도 되지만. 차마 거기까지는 말하지 못했다. 나는 씁쓸한 미소를 지었고, 케이티는 쾌활하게 대답했다.

"물론이지!"

"고마워."

그녀의 쉬는 시간을 더 빼앗지 않으려고 했다. 하지만 불쑥 든 의문 하나가 있었다.

"아 참. 케이티. 너 혹시 후작저 뒤의 야산에 있는 겨울에만 피는 꽃을 알아?"

케이티는 망설임 없이 말했다.

"응, 알아. 보랏빛 꽃잎에 심지가 노란빛인 꽃! 별로 멀지 않은 곳에 화원처럼 가꾸어져 있어. 그 꽃은 첫눈이 내릴 때쯤에 핀대."

뭐야, 나 빼고 다 알고 있잖아.

나는 그 화원의 위치를 물었다. 케이티의 설명은 짧았다. 길게 설명할 정도로 먼 곳이 아니었기 때문이다.

이렇게나 가까운 곳에 있었는데, 나는 왜 그곳을 알지 못했을까? 나도 무려 이 년이나 후작저에 머물렀는데.

"나는 왜 여태껏 그 꽃에 대해서 알지 못한 거지?"

"벨. 너는 지난 이 년간 오로지 후작님만 바라봤잖아."

나는 고개를 끄덕였다. 틀린 말이 아니었다.

지난 세월, 나는 오로지 아원만을 바라보았고, 다른 것들은 하등 불필요한 것처럼 여겼었다.

케이티의 푸념 섞인 말은 끝나지 않았다.

"야산에 머리 세 개가 달린 개가 나타난다고 해도, 넌 몰랐을 거야. 그 정도로 너는 아윈 후작님만 바라봤으니까."

머리가 세 개 달린 개라. 내겐 아주 익숙한 개였다.

"너도 그 개를 알아?"

"응?"

케이티는 고개를 갸웃거렸다.

"아무것도 아니야."

나는 희미한 미소를 지었다.

"케이티. 그간 여러모로 너무 고마웠어. 너를 잊지 못할 거야."

나는 케이티에게도 마지막 인사를 건네었다. 어쩌면 오늘 보는 게 마지막일지도 몰랐다.

"……벨? 너 또 어디론가 떠나는 거야?"

나는 고개를 내저었다.

"아냐, 이제 갈게. 쉬어."

케이티는 우물쭈물하며 나를 붙잡을지 고민하는 듯했지만, 끝내 붙잡지 않았다. 내가 방을 완전히 나가는 순간까지도.

마지막 인사가 필요한 사람들에게 모두 다 인사한 기분이었다. 이곳과는 먼 지방에 계시는 부모님이 잠깐 생각나기도 했다.

하지만 얼굴을 보지 않은 지도 벌써 몇 년째였다. 부모님에겐 편지를 써 두었으니, 그것으로 만족하자.

내일 죽어도 이상하지 않을 몸으로 고향까지 내려갈 수 없었고,

그러고 싶지도 않았다. 어쩌면 그들은 이미 내가 죽었으리라 생각할지도 몰랐다.

비가 오든 바람이 불든 계절이 바뀌든 매달 보냈던 돈을 두어 달 보내지 않은 터였다. 그들은 그것을 어떤 징조라고 생각했을지도 몰랐다. 맏딸로서의 희한한 책임감이 있던 이포 벨의 사멸로 말이다.

그들에게 보내지 않은 돈으론 드레스를 사거나 내게 필요한 것들을 소소하게 구입했다. 후작저에서 이 년간 일했지만, 이곳에서 번 돈을 오직 나에게만 쓴 것은 지금이 처음이었다.

다시 돌아와서, 부모님이 내가 죽었으리라 생각하는 것에 대해 서운한 것은 아니다. 나는 죽음이 기약된 사람이었다. 그렇기 때문에, 부모님은 어느 날 갑자기 내가 사라지리라는 것을 예감하고 있으리라.

나는 아윈의 방으로 돌아왔다. 그는 아직 돌아오지 않은 것인지 보이지 않았다. 아윈이 약속한 시간은 한 시간 후. 그와 헤어진 지 고작 이십 분 정도만 흘렀을 뿐이다.

이제 무엇을 하면 좋을까. 그 순간 떠오른 것은 아윈이 남긴 말이었다.

'내가 좋아하는 꽃이기도 하지. 감정을 잃기 전에도, 잃은 후에도 그곳에 버릇처럼 찾아가서 그 꽃들을 가만히 바라보곤 했어.'

아윈이 나를 제외한 무언가를 좋아한다고 말한 것은 그 꽃이 처음이었다.

아윈에게 사연이 있는 꽃인지, 아윈이 왜 그 꽃을 좋아하게 된 것인지, 나는 무척이나 궁금했다. 궁금한 사실과는 별개로 그 꽃이 실제로 보고 싶기도 했다.

몰래 한 번만 보고 오는 건 어떨까.

혼자 갈 생각은 하지 말라고 아윈이 신신당부했으나 참을 수 없을 정도로 구미가 당겼다.

케이티는 야트막한 산을 십오 분 정도만 올라가면, 그 꽃이 흐드러지게 심어진 화원이 보인다고 했다. 그렇게나 가까운데, 못 가볼 이유가 없지 않겠는가.

나는 고민 없이 외투를 집어 들었다.

첫눈이 내릴 때 피는 꽃. 그 꽃이 지금 피어 있다면, 아윈에게 그러한 사실을 알려 주어야겠다. 그러곤 함께 가서, 물릴 정도로 감상해야지.

외투를 입으면서 본 손끝은 여전히 푸르렀다.

밖은 추웠다. 어제부터 급변한 날씨 탓이었다.

어젯밤에 보았던 먹구름은 여전했다. 나는 불어오는 바람에 따라 옆으로 빠르게 이동하는 먹구름을 잠깐 올려다보았다.

비가 내리려는 걸까. 눈이 오려는 걸까.

첫눈이 온다면, 아윈과 꼭 같이 보고 싶었다. 처음이자 마지막으로 같이 보는 첫눈일 테다.

나는 정원을 지나쳐, 야트막한 산길의 초입에 발을 디뎠다. 그러곤 홀로 산길에 올랐을 아윈의 모습을 또다시 상상했다.

곧은 자세로 단단한 흙길을 성큼성큼 걸어갔을 아윈을 상상하자, 그의 발자취를 따르는 묘한 기분이 들었다. 실제로 그가 내 옆에 있는 듯한 기분이 들기도 했다.

지금 함께 걷고 있다면 얼마나 좋을까.

산길은 폭이 넓지 않고, 경사가 완만해서 걷기가 좋았다. 노룡의 협곡과 이어져 있던 숲길에 비하면 아주 훌륭한 길이라는 생각이 들었다.

하지만 겨울이라는 계절이 가지고 오는 분위기는 어쩐지 스산했다. 녹음을 잃은 마른 가지들이 아득히 펼쳐져 있었고, 이따금 이름 모를 새의 울부짖음이 들리기도 했다.

사람이 아닌 무언가가 어디선가 튀어나온다고 해도 전혀 이상할 게 없는 분위기였다. 나는 왠지 모를 한기를 느끼며 겉옷을 여미었다.

이런 을씨년스러운 곳 어딘가에 아름다운 꽃이 피어 있으리란 사실이 잘 믿기지 않았다. 의심이 더해지는 가운데, 드디어 그곳이 보이기 시작했다.

과연 겨울에 피는 꽃이 있을까—, 했던 내 의심을 단번에 없애 버린 그곳. 나는 걸음을 멈추고선, 눈앞에 펼쳐진 광경을 바라보았다.

내 시선 끝에는 근사한 화원이 존재했다. 꽤 넓은 꽃밭은 내가 상상했던 그대로였다. 그곳엔 한 가지 꽃만이 피어 있었다.

보랏빛의 잎과 노란빛의 심지가 아주 아름다운 꽃. 그리고 놀랍게도, 그 꽃들은 이미 모두 만개해 있었다.

나는 꽃들의 정체를 곧바로 알 수 있었다.

"아윈이 좋아한다고 했던 꽃이다."

입술에선 하얀 숨이 새어 나왔다. 얼굴 위로 차갑고 시린 것이 떨어진 것은 그 순간이었다. 나는 하늘을 다시금 올려다보았다. 먹구름 아래로 하얀 꽃이 떨어지고 있었다.

첫눈이었다.

꽃이 만개한 이유는 오늘 첫눈이 내리기 때문이구나.

돌아가야겠다는 생각이 들었다. 첫눈은 아윈과 함께 보고 싶었다. 첫눈을 맞으며 아름다운 꽃을 바라보자. 그러면 아윈이 얼마나 좋아할까. 우린 잊을 수 없는 추억을 하나 더 만들지도 몰랐다.

나는 뒤돌아섰다. 그렇게 꽁꽁 언 흙길 위로 한 발자국을 내딛던 순간이었다.

"……!"

심장이 두 쪽으로 쩍 갈라지는 기분이 들었다. 앓는 소리도 낼 수 없을 정도의 강한 고통이었다. 나는 가슴 부위를 움켜쥘 수도 없었다. 내 몸은 일순 경직되며 그대로 굳어 버렸다.

그때, 내 귓전을 때리는 소리가 하나 있었다.

서걱서걱. 무언가를 갉아먹는 듯한 소리. 키스 벌레가 내는 소리였다.

서걱거리던 소리는 곧 멈추었다. 녀석이 잠잠해졌기에 소리가 사라진 것은 아니었다. 더 이상 갉아먹을 혈맥이 없었기 때문에, 소리가 들리지 않게 된 것이다.

나는 본능적으로 알 수 있었다.

혈맥이 모두 갉아먹혔다.

녀석은 최초의 목적에 따라 내 심장에 뜨거운 키스를 하고 있을 것이다. 살아 있음을 증명하는 뜨거운 피는 활로를 완전히 잃고, 방황할 것이다.

녀석의 주둥이가 닿은 심장에선 칼날에 찔린 듯한 고통이 느껴졌다. 나는 그 자리에 주저앉았다.

지금 쓰러지면 다시는 일어나지 못할 거야.

강한 확신이 들었다.

'죽음은 소리 없이 다가와 예상하지 못한 때에 네 목숨을 앗아 가겠지.'

하워드의 예언 같은 말이 머릿속에 잠깐 맴돌았다. 역시나 그의 말은 하나도 틀린 점이 없었다.

나는 이가 박히도록 아랫입술을 짓이기며, 몸이 추락하는 것을 막으려 했다. 하지만 내 몸은 자력에 이끌리듯 바닥으로 곤두박질 쳤다. 몸을 누인 흙바닥은 차갑고 딱딱했다.

내뱉는 숨소리가 희미해졌다. 흐려지는 시야 사이로 제법 커진 눈송이들이 어른거렸다.

아윈이 곧 돌아올 텐데. 같이 첫눈을 봐야 하는데…… 당신은 지금 어디에 있어? 뭘 하고 있어?

나는 지금 당신이 너무도 보고 싶어.

죽음이 다가오는 소리가 들렸다. 도처에 도사리던 죽음은 어느새 지척까지 다가와 있었다.

본능은 또다시 내게 일러 주었다.

너는 곧 죽을 거야.

나는 죽고 싶지 않았다. 나는 왜 죽어야 하는 걸까. 나는 살고 싶었다. 죽음을 겸허하게 받아들이며, 마지막 인사를 했던 내 자신이 우스울 정도였다.

무거워진 눈꺼풀을 버티지 못하겠다. 눈을 감자, 지독한 정적이 나를 끌어안았다.

내가 사라진 세상. 아윈은 내 이름을 언제 잊게 될까.

"직접 오시게 해서 죄송합니다."

보석상은 으레 손님들에게 그러듯 정중하게 사죄했다.

아윈은 고개를 내저었다. 예의상 오고 가는 대화를 주고받을 시간조차 아깝다. 그는 인사를 받는 둥 마는 둥 하며, 마차에 올라탔다. 마차는 꽁꽁 언 길을 급하게 내달리기 시작했다.

아윈은 후작저에 두고 온 이포를 얼른 만나고 싶었다. 그리고 그녀에게 손수 준비한 반지를 건네주어야 했다. 약식으로 끝낸 결혼식에서 제일 아쉬운 것 하나를 고르라면, 바로 반지였다.

이포 벨은 그렇게 말했었다.

'인간은 확인받고 싶어 해요. 사랑이든, 우정이든 그게 뭐든 간에요. 물론 확신이 없어서, 확인받고 싶어 하는 건 아니에요. 하지만 어떨 땐 가시적인 것을 원할 때가 있죠.'

아윈은 이포에게 가시적인 무언가를 주고 싶었다.

네게 내 마음을 확인시켜 주고 싶어. 조금 더 분명히. 확실하게.

설령 그녀가 자신의 마음을 의심한 적이 없더라도. 그렇더라도 그녀에게 의미 깊은 무언가를, 눈에 보이는 무언가를 건네주고 싶었다.

하나 그렇다고 해서 급하게 준비한 반지를 주고 싶지 않았다. 그는 그녀에게 희소하며, 가치를 매길 수 없는 특별한 무언가를 주고 싶었다.

희소한 것은 대개 값이 나가는 물건이었고, 아윈은 값을 지불할

능력이 충분했다. 하지만 문제는 다른 것에 있었다. 그녀에게 주고 싶었던 반지는 직접 찾아가야지 구매가 가능한 것이었기 때문이다.

너무 귀중한 것이기에 쉬이 팔 수 없는 것이다. 설사 그가 아스타 후작가의 주인이라 할지라도.

아윈은 이포에게 한 약속대로 한 시간 안에 모든 것을 끝냈다. 기왕 나온 김에 그녀를 위한 아름다운 드레스도 샀다.

그가 반지를 사고, 드레스를 고른 시간은 채 삼십 분도 걸리지 않았다. 후작저로 돌아가는 길은 그리 멀지 않았다.

아윈은 마차의 시트에 머리를 완전히 기대어 눈을 감았다. 눈을 감아도 눈앞에 아른거리는 건, 이포뿐이었다.

시간이 지날수록 눈에 띄게 메말라 가던 그녀. 아윈은 그녀에게서 짙은 죽음의 기운을 느끼고 있었다.

손이며 발이며 심지어 입술까지 파랗게 물든 그녀를 보았을 때, 내심 얼마나 철렁했는지 모른다. 그녀의 입술에 붉은빛이 돌아오기를 바라며, 입술을 얼마나 맞대었는지 모른다.

내 생기를 네가 가져가 주었으면 좋겠어. 마음속으로 백 번도 넘게 기도했다.

하지만 이포 벨에게 새겨진 불길한 징조는 쉬이 사라지지 않았다. 되레 제 크기를 더해 갈 뿐이었다.

아윈은 직감했다. 그녀의 죽음이 그리 멀지 않았다. 그녀는 곧 생을 다할 것이다. 그럼에도 매일 눈물을 흘리지 않은 것은, 그에게도 무언가의 비책이 생겼기 때문이었다.

차마 이포에게는 말할 수 없었던 묘책. 그가 털어놓지 못했던 어떠한 이유. 그리고 심장.

아윈은 마차가 멈추기 무섭게 마차에서 훌쩍 뛰어내렸다. 어제보다도 차가워진 바람이 아윈의 뺨을 스치고 지나갔다. 차가운 것은 비단 바람뿐만이 아니었다.

"……."

아윈은 하늘을 올려다보았다. 후작저를 자욱이 뒤덮은 먹구름 사이로 하얀 것들이 떨어지고 있었다.

눈이었다. 하늘에서 떨어지는 눈은 자못 아름다운 광경을 자아내고 있었다.

하지만 그 순간 아윈이 느낀 것은 어떤 불안감이었다. 아름다운 광경과는 어울리지 않는 이질적인 감정이었다.

아윈은 거의 뛰는 듯한 걸음걸이로 후작저의 현관까지 걸어갔다. 방까지 가는 길이 이토록 멀었던가. 복도가 지나치게 긴 기분이었다.

황량하기 짝이 없는 커다란 후작저가 거추장스럽게만 느껴졌다. 기회가 주어진다면, 두 사람이 살기 좋은 크기의 집에서 이포와 단둘이 살고 싶었다. 현관문을 열면 곧바로 그녀가 보이는 그런 집.

아윈의 걸음은 더욱 빨라졌다. 그는 제가 뛰고 있다는 사실조차 인지하지 못한 채였다.

얼른 이포를 만나 첫눈을 함께 보고 싶었다. 첫눈이 내리는 것을 보며, 반지를 건네주는 건 어떨까. 반지를 받은 그녀가 어떤 얼굴을 할지, 아윈은 다소 기대가 되었다.

환하게 웃어 주었으면 좋겠는데.

털어놓지는 못했지만, 아원은 이포의 웃는 얼굴을 좋아했다. 감정이 돌아오지 않았던 과거의 그는, 웃는 아이를 보며 늘 생각했었다.

어떤 이유로, 무엇으로 웃을 수 있는 걸까. 고작 사탕 하나를 얻었다는 사소한 사실로 어떻게 해맑은 웃음을 지을 수 있는 걸까.

하지만 지금의 아원은 안다. 그녀가 자신을 부르는 목소리 하나에 웃음이 나오는걸. 그녀가 자신을 바라보는 눈빛 하나에 웃음이 나오는걸.

사소한 것은 그 어디에도 없었다. 중요한 것은 받아들이는 마음이었으니까.

이내 아원의 걸음이 멈춰 섰다. 그는 흐트러진 호흡을 짧게 고른 뒤, 잠기지 않은 문을 열었다.

"많이 기다렸지?"

그리 물었지만, 돌아온 것은 기이한 침묵뿐이었다.

'얼마나 기다렸는지 몰라요.', '기다리다 목이 빠질 뻔했어요.' 애교스럽게 혹은 능청맞게 대답해 주어야 할 이포가 없었다.

"이포?"

그는 다급하게 그녀를 찾았다. 그녀는 소파 위에도, 침대 위에도 보이지 않았다. 더불어 그녀의 외투 또한 보이지 않았다. 그녀는 어디로 나가 버린 걸까?

예감이 좋지 않았다. 흰 눈송이를 본 순간 느꼈던 이상한 불안감이 다시금 솟구쳐 오르기 시작했다.

아원은 이포를 찾기 시작했다.

그가 맨 처음 간 곳은 주방이었다. 차를 자주 내오던 이포였다. 그녀가 그곳에 있을 가능성이 다분하다고 여겼다.

언제나처럼 차를 타고 있겠지. 어제처럼 잡담이 길어졌던 걸지도
몰라.

하지만 주방에 그녀는 없었다. 아원은 조바심이 들었다. 그의 손
발이 사시나무 떨리듯이 덜덜 떨렸다. 걷잡을 수 없이 커져 가는
불안함을 잠재울 수 없다.

이 불안함의 정체는 무엇일까?

아원은 비범함이 필요하다고 생각했다. 시간을 더는 지체할 수가
없다. 그녀가 지금 있는 곳을 단번에 알아차릴 수 있는 사람이 필
요하다.

그는 요즘 들어 부쩍 많이 만난 하워드를 찾아가기로 마음먹었
다. 마음먹기 무섭게 아원은 하워드에게 내어 준 방으로 뛰어갔다.

차디찬 공기에도 불구하고, 그의 어깻죽지 사이로 뜨거운 땀 한
줄기가 흘러내리고 있었다.

노크 없이 벌컥 들어간 그의 방, 방 안엔 하워드가 존재했다. 하
워드는 커다란 유리창에 손을 올린 채였다. 그의 시선은 그치지 않
는 눈발에 머물러 있었다.

"이포 벨이……. 그녀가 사라졌습니다."

하워드는 창밖을 바라보며 한마디를 읊조렸다.

"이곳엔 꽤 신기한 꽃이 피더군. 겨울에만 피는 꽃. 이름이 벨라
도나였던가."

자신의 물음과는 전혀 상관없는 말이었지만, 아원은 그것이 해답
이라고 생각했다. 사라진 그녀가 지금 있는 곳. 아원은 그의 방을
조용히 나갔다.

내리는 눈발만 하염없이 응시하던 하워드의 시선이 그제야 돌아
갔다. 하워드는 열린 방문 사이로 저만치 뛰어가는 아원의 뒷모습
을 보았다.

"이미 늦었을지도 모르겠군."

분명히 함께 보러 가자고 했었다. 아원은 야트막한 산길을 오르
며 생각했다.

원래부터 제 말을 잘 듣는 것은 아니지만…… 이런 상황에서조차
도 겁 없이 혼자 밖을 나선 건 너무하잖아.

이포는 곧 죽어도 이상하지 않을 정도로 죽음의 기운이 완연했
다. 그런 그녀가 혼자 산길에 올랐을 걸 생각하자, 아원은 벌써부
터 눈앞이 깜깜해지는 기분이었다.

다음부터는 절대로 그러지 않게 주의를 주어야겠다.

"하."

깊게 내뱉은 숨결에선 하얀 김이 퍼졌다. 눈발은 삽시간에 거세
져 있었다. 그의 걸음이 점점 더 빨라졌다.

벨라도나는 하얀 눈이 내릴 때 피는 꽃이었으니, 어쩌면 지금쯤
만개해 있을지도 모르겠다. 이포를 찾는다면, 그녀와 함께 만개한
꽃을 보는 것도 나쁘지 않을 것 같았다. 물론 그녀에게 주의를 단
단히 준 다음에 말이다.

눈, 보랏빛 꽃, 그리고 그 속에 있을 이포 벨.

상상 속 이포의 모습이 아득하게만 느껴졌다. 조금 전까지 물리

게 보았음에도 불구하고 그녀의 얼굴이 흐려진 기분이었다.

얼른 그녀의 얼굴을 실제로 보아야겠어. 현실감 있는 그녀의 얼굴이 절실했다. 하지만 걸음을 떼면 뗄수록 그녀와 현실감 있는 대화를 나눌 수 없게 될 거라는 불길한 예감이 들었다.

불안함은 아원의 마음을 모조리 집어삼켰다. 뱉어 낸 아원의 호흡이 거칠어졌다.

그렇게 얼마나 걸었을까. 오늘 이포가 입은 드레스 자락이 아원의 시야에 맺혔다. 꽁꽁 언 흰 바닥 위를 보랏빛 드레스 자락이 아름답게 수놓고 있었다.

아원은 그녀를 향해 뛰어갔다. 제발 아무 일도 일어나지 않았길. 아원은 바라고 또 바랐지만, 정작 맞닥뜨리게 된 것은 쓰러진 이포의 모습이었다. 잠든 것처럼 눈을 감은 이포의 얼굴은 창백하기만 했다.

바짝 마른 입술 사이에서 그녀의 이름이 흘러나왔다.

"이포 벨······."

무릎을 꿇고, 쓰러진 그녀의 몸을 제 몸 쪽으로 바짝 끌어당기고, 그는 그녀의 이름을 수어 번 불렀다. 하지만 돌아오는 대답은 없었다.

그녀의 몸뚱이는 차갑게 굳어 있었으며, 그녀의 코끝과 입술은 뜨거운 숨을 더 이상 내뱉지 않았다. 아원은 제게 불어 닥친 불안함의 정체를 그제야 알 수 있었다.

그것은 그녀의 죽음에 대한 어떤 예고였던 게 아닐까.

숨을 쉴 수 없는 듯한 기분이 들었다. 숨을 들이켤 때마다 심장이 찢기는 듯한 고통이 느껴졌다.

지금 숨을 쉴 수 없게 된다면, 나도 네 곁에서 눈감을 수 있는 걸까.

깨달았을 땐, 눈물이 하염없이 흐르고 있었다. 눈물은 뺨을 모두 적시고, 턱 끝에 맺혔다가 이윽고 이포의 얼굴 위로 뚝뚝 떨어졌다.

슬퍼. 심장이 너무 아파.

지금 느끼는 슬픔은, 울음을 처음 터뜨렸을 때에 느낀 슬픔을 훨씬 뛰어넘는 것이었다.

아윈은 마른 비명을 토해 냈다. 그의 절규는 적막한 숲길 사이로 메아리치듯이 울렸다.

그녀가 죽었다. 그 어떤 말보다도 짧은 말이었지만, 아윈은 그 사실을 아직까지 받아들일 수 없었다.

사람이 눈물을 그렇게 많이 흘릴 수 있다는 걸, 태어나 처음 알았다. 이포에게 '울어?'라고 자주 묻던 자신이 우습게 느껴질 정도였다.

그는 다가올 죽음에 슬퍼하던 이포보다도 훨씬 더 많은 눈물을 쏟아 내고 있었으니까.

아윈은 여전히 제 품에 안긴 이포의 얼굴을 물끄러미 내려다보았다. 죽었다는 사실이 믿기지 않게, 그녀는 그 누구보다도 아름다워 보였다.

그녀가 눈을 떠, 제 이름을 부르며 미소를 지을 것만 같았다. 하지만 그녀는 짙은 정적 속에 파묻혀 있을 뿐이었다.

그는 손을 뻗어 그녀의 메마른 뺨을 쓰다듬어 주었다. 손끝에 닿은 그녀의 체온이 차갑기만 했다.

"……차가워."

누구보다도 뜨거운 체온을 가지고 있던 너인데. 네가 차가운 이곳에 쓰러졌을 때, 네 곁에 있어 주지 못해서 미안해.

아원은 고개를 숙여, 그녀의 입술에 입을 맞추어 주었다. 그녀의 입술에 잠깐 머물다 사라진 온기가 아쉬웠다. 자신의 온기를 그녀에게 완전히 머물게 할 수 있다면 얼마나 좋을까.

눈물샘 속 눈물을 모조리 쏟아 낸 줄 알았다. 하지만 눈물은 또다시 하염없이 흐르고 있었다.

"어떻게 해서든 너를 살려 낼게."

아원은 힘없이 축 처진 이포의 몸을 더욱 꽉 끌어안았다.

"내 모든 것을 바쳐서라도."

그녀의 몸에 밴 오가닉 비누 향이 짙었다.

죽은 연인에게 썩지 않는 마법을 걸어 둔 달튼을, 아원은 이해하지 못했다. 그래서 달튼에게 어설픈 훈수를 둔 적이 있었다.

'죽은 사람은 죽은 사람이고, 산 사람은 살아야지.'

그 말에 달튼은 화를 냈다.

'네가 뭘 안다고 그런 말을 해. 감정 하나 없는 빈껍데기 주제에.'

그래, 빈껍데기였던 그때의 나는 네 마음을 하나도 이해하지 못했어.

아원은 뒤늦게 달튼의 마음을 모조리 이해할 수 있었다. 너무 이

해해서, 지금 당장이라도 달튼에게 달려가,

'그때 네게 매정한 말을 했던 걸 사과하고 싶어.'

사죄까지 하고 싶은 심정이었다. 사랑하는 사람의 죽음을 받아들이는 건 굉장히 힘든 일이었다. 실제로 겪고 나서야 비로소 깨닫게 되는 일.

숲속에서 발견한 이포를 안고서 후작저로 들어와, 그가 간 곳은 그녀의 방이었다.

이유는 잘 모르겠지만, 그는 그녀를 관 속에 뉘어 주고 싶었다. 관을 왜 준비하느냐는 물음에, 사람은 언젠간 죽기 마련이라고 대답했던 그녀. 자신의 죽음을 담담하게 준비했던 그녀의 초연함이 떠올라 마음이 아려 왔다.

그렇게 이포를 관에 막 눕혔을 때, 그녀의 방을 방문한 이가 있었다. 하워드였다.

"그녀가 썩지 않게 만들어 주십시오."

달튼을 비웃었던 자신이 어이없을 정도였다. 아윈은 때마침 찾아온 하워드에게 거의 애원했다.

하워드의 대답은 없었다. 그는 손을 뻗어 이포의 이마 위를 톡 건드렸다. 그 순간 그녀의 이마에서 작은 푸른빛이 생겨났고, 그 빛은 이내 그녀의 몸을 감싸 안았다.

그것은 마법이었다. 하워드는 심장이 죽은 이포에게, 육신이 부패하지 않는 마법을 새겨 놓은 것이다.

제가 할 일은 끝났다는 것처럼 하워드는 말없이 뒤돌아섰다. 돌아서는 그의 얼굴이 쓸쓸해 보였다.

"당신도…… 이포의 죽음을 슬퍼하는 겁니까?"

역시나 돌아오는 대답은 없었다.

아윈은 이포의 관을 자신의 방까지 끌고 왔다.

해가 저물 때까지 그녀의 얼굴을 바라보다 밤이 찾아오자 관 속에 누인 그녀를 들어 올렸다. 그러곤 여느 밤처럼 그녀를 자신의 침대 위에 눕혔다.

오늘 아침까지만 해도, 우린 같은 침대에 누워 서로의 얼굴을 바라봤는데……. 그 시간이 마치 꿈같았다.

고작 몇 시간 눈을 맞추지도, 대화를 나누지도 못한 것뿐인데, 그녀를 영영 잃어버린 듯한 기분이 들었다.

미동 없는 그녀의 손끝을 매만지는 그의 손이 애처롭기만 했다. 그녀의 죽음은 예견된 죽음이었지만, 아윈의 슬픔은 가시지 않았다.

그녀를 살릴 수 있는 방법을 알아내지 못했다면, 진즉 목숨을 끊어야겠나는 생각을 했을지도 모르겠다.

내 세상은 너만이 가치가 있는 세계인데, 네가 사라져 버린 세상 속에서 내가 살아갈 수 있을 리가 없잖아.

이포는 자신을 잊어 달라고 했다. 아윈은 그녀가 그럴 때마다 따지고 싶었다.

내가 너를 잊을 수 있을 거라고 생각하는 거야? 내가 너를 영영 잊지 못하게 만들어 놓은 건 바로 너야.

아윈은 눈을 느릿하게 감았다 떴다. 같이 잠든 밤, 새벽녘에 눈을 뜨면 그녀가 울고 있을 때가 있었다.

무서운 꿈이라도 꾸는 걸까. 그게 아니라면, 너는 네 죽음에 대해 아무렇지 않은 척을 했지만 결국 너도 네 죽음이 무서웠던 게 아닐까.

걱정 마. 내가 안아 줄게.

아윈은 이포의 눈물이 그칠 때까지 그녀의 등을 쓸어 주었다. 한참 어깨를 들썩이던 그녀는 곧 고른 숨소리를 내었다.

오늘은 네가 눈물을 흘리며 잠들지 않겠지만, 그렇지만 나는 너를 안아 줄 거야.

아윈은 마르고 차가운 그녀의 몸을 끌어안았다.

넌 무슨 꿈을 꿀까.

너도 내 꿈을 꿨으면 좋겠어.

이포가 꿀 꿈을 궁금해했지만, 정작 꿈을 꾸게 된 이는 아윈이었다.

그는 꿈을 꾸고 있었다. 두 번째 심장을 잃어 기나긴 꿈을 꾸었던 그때 이후로 처음 꾸는 꿈이었다.

꿈속에 이포가 나와 주기를 바랐지만, 그녀의 모습은 조금도 보이지 않았다.

아윈은 절벽 위에 서 있었다. 그곳은 노롱의 협곡에 존재하는 절벽이었다. 이포가 떨어졌던 그 절벽.

꿈속엔 계절도, 바람도, 햇살도 없었다. 덩그러니 선 아윈과 가파른 절벽. 그것이 다였다.

절벽은 아윈을 부르는 듯했다.

어서 이리로 와. 끝까지 다가와.

절벽 밑엔 근사한 것이 있어.

한번 떨어져 볼래?

아원은 무언가에 홀린 것처럼 절벽의 끝까지 다가갔다. 그의 발이 닿은 절벽 위, 작은 돌멩이들이 절벽 밑으로 떨어졌다.

아원은 그 밑을 내려다보았다. 절벽 밑은 새카맸다. 떨어진 돌멩이들이 밑바닥에 닿는 소리조차 나지 않을 정도로 아득한 높이였다.

하지만 아원은 걸음을 멈출 수 없었다. 그는 이곳에서 떨어져야 했고, 뜨거운 피를 흘려야 했다.

이유는 잘 모르겠다. 그냥 그렇게 해야 한다는 사명감이 들었을 뿐이다.

한 걸음을 더 내딛자, 발이 허공에 떴다. 나머지 발도 내디딘다면 꼼짝없이 떨어질 것이다. 아원은 주저 없이 나머지 발걸음도 떼어 냈다. 몸은 곧 절벽 밑으로 떨어지기 시작했다.

밑으로 더 밑으로. 무언가가 끊임없이 제 몸을 끌어당기는 듯한 느낌을 느꼈다.

시커먼 진공 속으로 제 몸이 빨려 들어갔고, 아원은 절벽 밑에 있을 근사한 것이 무엇일까, 하고 생각했다.

떨어진다는 감각이 더는 느껴지지 않았을 때, 아원은 잠에서 깨 있었다.

눈을 뜬 아원은 식은땀이 가득한 이마를 소매로 쓸었다. 옆을 바라보자, 이포는 죽은 듯이 제 옆을 지키고 있었다. 그는 혹시나 하는 마음에 그녀의 얼굴에 손끝을 대어 보았다.

"차가워."

여전히 온기 하나 스미지 않은 그녀의 육신. 아윈은 그녀를 끌어안았다. 그러곤 제 진심을 토해 냈다.

"네 목소리가 너무 듣고 싶다."

과거, 아윈은 누군가의 죽음을 슬퍼할 날이 오리라 예상하지 못했다.

다음 날이 되어서도 눈은 그치지 않았다. 가벼웠던 눈발은 거세져 있었다. 창문 밖이 뿌옇게 보일 정도였다.

필요 없다는 걸 알면서도, 아윈은 벽난로에 장작을 더 많이 때며 훈기가 돌게 했다. 차가워진 그녀의 몸이 더욱 차갑게 식어 가길 바라지 않았다.

아윈은 언제나처럼 이포의 이마에 가볍게 입을 맞추어 주었다.

"잠깐 나갔다 올게."

대답 없는 그녀를 잠깐 응시한 그의 시선은 이윽고 침대 옆 협탁에 놓인 검은빛의 상자에 닿았다. 이포를 위한 반지가 든 반지 케이스였다.

그것을 한참 바라보던 아윈은 뒤돌아섰다. 아윈의 일과는 하워드를 만나는 것부터 시작되어야 했다.

"언제 죽습니까?"

아윈의 물음에 하워드는 인상을 더럽게 구겼다.

"인간 남자. 까불지 마. 내가 호의를 베풀고 싶은 상대는 이포 벨 하나뿐이야."

"……."

"네게 다정하게 대할 생각은 추호도 없어."

그는 농담이 아니라는 듯 흉흉한 기운을 물씬 풍겼다. 온화함이라곤 눈을 씻고 찾아볼 수 없는 기운이었다.

아윈은 본능적으로 어깨를 움츠렸지만, 그의 기백에 물러서지는 않았다. 청록빛을 띤 하워드의 눈을 똑바로 바라보고, 그에게 전하고자 하는 말을 똑똑히 전했다.

"하지만 저는 그녀를 꼭 살려야겠습니다."

"그녀를 살리고 싶으면 삼자코 기다려."

사랑하는 사람이 죽었어. 너라면 잠자코 있을 수 있겠어? 아윈은 따지고 싶었다. 하지만 입술을 안쪽으로 말며, 말을 삼켜 냈다.

까칠하기는 하나, 하워드는 이포를 살려 줄 은인이 아니던가. 공연히 분란을 일으키지 말자. 하워드의 말대로 잠자코 기다리자.

하지만 끓어오르는 조바심을 견디지 못하겠다. 아윈은 주먹을 꽉 쥐었다. 그렇게라도 하지 않는다면, 괜한 화풀이가 입 밖으로 튀어나올 것만 같았다.

"나는 시기가 도래했을 때, 내 생을 끝낼 예정이니까."

그리 말한 하워드는 기다란 한숨을 내쉬었다.

"이봐, 인간 남자. 뭘 그렇게 조급해하는 거야. 내가 살려 준다고 했잖아. 내가 허투루 말을 꺼낼 만한 사람으로 보여? 나는 용이야. 용은 약속을 어기지 않아."

"……죄송합니다."

"알면 됐어. 썩 꺼져 버려."

아윈은 그대로 하워드의 방을 나왔다. 더 이상의 보챔은 없었다. 방을 나가는 아윈의 뒷모습을 보는 하워드 시선이 복잡해졌다. 이내 열렸던 문이 닫히고, 혼자 남게 된 하워드는 다시금 창밖으로 시선을 옮겼다.

"마지막으로 보는 눈이 되겠군."

감상에 젖은 건 아니었다. 그러나 마지막이라는 건, 어쩐지 기분을 이상하게 만들었다.

이봐, 이포 벨. 너도 항상 이런 기분이었어?

넌 모든 것에, 설령 그것이 아주 사소한 것이라도, 각별함을 느꼈던 거야?

숨을 크게 들이켜자 어제보다도 가늘어진 심장 소리가 들렸다.

"살 만큼 살았지. 지긋지긋할 정도로 오래 살았어."

생이 끝에 다다랐음을 인지했을 때, 하워드는 노만의 흔적을 마지막으로 보러 갔었다. 물론 그가 동굴에 쳐 둔 결계를 함부로 건든 이를 확인도 할 겸.

아무튼 그는, 노룡의 협곡으로 가는 길에서 이포 벨을 만났었다. 다소 특이한 그 여자를.

이포 벨과의 만남은 어쩌면 노만이 이어 준 인연일지도 모르겠다는 생각이 들었다. 사랑을 맹신했던 노만이 사랑을 모르는 제게, 사랑은 이런 것이다─, 라는 것을 알려 주기 위해 만든 인연이라고 해야 할까.

완전히 눈을 감게 되고, 윤회의 길에서 노만을 만나게 된다면, 노만이 그렇게 물을지도 모르겠다.

'하워드. 사랑이란 게 뭔지 알아냈나?'

그러곤 멋들어지게 웃어 젖힐 테지. 노만은 웃음이 많은 용이었다.

하워드는 그에게 뭐라고 대답해야 할지 고민해 보았다.

물론 그는 사랑을 아직까지 알지 못한다. 이포 벨의 마음을 조금 이해할 성싶다가도, 하나도 이해할 수 없을 때도 있었다. 단언하건 대, 절대로 그녀에게 특별한 감정을 품게 된 것은 아니었다.

이포 벨에게 가진 감정은 뭐랄까. 사랑은 아니지만, 우정보다는 가까운. 그 명칭을 정확하게 정의할 수 없는 오묘한 감정이었다.

하지만 한 가지 확실한 점은 존재했다.

네 죽음에 내 심장이 아려 와. 네 이름, 너와 나눈 대화, 네 웃음 소리…….

"잊을 수 없을 거야."

이포 벨. 네가 바라던 대로, 나는 네 이름을 영원히 기억해 줄게. 내가 윤회하더라도. 네가 다른 이름을 부여받아 새로운 삶을 살게 되더라도.

그래도 네 이름만큼은 내 심장에 깊숙이 각인되어 있을 거야.

그녀에게 노만의 냄새가 진하게 배어 있기 때문일까. 하워드는 그녀에게 이상한 친밀감을 느끼고 있었다. 오백 년을 살아가며 이 토록 눈에 밟히는 인간은 처음이었다.

'해가 지기 직전엔 하늘이 잠깐 밝아져.'

그것은 비단 이포 벨에게만 해당되는 소리가 아니었다.

나는 곧 죽을 거야. 용은 영원히 죽지 않는 신이 아니니까. 내게도 죽음이라는 게 존재해. 그 시기가 다가오고 있어. 나는 노만을 따라 윤회의 길에 들어설 거야. 조만간. 그리 멀지 않은 때에.

용은 죽은 후에 자신의 심장을 타인에게 줄 수 있었다. 노만이 누군가에게 제 심장을 주기로 결심을 했듯, 하워드 또한 제 심장을 그녀에게 주고 싶었다.

이포 벨. 네 이름이 새겨진 내 심장은, 내가 죽은 후에 너의 새로운 심장이 될 거야.

"내가 네 심장이 된다면……. 나는 그땐 네가 죽음과 맞바꿀 정도로 바랐던 사랑의 진정한 의미를 알게 되는 걸까."

네 마음속에 영원히 머물러 있을게. 내게 사랑이 뭔지 알려 줘.

네가 진 빚은 그것으로 모두 갚은 셈 칠 테니까.

아윈은 같은 결재 서류를 삼십 분째 멍하니 바라보고 있었다. 글자를 읽는 능력을 죄다 잃은 것만 같다. 그는 글자를 하나도 읽을 수 없었다.

하얀 건 종이요, 까만 건 글자다. 아윈이 인지할 수 있는 것은 그 정도일 뿐이었다.

내리 쏟은 눈물로 인해 부은 눈덩이가 무겁게만 느껴졌다. 이대로 눈을 감고 이포의 꿈을 꾸고 싶었다. 이내 아윈은 책상 위에 머리를 누이었다.

후작이라는 직위 때문에 어쩔 수 없이 자리에 잠깐 앉기는 했지만, 그녀의 부재를 견딜 수 없었다.

초침이 움직이는 소리가 망연자실하게 들렸다. 그 순간 생각난 것은, 삶의 의지를 잃은 것처럼 하루 종일 누워 있는 달튼이었다.

이지 없는 눈으로 허공 어딘가를 바라보던 달튼. 나는 지금 그와 같은 기분을 느끼고 있는 걸까.

아윈은 앉아 있었던 몸을 끝내 일으켰다. 그녀를 만나러 가야겠다. 그녀의 얼굴을 보아야겠다. 무슨 말을 하든 대답해 주지 않는 그녀라도, 아윈은 그녀가 보고 싶었다.

이포가 죽는다는 것을 처음 알았을 때, 아윈은 결심했었다. 자신의 두 번째 심장을 주어서라도, 그녀를 살려야겠다고.

하지만 아윈에게는 제 가슴속에 스민 심장을 도로 꺼낼 능력이 없었다. 그때 생각난 이가 하워드였다. 물론 이포에게 말했듯 아윈이 하워드에게 호감을 가지고 있던 것은 아니었다.

아윈은 하워드에게 커다란 질투를 느끼고 있었고, 그가 가진 특별한 능력이 없었다면, 그를 후작저에서 진즉 내쫓았을지도 몰랐다.

하워드는 아윈에게 참을 수 없는 무능함을 느끼게 해 주는 존재였다. 죽어 가는 그녀에게 제가 해 줄 수 있는 것은, 있는 힘껏 사랑해 주는 일밖에 없었다.

비록 무능함을 또다시 느낀다 할지라도 하워드를 찾아가 보자.

그에게 제 심장을 꺼내어 달라고 말해 보자.

새벽녘, 모두가 깊이 잠든 어느 날 밤, 아원은 하워드가 기거하는 방에 방문했다.

'제 심장을 꺼내서라도, 이포 벨을 살려 주십시오.'

밑져야 본전이라고 생각했다. 하워드가 무릎을 꿇으라면 꿇겠고, 당장 목숨을 내어놓으라고 한다면 그러할 생각이었다.

누군가의 희생을 바라지 않은 이포였지만, 아원은 제 목숨을 내놓아서라도 그녀를 살리고 싶었다. 진심이었다.

하지만 하워드의 대답은 다소 의외인 것이었다.

'그 정도로 그 여자를 사랑해? 너도 네 목숨을 바칠 만큼?'

'제가 가진 것 중에 원하는 것이 있다면 뭐든 드리겠습니다. 목숨이든, 뭐든……. 그녀를 살릴 수 있는 방법이 있다면, 뭐든 하겠습니다.'

'하, 기가 막히는군. 여긴 목숨을 바치겠다는 인간들이 왜 이렇게 많아? 누가 보면 목숨이 세 개쯤은 있는지 알겠어.'

명백한 비아냥거림에도 아원은 물러설 수 없었다.

'목숨은 하나밖에 없습니다. 그만큼 간절합니다. 하나밖에 없는 목숨까지 바칠 정도로.'

아원의 검은 동공엔 결의가 가득 서려 있었다.

'인간 남자야. 한 번만 말할 테니, 똑바로 듣거라.'

하워드는 아원을 오만하게 내려다보았다.

'나는 곧 죽어. 그리고 너는 내 친우였던 노만의 심장을 품고 있지. 내 심장 또한 누군가의 심장이 될 수 있어.'

'……'

'내 말을 이해했어?'

아윈은 고개를 끄덕였다.

절대로 죽지 않을 것처럼 보였던 하워드는 곧 죽을 것이고, 용의 심장은 다른 누군가의 심장이 될 수도 있다.

그 누군가가 이포 벨이 될 수도 있다.

아윈의 마음속에 여러 감정들이 뒤엉켰다. 기쁨, 안도, 슬픔, 그리고 미안함.

'당신의 심장을 이포에게……. 그녀에게 주실 겁니까? 대가를 필요로 하는 일인 겁니까?'

'대가는 이포 벨에게 받을 예정이야. 더 자세한 건 묻지 마.'

'……하지만.'

'용은 허투루 약속을 하지 않아. 진심으로 내뱉은 말은 약속이 되지.'

그러곤 그는 귀찮은 듯이 아윈을 쫓아냈다.

'이젠 그만 징징대고 나가 봐. 너나 배은망덕한 마법사나 이포 벨이나 다들 하나같이 너무 징징거려.'

아윈은 그의 뜻대로 그의 방을 나가려고 했다. 두어 걸음을 내디딘 아윈의 발걸음이 자못 가벼웠다.

설마 했던 일이 이토록 쉬이 풀릴 줄이야. 이젠 하워드의 심장을 가지게 된 이포와의 미래를 꿈꿀 수 있는 걸까?

어쩐지 심장 근처가 따스해지는 듯한 기분이 들었다. 그것은 노만의 심장에서 보내는 신호인 걸까. 노만, 당신도 이포가 살기를 바라는 걸까.

'이봐, 잠깐만.'

돌아가려던 아윈을 붙잡은 것은 하워드였다.

'더 하실 말씀이라도 있으신 겁니까?'

'내가 이포 벨에게 심장을 주기로 한 건, 그녀에겐 비밀로 해. 절대로 말하면 안 돼. 말하기만 해 봐. 최초로 약속을 어기는 용이 되어 버릴 거니까.'

'왜 비밀로 해야 합니까?'

'내 마음이야. 이제 다시 나가 봐.'

아윈은 다른 말을 덧대지 않으며, 방을 조용히 나갔다. 아윈이 사라지자, 하워드는 나지막이 혼잣말을 했다.

"……내가 살아 있는 동안 너희들이 행복해하는 건 못 봐 주겠거든."

심술일지도 모르겠다고, 하워드는 생각했다.

"하지만 내가 죽은 뒤에, 행복할 시간은 충분하니까. 이 정도의 심술은 아무것도 아닐 테지."

하워드와의 약속 때문에, 아윈은 이포가 힘들어하는 걸 지켜보면서도 끝내 아무런 말도 해 줄 수 없었다.

방으로 돌아온 아윈은 방문이 열려 있는 것을 발견했다.

틀림없이 잠가 두고 나간 것 같은데, 누가 들어온 걸까. 그는 불현듯이 달튼을 떠올렸다. 아윈은 열린 방문을 밀고 들어가, 문을 닫았다.

딸깍. 그러곤 아무도 들어오지 못하게 문을 잠갔다. 썩지 않는 이포의 육신이 존재하는 자신의 방엔 아무도 들일 수 없었다.

그녀를 자신의 침대에 누인 뒤부터, 제 방에 저를 제외한 다른 이의 출입을 금했다. 심지어 시녀들마저도.

죽은 연인의 시체와 밤을 보내는 제 모습이 이상하게 내비칠까 봐 그런 것은 아니었다.

아윈은 단지 설명할 일을 만들고 싶지 않았을 뿐이었다. 그리고 조만간 그녀가 다시 살아나게 되는걸. 되살아날 그녀가 이상한 구설수에 오르는 걸 바라지 않았다.

침묵만이 맴돌던 그의 방에서 누군가의 목소리가 울린 것은 그때였다.

"진짜로 죽었네."

아윈은 소리가 난 방향을 바라보았다. 그곳엔 달튼이 존재했다. 역시나 잠근 문을 열고 들어온 이는 그였던 것이다.

달튼의 목엔 지난날 본 검은빛의 목줄이 사라져 있었다. 아윈은 그 경위를 묻지 않았다. 그것이 사라진 데에는 어떠한 이유가 있으리라 짐작했을 따름이었다.

없던 것이 생기고, 있던 것이 없어진 데에는 분명 그 이유가 있을 테니까.

달튼은 침대맡에 선 채로 이포를 빤히 내려다보고 있었다. 아윈에게 말은 건넸지만, 달튼의 시선이 아윈에게 닿는 법은 없었다. 마치 고정이라도 된 듯, 이포를 향한 달튼의 시선은 견고했다.

아윈은 그에게 가까이 다가가 물었다.

"슬퍼?"

달튼은 담담하게 대답했다.

"좀 슬프네."

바라본 달튼의 오드아이에선 눈물 한 방울이 흘러내렸다. 그러나 그 사실을 인지하지 못한 것인지, 그는 아무런 행동도 취하지 않았다.

"우네."

아윈의 한마디에 달튼은 비로소 자신의 상태를 인지했다. 그는 손을 들어 올려, 소매로 눈가를 쓸었다.

"아. 웬 눈물이지. 청승맞게."

"좀 슬픈 게 아닌 것 같군."

"……사실은 많이 슬퍼."

슬퍼하지 말라는 위로의 말은 건네줄 수 없었다. 아윈은 그저 달튼을 바라보기만 했다.

달튼이 또다시 폭력적인 일을 행할 거라는 생각도 들지 않았다. 가령 이포를 납치한다든지, 제 심장을 또다시 빼앗는다든지. 도리어 그에게 폭력적인 일을 행했던 것은 자신이었다.

지난날, 이포는 제게 달튼과 만났냐고 물었었다. 아윈은 그렇다고 대답은 했으나, 달튼과 어떤 일이 있었는지는 얘기해 주지 않았다. 왜냐면 꽤 감정적인 짓을 해 버렸기 때문이었다.

여봐란듯이 당당하게 후작저에 기거하는 달튼의 소식을 들었을 때, 아윈은 당장 달튼을 찾아가 그의 뺨에 주먹을 내리꽂았다.

'넌 도대체 여기가 어디라고 태평하게 묵고 있는 거야.'

달튼은 저항하지 않았다. 그는 아윈의 주먹을 그대로 맞았었다. 딱 한 번의 주먹질이었다. 그리고 달튼은 딱 한마디를 읊조렸다.

'분이 풀릴 때까지 때려도 좋아.'

마음 같아선 달튼이 사경을 헤맬 때까지 때리고 싶었다, 네가 한 짓은 나를 이토록 분노하게 만드는 일이라는 걸, 분명하게 알려 주고 싶었다.

달튼이 다시는 누군가의 마음을 아프게 하지 못하게 만들어 주고
싶었다.

하지만 아윈은 그러지 않았다. 모든 것을 잃은 듯 공허한 눈빛을
한 달튼을 더는 몰아붙일 수 없었다.

우습게도, 그 순간 아윈에게 든 감정은 연민이었다.

"아윈 아스타. 우린 진짜 질긴 인연이다."

달튼의 시선이 뒤늦게 아윈에게 향했다. 아윈의 주먹이 내리꽂혔
던 그의 뺨은 몹시도 앙상해져 있었다.

"이제 그만 엮이고 싶네."

공허한 시선과 힘없는 목소리. 거기까지 말한 달튼은 아윈에게
등을 보였다.

아윈은 뒤돌아선 달튼의 손목을 부여잡았다. 무언가를 생각하기
도 전에 먼저 나간 손길이었다.

"죽지 마."

왠지 네가 죽을 것만 같아.

아윈은 달튼이 미웠고, 여전히 그를 원망했지만, 그렇다고 해서
그가 죽기를 바라지 않았다. 동정인 건지, 연민인 건지, 뭔지.

돌아온 감정들이 자신을 지나치게 옭아매고 있었다. 감정이 없었
다면, 달튼을 이대로 내버려 두지 않았을까? 그의 죽음을 겸허하게
받아들였을지도 모르겠다.

달튼은 픽 웃으며 대답했다.

"잊었나 본데. 나는 네 심장을 훔쳐 갔고, 네 여자를 납치까지 한
사람이야."

"하나도 안 잊었어. 계속 기억할 거야."

"놔."

"그래도 죽으려고 하지 마."

나는 누군가의 죽음을 더는 목도하고 싶지 않아. 설령 그것이 네 죽음이라도. 내게 용서받지 못할 짓을 한 너라고 해도. 아윈은 역시나 달튼이 죽기를 바라지 않았다.

"이포가 슬퍼할 거야."

그 말에 달튼은 작게 동요했다. 빛을 잃은 그의 오드아이가 잠깐 빛났던 것 같기도 했다.

하지만 그게 끝이었다. 달튼의 눈동자는 금세 다시 공허해졌고, 그는 아무 말도 하지 않았다.

달튼은 손목을 쥔 아윈의 손을 털어 내고선 돌아섰다.

달튼은 기다란 복도를 거닐며, 하워드가 한 말을 떠올렸다.

'나는 곧 죽을 거야.'

빌어먹을 용이 곧 죽을 거라고 한다. 하워드는 제게 용서받을 기회를 주겠다고 했다. 그 기회는 바로 대마법사인 자신만이 할 수 있는 특별한 일이었다.

'내가 죽으면, 내 심장을 이포 벨에게 무사히 옮겨 줘.'

이포가 사랑하는 아윈은 절대로 할 수 없는 일.

아윈이 절대로 할 수 없는 일을 제가 할 수 있다는 사실을 깨닫자, 달튼은 묘한 희열감을 느꼈다. 하잘것없는 승부욕이었다.

'좋아. 들어줄게. 그건 이포 벨을 위한 거니까.'

스승의 전언 이래로 해결해야 할 과업이 생긴 듯한 기분이었다. 왠지 모를 투철한 사명감이 들기도 하고.

무기력하기만 했던 삶을 적어도 며칠간은 더 이어 갈 필요가 생겼다. 하지만 그녀가 살아난 뒤엔 어떨까.

달튼은 걷던 걸음을 멈추었다. 그러곤 고개를 돌려, 복도의 창가를 바라보았다. 그곳에서는 그가 보고자 하는 것을 볼 수 없었다. 달튼은 노룡의 협곡이 보고 싶었다.

이포가 살아난 다음에, 깎아지른 듯한 절벽이 있는 그곳으로 가 보는 건 어떨까. 아윈과 이포가 서로를 마주 보며 웃는 건 정말 못 봐 주겠거든.

"나는 어쩌면 영원히 행복해지지 못할지도 몰라."

그의 가느다란 한숨이 허공에 흩어졌다.

이포가 죽은 지 일주일이 흘렀다.

시간은 막힘없이 흘러갔지만, 변한 것은 딱히 없었다. 날은 정해진 수순에 따라 서서히 추워져 갔고, 후작저는 늘 그렇듯 조용했다.

변한 것은 그녀가 죽었다는 사실 하나밖에 없었다.

시간이 지나도 슬픔은 가시지 않았다. 도리어 한숨과 눈물이 늘어갔다. 아윈은 늘 같은 꿈을 꿨고, 매번 절벽에서 떨어졌으며, 꿈에서 깼을 땐 눈물을 흘리고 있었다.

하워드가 심장을 주기로 했잖아. 그녀는 꼭 다시 살아날 거야. 그런데 왜 이렇게 무섭고, 불안한 걸까. 다신 그녀와 눈을 맞추고 얘기를 나누지 못할 것만 같았다.

아윈은 꿈속에서라도 이포와 만나기를 바랐지만, 그녀는 단 한 번도 제 꿈에 나타나 주지 않았다.

누군가의 부재로 인해 겪는 참혹함은 처음 느낀 것이 아니었다. 아윈은 과거, 절벽에서 떨어졌던 이포를 떠올렸다. 감정을 완전히 각성시켜 준 그 일. 그것은 아윈에게 부재가 어떤 것인지 깨닫게 해 준 사건이었다.

다신 겪고 싶지 않은 감정이었건만, 그는 또다시 그녀의 부재에 참을 수 없는 갈증을 느끼고 있었다.

그녀와 함께했던 시간들이 얼마나 소중한 것이었는지 새삼 깨닫게 되었다. 그녀의 웃는 얼굴, 우는 얼굴, 찡그린 얼굴, 부끄러워하는 얼굴…… 다시 볼 날은 언제일까. 그리움은 켜켜이 쌓여 갔다.

그런 아윈을 찾아온 이가 있었다.

"후작님. 전해 드릴 게 있어서 찾아왔어요."

그녀는 이포의 유일한 친구인 케이티였다. 꽤 의외인 방문객이라고 해야 할까. 아윈은 그녀를 방으로 들이지 않는 대신, 제가 방 밖으로 나갔다.

"무슨 일이지?"

"저…… 후작님. 일단 이것부터 먼저 물어봐도 될까요?"

아윈은 고개를 작게 끄덕였다.

"벨이 요즘 보이지 않아서요. 어디에 있어요? 고향에 내려간 걸까요?"

"잠깐 후작저를 떠났어."

이포가 죽었다는 사실을, 케이티에게도 알려 줄 수 없었다. 괜한 사실을 알려 줄 필요는 없지.

"하지만 걱정 마. 곧 돌아올 거니까."

왜냐면 그녀는 곧 다시 살아날 거니까.

"휴. 다행이다. 자꾸 먼 곳으로 떠날 것처럼 굴어서 얼마나 걱정한 줄 몰라요."

"그래서 다른 용건은?"

"아 참. 벨이 이걸 전해 달라고 했어요."

케이티는 무언가를 제게 내밀었다. 그녀의 손에 쥐어져 있는 것은 흰색의 종이봉투였다. 아윈은 그것을 받아 들었다.

"편지?"

"네, 아마도 편지인 것 같은데…… 저도 자세한 것은 잘 몰라요. 그럼 이만 가 보겠습니다."

그는 고개를 또다시 끄덕였다.

방으로 다시 들어온 아윈은 봉투의 접착부를 뜯었다. 그러곤 그 안에 든 반듯이 접힌 종이를 펼쳤다. 그러자 단정한 필체가 눈에 띄었다.

아윈은 단번에 알 수 있었다.

이건 이포 벨이 남기고 간 유서구나.

유서의 내용은 길지 않았다. 그녀는 짧은 글귀에 제 감정을 꾹꾹 눌러쓴 채였다.

아윈은 그것을 몇 번이고 읽었다. 외울 정도로 읽고 또 읽었다. 그 속엔 진심이 담기지 않은 글귀가 없었다.

죽음을 목전에 두고서도, 그녀는 남겨질 자신 걱정만을 하고 있었다. 미련스럽잖아.

'안녕'이라는 마지막 글자 뒤에 새겨진 구두점이 크게 번져 있었다. 마지막 인사를 건네는 네 마음은 어떠했을까.

아윈은 기어이 눈물을 흘렸다. 눈물은 한참이나 그치지 않았다. 그는 소리 내지 않는 것을 일찌감치 포기했다.

그는 큰 소리를 내어 울었다. 소리를 내지 않고선 몰아치는 슬픔을 견뎌 낼 수가 없었다.

그 순간 아윈은 생각했다.

이포 벨. 눈물샘이 고장 난 건, 너 혼자가 아닌 것 같아.

'케이티. 일주일쯤 뒤에 내 책상 서랍을 열어 줘. 그리고 그 안에 든 편지들을 봉투에 적힌 각각의 수신인들에게 전달해 줄래?'

케이티는 이포가 그 말을 남기고, 정확하게 일주일이 지난 후에 책상 서랍을 열었다. 이포가 준비한 편지는 총 네 장이었다.

케이티는 이포가 왜 편지를 적은 것인지, 왜 본인이 직접 전달해 주지 않고선, 저를 시킨 것인지, 그 안에 무슨 내용이 적혀 있을지, 매우 궁금했다.

하지만 그녀는 편지를 몰래 열어 보지 않으며, 각각의 수신인들에게 착실히 전달했다.

제일 처음으로 아윈에게 한 장.

그녀는 편지를 건네받던 아윈의 얼굴을 잊지 못했다. 얼떨떨한 듯 슬픈 듯 상념이 그득한 눈으로 편지를 내려다보던 아윈이었다.

어쩐지 예전과 분위기가 많이 달라진 듯한 달튼에게 한 장.

달튼에게 편지를 전해 줄 때, 케이티는 꽤 많은 두려움을 느꼈다. 어딘가 훌쩍 떠났다가 홀연히 다시 나타난 달튼은 아주 무서운 얼굴을 하고 있었기 때문이다.

표정 하나 스미지 않은 무뚝뚝한 얼굴로 내뱉은 말엔 한기가 가득했다.

"이건 뭐지?"

날 선 달튼의 목소리에 소름이 돋았다. 케이티는 어깨를 절로 움츠렸다. 후작저에 있는 모든 시녀들에게 친절했던 달튼이라고는 믿기지 않았다.

케이티는 떨리는 손으로 편지를 내밀었다.

"베, 벨이 전해 주라고 했어요."

"……이포 벨이?"

케이티는 고개를 위아래로 끄덕였다. 달튼은 그제야 엷은 미소를 지었다. '이포 벨'이라는 이름 하나에 그의 얼굴이 급변한 것 같았다.

"고마워. 돌아가 봐."

케이티는 나지막한 한숨을 내쉬었다.

이번엔 벨의 부탁으로 찾아갔지만, 다음엔 절대로 찾아가지 않아야지. 두 번 얼굴을 마주했다간 오금이 저리고 말 거야.

원래부터 썩 좋게 생각했던 남자가 아니었다. 달튼은 이포를 좋아하는 것처럼 굴었던 주제에 다른 시녀와 함께 밤을 보내기도 했었다.

케이티는 달튼의 그런 면이 싫었다. 모든 여자에게 친절한 남자는 질색이었다. 거기까지 생각했을 때, 문득 의문이 들었다. 대마법사님은 왜 갑자기 음울해진 걸까?

모두에게 친절해 반감을 샀던 대마법사님이 돌연히 불친절해진 이유는 무엇일까. 그것도 이포와 관련 있는 것은 아닐지…….

그리고 사랑에 빠질 뻔했지만, 이내 사랑하지 않기로 결심한 하워드에게 한 장.

하워드가 머무는 방은 후작저 내에서도 파다하게 소문이 난 터였다. 잘생긴 남자를 흠모하는 건, 비단 그녀 혼자만이 아닌 듯했다.

케이티가 노크를 하기 무섭게 하워드는 방문을 열고 나왔다. 그는 그녀의 얼굴을 보자마자 대뜸 화를 냈다.

"뭐야? 넌 그때 봤던 인간 여자잖아."

"케이티라고 해요."

"됐고. 내가 그랬지. 나는 이포 벨을 제외한 다른 여자에게는 관심이 없다고."

"기, 기억하고 있어요."

관능적인 하워드는 한껏 성을 냈다.

하지만 하워드는 알까. 당신은 화내는 모습이 제일 야해.

케이티는 마른침을 삼키며, 그에게 편지를 건네었다.

"벨이 이걸 전해 주라고 해서, 찾아왔어요."

"……이포 벨이?"

"네. 받아 주세요."

"어. 알겠어."

하워드 또한 이포 벨이라는 이름 하나에 날 선 기운을 금세 누그러뜨렸다.

묘한 일이었다. 그녀의 이름에 무언가의 마력이 존재하기라도 하는 걸까. 케이티는 고개를 갸웃거렸다.

하워드는 이포의 편지를 받고선 한참이나 발걸음을 떼지 않았다.

"괜찮아요?"

제 물음에 편지에만 닿아 있던 하워드의 시선이 들렸다. 마주한 그의 신비한 청록빛 눈동자가 잠깐 뿌옇게 흐려졌던 것 같기도 했다.

하워드는 뒤늦게 굳어 있었던 제 몸을 해동시켰다.

"괜찮아. 넌 그만 가 봐."

"네, 안녕히 계세요."

그리고 마지막 수신인은 이포의 부모님이었다. 그녀의 부모님은 먼 곳에 살고 있었고, 케이티는 그 편지를 우편으로 부쳤다.

정말 손이 많이 가는 일을 시켰구나. 하지만 그렇다고 해서 케이티는 이포를 원망하지는 않았다. 나름대로 즐거웠기 때문이다.

그렇게 네 장의 편지를 모두 전달한 케이티는 왠지 모를 후련함과 서운함을 느꼈다. 전자는 일을 잘 끝냈기에 느낀 것이었고, 후자는…….

"벨은 왜 나한텐 써 주지 않은 거지?"

왠지 모르게 의미 깊어 보이는 편지들이었는데.

"그리고 벨은 언제 돌아오는 걸까."

네가 시킨 일을 완벽하게 처리한 사실을 자랑하고 싶은데. 그리고 내게 편지를 남기지 않은 너를 닦달하고도 싶은데.

케이티는 이포가 얼른 돌아오기를 바랐다.

아윈은 이포가 다시 깨어날 때까지, 그녀에게 편지를 쓰기 시작했다. 때때로. 시간에 구애를 받지 않고. 생각나는 대로 족족.

그녀를 위한 손수건으로 가득 찼던 그의 재킷 속에는 이젠 종이와 펜이 항상 들어 있었다. 물건은 바뀌었지만, 변하지 않은 건 모두 그녀를 위한 것이라는 점이다.

'이포 벨. 네가 없는 세상은 황량하기만 해.'

그는 오늘도 진심을 전했다. 이포가 그러했듯이.

누군가의 죽음을 다시는 보고 싶지 않다고 생각하면서도, 아윈은 하워드가 얼른 죽기를 바랐다. 그가 죽어야 그의 심장으로 이포를 살릴 수 있었으니까.

아윈은 그런 생각을 할 때마다 심각하게 자조했다.

나는 위선자야. 이포는 위선적인 나라도 사랑해 줄까?

자신이 없었다. 자신의 속사정을 털어놓았을 때, 이포가 어떤 표정을 지을지, 그것을 어떻게 직면할지.

하지만 일단은 이포를 살리는 게 우선이었다. 하워드의 방으로 들어선 아윈이 먼저 건네는 말은 한결같았다.

"언제 죽습니까?"

반복된 물음에 언제나 돌아오는 것은 냉랭한 대답이었다.

'지긋지긋해.'

'꺼져 버려.'

'아직 안 죽는다고 했잖아.'

하지만 오늘따라 돌아오는 대답이 없었다. 그 순간 이상한 기분이 들었다. 제가 위선적으로 바라던 일이 실제로 일어난 듯한 기분.

아윈이 찾아갈 때마다, 하워드는 대개 창가에 선 채로 창밖 어딘 가를 바라보고 있었다. 하지만 그는 오늘따라 창가 근처에 존재하지 않았다.

아윈은 방 안으로 완전히 들어와 그를 찾았다. 그의 모습은 얼마 못 가 발견할 수 있었다. 하워드는 침대 위에 가지런히 누운 채였다.

잠든 것처럼 눈을 감은 하워드의 모습을 내려다보았다. 아름답고 매력적이다. 제가 여자였다면, 그에게 한 번쯤은 마음이 설렐지도 모르겠다는 생각이 들 정도로.

하얀 눈송이보다 흰 뺨, 베개 위를 수놓은 기다란 은빛 머리칼. 보는 각도에 따라 다른 색으로 빛나는 그의 은빛 머리카락은 결단코 흔한 것이 아니었다.

그가 본 남자 중 제일 아름다운 남자는 달튼이라고 여겼었는데, 이젠 정정이 필요할 듯싶었다. 달튼에겐 미안한 일이지만, 하워드에겐 종을 초월한 미적인 구석이 존재했다.

아윈은 하워드가 식사는 하는 건지, 잠은 자는 건지 궁금해했었다. 그는 언제나 깨어 있었고, 아윈은 그가 잠든 것을 한 번도 보지 못했다.

그런 하워드가 가만히 잠들어 있다는 사실은, 어쩐지 아윈의 기분을 또다시 묘하게 만들었다.

생을 다한 걸까.

아윈은 조금 더 그를 면밀히 살펴보았다. 이불 하나 덮지 않은 채 누운 그의 가슴팍은 조금도 움직이지 않았다.

숨을 쉼에 오르고 내려가야 할 가슴이 평온했다. 마치 숨쉬기를 그만둔 것처럼. 아윈은 손을 뻗어 그의 코끝에 가져다 대었다.

"……!"

아무것도 느껴지지 않는다. 따스한 숨결을 내뿜어야 할 텐데.

"……하워드."

아윈은 그의 이름을 조용히 불렀다. 머릿속에 누군가의 목소리가 공명한 것은 그 순간이었다.

'내 심장을 그녀에게 줄게.'

아윈은 그것이 누구의 목소리인지 금방 알 수 있었다. 잠든 듯한 모습으로 숨을 거둔 하워드의 마지막 전언이리라.

누군가의 죽음을 또다시 겪는 일은 아주 슬픈 일일 것이라 생각했다. 하지만 막상 접한 하워드의 죽음엔 슬픈 감정이 들지 않았다. 대신 왠지 모를 종교적인 경건함이 들었을 뿐이다.

아윈은 눈을 감고선 고개를 숙였다.

당신의 죽음을 애도해.

그는 감았던 눈을 다시 떴다. 그러곤 손을 뻗어, 하워드의 가슴 위에 올려놓았다. 비록 숨을 쉬지 않았으나 확실한 심장 박동이 느껴졌다. 하워드가 이포에게 주기로 한 그 심장.

누군가의 죽음은 누군가의 삶으로 이어지는 것일까.

그때 아윈에게 돌연히 든 의문이 하나 있었다. 하워드는 왜 이포에게 제 심장을 주리라 결심하게 된 걸까.

아무것도 묻지 말라고 해서, 아윈은 하워드에게 아무것도 묻지 않았다. 혹여나 제 물음에 하워드의 마음이 변할까 봐 두려웠다.

하지만 그는 조금 전에 든 의문에 대한 해답만큼은 꼭 알고 싶었다. 하지만 이미 죽은 자는 말이 없었다.

입술을 굳게 다문 아원과, 죽어 버린 하워드 사이에는 농밀한 침묵이 맴돌았다.

아원은 자연스럽게 누군가를 기다렸다. 머지않아 그가 찾아올 것이라고 확신했다. 곧 방문이 열리는 소리가 들려왔다. 소리 없이 등장한 그가, 제 옆까지 걸어왔다.

"내 심장을 그녀에게 줄게……. 그 말. 너도 들었지?"

아원은 고개를 옆으로 조금 비틀었다. 그러자 빛바랜 금발과 오드아이가 눈에 띄었다. 달튼 레이서스. 그였다.

아원은 대답했다.

"어. 들었어."

달튼 또한 제 머릿속에서 공명하는 하워드의 부름을 들은 듯했다.

"전혀 죽은 것 같지 않은 얼굴로 죽어 버렸네. 오만한 용 같으니라고."

달튼은 그의 죽음에 슬픈 빛을 내비치지 않았다.

"슬프지 않아?"

"오늘은 그때와는 다르게 눈물이 나지 않네."

달튼은 괜스레 손끝으로 눈가를 쓸었다. 묻어 나오는 것은 아무것도 없었다.

"하워드가 네게 부탁한 일이 있지?"

아원은 달튼이 해야 할 일이 있다는 걸 알고 있었다. 그것은 아원이 절대로 할 수 없는 일이자, 대마법사인 달튼만이 할 수 있는 일이었다.

비록 하워드나 달튼에게서 어떠한 말도 듣지 않았으나, 아원은 알고 있었다. 심장을 옮겨 주는 일은 달튼이 제격이라고.

달튼은 즉답했다.

"물론."

"달튼 레이서스. 네가 내 심장을 훔쳐 갔을 때를 아직도 생생히 기억해."

"죽여주는 기억력이네."

"너는 아무런 고통도, 아픔도 없이 내 심장을 앗아 갔지."

"내 기술은 여전해. 후퇴함이 없지."

달튼은 고개를 비틀어 아윈을 응시했다. 그는 희미한 미소와 함께 말했다.

"아윈. 이포를 데리고 와 줘."

제법 오랜만에 보는 달튼의 평안한 미소였다.

아윈은 하워드의 방을 나섰다. 이포를 데리러 가는 그의 발걸음이 조급했다.

남겨진 달튼은 가벼운 심호흡을 내뱉었다. 달튼은 제게 주어진 숙명 같은 일을 해결할 심산이었다.

그 일을 위해서, 하워드는 손수 채워 줬던 달튼의 목줄을 손수 풀어 준 터였다.

"넌 빌어먹을 용이지만, 네 마지막 선택은 매우 훌륭했다고 생각해."

달튼은 기다란 소맷자락을 걷어붙이고선, 하워드의 가슴 위에 손을 얹었다. 그의 육체는 아직까지 따스했다.

하워드는 언제 죽은 걸까. 죽을 때 어떤 생각을 한 걸까. 숱한 의문이 들었지만, 달튼이 지금 해야 할 일은 한 가지였다.

하워드의 심장을 무사히 빼내어, 이포에게 주자.

"하워드. 네 죽음을 애도할게."

마지막 인사는 이쯤이면 충분하겠지.

그는 짧은 심호흡을 내뱉음과 동시에 그의 가슴 속으로 제 손을 집어넣었다. 달튼의 손은 어떠한 막힘도 없이 그의 가슴께로 쓰윽 들어갔다. 그것은 실로 기묘한 광경이었다.

이윽고 그의 손이 하워드의 가슴 속에서 빠져나왔다. 들어갈 때 빈손이었던 그 손은, 이번엔 빈손이 아니었다. 그의 두 손은 채도가 낮은 심장을 감싸 쥔 채였다.

하워드의 심장에서 흐르는 피는 없었다. 그것은 고귀한 빛을 내며, 때에 맞춰 제 몸을 잘게 떨었을 뿐이다.

달튼은 두 손을 코끝까지 가지고 가, 심장의 냄새를 맡았다. 그의 심장에선 아무런 냄새도 나지 않았다. 무색무취인 심장.

그 순간 심장이 빠져 빈껍데기가 된 하워드의 육신이 먼지가 되기 시작했다. 눈부시게 아름다웠던 그의 찬란한 육체는 재가 되어 허공 어딘가로 사라졌다.

이내 침대 위엔 아무것도 남지 않게 되었다. 조금 전까지 누군가가 누워 있었음을 증명하는 것은, 움푹 들어간 침대 시트가 다였다.

하나 그것은 하워드의 완전한 사멸을 의미하는 것은 아니었다.

한편, 아윈은 금세 제 방에 도착했다. 그는 침대에 누운 이포의 이마에 가볍게 입을 맞추어 주었다.

"너는 네 이름을 잊어, 내가 슬퍼지지 않기를 바랐지. 하지만 나는 여전히 네 이름을 기억하고 있어."

그녀가 남긴 유서 속, 이포는 제게 슬픔을 견디는 법을 배우지 말아 달라고 했다.

"하지만 이포 벨. 그런 건 내 마음대로 결정할 수 있는 게 아니야."

돌아오는 대답은 없었지만, 그의 말은 이어졌다.

"이포 벨. 네가 처음부터 내게 바라던 건 한 가지였어."

아윈은 아주 오래전 이포가 했던 말을 떠올렸다.

'이포 벨. 제 이름을 기억해 주세요.'

눈물을 흘리며 애원하듯이 말했던 그녀의 바람. 그 말은 그의 심장에 강하게 각인되어 있었다. 언제 꺼내 보아도 그날의 기억만큼은 선명했다.

"나는 내가 죽을 때까지 네 이름을 기억할 거야. 영원히 너만 사랑할게."

고집스러운 고백이라고, 아윈은 생각했다. 그는 그녀의 몸을 손쉽게 들어 올렸다.

"나는 오늘에서야 네게 한 약속을 지킬 수 있게 되었어."

이제는 내가 널 지켜 주겠다고 했던 그 말.

너도 기억하고 있을까?

"데려왔어."

아윈은 하워드의 육신이 사라지기 무섭게 다시 돌아왔다. 그는 안고 있던 그녀를 침대 위에 조심스럽게 눕혔다.

아윈의 시선이 달튼의 손에 쥐어진 심장에 잠깐 닿았다.

"하워드는?"

"심장을 빼내니까, 사라져 버렸어."

아윈은 물었다.

"완전히 죽은 걸까?"

"아니."

달튼은 짧은 대답으로 일축했다. 더 이상의 대화는 없었다. 그는
침대에 누인 이포의 가슴 위에 하워드의 심장을 올려놓았다.

별다른 마법을 쓴 것은 아니었다. 하지만 그 심장은 제자리를 찾
아가듯 이포의 가슴 속으로 스며들기 시작했다.

그것은 그 안으로 빨려 들어가듯 막힘없이 흡수되었다.

안으로 더 안으로.

아윈은 근래에 꾼 같은 꿈속에서 느꼈던 감상을 떠올렸다. 아래
에서 끌어당기는 것처럼 진공 속으로 빨려 들어가던 제 몸을.

밑으로 더 밑으로.

추락하던 꿈속의 제 모습과 지금 자신의 눈에 비친 광경이 엇비
슷해 보였다.

안으로 더 안으로.

하워드의 심장이 내뿜던 빛이 비치는 범위가 점점 좁아져 갔다.
이내 빛은 완전히 갈무리되었다. 심장이 그녀에게 완전히 흡수된
것이다.

아윈은 이포의 손을 꽉 쥔 채로 그다음 수순을 기다렸다. 이포가
당장 깨어나 주었으면 좋겠다. 다시 깨어난 그녀와 눈을 맞추었으
면 좋겠다.

이 순간을 얼마나 고대한지 모르겠다. 다시 깨어난 그녀에게, 아
윈이 해 주고 싶은 말은 한마디였다.

기나긴 여정을 끝낸 그녀에게 건네어 주고 싶은 말.

오랜 시간 굳게 감겨 있었던 이포의 눈꺼풀이 떨리기 시작했다.

떨리던 눈꺼풀은 이윽고 위로 천천히 들렸다.

그녀의 눈꺼풀이 완전히 들리는 데에는 오랜 시간이 걸리지 않았다. 하지만 그 모습을 지켜보는 아윈에겐 그 시간이 영원처럼 느껴졌다.

완전히 눈을 뜬 이포는 두 눈을 몇 번이고 반복해서 깜빡거렸다. 마치 제가 깨어났다는 사실을 믿지 못하는 것처럼.

이포의 눈동자가 아윈에게 돌아갔다. 그와 그녀의 눈이 마주쳤다. 아윈은 그녀의 귀환을 반기는 한마디를 건네었다.

"어서 와."

–시녀의 유혹 完

외전1. 귀환

귀환

이를테면 그것은 형편없는 죽음이었다.

모든 게 끝났다고 생각했다.

나는 깊은 어둠에 잠식된 채로 현실의 감각을 잃어 가고 있었다. 들려오는 소리는 아무것도 없었으며 보이는 것 또한 아무것도 없었다. 암전 그리고 또 암전.

하지만 이상하게도 생각하는 일은 멈출 수가 없었다. 나는 살아 있는 것처럼 생각할 수 있었고, 숨을 내뱉을 수도 있었다.

나는 지금 어디에 있는 걸까.

나는 마지막으로 보았던 광경을 떠올렸다. 후작저의 야트막한 뒷산, 꽁꽁 얼어붙은 대지, 머리 위로 내려앉던 흰 눈. 모든 것들은 손으로 만져질 듯이 선명했다. 그림으로 그리라면 그릴 수 있을 정도였다.

그러다 아윈마저도 떠올랐다. 무언가를 가지러 가기 위해 잠깐 자리를 비운 아윈을, 나는 끝내 보지 못했다.

'네게 주고 싶은 게 있어.'

아윈이 내게 주고자 했던 것은 무엇이었을까?

그의 얼굴을 보지 못하고 죽은 것도 애석한 일이지만, 그가 나를 위해 준비한 것을 확인하지 못한 채로 눈을 감았단 사실이 더욱 애석했다.

나는 어쩌면 아윈이 주고자 했던 것을 영원히 알 수 없을지도 몰랐다. 그것은 몹시도 슬픈 일이었다.

아윈과 헤어져 있을 때 맞이한 죽음. 나는 내 죽음이 형편없는 것이라고 생각했다.

팟. 허공에 밝은 스파크 하나가 튄 것은 그 순간이었다. 갑작스럽게 드리운 빛에 눈가를 고약하게 찌푸렸다. 눈부셔.

얼마 못 가 스파크는 또다시 터졌다.

팟. 그것은 여기저기에서 다발적으로 터지며, 어둠뿐이던 주위를 환하게 만들었다. 나는 그제야 내가 있는 곳의 전경을 확인할 수 있었다.

제일 먼저 눈에 띈 것은 울퉁불퉁한 돌들이었다. 자연의 흐름대로, 제멋대로 깎인 돌들은 높은 천장을 이루고 있었다.

벽면 또한 모두 돌로 이루어져 있었는데, 동시다발로 튄 빛무리들이 그 벽에 걸려 있었다. 요컨대 그것은 등불과 비슷한 역할을 하고 있었던 것이다.

나는 이곳이 익숙하게 느껴졌다. 아니, 이곳은 내가 아는 곳임이 분명했다. 잊을 리가 없었다. 이곳에 두 번이나 왔었으니까.

내가 존재하는 곳은 동굴이었다. 조금 더 정확하게 말하자면, '노만의 동굴'이라고 해야 할까.

이곳이 어딘지 깨닫기 무섭게 마비된 듯 굳어 있었던 몸이 조금씩 움직이기 시작했다. 나는 언제부터 누워 있었을지 모를 몸을 일으켜 앞으로 한 발자국 내디뎠다.

주변이 밝아졌고, 몸이 움직이니 일단은 어디론가 가야겠다는 생각이 들었다. 하지만 이렇다 할 목적지가 있는 것은 아니었다. 나는 그저 등불이 켜진 방향대로 걸어가 볼 참이었다.

등불들은 길라잡이처럼 내 앞쪽 공간만을 비추고 있었다. 빛이 닿지 않은 내 뒤쪽 길은 완전한 암흑이었다. 나는 어두운 길을 거닐고 싶지 않았다.

앞으로 한 걸음씩 걸어가며, 나는 한 가지 사실을 바랐다. 이 동굴의 끝에 아윈이 있었으면 좋겠다고.

하지만 큰 기대는 하지 않는 게 좋을 성싶다. 나는 내가 처한 현실을 정확하게 인지하고 있었기 때문이다.

나는 죽었고, 아윈은 살아 있다.

그렇기에 이곳은 사후 세계일 수도 있었다. 내가 만들어 낸 환상 같은 곳일 수도 있으니, 아윈이 이곳에 등장할 리는 없다. 나는 그렇게 확신했다.

그러나 기대되는 것은 내 의지와는 상관없는 일이었다. 나는 허튼 기대를 조금 했다. 곧 다가올 실망이 크지 않기를 바랄 뿐이다.

등불이 비추는 길은 꽤 길었다. 걸어도 걸어도 끝이 보이지 않았다. 이 동굴이 원래 이리도 길었던가.

등불을 계속해서 보고 있자니, 떠오르는 누군가가 존재하기도 했다.

그이는 까칠하지만 마음은 따뜻한 하워드였다. 이 등불들은, 하워드가 나를 위해 만들어 주던 등불과 똑 닮아 있었다.

어디 모양만 닮았을까. 빛의 세기, 색깔…… 세세한 모든 것들도 똑같았다.

하워드. 이번에도 그가 나를 배려해 준 것일까? 그는 내가 어둠 속에서 넘어지지 않기를 바라는 걸까.

내 심장은 분명히 사멸했다. 하지만 심장 한쪽이 따스해지는 기분이 들었다. 죽은 심장에 온기가 스미는 듯한 느낌. 죽은 나조차도 배려해 주는 그의 친절에 웃음이 나왔다.

하워드, 고마워요. 나는 마음속으로 읊조렸다. 물론 하워드에겐 닿지 못할 메시지였다.

그렇게 얼마나 걸었을까. 눈을 뜬 이래, 처음으로 소리다운 소리 하나가 들려왔다.

푸드득. 그것은 오래된 추억을 두드리는 소리였다. 잊고 있던 무언가를 상기시키는 소리였다. 내가 그리워하던 것을 뜻하는 소리였다.

노만. 나는 이전에 구해 준 황금빛 새의 이름을 떠올리며, 걷던 걸음을 멈추었다.

주위를 둘러보았지만, 새처럼 보이는 것은 없었다. 오로지 돌만 보일 뿐이다.

착각인 걸까.

새를 찾지 못한 나는 다시금 걸음을 옮겼다. 열 걸음 정도 더 걸

없을 때, 드디어 길의 끝이 보이기 시작했다.

그 끝은 다른 공간으로 연결된 어떤 구멍이었다. 구멍 안쪽에는 내 발치를 비춰 주었던 등불보다도 더 밝은 빛이 일렁이고 있었다.

나는 구멍 안으로 거리낌 없이 들어갔다. 넓어진 공간, 그리고 주위를 환하게 밝히는 빛. 그 속엔 어느 남자 하나가 정좌를 한 채로 앉아 있었다.

"왜 이렇게 늦어? 한참이나 기다렸잖아."

그는 하워드였다.

"하워드!"

나는 소리 내어 그의 이름을 불렀다. 다시는 보지 못할 것이라 생각했던 그가, 내 눈앞에 존재하자 기분이 이상했다. 별개로 약간의 실망감이 들기도 했다. 보고 싶은 아윈이 없었기 때문이다.

"소리치지 마. 네가 내 이름을 기억해 주기로 한 건, 나도 아는 사실이니까."

나는 하워드에게 가까이 다가가 그의 맞은편에 자리 잡았다. 하워드의 청록빛 눈동자는 내가 앉는 모습을 빠짐없이 좇고 있었다.

바라본 하워드는 그대로였다. 늘 입는 깊은 브이넥의 옷차림. 기다란 은빛 머리카락. 파충류의 것을 연상하게 하는 세로로 긴 동공. 날 선 시선.

그는 경고하듯이 말했다.

"미리 말해 두겠는데, 여긴 산 사람은 올 수 없는 곳이야."

내가 무언가 기대할 것을 일찌감치 막으려는 말 같았다.

"저는 확실히 죽은 거죠?"

내뱉은 물음에는 거침이 없었다. 감정이 메마른 것은 아니다. 하지만 나는 눈물이 죄다 말라 버릴 만큼 눈물을 흘린 터였다.

또한 오래전부터 내 죽음을 예견하고 있었다. 죽음을 토로할 때, 적어도 눈물은 흘리지 않을 자신이 있었던 것이다. 물론 아원 앞에 서라면 얘기가 좀 다르다.

"어, 죽었어."

하워드는 초연했다. 죽음을 논하는 그의 얼굴엔 표정이 하나도 없었다.

"그렇게나 추운데, 산에는 왜 올라간 거야?"

그는 나를 질타하듯이 말했다.

"올라가서 보고 싶은 게 있었거든요."

"그런 거라면 마법으로도 충분히 만들어 줄 수 있어."

하워드는 미간을 엷게 구겼다. 겨울에만 피는 꽃을 보러 간 내가 탐탁지 않은 듯한 모습이었다.

그는 직접 보지는 않았지만 내게 어떤 일이 있었는지, 내가 어떤 일을 겪었는지 이미 다 알고 있는 것처럼 보였다. 나는 피식 미소 지으며 답했다.

"그럼 지금이라도 만들어 주세요."

"내가 못할 줄 알고."

하워드는 중지와 엄지를 가볍게 튕겼다. 그러자 동굴의 퀴퀴한 냄새를 뒤덮는 꽃향기가 맡아지기 시작했다.

나는 주변을 둘러보았다. 내 주위엔 보랏빛 꽃들이 즐비해져 있었다. 암담하기만 했던 동굴이 환해진 기분. 직접 보면서도 잘 믿기지 않는 변화였다.

그 순간 든 감정은 왠지 모를 익숙함과 그리움이었다.

나는 그리움과 익숙함의 출처를 곧 알아낸다. 달튼. 그 또한 손가락을 튕기며, 내게 꽃을 만들어 주었는데.

나는 라벤더 속에 파묻혔던 지난날을 잠깐 추억했다. 바스러지지 않은 기억이었다.

"훨씬 더 운치 있어졌네요. 예뻐요."

"이런 건 하품하는 일보다도 쉬워."

하워드는 따분하다는 듯이 말했다. 꽃을 바라보는 그의 시선이 무료하기만 했다.

그는 마음만 먹으면 세상에서 제일 아름다운 꽃을 만들어 낼 수 있지만, 모순적이게도 꽃에는 큰 감상을 느끼지 못한 것이다.

나는 보랏빛 꽃보다도 아름다운 하워드의 얼굴을 빤히 들여다보았다.

"그래서 하워드."

"어."

그러고선 내가 묻고 싶은 것을 물어보았다.

"저는 왜 당신을 만나고 있는 거예요?"

이곳이 어딘지 알 수 없다는 사실은 여전했다. 나는 이곳에서 하워드를 만날 줄은 꿈에도 상상하지 못했다.

우리의 만남은 하워드가 조성한 것이 아닐까?

"……."

하워드는 처음으로 침묵했다. 그는 한참이나 입술을 일자로 꾹 다물고 있었다.

하고 싶은 말을 주저해서, 말을 내뱉기를 망설이는 건 아닌 듯했다. 할 얘기가 많지만, 정리하지 못하고 있는 것처럼 보일 따름이었다.

나는 참을성 있게 기다려 주었다. 보랏빛 꽃 속에서 고고한 아름다움을 자랑하는 하워드의 모습을 보는 건, 질리지 않는 일이었으니까.

깨달았을 땐, 그의 붉은 입술이 조용히 열리고 있었다.

"내가 말했지. 이곳은 산 자가 올 수 없는 곳이라고."

그 말을 듣자 떠오르는 의문이 하나 있었다. 그것은 내가 죽기 전에 하워드를 보며 이따금 든 의문으로서, 끝내 그에겐 묻지 못한 말이었다.

"당신…… 정말로 죽었어요?"

내 죽음엔 그토록 덤덤히 말했으면서, 그가 죽었으리라 생각되자 울컥했다.

하워드는 상냥하지 못한 말본새를 가지고 있어, 친구라곤 노만밖에 없었다. 그런 그가 나 없이 외로이 생을 다 했을 거라고 생각하자 가슴이 너무도 아팠다.

혼자 죽는 것이 얼마나 외로운 일인지 나는 잘 안다. 비록 나와 같은 인간은 아니었지만, 하워드는 뜨거운 체온을 가진 감정이 있는 생명체였다.

죽음을 직면한 하워드는 고독했을 것이다. 그때 내가 함께 있어 주었다면 얼마나 좋았을까.

눈을 느릿하게 깜빡이자 눈동자가 시큰해진 것이 느껴졌다. 나는 소매로 눈가를 닦아 냈다. 현실이 아님에도 눈물이 흘러내리고 있었다.

"야아아. 인간 여자 이포 벨. 울지 마."

"죽었느냐고 물었잖아요. 대답부터 해 주세요."

하워드는 무신경하게 대꾸했다. 죽음이 별거 아니라는 것처럼. 큰일이 아니라는 것처럼.

"어…… 죽었어. 죽는 게 뭐 대수라고."

그의 심드렁한 말은, 나를 더욱 슬프게 만들었다. 이상한 일이었다. 내 눈물은 한여름 날의 장마처럼 흘러내렸다. 걷잡을 수 없이 흐르는 눈물을 통제할 여력이 없었다. 그러자 당황한 이는 하워드였다.

"울, 울지 말라니까. 나는 인간들과 달리 윤회해. 너희처럼 생이 그냥 끝나는 게 아니라고."

"그렇지만 이포 벨로서, 당신을 기억하는 저로서 만나는 건 오늘이 마지막이잖아요."

"나는 네 이름을 영원히 기억해. 몇 차례의 윤회가 끝나고, 끝내 먼지가 되는 순간까지도."

"……."

"그러니까 오늘이 마지막이 아니야."

하워드는 마주 앉아 있던 내게 손을 뻗어 내 뺨을 닦아 주었다. 누군가의 눈물을 닦아 본 적이 없는 거친 손길이었다.

"눈물 그쳐."

하워드의 멋없는 위로가 통했나 보다. 나는 울음을 서서히 그쳐 갔다.

내가 눈물을 흘리지 않게 되자, 하워드는 내게 닿아 있던 손을 물렸다. 그는 내 눈물이 묻은 제 손끝을 가만히 내려다보았다.

"이포 벨. 살아나고 싶어?"

그는 당연한 걸 물어봤다. 나는 울음기가 가득 밴 목소리로 대답했다.

"네. 살아서 아윈을 다시 만나고 싶어요."

그와 다시 사랑을 속삭이고 싶어. 살아서, 그와 함께하는 시간을 조금 더 소중히 여기고 싶어. 그렇게 된다면 얼마나 좋을까.

"그럼 이제 이곳을 나가."

"……하워드."

"그리고 네가 만나고 싶은 사람을 만나."

하워드는 어렴풋이 미소 지었다.

그것은 '진짜 마지막'임을 뜻하는 미소였다. 꿈일지 현실일지 모를 아공간에서조차도 그를 만나지 못할 거라고.

나는 우리의 마지막을 직감해 버렸다. 끝을 직감하는 건, 여전히 슬픈 일이었다.

"나는 윤회의 길로 들어설 거야. 우린 이제 갈라서야 할 시간이라고."

동굴을 나가서 만나고 싶은 사람을 만나라는 건, 내가 다시 살아날 수 있다는 소리일까? 어떻게? 내 심장은 이미 죽었는데…….

나는 하워드의 가슴 쪽을 바라보았다. 아윈의 고장 난 심장을 대신해 주었던 노만의 심장. 그리고 죽은 내 심장을 대신해 줄 하워드의 심장.

"하워드, 설마 당신이 저를 살리기…….."

당신, 나를 살리기 위해서 죽은 건 아니지?

하워드는 내 말을 끊으며, 앉아 있던 몸을 일으켰다.

"착각하지 마. 너를 살리기 위해서 죽은 건 아니니까. 나는 정해진 흐름에 따라 자연스럽게 죽은 거야."

그는 마치 내 생각을 읽은 것처럼 말했다. 나는 하워드의 옷자락을 부여잡았다. 그가 다른 곳으로 떠나지 못하게.

"그럼 당신은요?"

"거기서 내 이름이 왜 나와?"

"당신이 보고 싶으면 어떻게 해야 해요?"

"이봐. 이제 와 내게 애정이라도 생긴 건가? 우습군. 그 남자를 좋아할 땐 언제고."

그는 비아냥거렸지만, 얼굴은 확실히 좋아 보였다. 제가 보고 싶다는 내 말에 흡족해했음이 틀림없다.

"당신을 실망시키고 싶지 않지만, 저는 당신을 이성적으로 좋아하지는 않아요."

"……."

"하지만 당신을 소중하게 생각하고 있어요. 당신은 제게 많은 도움을 줬으니까요."

나는 앉았던 몸을 일으켜 하워드와 시선을 맞추었다. 일순간 좋아 보였던 그의 얼굴은 다시금 딱딱하게 굳어 있었다.

"나는 등가 교환을 했을 뿐이야."

"하지만 당신은 등가 교환을 제안하지 않고, 저를 외면할 수도 있었어요. 하지만 그럴싸한 이유를 붙여서 저를 도와주었죠. 그렇죠?"

"하……. 내가 아니라고 한다면 끝까지 따질 기세군."

"정확해요."

하워드는 기다란 한숨을 내쉬었다.

"그래, 맞아. 그렇다고 해. 노만 냄새가 나는 네게 호의를 베풀고 싶었어. 그래서 등가 교환이라는 그럴싸한 핑계를 붙여서 네 뒤를 쫓아다녔어. 됐어? 이게 네가 원하는 대답인 거야?"

"그렇습니다. 잘하셨어요."

"……왠지 기분이 나쁘군."

"하워드. 솔직해지는 건 나쁜 일이 아니에요."

"말장난은 그만해. 이제 진짜로 헤어질 시간이야."

"벌써요?"

"어. 지금 돌아가지 않으면, 너는 이 동굴에서 나와 살아야 해. 영원히. 그래도 좋다면, 여기에 남든가."

이 동굴을 나가게 된다면, 나는 정말로 아윈을 다시 볼 수 있는 걸까?

나는 하워드가 마지막으로 웃어 주기를 바라며, 농담에 가까운 말을 꺼내었다.

"감사했고, 조심히 돌아가 보겠습니다."

"야야, 인간 여자야. 결정이 너무 빠르잖아. 조금이라도 고민해 주는 티를 내!"

그는 웃기보다는 낭황을 했다. 하지만 나는 그마저도 좋았다. 무표정한 그의 얼굴보다도, 당황한 그의 얼굴이 훨씬 더 보기 좋았으니까.

"하워드."

나는 그의 이름을 나지막이 불렀다. 돌아오는 대답은 없었다.

"하워드."

"……왜 자꾸 불러."

나는 그를 안아 주었다. 아니, 그에게 안겼다는 게 더 올바른 표현일 듯싶다.

돌연히 제게 안긴 나를, 하워드는 내치지 않았다. 그는 작게 움찔하기는 했으나 어쭙잖게 내 등을 감싸 주었을 뿐이다.

나는 그의 가슴에 귀를 가져다 대었다. 거기선 아무런 소리도 들리지 않았다. 아무리 집중해 보아도, 그 속에서 들려야 할 심장 소리가 조금도 들리지 않았다.

그의 가슴엔 적막만이 그득했다.

"당신의 심장을 제게 줬어요?"

"알 거 없어."

끝까지 멋없긴.

알 거 없다는 그 대답의 진짜 의미를 헤아릴 수 있을 것 같았다. 하워드는 내게 제 심장을 준 뒤에 죽은 것이다. 틀림없다.

나는 텅 비어 버린 그의 가슴에 오랫동안 귀를 기울였다.

"진심으로 고마워요. 당신을 만난 일을 후회하지 않아요. 당신은 정말 친절한 사람, 아니, 용이었어요. 그 사실엔 변함이 없어요."

"너도 그래. 널 좋아……. 아니, 너는 좋은 인간이었어. 내가 만난 인간들 중에 제일."

하워드는 웬일로 솔직하게 대답했다. 나는 웃는 소리를 작게 내었다.

"다행이다."

하워드가 나를 밀쳐 낸 것은 그때였다. 그는 제 품에 안긴 나를 조금 떼어 내고선, 나를 한동안 바라보기만 했다.

하워드는 이번엔 진짜로 무언가를 주저하는 듯해 보였다. 그러다 그의 고개가 내 쪽으로 천천히 기울기 시작했다. 그의 아름다운 청록빛 눈동자가 점점 더 가까워졌고, 나는 그 눈동자를 빤히 들여다보았다.

그 속엔 차마 털어놓지 못한 메시지들이 무수히 담겨 있었다. 내게 전하지 못한 하워드의 진심과 고뇌.

심장이 없음에도 뜨거운 숨을 내뱉는 하워드의 입술 또한 가까워졌다. 나는 눈을 감았다. 그러자 하워드의 입술이 내 입술에 스치듯이 닿았다 곧 떨어졌다.

기분이 좋아지는, 담백한 입맞춤이었다.

눈꺼풀을 다시 들어 올렸을 때, 하워드는 제 고개를 똑바로 하고 있었다. 그는 손끝으로 애꿎은 제 입술을 뜯으며 말했다.

"작별 인사. 용은 때때로 경애하는 마음을 가진 상대에게 입맞춤을 하곤 해."

"경애하는 마음이라."

"이제 진짜 가."

그는 좀 부끄러워하는 듯했다.

"그리고 이곳을 나갈 땐, 절대로 뒤돌아보지 마. 내 상념이 너를 붙잡을지도 모르니까."

하워드는 말하는 데에만 그치지 않으며, 내 등을 떠밀었다. 그 손길이 어찌나 우악스럽던지 나는 넘어질 뻔했다.

조금 전까지 내 등을 부드럽게 쓸어 주던 그의 손길과는 상반된 것이었다.

"그럼 진짜로 가 볼게요."

"어."

안녕이라는 말은 하지 않았다. 그편이 더 나으리라고 생각됐다. 안녕이라는 말을 내뱉으면, 나는 이 동굴을 영영 떠나지 못할 것 같았으니까.

나는 만개한 벨라도나를 지나쳐 왔던 길을 되돌아가기 시작했다. 어디로 가야 이 동굴을 나갈 수 있는 것인지, 나도 잘 모르겠다. 하지만 벽면에 달린 등불을 따라가면 될 것이라는 확신이 들었다.

걸어가는 내내 내 등에 꽂힌 하워드의 시선이 선연했다. 나는 그 시선을 애써 외면하는 게 슬펐다.

하워드를 다시는 보지 못할 거라는 생각에 애가 닳으면서도, 뒤돌아볼 수는 없었다. 내게 심장을 준 하워드보다 살아서 다시 만날 아윈이 더 간절했기 때문이다.

나는 끝이 보이지 않는 이 동굴을 벗어나 아윈을 만나고 싶었다. 아윈이 내게 주고자 했던 것이 무엇인지 알고 싶었다.

나는 아윈이 보고 싶었다. 간절하게. 눈물이 날 정도로.

그 순간 내 귓가에 새소리가 들려왔다. 요번엔 날갯짓을 뜻하는 소리는 아니었고, 작게 지저귀는 소리였다. 희미하지만 확실한 새소리.

나는 허공에 대고 말했다.

"노만. 하워드를 잘 부탁해요."

내 말이 끝나기 무섭게 새는 조금 더 세차게 지저귀었다. 마치 내 바람을 들었다는 듯이. 새의 모습은 끝내 보이지 않았다. 그 점은 아쉽다면 아쉬운 점이었다.

나는 등불을 따라 하염없이 걸음을 옮겼다. 그렇게 얼마나 더 걸어갔을까.

언제부터인지 모르게 내 발치가 조금씩 밝아지고 있었다. 어디선가 드리운 빛은 이내 나의 얼굴마저도 환하게 비추기에 이르렀다.

아.

나는 순간 깨달을 수 있었다.

동굴의 끝이었다.

다시 눈을 떴을 때, 제일 처음 마주하게 되는 것은 무엇일까.

긴 꿈을 꾼 듯한 기분이었다. 굉장히 슬펐는데 내용은 잘 기억나지 않는 이상한 꿈.

정신을 차린 순간, 내 귓가에 공명한 메시지가 하나 있었다.

'내가 택한 죽음은 네 심장이 되기로 한 거야.'

누가 한 말인지, 무엇을 뜻하는 것인지 알 수 없는 말이었다. 나는 좀처럼 돌아오지 않는 시야에 눈을 몇 번이고 깜빡였다.

얼마나 오래 잠들어 있었던 걸까.

얼마나 오래 꿈을 꾼 걸까.

흐릿했던 시야는 곧 선명해졌다. 선명해진 시야 사이로 제일 처음 보인 것은 누군가의 검은 눈동자였다.

그 눈은 나를 세세히 들여다보고 있었다. 내가 눈을 떴다는 사실을 믿지 못하는 것처럼 보이기도 했다. 나는 검은 눈동자의 주인을 조금 더 살펴보았다.

얼굴이 창백한 남자였다. 아주 잘생긴 남자이지만, 며칠 동안 아무엇도 먹지 못한 듯 얼굴이 메마른 남자.

그는 검은 머리카락을 가지고 있었는데, 희한하게도 앞머리의 길이가 맞지 않았다. 머리카락을 처음 잘라 본 사람에게 제 앞머리를 맡긴 듯싶었다.

남자는 잔뜩 튼 입술로 한마디를 내뱉었다.

"어서 와."

그 말은 오랜 여행을 끝낸 이에게 건네는 인사에 가까운 말이었다. 나는 거기에 출처를 알 수 없는 애상을 느꼈다. 왈칵 울음이 터져 나올 것만 같은 느낌이었다.

왜 이렇게 슬픈 걸까. 그리고 이 남자…… 누구더라. 이름이 뭐였지? 머릿속엔 내 이름을 부르는 누군가의 목소리가 메아리쳤다.

'이포 벨.'

언제고 내 이름을 불러 주기를 바랐던 그 남자가 누구였는지 기억나지 않았다.

나는 눈을 감았다 떴다. 그러자 언제부터인지 모르게 속눈썹에 맺혀 있던 눈물이 뺨을 타고 흘러내렸다.

"이포 벨?"

나와 눈을 맞추고 있던 검은 눈동자의 남자가 내 이름을 불렀다. 남자의 목소리는 내 머릿속에 떠오른 목소리와 같은 것이었다.

나는 잘 떨어지지 않는 입술을 천천히 움직였다.

"나…… 당신이 누군지 기억나지 않아요."

고작 한마디를 내뱉었을 뿐인데, 폭력적인 졸음이 몰려 왔다. 지금 당장 잠들지 않는다면 큰일을 겪게 될 거라는 묘한 예감을 주는 졸음이었다.

나는 눈을 감았다. 얼마나 잠들게 될지는 조금도 예상하지 못한 채였다. 잠들던 순간 마지막으로 느낀 것은 내 얼굴을 쓰다듬는 누군가의 손길이었다.

◈

정신을 다시 차렸을 땐, 주위가 완전히 어두워진 후였다. 나는 침대에 누워 있던 상체를 일으켜 주위를 둘러보았다.

내가 깨어난 곳은 넓은 방이었다. 하지만 가구는 별로 없어 왠지 모를 허전함을 주는 곳이기도 했다.

혼자 쓰기엔 부담스러워 보이는 널찍한 침대와 몇 없는 가구들 사이로, 이질적인 느낌을 주는 것이 하나 있었다. 그것은 깔끔한 방과 전혀 어울리지 않는 기괴한 물건이었다.

갈색 관. 그것이 그 정체였다.

웬 관일까?

나는 깊이 생각하지 않으며 시선을 다른 곳으로 비틀었다. 침대 옆에는 커다란 창문이 존재했고, 창가의 유리론 새카만 밤하늘과 노란빛의 달이 보였다.

달빛에 물든 남자를 발견한 것은 그 이후였다. 낮에 잠깐 정신을 차린 순간에 내 이름을 불렀던 그 남자다.

남자는 침대 옆 흰 스툴에 앉아 있었다. 그는 깜빡 잠든 것인지 침대 헤드에 얼굴을 기댄 채였다. 나는 남자의 얼굴을 뚫어져라 바라보았다.

그의 얼굴은 여전히 메말라 보였다. 그래서인지 그의 뺨을 쓸어 주고 싶다는 충동이 들기도 했으나, 실제로 그래도 되는 것인지 잘 가늠할 수 없었다.

나는 주저했고, 결국 그에게 손을 뻗지 못했다. 남자의 얼굴을 계속해서 바라보고 있자니, 돌연히 떠오르는 이름 하나가 있었다.

"아윈 아스타."

그 이름은 내 입술 사이에서 매끄럽게 흘러나왔다. 부르고 또 불러 내 입에 닳아 버린 이름처럼.

하지만 그것이 끝이었다. 내가 기억해 낸 것은 남자의 이름 하나밖에 없었다.

나는 왜 오래도록 잠들어 있었던 것인지, 왜 이 남자가 내 곁을 지키고 있는 것인지, 이 남자는 내 이름을 왜 애절하게 부른 것인지, 나는 왜 이 남자의 이름을 기억하는 것인지, 그 이유를 헤아릴 수 없었다.

내 마지막 기억은 본가에서 막 상경했을 무렵이었다. 수도로 향하던 삯마차를 탔던 것 같은데…… 중간에 무슨 일이 벌어진 걸까. 나는 무엇을 기억하지 못하고 있는 것인가.

머릿속에 커다란 구멍이 생긴 듯한 기분이었다. 커다란 구멍 속에 빠진 기억들은 소중한 것일까, 하잘것없는 것일까. 알 수 없는 것투성이였다.

내 안광이 과했나 보다. 불편하게 잠든 남자가 잠에서 깨어났다. 그는 감고 있던 눈을 뜸과 동시에 나부터 찾았다.

"깼어? 어디 아픈 곳은 없어?"

"……네."

나는 느릿하게 대답했다. 내뱉은 목소리는 무겁게 가라앉아 있었다.

침대에 엎어져 있던 남자의 손이 천천히 다가오는 게 보였다. 이내 그의 손은 아무렇게나 놓여 있던 내 손등을 부여잡았다.

뜨거운 손이었다. 놓고 싶지 않은 손이라고 생각했다. 나는 이 손을 평생 동안 부여잡고 싶었다. 한순간 든 바람이었다.

"내가 누군지…… 기억나?"

나는 조금 전에 떠올린 이름을 내뱉었다. 항상 부르고 싶었던 이름이라고 생각한 그 이름.

"아윈 아스타."

그 말이 화근이었다. 나를 응시하던 남자의 검은 눈동자에 희뿌연 눈물이 서리기 시작했다.

바늘로 찔러도 피 한 방울 나올 것 같지 않게, 차갑게 생긴 주제에 그는 굵은 눈물을 뚝뚝 흘렸다. 얼마 못 가 그의 뺨은 눈물로 완전히 얼룩졌다.

왜 그랬는지 모르겠다. 나는 그와 손잡지 않은 나머지 손을 내밀어, 그의 눈가를 닦아 주었다. 닿기를 주저했던 게 무색할 정도였다.

"저 때문에 우는 거예요?"

남자는 한동안 대답하지 못했다. 그는 울음으로 인해 일그러진 입술을 어찌해야 할지 가늠하지 못하고 있었다.

나는 그에게 좀 더 가까이 다가가, 그의 뺨마저도 정성스럽게 닦아 주었다. 그가 내 손을 쳐 내는 일은 없었다.

우는 그의 얼굴을 보자니, 이번엔 마음이 저려 왔다. 나는 그의 울음이 그치기를 진심으로 바랐다.

"아윈."

남자는 흐르는 눈물이 버거워 대답 대신 고갯짓을 했다. 나는 그제야 이 남자의 이름이 아윈임을 확신할 수 있었다.

"울지 마요. 당신이 우는 걸 보니까, 마음이 아파요."

그러자 그는 울음기가 밴 목소리로 간신히 답했다.

"……응. 네가 그러라면 그럴게."

아윈은 울음을 서서히 그쳐 갔다. 어쩌면 흘려 내야 할 눈물을 다 흘렸기에, 자연스럽게 울음이 그친 것인지도 모르겠다.

그의 눈물을 닦아 주었던 내 손이 제법 젖어 있었다. 나는 그의 눈물이 묻은 손을 입고 있던 옷에 닦아 냈다.

"저는 당신의 이름밖에 기억하지 못해요."

아윈의 얼굴엔 복잡한 빛이 감돌았고, 그는 희미하게 떨리는 목소리로 물었다.

"다른 건…… 아무것도 기억하지 못하는 건가?"

나는 말하는 것을 잊은 것처럼 고개를 끄덕였다.

"그럼 네가 마지막으로 기억하고 있는 걸 얘기해 줘."

그의 눈가엔 커다란 눈물 하나가 그렁그렁 맺혔다. 솔직하게 토로한다면, 가까스로 멈춘 그의 눈물이 또다시 흘러내릴지도 모르겠다.

하지만 나는 그에게 내가 처한 상황을 알려 주어야 했다. 내가 무엇을 잊었는지, 내 머릿속에 생긴 공백이 무엇인지, 나는 알고 싶었으니까.

"죽기 전에 수도에 가 보고 싶어서 상경하는 순간. 그때가 제 마지막 기억이에요."

아윈은 기다란 한숨을 내뱉었다.

"넌 나와 이곳을 잊은 거구나."

"그런 것 같아요."

아윈의 얼굴엔 이젠 절망의 기운이 감돌았다. 그는 두 손을 올려 제 얼굴을 느릿하게 쓸었다.

"이포 벨. 네가 살아만 난다면, 나는 모든 게 괜찮아질 거라고 생각했어."

고백하듯이 말한 아윈은 호흡을 조용히 뱉어 냈다. 내리깐 그의 눈꺼풀 위, 눈물에 젖은 그의 속눈썹이 길었다.

나는 아윈의 기다란 속눈썹을 좋아했는데…….

불현듯이 깨달은 사실이었다.

"하지만 이게 뭐야. 네가 내 이름만 기억한다는 사실이 절망스러워."

절망을 토로하는 아윈은 한없이 나약해 보였다.

나는 아윈이 잡은 손을 빼내었다. 그러곤 한껏 내려간 그의 어깨를 감싸 그를 내 쪽으로 끌어당겼다.

아윈은 침대 위로 올라와 하릴없이 내 품에 안겼다. 그는 내 어깨에 얼굴을 묻은 채로 뜨거운 숨결을 내뱉었다.

"미안해요. 아무것도 기억하지 못해서."

"네가 잘못한 건 없어."

"하지만 당신이 슬퍼하잖아요."

"내가 슬퍼하고, 절망하는 이유는…….."

"응."

"나를 잊은 네가, 나를 다시 사랑하지 않게 될까 봐."

"……."

"나는 그 사실에 마음 아파했던 거야."

사랑. 나는 이 남자와 사랑을 나누었던 걸까?

만지면 부서질 듯, 투명한 아름다움을 가진 남자가 주었던 사랑
은 어떤 모양이었을까.

아원은 나지막이 한마디를 덧대었다.

"이건 하워드의 장난인 걸까."

하워드. 그 이름을 되뇌기 무섭게 심장 어귀가 뜨거워지는 기분
이 들었다. 아무래도 내 심장이 기억하는 이름임이 분명하다고 생
각했다.

별다른 대화를 나눌 새도 없이 동이 텄다. 아원과 나는 동이 튼
하늘을 물끄러미 바라보았다.

그 순간 기시감이 들었다. 아주 오래전에도 이런 일을 겪었던 것
같은 기분을 느낀 것이다.

함께 누운 침대, 맞닿은 서로의 뜨거운 살갗. 그리고 지평선 저
멀리서부터 희뿌옇게 밝아 오는 여명.

나는 누군가와 같은 시간에, 같은 장면을 보며, 서로의 마음을
공유했었다. 그때 함께한 이가 누구였는지는 기억나지 않았다.

그것은 내가 겪기를 바라는 이상에서 비롯된 환상인가. 아니면,
내가 직접 겪은 과거의 일인가.

적어도 내가 기억하는 과거 속에 그러한 기억은 없었다. 하지만
그 광경은 내 눈앞에 선명하게 그려지고 있었다.

마치 손에 닿을 것처럼.

아침 일찍 의원이 다녀갔다. 나는 일단 진찰부터 받게 되었다. 몸은 지극히 정상이었다. 아픈 곳은 하나도 없었으며 활동하는 데에 지장도 없었다.

아 참, 나 심장병이 있는데……. 의원은 그 사실까지는 말해 주지 않으며, '일시적 기억 상실'이라는 낯선 말만을 남겼다.

일시적 기억 상실. 그것이 내가 처한 현실.

아윈은 어젯밤부터 지금까지, 의원이 다녀갈 때까지도 내 옆을 지켰다. 이내 방 안에 우리 둘만 남게 되자, 아윈은 내가 앉아 있던 소파 옆에 자리했다.

"아윈. 저는 왜 이곳에서 눈을 뜬 거예요?"

"너는 네가 기억하지 못하는 지난 이 년간 후작가의 시녀로 일했어."

정리하자면, 나는 후작저에 머문 이 년간의 기억을 송두리째 잃어버린 것이다. 그렇다면 아윈은…….

나는 새삼 아윈을 살펴보았다. 그는 누가 보아도 견실한 귀족으로 보였다.

"그럼 당신은 후작님이에요?"

"응. 넌 내 전담 시녀였지."

"후작님이라고 불러야 할까요?"

아윈은 고개를 내저었다. 후작님이라는 호칭을 달가워하지 않는 듯했다.

나는 아윈의 이름을 입속으로 몇 차례 굴렸다. 부르기 좋은 적당한 이름이라고 생각했다.

"어디서부터 어떻게 얘기해야 할지 잘 모르겠어."

아윈은 기억을 잃은 나보다도 더 혼란스러워하는 것처럼 보였다.

"그럼 지금 당장 생각나는 것부터 얘기해 주세요."

"지금 당장이라……."

아윈은 나를 물끄러미 바라보았다.

어제도 그랬고, 오늘도 그렇고, 그는 타인과 눈을 맞추는 일을 좋아하는 것처럼 보였다. 아니면 이전에도 나와 자주 눈을 맞추었던 걸까?

짧게 골몰한 그가 꺼낸 말은 제법 다정한 말이었다.

"나는 너를 사랑했어. 너는 나를 사랑했고."

그것이 바로 기억을 잃은 내가, 그를 후작님이 아닌 아윈이라고 자연스럽게 부른 이유가 아닐까 싶었다. 우리가 연인 사이였기 때문에.

그의 말에 의심이 들지는 않았다. 내겐 우리가 연인 사이가 맞을 거라는 오묘한 확신이 들었다. 출처를 알 수 없는 확신이었다.

"저희는 서로를 얼마만큼 사랑했어요?"

"목숨을 바칠 정도로 사랑했지."

아윈의 대답에는 주저함이 없었다. 서로의 목숨을 걸어야 했던 일을 직접 겪은 것처럼.

그에게 미안한 마음이 들었다. 목숨을 바칠 정도로 사랑하는 연인이 아무것두 기억하지 못한다는 건, 아윈의 표현을 빌리자면, '절망스러운' 일이었으니까.

"아무것도 기억하지 못해서 죄송해요."

비록 기억은 없지만, 그 말은 진심이었다.

"괜찮아. 아니, 나는 괜찮아질 거야."

그는 괜찮지 않은 얼굴로 괜찮다는 말을 내뱉고 있었다.

괜찮지 않다고 솔직하게 말해도 되는데. 솔직하게 말한다고 해도 그를 나쁘게 생각하지 않을 텐데.

아윈은 신중하게 이어서 말했다.

"기억, 천천히 떠올려도 돼. 아니, 끝까지 떠올리지 못해도 괜찮아."

거기까지 말한 그는 손을 뻗어 내 어깨를 조심스레 쥐어 잡았다. 안겠다는 말은 없었다. 그는 내 눈을 보며, 또다시 소리 없는 메시지를 전했을 뿐이다.

'널 지금 안아도 될까?'

대답은 침묵으로 갈음했다. 나는 그의 품에 안기는 것을 택했다. 그는 나를 제 품에 완전히 가두고선, 제가 진짜로 바라는 것을 읊조렸다.

"하지만 내 곁을 떠나지 말아 줘."

"아윈……."

"너와 대화를 나눌 수 없는 날들은 끔찍했으니까."

"어떻게 끔찍했는데요?"

"그건 태어나 처음 느낀 경험이었어. 세상이 모두 흙빛으로 보이더군. 색채를 잃은 세상은 황폐하고, 처참해. 하지만 네가 내 이름을 불러 주는 순간, 내 세계가 다시 색감을 찾아갔어."

"……."

"넌 내게 있어 그런 존재야."

아물지 못한 그의 상처가 고스란히 느껴졌다. 나는 그에게 상처를 준 것임이 틀림없다.

혼자 남겨진 그는, 상처를 입은 것임이 틀림없다.

내 머릿속에서 사라진 기억은 이 년. 나는 몇 년, 아니, 며칠을 잠들어 있었던 걸까? 아윈과는 언제 사랑을 확인했던 걸까?

묻고 싶은 것이 많았고, 아윈에게 듣고 싶은 이야기도 많았다. 하지만 다른 부수적인 것들은 내려놓고, 지금 당장은 아윈을 안아 주고만 싶었다.

나는 아윈의 등을 가만히 쓸었다. 그렇게 해야 할 것 같은 의무 감이 들었다. 내 마음은 그를 위로해 주기를 바라고 있었다.

나는 그때 생각했다. 함께했던 우리의 기억들은 모두 사라졌지 만, 무르익은 우리의 감정은 남아 있는 거라고.

내 마음속 깊은 곳에. 그 누구의 손도 닿지 않는 곳에.

창가로 들어오는 바람이 찼다. 바라본 창밖 광경은 쓸쓸했다. 지 난날 녹음이 짙었을 나무엔 이렇다 할 초록빛은 하나도 보이지 않 았다.

메마른 가지, 그 위엔 며칠 전에 온 듯한 녹지 않은 눈이 꽃처럼 매달려 있었다.

나는 하늘을 올려다보았다. 하늘은 회색빛 먹구름으로 가득했 다. 곧 비일지 눈일지 모를 것들이 내릴 것만 같았다. 나는 그 광경 을 물리지도 않게 바라보았다.

열렸던 창문이 돌연히 닫힌 것은 그 순간이었다. 나는 시선을 비틀어 창문을 닫은 이를 쳐다보았다.

"벨. 아팠다며? 그런데 찬바람을 쐬면 어떡해."

처음 보는 여자였다. 하나 이 여자는 내 이름을 다정하게 부르고 있었다. 내가 잃어버린 기억 속에 존재하는 사람인 것 같았다.

"……."

나는 여자를 관찰해 보았다. 여자의 얼굴은 퍽 귀여워 보였는데, 그녀의 양 뺨에 수놓아진 작은 주근깨 때문에 그렇게 보이는 듯했다.

시녀복을 입고 있는 것을 보니, 내가 시녀로 일할 때 친하게 지 낸 이인 듯싶었다.

"……후작님께 들었어. 엄청 많이 아파서, 오랫동안 잠들어 있었 던 거라며? 그래서 다시 깨어났을 때, 후작저와 관련된 기억을 모 두 잃은 거라며?"

나는 고개를 옅게 끄덕였다. 아윈은 이 시녀에게 내 사정을 설명 해 준 뒤, 그녀를 이곳에 보낸 걸까?

아윈은 오전 내내 내 곁을 지키다, 제가 해야 할 일을 하기 위해 잠깐 자리를 비운 터였다. 그는 방 밖을 마지못해 나가면서 내게 부탁을 하기도 했다.

'내가 다시 올 때까지 되도록 이 방에서 나가지 말아 줘. 급한 일 을 처리하고 돌아올게. 네게 해 줄 얘기가 많아.'

간절한 부탁이었다. 아윈은 내가 방 밖으로 나가는 일을 두려워 하는 것처럼 보이기도 했다.

그는 이곳을 나간 내가 다른 누군가를 만나게 되는 일을 무서워 하는 걸까? 그 사람은 누구일까?

적어도 내 앞에 서 있는 이 시녀는 아니라고 생각했다. 이 시녀는 아원의 명으로 인해, 이 방(아원의 방이라 추측된다.)으로 온 것 같았으니까.

"이포 벨. 아팠으면 진즉 내게 말해 줬어야지. 왜 아무 말도 하지 않은 채로 사라져 버린 거야."

그리 말한 그녀는 두 손을 들어 올려 제 눈가를 벅벅 닦았다. 차마 닦이지 못한 눈물은 그녀의 볼 위로 또르륵 흘러내리며, 이내 그녀의 턱 끝에 맺혔다.

그녀의 눈물은 아원의 눈물과 닮은 것이었다. 부재했던 누군가의 귀환을 기뻐하는 눈물.

"울지 마."

나는 어색하게 말을 건네었다.

"이제 다시는 떠나지 말고, 아프지도 마. 기억이 없어도 상관없어. 내가 너를 기억하고 있으니까."

나 원. 다들 기억을 굳이 떠올리지 않아도 된다고 하네.

나를 위로하려는 말임이 분명했지만, 나는 어쩐지 서운하게 느껴졌다. 나도 나를 소중하게 여기는 이들을 기억하고 싶었기 때문이다.

"넌 이름이 뭐야?"

그녀는 울음을 조금 그쳐 내고선 대답했다.

"케이티."

케이티. 아원의 이름과 마찬가지로 익숙한 이름이었다. 나는 그 이름을 몇 차례 되뇌었다.

"응, 케이티. 난 좋은 친구를 가지고 있었구나."

"좋은 친구……."

"응."

"벨. 돌아와 줘서 고마워."

좋은 친구라는 말에 감동을 받은 듯한 케이티가 나를 껴안았다. 좀 세게 안은 터라 내 몸이 뒤로 밀릴 정도였다.

나는 약간 당황했지만, 그녀의 등을 부드럽게 토닥여 주었다. 누군가에게 좋은 사람으로 기억되었다는 건, 그리 나쁘지 않은 기분이었다.

"……그러고 보니, 살날이 얼마 남지 않았을 건데."

나는 혼잣말하듯이 말했다. 눈물의 재회를 끝낸 케이티가 나가고 삼십 분 정도 뒤에 든 생각이었다.

나는 태어날 때 혈맥 하나를 상실한 채로 태어났다. 그리고 내 심장 근처엔 심장을 갉아먹는 키스 벌레가 살았다. 그 벌레가 언젠간 내 숨을 멎게 하리란 것을, 나는 오래전부터 알고 있었다.

하지만 다시 깨어난 이후 이상할 정도로 몸이 가벼워진 느낌이었다. 숨 쉬는 것이 아주 편했으며, 이따금 느낀 심장의 고통도 느껴지지 않았다.

연인이라던 아윈 또한 내 심장병에 대해서 알고 있는 걸까? 그가 돌아오면, 그 점에 대해서 제일 먼저 물어봐야겠다는 생각이 들었다.

케이티가 나간 후에도 아윈은 좀처럼 돌아오지 않았다. 그래서 나는 계속해서 창밖을 바라보고 있었다.

딱히 큰 이유가 있어서 그런 것은 아니었고, 비든 눈이든 뭐든 오리라 여겼던 먹구름에서 진짜로 눈이 내렸던 까닭이었다.

나는 열어 둔 창문 밖으로 손을 뻗어 손바닥을 활짝 펼쳤다. 하늘에서 떨어진 눈송이는 내 손바닥에 닿기 무섭게 삽시간에 녹아 버렸다. 진눈깨비였다.

머릿속에 한 문장이 공명한 것은 그 순간이었다.

'첫눈이 온다면, 아윈과 꼭 같이 보고 싶다.'

그것은 이전에 내가 한 생각임이 틀림없었다. 나는 죽기 전에 아윈과 함께 첫눈을 보고 싶다고 생각한 것 같았다.

아윈. 나는 지금 내 곁에 없는 그를 떠올려 보았다.

지금 함께 있다면 좋을 텐데. 비록 첫눈은 아니지만, 눈이 내리는 광경을 함께 바라보고 싶은데.

먹구름을 올려다보던 고개가 뻑뻑해지자, 나는 고개를 끌어 내려 후작저 앞의 커다란 정원을 응시했다. 그러다 내 시야를 어지럽히는, 반짝이는 무언가를 발견하게 되었다.

그것의 정체는 누군가의 머리카락이었다. 조금 더 정확하게 말하자면, 어느 남자의 금빛 머리카락.

남자의 머리카락은 제법 멀리 있는 내게도 돋보일 정도로 반짝이고 있었다. 하늘을 가득 채운 빡빡한 먹구름 속, 내비치는 햇볕은 하나도 없었음에도 불구하고.

나는 뻗었던 손을 갈무리하고선, 남자를 관찰했다.

그는 어느 커다란 정원수 밑에 누워 있었는데, 정원수의 빈 가지는 내리는 눈송이를 여과 없이 통과시키고 있었다. 즉, 그가 눈을 맞고 있다는 것이다.

남자는 제 얼굴과 몸, 손끝에 내려앉는 눈송이들을 괘념치 않아 하는 것 같았다. 누워 있는 그에게선 이렇다 할 움직임은 없었으니까. 마치 죽어 버린 사람처럼.

"죽은 사람?"

지금은 죽어 있지 않더라도, 저대로 동사하는 건 아니겠지? ……
신경 쓰여.

나는 오랫동안 앉아 있던 몸을 일으켜, 아원의 방을 조용히 나섰
다. 나서는 길에 우연히 바라본 옷장. 그 옆에 긴 우산 하나가 세워
져 있는 게 보여서 그것을 챙기기도 했다.

"아원, 잠깐만 빌릴게요."

우산을 챙긴 내가 갈 곳은 당연히 정원이었다.

오지랖일지도 모르겠다. 하지만 나는 남자의 몸과 마음이 얼어붙
지 않기를 바랐다. 차가운 대지 위에서 죽어 가는 느낌이 어떤 기
분인지 알 것 같아서. 그 서늘한 느낌은 누군가에게 절대로 권유해
주고 싶지 않은 것이었다.

현관문까지 걸어가는 내내 부딪힌 이는 아무도 없었다. 아원의
후작저는 이상하리만큼 사람이 존재하지 않았다. 나는 이내 현관
문을 열어 정원으로 나갔다.

문을 열기 무섭게 냉기 서린 바람이 내 뺨을 두드렸다. 나는 외
투를 걸치지 않은 어깨를 움츠렸다.

추워. 온몸의 털이 비쭉 설 만큼의 추위였다. 하나 나는 왔던 길
을 되돌아가지는 않았다. 도리어 앞으로 한 걸음씩 더 내디뎠을 뿐
이다. 나는 한번 마음먹은 일은 좀처럼 물리지 못하는 편이었다.

밖으로 나오자 조금씩 내리던 눈발이 거세져 있었다. 나는 들고
온 우산을 펼쳤다.

누워 있던 남자는 그리 멀지 않은 곳에 자리하고 있었다. 나는

남자 가까이에서 걸음을 멈추었다.

분명히 인기척을 들었을 것이다. 사락사락. 눈이 밟히는 소리도 들었을 테지. 하지만 남자에게선 아무런 미동도 없었다. 정말로 죽은 것인지, 단지 잠든 것인지, 의문은 가중되었다.

나는 입술을 조금 떼어 냈다. 입술 사이에선 말보다도 흰 김이 먼저 새어 나왔다.

"이봐요. 여기서 자다간 얼어 죽을 거예요."

돌아오는 대답은 없었다. 나는 우산을 조금 비틀어, 그의 얼굴 위에 씌워 주었다. 남자의 희고 깨끗한 얼굴엔 눈송이가 군데군데 얼룩져 있었다.

나는 자세를 낮추어, 몸을 움츠리고 앉았다. 가까이서 바라본 남자의 얼굴은 무척이나 잘생겨 있었다.

무엇으로 관리하는지 궁금한 결이 좋은 긴 금발, 눈을 찌를 듯한 기다란 앞머리, 하얀 얼굴, 꼭 감긴 눈꺼풀 위로 드리운 색이 옅은 속눈썹, 섬세하게 깎인 콧대, 파리한 입술.

파리해진 그의 입술까지 확인했을 때, 나는 우산을 들지 않은 나머지 손을 뻗었다. 진짜로 죽을 것만 같아.

그렇게 내 손끝이 그의 어깨에 닿으려던 찰나였다.

"······!"

남자의 눈꺼풀이 일순간 들리며, 남자는 제게 닿으려 한 내 손목을 잡아챘다. 그는 내 손목을 잡아채는 데에만 그치지 않고선, 나를 제 쪽으로 끌어당겼다.

그 덕에 나는 들고 있던 우산을 놓쳐 버렸다. 우산은 큰 포물선을 그리며 남자의 옆에 나뒹굴었다.

나뒹군 것은 우산뿐만이 아니었다. 내 몸 또한 그의 몸 위로 꼼짝없이 엎어져 버렸으니까.

등 위론 차가운 눈송이와 내 등을 꽉 누른 남자의 뜨거운 손끝이 느껴졌다. 극명한 온도 차였다.

남자는 그제야 한마디를 툭 내뱉었다.

"웬 오지랖."

장난스럽기만 한 말이었다.

우리의 얼굴이 지나치게 가까웠다. 나는 숨을 쉬는 것도 잊은 채로 눈을 크게 떴다. 탁 트인 시야 사이로 남자의 두 눈동자가 가득 들어왔다.

"오드아이?"

그랬다. 마주한 남자의 두 눈동자는 색이 달랐다. 오른쪽이 금빛이고, 왼쪽은 은빛이다. 오묘한 눈동자였다.

"맞아. 빨려 들어갈 것 같지?"

남자는 픽 작은 미소를 지었다. 조소에 가까운 미소처럼 보였다. 그런데 잠깐, 금발에 오드아이를 가진 미남이라면……. 나는 제국 내의 유명인을 떠올렸다.

달튼 레이서스. 그는 수도와 먼 지방에 사는 나조차도 알 정도로 유명한 남자였다. 그는 제국에서 제일 잘 나가는 마법사로서, 그런 그에게 꼬리처럼 달라붙는 말이 한 가지 존재했다.

"방탕자, 달튼 레이서스."

방랑자가 아닌 방탕자. 그는 내로라하는 탕아였다.

그런 그가 아윈의 후작저엔 왜 있는 걸까? 아니, 그는 왜 후작저의 정원에서 내리는 눈을 맞고 있는 걸까? 그것도 입술이 파랗게 될 때까지.

달튼으로 추정되는 남자는 조금 놀란 얼굴을 했다. 내가 제 이름을 단번에 불러서 약간 놀란 듯했다.

하지만 놀람은 잠깐이었다. 그는 금세 제 페이스를 찾아, 빙그레 미소 지었다. 이번만큼은 조소가 아닌 완벽한 미소였다.

"내 이름을 기억해 줬다니…… 영광인걸. 이포 벨."

달튼은 내 이름을 친근하게 부르고 있었다.

나, 아무래도 이 남자와도 인연이 있었나 봐.

"……."

나는 잠깐 생각했다. 달튼과 나 사이에 인연이 있다면, 어떤 인연이었을까 하는 생각이었다. 가정은 한 가지밖에 들지 않았다.

"……저희가 함께 밤을 보낸 적이 있나요?"

내 말이 끝나기 무섭게 달튼은 웃는 소리를 내었다.

"풉. 하, 하하."

그는 무엇이 그토록 즐거운 것인지 정원이 떠나가라 웃어 젖혔다. 나로선 그 이유를 잘 예상할 수 없는 웃음이었다.

함께 밤을 보낸 적이 있느냐는 내 물음이 왜 우스운 걸까? 난 진지한데.

"제 말이 우스워요?"

"응, 크큭."

달튼은 심지어 너무 웃어서 눈물까지 흘리고 있었다. 그는 눈동자에서 흐르는 눈물을 닦아 내지 않으며 그대로 쏟아 냈다.

요즘 들어 타인의 눈물을 많이 보는 듯한 느낌이었다. 우는 일이라면 내가 전문인데.

……내가 전문인 우는 일?

자연스럽게 흘러간 사고 속에서, 나는 고개를 갸웃거렸다. 최근에 운 적이 별로 없는데. 적어도 내가 기억하는 과거 속에선 그랬다.

내가 기억하지 못하는 이 년. 나는 그동안 얼마나 많은 울음을 터뜨렸던 걸까?

'울어?'

그 순간 누구의 것일지 모를 목소리가 귓가에 울렸다. 어디선가 많이 들어본 듯 익숙한 물음이었다.

내가 그런 생각을 하는 사이에도 달튼의 웃음은 그칠 기미가 보이지 않았다. 더해, 그의 눈물 또한 멈추지 않았다.

나는 그의 얼굴을 물끄러미 들여다보았다. 분명히 웃고 있다고 생각했는데 이제 와 살펴보니, 그는 울고 있는 것처럼 보이기도 했다.

우습게 일그러진 그의 입술이 좀 전보다도 훨씬 더 파래져 있었다.

"우습다면서요. 왜 울어요."

나는 아무렇게나 놓여 있던 손을 뻗어 달튼의 눈가를 닦아 주었다. 내 손끝이 닿자, 달튼이 눈에 띄게 당황하는 게 보였다.

작은 스킨십에 놀라는 방탕자라. 그와 어울리지 않는 반응이었다.

"내가 우는 것처럼 보여? 웃고 있잖아."

"우는 것과 웃는 것을 구분하지 못할 정도의 바보는 아니에요."

"하……."

달튼은 허탈한 소리를 냈다. 그는 그제야 눈물을 그치려는 것처럼 눈을 오랫동안 감았다 다시 떴다.

"네가 얼마나 직설적이고 맹랑했는지, 잠깐 잊고 있었어."

나를 잘 알고 있는 듯한 말이었다. 나를 바라보는 달튼의 눈동자

속엔 애수가 서려 있었다.

"저흰 어떻게 아는 사이였어요? 아, 저는 이 년 정도, 그러니까 후작저로 온 이후의 기억을 잃었대요."

나는 뒤늦게 내가 처한 상황을 설명해 주었다. 그러나 달튼에게서 눈에 띄는 표정의 변화는 없었다. 이미 알고 있었던 사실인 듯, 그는 맞받던 내 시선을 피하며, 내 어깨 위를 쳐다보았을 뿐이다.

내 등 위로 하얀 눈송이가 계속해서 내려앉고 있었고, 내 드레스는 금세 축축해졌다. 그 때문에 내가 몸을 가늘게 떨고 있었나 보다.

"일단 들어가자. 너, 떨잖아."

달튼은 내가 추워하는 것을 눈치챈 것 같았다.

그는 내게 깔려 있던 상체를 일으켜 세웠다. 그와 동시에 엎어진 내 몸도 반쯤 일어나게 되었다.

"세상에서 제일 맛있는 차를 내어 줄게."

마주한 달튼의 얼굴 속, 하염없이 흘러내리던 그의 눈물은 멈춰 있었다. 울음을 그친 그는, 성별을 막론한 모두를 유혹할 수 있을 법한 미소를 지었다.

그는 울다가 웃으면 큰일이 일어난다는 사실을 모르나 보다. 나는 그의 엉덩이가 잠깐 걱정되었다.

그렇지만 그 걱정은 오래가지 못했다. 달튼의 미소를 직면한 채로 다른 생각을 오래할 수 없었기 때문이다.

비스듬히 올라간 입꼬리와 부드러운 곡선을 그린 눈매, 그리고 그 속에 자리한 색이 다른 오드아이.

아름답다. 이런 남자의 유혹을 단번에 거절할 이가 어디에 있을까. 나는 그의 이름을 제법 익숙하게 불렀다.

"달튼. 그래서 당신은 저를 어떻게 알고 있는 거예요?"

내 물음에 돌아온 것은 대답이 아닌 다른 물음이었다.

"그 녀석에게 못 들었어?"

그 녀석. 아윈을 말하는 걸까?

"네. 아직 아무것도 못 들었어요. 그는 바빠 보였고, 피곤해 보이기도 했어요."

달튼 못지않은 잘난 얼굴을 가진 아윈. 나와 연인이었다는 아윈.

지금쯤이면 그가 방으로 돌아오지 않았을까 싶기도 했다.

돌아가야겠다는 생각이 들었다. 아윈을 걱정시키거나 기다리게 해서는 안 된다는 생각마저도 들었다.

그것은 본능적인 생각이었다. 마치 내가 아윈과 연인 사이였다는 사실을 증명하는 것처럼.

"하긴. 너 때문에 후작으로서 해야 할 일을 제대로 못 본 지가 꽤 됐으니까. 더는 미룰 수가 없었던 거겠지."

"……."

"하지만 이포 벨."

"네."

"나는 한가해."

"제가 잊고 있는 것들을 당신이 얘기해 주겠다는 건가요?"

달튼은 어깨를 작게 으쓱였다.

"네가 원한다면 뭐든."

그리 말한 그는 내 허리를 꽉 움켜잡았다. 그의 손이 닿은 곳의 감각이 예민해지는 것만 같았다. 그곳만 저릿저릿한 기분.

빨려 들어갈 것 같은 묘한 마력을 지닌 그의 오드아이가 내게 닿아 있었다. 그의 눈동자가 다른 것을 쳐다보는 일은 없었다.

달튼은 오로지 나만을 바라본 채로, 내게 대답을 구했다. 그러자 유혹에 가까운 환청이 들리는 듯한 착각이 일었다.

'어서 그런다고 해. 내게 얘기를 듣는다고 해.'

위험한 눈빛이었다. 바라보면 볼수록 빠져들 수밖에 없는. 그 눈동자에 서린 열기에 휩쓸릴 것 같은.

"얘기해……"

달튼의 눈빛에 취해 얘기해 달라고 말하려던 순간이었다. 내 어깨 위로 누군가의 재킷이 얹혀졌다.

내게만 향했던 달튼의 시선이 비틀리는 게 보였다. 그는 내 뒤를 바라보고 있었다. 그곳에 누군가가 서 있기라도 하듯이.

낯선 재킷에서 느껴지는 누군가의 체취가 내 코끝에 진하게 맴돌았다. 그것은 내가 알고 있는 향기였다. 나는 아윈을 떠올리며, 고개를 뒤로 천천히 돌렸다.

내 뒤엔 역시나 그가 서 있었다.

"아윈."

아윈은 가쁜 숨을 내뱉고 있었고, 엉망진창으로 잘린 그의 앞머리는 잔뜩 흐트러져 있었다.

그는 무엇이 조급했기에 엉망이 될 정도로 뛰어온 걸까? 내가 만나지 않기를 바랐던 이가 바로 '달튼'이었던 걸까?

아윈은 숨을 골라 내는 일에 바빠 보였다. 그는 흐트러진 호흡을 쉬이 정비하지 못하며, 내게 손을 내밀었다.

나는 아윈의 손을 바라보았다. 길고 흰 그의 손. 내가 좋아했던 그의 손이었다. 이윽고 그는 마지막으로 숨을 골라 낸 후에야 내게 말을 건넬 수 있었다.

"……가자. 기다리게 해서 미안해."

나는 큰 망설임 없이 아윈의 손을 잡았다. 맞닿은 그의 손이 차가웠다. 달튼에게 얘기를 들어 보는 게 어떨까 했던 생각은 온데간데없이 사라져 있었다.

달튼의 허벅지에 앉아 있던 몸을 일으키고, 한 발자국 내디던 순간까지도, 달튼은 아무것도 하지 않았다.

그는 그저 가까워진 우리를 바라볼 뿐이었다. 어쩐지 조금 울 것 같은 얼굴을 한 채로. 침묵이 맴도는 달튼의 입술은 잘게 떨리고 있었다.

"들어가자."

아윈은 달튼을 한 번도 바라보지 않았다. 아윈에겐 달튼이 보이지 않는 걸까, 라는 의구심이 들 정도였다.

우리는 그렇게 달튼을 남겨 두고선 정원을 벗어나려고 했다. 하지만 걸음이 잘 떼어지지 않았다. 마음에 커다란 돌덩이가 얹힌 기분이었다.

나는 고개를 조금 돌려 달튼을 쳐다보았다. 구부정하게 앉은 몸, 눈에 폭삭 적은 옷가지와 머리카락, 내리깐 시선, 청승맞은 달튼 레이서스.

나는 마지막으로 보았던 달튼의 눈빛마저도 상기했다. 그는 퍽 위험한 열기를 내비쳤으면서도, 내가 아윈을 선택하기 무섭게 울 것 같은 눈빛을 했다.

……안 되겠다.

"잠깐만요."

나는 잡고 있던 아원의 손을 잠깐 놓았다. 아원은 내 이름을 딱 한 번 불렀지만, 내 손을 다시 부여잡지는 않았다.

나는 몇 걸음 걸어가 저만치 굴러간 검정 우산을 집어 들었다. 그러곤 그것을 달튼의 머리 위에 씌워 주었다.

"달튼. 사정은 모르겠지만, 아무튼 눈은 그만 맞아요. 감기 걸려요."

"날 선택한 것도 아니면서, 내 걱정하지 마."

"애예요? 투정 부리기는. 아원에게 먼저 듣기로 한 일이에요. 아원은 바쁘니까…… 당신에게 들어 볼까, 잠깐 흔들렸는데. 아원이 여기까지 뛰어와 버렸네요."

"……"

나는 얼른 우산을 건네받으라는 듯이 고개를 까딱거렸다. 축 처진 달튼의 손이 천천히 들렸다. 그는 우산의 손잡이를 마지못해 그러잡았다. 그러는 순간에도 나와 단 한 번도 눈을 맞추지 않은 채였다.

"착하네. 그럼 가 볼게요."

"잠, 잠깐만!"

달튼은 돌아서려던 나를 급하게 붙잡았다. 그 순간, 아원의 시선이 처음으로 달튼에게 향했다. 두 남자의 시선이 맞물렸다.

오간 대화는 없었다. 완벽한 정적 속, 두 남자는 눈빛으로 내가 알 수 없는 메시지를 주고받은 것 같았다. 먼저 시선을 피한 쪽은 달튼이었다.

"……아니야, 가 봐."

그와 동시에 아원이 나를 또다시 불렀다.

"이포. 감기 걸려. 얼른."

아윈은 내가 잠깐 놓은 손을 내 쪽으로 뻗고 있었다. 나는 뻗어진 그의 손을 맞잡았다. 역시나 주저함은 없었다.

달튼이 마음에 걸리기는 했지만, 나는 그에게 해 줄 만큼 다 해 준 터였다. 정원에서 눈을 더 맞을지 저택으로 들어갈지를 결정하는 건, 이제 달튼의 몫이었다.

나는 그가 동사하지 않기를 바랄 뿐이다.

아윈과 나는 눈으로 하얗게 물든 정원을 거닐었다. 티 하나 없는 정원 위로 우리의 발자국이 깊숙이 새겨졌다.

때 묻지 않은 흰 도화지에 처음으로 무언가를 새기는 기분이 들었다. 감정 하나 없던 그에게, 여러 감정을 덧대어 주었던 그때와 비슷한 느낌이었다.

"……."

부자연스러움 없이 스며든 생각의 귀결이 낯설다. 내가 여러 감정을 덧대어 준 감정 하나 없던 그는, 아윈인 걸까?

나는 말 없는 아윈을 올려다보았다. 그는 현관문을 들어가서도, 복도를 거닐면서도, 제 방으로 돌아와서도 아무런 말도 하지 않았다.

화가 난 것인지, 무슨 생각을 하고 있는 것인지, 나는 잘 가늠할 수 없었다.

"갈아입어. 잠깐 나가 있을게."

그것이 그의 첫마디였다. 아윈은 다른 드레스를 손수 준비해 주고선, 방을 잠깐 나갔다. 나는 젖은 드레스를 벗어 그가 준비해 준 것으로 갈아입었다.

"……들어가도 돼?"

"네, 다 갈아입었어요."

"응."

방 안으로 다시 들어온 그의 손에는 웬 트레이가 들려 있었다. 트레이 위에 올려진 것은 따뜻한 차가 담긴 찻잔이었다.

아윈은 소파에 앉아 있던 내게 차를 건네주며, 내 옆에 자리했다.

"괜찮은데."

"내가 괜찮지 않아."

"그럼 고마워요."

아윈은 나와 관련된 일 모두를 제가 손수 행하고 있었다. 이런 건 원래 시녀가 하는 일이 아닌가.

아윈의 차를 내가 직접 내오고 싶다는 바람이 들었다. 아윈이 어떤 차를 좋아하는지 단번에 알 것 같은 기분. 괜히 그의 시녀가 아니었나 보다.

나는 목구멍을 축일 정도로만 찻물을 들이켠 후, 그에게 말을 건네었다.

"아윈, 미안해요. 나가지 말라고 했는데 아무 말 없이 나가 버려서."

"응."

"당신을 기다리면서 창밖을 보고 있었는데, 마침 눈이 오는 거예요. 눈을 감상하다가 정원에 누워 있는 남자를 발견했어요. 그가 너무 추워 보여서……."

"그래서?"

"동사하는 건 아닐까 해서 밖으로 나가 버린 거죠. 우산만 씌워주고 다시 돌아오려고 했어요. 그런데 그가 제 손을 끌어당겼지 뭐예요. 서로의 몸이 엉켜 있었던 데엔 그런 사정이 있었어요."

나는 어색하게 말을 끝냈다. 내가 왜 이렇게까지 구구절절 변명하고 있는지 모르겠다. 아윈과 연인 사이였다는 사실 때문에?

기억도 하지 못 하는 일인 주제에, 나는 아윈의 기분이 아주 신경 쓰였다. 아윈이 달튼과 엉켜 있었던 내 모습을 보고선 마음 상해하는 것이 아닐까 싶어서.

"그래."

아윈은 기다란 한숨을 내쉬며 자신의 머리카락을 거칠게 쓸어 넘겼다.

"네 말을 믿는데…… 그래도 달튼에게 화가 나. 정원에서 그에게 주먹질을 할 뻔했어."

그는 고개를 조금 숙인 채로 고백했다.

"너희가 엉켜 있는 걸 봤을 때, 내 마음속에 작은 악마가 나타났어. 소악마는 내게 끊임없이 속삭였지. '달튼을 처참하게 만들어 버려.' 그렇게."

나는 듣고 있다는 듯이 고개를 끄덕였다.

"그 녀석은 지금도 내 귓가에 대고 속삭이고 있어. '달튼을 가만 두지 마.'라고."

"하지만 당신은 결국 아무 짓도 하지 않았잖아요. 당신은 달튼을 싫어하지 않는 걸까요?"

"좋아하지도 않아. 우린 서로에게 그런 관계니까."

아윈은 숙였던 고개를 들어 올려, 나를 바라보았다.

"달튼……. 넌 그치의 이름도 기억한 건가?"

나는 고개를 내저었다.

"아뇨. 방탕자 달튼 레이서스에 대한 건, 이미 알고 있던 사실에요. 유명하잖아요. 오는 여자 안 막고, 가는 여자 안 붙잡는 남자로."

"그렇다면 다행이다."

아윈은 내가 자신의 이름만을 떠올렸기를 바랐나 보다. 나는 들고 있던 찻잔을 테이블 위에 올려놓았다.

"아윈, 이제 얘기해 줘요. 저희에게 어떤 일이 생긴 건지. 저는 왜 기억을 잃은 채로 깨어난 건지."

우리는 어떻게 사랑에 빠진 건지. 달튼이 어떻게 나를 알고 있는 건지.

"그래, 모두 다 얘기해 줄게."

아윈의 이야기는 그렇게 시작되었다. 그는 지난 이 년간의 일을 조급함 없이, 일목요연하게 설명했다.

이야기는 조금도 지루하지 않았다. 예상할 수 없었던 일들의 연속이라서, 도리어 꽤 놀랐을 따름이었다.

"⋯⋯하워드의 심장을 네게 이식시킨 뒤에 네가 깨어났어. 지난 이 년간의 기억을 잃은 채로."

아윈의 긴 이야기는 끝이 났다. 나는 한 편의 소설을 읽은 듯한 기분이 들었다.

하워드. 그 이름을 들었을 때 어쩐지 심장이 뭉근해지는 기분이 들더라니. 내가 가지고 있는 새 심장의 주인이 당신이었기에 그랬던 거구나.

나는 가슴 부근을 손으로 쓸었다. 얼굴도, 목소리도 기억나지 않는 그에게 고마운 마음이 들었다.

내게 심장을 준 채로 죽어 버린 하워드. 살고 있는 세계가 달라진 우리. 하워드와 대화를 나누어 보고 싶었으나, 그럴 수 없는 현실이 애석했다.

나는 눈을 감고 내 심장 소리를 들어 보았다. 쿵쿵거리는 심장 소리는 일정했다. 심장은 제 주인이 바뀐 걸 아는지 모르는지, 자신의 역할을 충실히 행할 뿐이었다.

나는 그 소리에 집중하고선, 그에게 전달되지 못할 메시지를 읊조렸다.

'하워드. 고마워요.'

그러자 내 심장이 조금 더 빨리 뛰기 시작했다. 꼭 대답이라도 하는 것처럼.

나는 호흡을 길게 내뱉었다. 일순간 빨리 뛰었던 심장은 자신의 원래 속도를 금세 되찾아 갔다.

"어때? 이해되지 않는 부분이 있어?"

건네어진 아윈의 물음에, 나는 감고 있던 눈을 떴다.

"아니요. 잘 이해했지만, 곧바로 믿을 수는 없네요. 제가 그렇게 용기 있었을 줄이야."

"네 용기 덕분에 나는 다시 깨어날 수 있었어. 의심하지 마."

"당신이 그렇다면 그런 거겠죠."

아윈은 긴 이야기를 읊조린 것에 지친 듯 내 어깨에 머리를 기대었다. 나는 그에게 내 어깨를 기꺼이 내어 주었다. 그러곤 아윈이 고백한 이야기들을 곱씹어 생각했다.

죽음과 부활. 증발한 기억. 그리고 중요한 무언가를 잊은 것 같은 공허함.

나는 이제 무엇을 해야 할까?

고민은 길지 않았다. 나는 무엇을 해야 할지 알고 있었다. 무지가 된 내 머릿속을 채운 이름 하나. 아윈 아스타. 그를 기억해 내는 것이 우선이었다.

그것은 재생한 내게 주어진 첫 번째 사명처럼 느껴졌다.

"쉴래?"

아윈은 기댔던 머리를 곧추세웠다. 더 기대고 있어도 괜찮은데.

"당신은요?"

"난 해야 할 일이 아직 남아 있어. 일을 다 끝내고 너를 찾아간 게 아니니까."

"그럼요?"

"우연히 창문 밖을 봤는데, 너와 달튼이 보여서……. 가만히 있을 수가 없었어."

거기까지 고백한 아윈은 내게 손을 뻗었으나, 그 손은 어딘가에 닿지 못했다. 그의 손은 이내 물려지기에 이르렀다. 그는 쓸쓸한 미소를 지었다.

닿고 싶지만, 닿지 못하는 마음. 어쩐지 익숙한 마음이라고 생각했다. 내가 기억하지 못하는 과거에 그런 감정을 느꼈던 것 같은 느낌.

나는 누군가에게 닿기를 고대했던 걸까? 그 대상은 내가 유일하게 기억하는 이름인 아윈이 아닐까.

"이만 나가 볼게."

아윈은 미련이 물든 눈으로 나를 흘긋 바라보았다. 시선은 오랫동안 교차하지 않았다. 그는 시선을 비틀었고, 방을 나가기에 이르렀다.

나는 한참을 가만히 앉아 있었다. 내 마음속에, 머릿속에 새겨진 것과 다름없는 커다란 구멍이 뚫린 듯한 기분이었다. 공허함, 후회……. 내 마음은 아윈이 떠나지 않기를 바란 것 같았다.

나는 아윈이 다시 돌아오기를 기다렸다. 그러면, 다시 돌아올지도 모른다는 섣부른 기대를 했다. 그는 미련이 그득한 눈으로 나를 바라보았으니까.

하지만 아윈은 돌아오지 않았다. 주위만 지독히도 어두워질 뿐이었다. 짧은 겨울 해는 완전히 자취를 감춘 채였다.

나는 그제야 침대 위로 기어 올라가 잠을 청했다. 눈을 감자 떠오른 것은, 내게 닿지 못한 아윈의 손이었다.

주저함이 가득했던 그 손을 잡아 주고 싶다. 그 손을 잡아, 서로의 손가락을 얼기설기하게 엮고 싶다. 어째서 그런 바람이 들었는지는 나도 잘 모르겠다.

잠은 곧 들었다. 꿈속엔 잠들기 직전까지 눈앞에 어른거렸던 아윈이 나왔다.

아윈과 나는 한 침대에 누워 있었다. 깊은 밤, 우리는 서로를 마주 본 채로 서로의 눈을 지그시 바라보고 있었다. 그러다 어떤 분수령에 도달했을 때, 아윈은 내가 입고 있던 슬립을 벗기기 시작했다.

아윈은 익숙하게 내 옷을 벗기고, 제가 입고 있던 하얀 셔츠마저도 벗었다. 그는 아무것도 걸치지 않은 내 가슴에 얼굴을 묻은 채로 더운 숨을 내뱉었다.

아윈의 숨이 닿을 때마다, 나는 더욱 달아오르는 것을 느끼며 그의 등을 꽉 껴안았다.

서로의 다리는 얽혀 있었다. 내 허벅지 안쪽엔 단단해진 아윈의 것이 느껴졌다. 그것은 어딘가로 들어가기를 고대하고 있었다. 그리고 나는 그것이 들어오기를 바라고 있었다.

이내 그의 것이 나의 부드러운 곳에 자극을 주던 순간, 나는 꿈에서 깨어났다. 지나치게 선명한 이상한 꿈이었다.

꿈에서 깼지만, 꿈에서 나눈 행위가 여전히 선연했다. 마치 현실에서 몇 번이고 나누었던 정사처럼 느껴질 따름이었다.

나는 아원을 찾아보았다. 내가 잠들었던 때보다도 훨씬 더 어두워진 사위, 아원의 모습은 보이지 않았다. 그는 지금 어디에 있는 걸까.

아원을 찾으려고 한 것은 아니었으나 깨달았을 땐, 나는 이미 방 밖으로 나가고 있었다.

복도는 어두웠다. 벽면에 간간이 켜진 등불이 비추는 자리만이 조금 밝았을 따름이었다. 하지만 짙은 어둠 속에서도 나는 그의 모습을 단번에 찾을 수 있었다.

아원은 복도에 서서, 복도에 난 어느 창문을 물끄러미 바라보고 있었다. 그의 얼굴 위로 음울한 그림자가 져 있었다. 창밖을 바라보고 있지만, 깊은 생각에 잠겨 있는 듯했다.

꿈인지, 현실인지 그 경계가 애매했다. 밤의 고요에 뒤섞인 아원의 모습이 비현실적으로 보였기에 그런 걸지도 모르겠다.

나는 그에게 다가가기 시작했다. 내 걸음엔 망설임은 없었다.

"아원. 당신 꿈을 꿨어요."

창밖을 보던 아원이 내 쪽으로 고개를 돌렸다.

"어떤 꿈이었지?"

"서로의 온기를 주고받는 꿈."

우리의 시선이 진하게 얽혔다.

자극적이다. 무언가를, 이를테면 진하고 깊은 무언가를 바라는 듯한 그의 눈빛이 색정적으로 느껴졌다.

그에게 마음이 이끌리는 것만 같았다. 달튼에게 느꼈던 것보다도 훨씬 더 강렬한 이끌림이었다.

인연이라는 질긴 끈이 우리의 새끼손가락에 매듭지어져 서로를 끌어당기는 것만 같았다. 강하게 이끌리는, 눈에 보이지 않는 힘을 이겨 낼 재간이 없었다.

나는 서로의 무릎이 닿을 정도의 거리까지 다가간 후에 걸음을 멈추었다.

"어쩌면 당신을 보고 있는 지금도 꿈이 아닐까 해요."

아윈은 계속해서 침묵했다.

"지금 당신에게 입술을 맞추고 싶다는 바람이 들어요."

꿈속에서 나누었던 우리의 체위가 생생해. 꿈속에서 당신에게 옮겨 온 열기가 가시지 않아. 나는 당신의 열기를 조금 더 갖고 싶어.

아윈은 내 생각을 읽은 것처럼 말했다.

"키스…… 해도 돼?"

나는 대답 대신 그의 입술에 입을 맞추었다.

까치발을 들어 맞춘 짧은 입맞춤은 그에게 대단한 자극이 되었나 보다. 아윈은 내 손을 부드럽게 잡아 나를 제 방으로 이끌었다.

문이 닫히기 무섭게 입맞춤은 이어졌다. 아윈은 내 뺨을 두 손으로 모두 감싼 채로 제 입술의 낙인을 남기기 시작했다. 숨을 쉴 수 없을 만큼, 기도가 막힐 만큼의 격정적인 키스였다.

이렇다 할 거부감이 들지는 않았다. 도리어 그와의 키스가 반갑고, 그립고, 좋았고, 그가 사랑스러웠을 따름이었다. 아윈은 침대 위에 나를 눕힌 후에야 맞닿아 있던 입술을 떼어 냈다.

"더 원해도 돼?"

"당신이 원하는 걸, 저도 원하고 싶어요."

익숙한 대답이었다. 하나 나는 과거의 일을 떠올리려고 노력하지 않았다. 대신, 그의 손을 잡아 반쯤 흐트러진 드레스 앞섶 위에 올려 두었을 뿐이다.

아윈은 내 드레스를 능숙하게 끄르며 그 속에 숨겨진 가슴과 살갗, 그리고 축축이 젖어 버린 은밀한 곳마저도 매만졌다. 격정적인 키스와 비등한 여유 없는 손길이었다.

내 허벅지에 간간이 닿는 그의 것은 부정할 수 없을 정도로 팽팽하게 부풀어 있었다. 꿈속에서 느꼈던 감각과 똑같았다. 나는 그것이 가진 모양을 세세히 가늠할 수 있을 것 같았다.

따뜻한 어딘가로 들어가기를 바라는 그의 것은, 제가 들어갈 곳이 어딘지를 앎에도 불구하고 그곳으로 쉬이 들어가지 못했다.

아윈은 내게 갈증을 느끼는 것처럼 내 목덜미를 물고, 내 몸 여기저기를 핥고, 매만지며, 내가 완전히 달아오를 때까지 기다렸다.

이내 서로의 몸이 서로의 것을 완전히 원하게 된 순간, 아윈의 것은 내 속으로 들어와 제 크기를 더해 갔다.

아윈의 거친 숨소리가 관능적이었다. 나는 치밀어 오르는 야릇함을 참지 못하며, 그의 목덜미를 내 쪽으로 끌어당겼다.

가까이. 조금 더 가까이. 당신의 체취, 열기, 살갗…… 모든 것을 더 느끼고 싶어.

익숙한 쾌락이 나를 덮쳐 왔다. 나는 끌어안은 그의 등에 깊은 손톱자국을 남겼다.

그 순간만큼은 아윈과 함께한 이 밤이 끝나지 않기를 바랐다. 진심이었다.

"이러고 있으면 네가 모든 걸 기억해 낸 것 같아."

정사는 끝났지만, 아윈은 여전히 나를 꼭 끌어안은 채로 말했다.

"우습지. 기억해 내지 않아도 괜찮다고 했던 주제에."

나는 듣고 있다는 듯이 그의 등을 토닥여 주었다. 무슨 대답을 해 주어야 할지 막막했다.

"이포 벨. 대답해 줘."

"네, 아윈."

"……사랑해."

그는 고백하듯이 토로했다. 격정적인 정사로 인해 달구어진 혈류가 좀 더 뜨거워지는 것 같았다.

하지만 나는 이번에도 그에게 어떤 대답을 해 주어야 할지 막막했다. 나는 결국 정적으로 대답을 갈음했다.

아윈, 저도 지난날엔 당신에게 같은 말을 남겼겠죠?

하지만 그때에 사랑스러운 말을 내뱉던 이포 벨은 어디론가 사라져 버렸다.

어쩌면 어느 바닷속에 잠겨 버렸을지도 몰랐다. 그 바다는 아무도 접근할 수 없는 깊은 바다다.

새카만 밑바닥에 가라앉은 과거의 이포 벨을 꺼내 줄 수 있는 용기 있는 사람이 존재하기나 할까. 나는 의심스러웠다.

그 순간 지금, 수면 위에 존재하는 내가 그에게 해 줄 수 있는 대답 하나가 떠올랐다.

"제가 기억하고 있는 건 당신 이름 하나뿐이에요, 아윈."

그 사실 하나만이라도 당신에게 위안이 되었으면 해.

아윈은 대답하지 않았다. 밤이 새고, 동이 트고, 아침이 될 때까지 나를 꽉 안고 있었을 뿐이다.

깊은 잠에서 깨어나, 내 시야에 제일 먼저 들어온 것은 아윈의 반듯한 얼굴이었다. 나는 완전히 깨지 않은 멍한 상태에서 어젯밤에 있었던 일들을 하나둘씩 상기해 보았다.

어제, 나는 아윈과 체온을 나누는 꿈을 꾼 것에 그치지 않고 그와 실제로 살갗을 맞대었다. 그렇지만 어젯밤 일은 왠지 꿈처럼 희미하게 느껴지기도 했다.

나는 잠든 아윈의 얼굴을 빤히 바라보았다. 기억을 잃고, 졸지에 연인마저도 생겨 버린 현실이 아직도 잘 믿기지 않았다. 꿈보다도 더 현실성 없는 일이라고 해야 할까.

하지만 규칙적으로 뱉어 내는 아윈의 숨소리가 생생했다. 맞댄 그의 살갗은 뜨거웠다. 더할 나위 없는, 완벽한 현실이었다.

조금 긴 검은 머리칼이 아윈의 뺨에 얹혀 있었다. 나는 그가 깨지 않을 정도로 조심스럽게 머리칼을 넘겨 주었다.

그러다 돌연히 웃음이 새어 나왔다. 어젠 잘 몰랐는데, 생각해 보니 나는 이제 시한부도 아니었고, 내 옆엔 나를 사랑해 주는 잘생긴 남자가 존재했다.

자고 일어났더니, 내가 처한 상황이 완전히 변한 것이다. 그것도 아주 아주 긍정적으로.

그 사실이 좋기도 하고, 우습기도 해서 혼자 바보처럼 킥킥거렸다. 그러는 사이에도 아윈은 깨어나지 않았다.

아윈에 대해서 조금 더 알고 싶었다. 아윈의 곁에서 그에 대해 알아간다면, 그를 진짜로 사랑하게 될 것이라는 예감이 들기도 했다.

설령 이 년 동안의 기억을 영원히 떠올리지 못한다고 할지라도. 그럼에도 당신을 사랑하게 될 거라고.

단순하고도 막연한 예감은 아니었다. 그렇게 되리란 것을 필연적으로 확신해 버리는 예감이었다.

그와 사랑에 빠지게 되리란 사실에, 나는 정통해 있었다.

"아윈. 제 예감이 들어맞을까요?"

그는 작게 뒤척이기만 할 뿐, 내 부름에도 깨어나지 못했다.

그때, 우연히 내 눈에 띈 것이 하나 있었다. 그것은 이전 날에도 보았던 것으로, 이질적인 느낌을 주는 가구(라고 하는 게 맞을지 모르겠다.)였다.

나는 침대에서 내려와 어젯밤에 벗어 둔 드레스를 대충 입었다. 그러곤 그 가구 근처까지 조용히 다가갔다. 구석진 곳에 자리한 그것의 정체는 갈색 관이었다.

내겐 또다시 의문이 들었다. 아윈은 왜 이런 걸 방 안에 둔 걸까. 아니, 애당초 관을 왜 준비한 거지? 그에겐 내가 모르는 질병이라도 있는 걸까?

나는 관 뚜껑을 반쯤 열어 보았다. 그 속에는 아무것도 든 게 없었다. 공백.

하지만 그 안에 지독히 스민 향기가 있었다. 나는 그 냄새를 폐 깊숙이 들이마셨다.

"천연 오가닉 비누 냄새다."

냄새의 출처가 낯설지 않았다. 아무래도 내가 잃어버린 기억 속에 존재하는 향기인가 보다. 나는 확신했다.

나는 그 향기를 몇 번이고 맡아 보았다. 그러자 돌연히 떠오른 이는 달튼이었다.

맞아. 어제 만난 그에게도 이 향기가 어렴풋이 났었어. 달튼도 천연 오가닉 비누를 쓰는 거려나.

뒤쪽에서 인기척이 들려왔다. 나는 고개를 뒤로 돌렸다. 인기척의 주인은 언제 잠에서 깼을지 모를 아윈이었다.

그는 침대에서 내려와 내게로 비척비척 걸어왔다. 딱히 옷가지를 주워 입지 않은 채였다.

"언제 깼어? 깨우지."

아윈은 내 옆에 저도 움츠리고 앉았다. 나는 반쯤 열어 둔 관 뚜껑 위를 손끝으로 쓰다듬으며 답했다.

"너무 곤히 자길래."

"요즘 잠을 거의 못 잤거든."

아윈은 작게 하품했다. 그의 얼굴은 극심한 피로로 물들어 있었다.

'하긴. 너 때문에 후작으로서 해야 할 일을 제대로 못 본 지가 꽤 됐으니까. 더는 미룰 수가 없었던 거겠지.'

달튼은 그렇게 말했었다. 아윈이 나 때문에 제가 해야 할 일을 제대로 돌보지 못했다고.

내가 깨어나지 못하는 동안 그는 내 곁을 줄곧 지켰던 걸까? 다른 모든 것을 내팽개친 채로. 내가 깨어나기만을 기다리며.

머리가 조금 아파 왔다. 나는 관 뚜껑을 쓸던 손으로 관자놀이를 꾹 누르며, 인상을 옅게 찌푸렸다. 그 순간, 원망일지 하소연일지 모를 말이 머릿속을 가득 메웠다.

'내가 너를 잊을 수 있을 거라고 생각하는 거야? 내가 너를 영영 잊지 못하게 만들어 놓은 건 바로 너야.'

아윈의 목소리였다.

"이포. 괜찮아?"

이번에 들린 것은 현실 속 진짜 아윈의 목소리였다.

나는 고개를 딱 한 번 끄덕였다. 괜찮으냐는 그의 물음에, 내 머리를 일순 아프게 만들었던 고통은 말끔히 사라져 있었다.

"괜찮아요. 잠깐 두통. 아윈, 당신은 더 잘래요?"

괜찮다는 내 말에도 아윈은 나를 걱정스럽게 바라보았다. 나는 정말로 별거 아니었다는 듯이 싱긋 웃어 주었다. 아윈은 그제야 내 물음에 대한 대답을 해 주었다.

"네가 깨어 있겠다면, 나도 깨어 있을래."

아윈은 이번엔 불안해했다. 그는 제가 잠든 사이에 내가 사라져 버리는 게 아닐지 염려하는 것 같았다.

"바보. 당신이 다시 잠들어도, 저는 사라지지 않아요."

"……내가 불안해하는 게 티 났어?"

"당신 이마에 적혀 있네요. '네가 사라질까 봐 두려워.'"

물론 그의 이마에 그런 것이 실제로 적혀 있지는 않았다. 아윈의 마음을 편안하게 만들어 주기 위한 농이었으니까.

하지만 그는 미소 짓지 않았다. 그저 무섭도록 진지한 얼굴로 나와 눈을 맞추었을 뿐이다. 밤하늘의 유일한 별처럼 빛나는 그 검은 눈동자로.

아원은 어제보다도 붉어진 입술로 속삭이듯이 말했다.

"네게 집착하고 싶어."

살벌한 말이었다. 다른 누구에게 들었다면 엄청 무서웠을 말.

그러나 그 말을 담백하게 내뱉어 버린 아원의 목소리 때문이었을까. 내게 집착하고 싶다는 그의 말이 꽤 로맨틱하게 들렸다.

네게 집착하고 싶어. 너의 모든 것을 알고 싶어. 나만 봐 주었으면 좋겠어.

나는 아원이 했을 법한 생각들을 줄줄이 나열해 보았다.

"당신의 집착을 허하노라."

내 말에 아원은 나지막이 미소 지었다. 드디어 보게 된 그의 미소였다.

그는 미소가 드리운 입술로 내 이마 위에 짧게 입 맞추어 주었다. 다음 날을 함께 맞이한 여느 연인의 아침 인사 같다고, 나는 생각했다.

"그런데 웬 관이에요? 설마 벌써부터 죽을 준비를 하는 거예요? 아니면, 어디가 아프다든가……."

"이건 예전에 네가 준비했던 관이야."

"제가요?"

나는 고개를 갸웃거렸으나, 얼마 못 가 내가 모르는 내 사정을 알 수 있을 것만 같았다.

내가 기억하지 못하는 이포 벨은 곧 죽을 운명에 처해 있었고, 자신의 죽음을 준비했던 거야. 그녀는 시한부였으니까.

"어. 넌 네 죽음을 준비하고 있었거든."

"그랬구나."

"하지만 이젠 필요 없어진 물건이지. 처분할까?"

"아니요. 남겨 둬요. 살아난 기념으로 간직하고 싶어요."

아윈은 이해하지 못하겠다는 듯이 나를 빤히 쳐다보았다. 이런 걸 왜 기념으로 삼느냐는 듯했다.

가시적인 이유는 없었다. 단지 버리기 아까웠을 뿐이다.

적어도 잊은 기억을 다시 찾을 때까지. 나는 그때까지 이 목관을 간직하고 싶었다.

"아윈. 묻고 싶은 게 하나 더 있어요."

아윈은 말해 보라는 듯이 고개를 까딱거렸다.

"이 안에 천연 오가닉 비누가 들어 있었어요? 그 향기가 나요."

"천연 오가닉 비누? 그런 건 잘 모르겠어. 하지만 네 방 어느 테이블 위에 비누가 엄청 쌓여 있었어. 그걸 말하는 걸까?"

아윈은 천연 오가닉 비누에 대해서 잘 몰랐다. 나는 그 비누가 달튼과 연관이 있을 거라고 작게 확신했다.

그나저나 달튼은 어제 정원을 언제 벗어났을까? 늦은 밤, 창밖을 보았을 때 달튼의 모습은 보이지 않았다. 그는 적어도 동사하지는 않았을 것이다.

동사하지 않았을 달튼보다 천연 오가닉 비누의 실물이 보고 싶어졌다. 보고 싶다면 직접 봐야지.

"오늘 제가 쓰던 방에 다녀와도 될까요?"

아윈은 긴 한숨을 내쉬며 대답했다.

"나는 오늘도 해야 하는 일이 있어. 오전에 손님이 오기로 되어 있거든."

그 말인즉슨 나와 함께하고 싶지만, 그렇지 못하기에 걱정된다는 말인 건가.

나는 아윈의 머리카락을 쓰다듬어 주었다. 아무런 걱정도 하지 말라는 듯이.

"걱정 마세요. 당신이 걱정할 만한 일은 하지 않을게요. 어디론가 사라진다든지, 다른 남자에게 눈길을 준다든지."

연인에게 할 법한 말이라고 생각했다. 아윈과 함께한 밤은 단 하루였지만, 그와 매우 가까워진 것 같았다. 몸의 거리가 가까워지니, 심적 거리도 좁혀진 느낌이랄까.

"그래. 네가 내 방에서만 지낼 수는 없는 거니까."

나는 아윈이 안심할 때까지 그의 머리카락을 쓰다듬어 주었다.

간단한 아침은 아윈과 함께 먹었다. 식사 후 짧은 티타임까지 마친 우리는, 작별 인사를 나누게 되었다.

아윈은 내가 쓰던 방의 위치를 알려 준 다음에, 그리 말했다.

"네 방에 갔다가 내 집무실로 와. 손님을 얼른 보내고 나도 그리로 갈게."

아윈은 아 참, 이라는 말을 덧대며 집무실 위치마저도 친절하게 알려 주었다. 기억을 잃은 나를 위한 그의 따스한 배려였다.

"그래도 못 찾겠으면 지나가는 사람을 누구든 불러 세워. 네가 묻는 거라면 다들 친절하게 알려 줄 거니까."

후작저의 다른 사용인들도 우리 사이를 아는 걸까? 사용인들은 우리를 어떻게 생각하는 걸까, 하는 의구심이 들었다.

"네. 걱정은 그만하시고, 이제 그만 가 보세요."

아윈은 내 등쌀에 못 이겨 겨우겨우 방을 나섰다. 방 밖을 나서
는 그의 걸음이 느릿느릿하기만 했다.

어쩜, 귀엽기도 해라. 어젯밤에 서로를 지겹도록 느꼈던 주제에,
나와 얼마나 더 같이 있고 싶은 거야.

익숙한 듯 익숙하지 않은 후작저의 복도. 처음엔 아윈이 알려 준
대로 걸음을 옮겼으나, 인지했을 땐, 나는 자연스레 내 방을 찾아
가고 있었다. 몸이 기억하는 공간이라서 그런가 보다.

이윽고 나는 어느 방문 앞에서 걸음을 멈추었다. 방문은 잠겨 있
지 않았다. 나는 매끄럽게 돌아가는 문고리를 돌려, 방문을 열어젖
혔다. 문을 열자마자 맡아진 것은 좋은 향기였다.

"천연 오가닉 비누."

그것의 향기가 방 안에 짙게 감돌고 있었다.

분명히 빈방일 거라고 생각했는데, 방 안에는 나보다도 먼저 온
남자가 있었다.

내 시선은 그에게 곧바로 꽂혔다. 그는 방 한편에 있는 고동색
테이블 앞에 서 있었는데, 방 안에 있는 그 어떤 것보다도 화려해
보였다.

입은 옷이라곤 헐거운 흰 셔츠와 아무런 무늬 없는 검은 바지,
하고 있는 액세서리라곤 귀걸이 하나밖에 없음에도 불구하고.

조금 긴 금발을 가진 남자는, 흘러내리는 자신의 머리카락을 종
종 쓸어 넘기고 있었다.

그는 내가 낸 인기척을 들었음에도 나를 쳐다보지 않았다. 그저 무언가에 집중하고 있었을 뿐이다. 그가 집중하고 있는 것은 내가 이 방을 찾아온 궁극적인 이유이기도 했다.

"달튼. 주인 없는 방에 함부로 들어와도 되는 거예요?"

나는 친근하게 말을 건네었다. 하나 돌아오는 대답은 없었다. 달튼의 시선은 테이블 위에만 꽂혀 있었다. 테이블 위에는 정교하게 잘 쌓인 비누들이 즐비했다.

어디 테이블 위에만 쌓여 있었을까. 비누는 테이블 밑에도 빼곡하게 쌓여 있었다. 눈으로 어림짐작해 보아도 엄청나게 많은 양이었다.

포장지도 뜯지 않은 새 비누들. 아마도 천연 오가닉 비누일 테다.

내가 테이블 근처까지 다가가 걸음을 멈추자, 달튼은 그제야 입술을 떼어 냈다.

"정확히 282개 남았어. 내가 300개를 선물해 주었는데."

"그 비누. 역시나 당신이 준 거였군요."

"응. 비누에 대해서 기억해 냈어?"

"이름만."

달튼은 고개를 가볍게 끄덕였다.

"천연 오가닉 비누는 내가 사 준 거야. 네가 갖고 싶다고 했으니까. 더 사 줄까?"

나는 고개를 내저었다.

"남은 것도 다 쓰기에 버거워요."

282개를 언제 다 써. 달튼은 왜 저리도 많은 비누를 내게 사 준 걸까. 거기엔 어떤 의미가 깃들어 있는 걸까.

나는 한순간 든 의문을 물으려고 했지만, 달튼의 말이 한발 더 앞섰다.

"잘 잤어?"

"네."

"네가 잃어버린 기억에 대한 이야기는 아윈에게 다 들었지?"

"네."

"네라고밖에 대답 못 해?"

나는 작게 미소 지으며 답했다. 내 대답은 한결같았다.

"네."

달튼은 기분 좋은 미소를 짓고선, 내 머리카락을 흐트러뜨렸다. 과하지 않은 적당한 스킨십이었다.

"어제 언제 들어갔어요?"

"눈이 좀 그치고 나서."

나는 창문이 있는 쪽을 흘긋 바라보았다. 어제 진눈깨비처럼 내렸던 눈은 말끔히 멎어 있었다.

"왜 그런 짓을 하는 거예요?"

"눈이 오는데, 왜 누워 있었느냐고?"

나는 고개를 끄덕였다. 달튼은 테이블 모퉁이에 살짝 걸터앉은 다음, 늦지 않게 대답했다.

"예전에 만난 어느 시녀가 그러고 있었거든. 그 시녀는 잔디에 아무렇게나 누워서 삶의 부질없음을 논했지."

잔디에 누워 삶의 부질없음을 논하는 시녀라. 몹시 익숙한 얘기였다. 그 이야기는 기시감을 뛰어 넘은, 경험에 가까운 느낌을 주었다.

푸른 잔디 위에 누워 있던 내 모습이 어렴풋이 떠오르는 것 같기도 하다. 빗자루를 내팽개친 채로 죽음이 다가오는 것을 허망하게 느꼈던 지난날의 내 모습.

달튼은 화제를 바꾸었다.

"이포 벨. 그거 알아?"

나는 말해 보라는 듯이 고개를 가볍게 끄덕여 주었다. 달튼의 말이 이어졌다.

"네가 긴 잠에서 깨어났던 그날. 나도 그 방에 존재했다는 걸."

"그랬어요? 그땐 바로 정신을 잃어서, 주위를 제대로 살펴보지 못했어요."

달튼은 비누를 하나 집어 들어 자신의 손바닥에 올려 두었다. 그러고선 그것을 몇 차례 쥐었다 펴기를 반복했다. 내게 닿아 있던 그의 시선은 비누로 옮겨 간 채였다.

"……."

그는 의도적으로 나와 눈을 맞추지 않으며 한참이나 침묵했다. 어떤 말을 하고 싶어 하는 듯해 보였으나, 그 말을 꺼내도 될지 아닐지를 고민하는 것처럼 보였다.

나는 별다른 말은 건네지 않으며, 비누의 개수를 눈으로 세기 시작했다.

282개라는 달튼의 말을 의심한 건 아니었고, 딱히 할 일이 없어서. 그렇다고 해서 이대로 방을 나가기엔 달튼이 꺼낼 말이 궁금하기도 해서.

그렇게 딱 22개까지 세던 참이었다. 무겁게 가라앉은 달튼의 목소리가 들렸다.

"그날 네가 깨어난 걸 보고, 이제 모든 게 끝났다고 생각했어."

"끝?"

나는 앵무새처럼 그의 말을 따라 했다.

"응. 이제 더는 살아갈 이유가 없다고 생각했거든. 그래서 어느 절벽에 가려고 했어."

끝. 그가 말한 끝의 의미는 '죽음'이었다. 달튼은 내가 부활하는 순간 죽음을 꿈꿨다.

삶과 죽음. 새 심장과 절벽. 사랑의 성공과 실패.

"왜 죽고 싶다고 생각했어요?"

나는 제법 담담하게 물어보았다. 죽음은 내게 있어 그리 먼 주제 가 아니었다. 달튼은 주저 없이 대답해 주었다.

"소중한 게 딱 하나 있었는데, 내 손에 안 잡혀서. 손에 잡히지 않는 건 애당초 욕심 부리지 말자가 내 좌우명인데. 내 신념을 깨 버렸어. 나 스스로가."

"……."

"나는 진심인 사랑에 두 번이나 실패해 버렸어. 헛된 기대도 바 라지 못할 만큼. 그래서……."

거기까지 말한 달튼은 제 손바닥에 올려 두었던 비누를 바닥에 떨어뜨렸다.

탁. 비누는 포장지에서 튀어나와 산산이 부서져 버렸다.

그 순간, 내 눈앞에 절벽에서 떨어지는 달튼의 모습이 환영처럼 어른거렸다. 펼쳐진 환영은 곧 사라졌고, 달튼은 무방비하게 놓인 내 손을 부여잡았다.

그는 내 손을 제 가슴 위에 올려 두었다. 내리깐 달튼의 시선이 천천히 들리며, 그는 나와 다시금 시선을 맞추었다.

"그래서 내 마음이 망가져 버렸거든."

색이 다른 묘한 오드아이가 내 눈동자를 직시했다.

"그런데 이게 웬걸. 왠지 기대하고 싶은 상황에 놓여 버렸네."

나는 그에게 잡힌 손을 재빠르게 빼냈다. 그리 세게 잡고 있던 것은 아니라서, 내 손은 손쉽게 그에게서 벗어났다.

"혹시 소중한 건 저고, 기대하고 싶은 상황이라는 건 제가 기억을 잃은 상황을 말하는 건가요?"

달튼은 눈을 조금 크게 뜨며, 반문했다.

"얼레. 너 진짜 이포 벨 맞아? 왜 이렇게 똑똑해졌어? 꼭 다른 사람 같아."

"좋아하는 이를 멍청하다고 말하는 사람은 당신밖에 없을 거예요."

"내가 언제 멍청하다고 했어? 너는 단지 귀여웠을 뿐이야. 내가 얼마나 무서운 계획을 세운 줄도 모르고, 나와 친하게 지냈으니까."

"어제 아윈에게 들었어요. 당신이 저를 이용한 일, 아윈의 심장을 빼앗아 간 일, 저를 납치한……."

달튼은 내 말을 황급하게 잘랐다.

"잠, 잠깐. 나는 나쁜 짓만 한 게 아니야!"

처음 본 그의 당황한 모습이었다. 아니, 어쩌면 내가 기억하지 못하는 시간 속에선 많이 본 모습일지도 모르겠다.

그러려고 그런 건 아닌데, 나는 그를 조금 더 놀렸다. 여유로운 듯, 느른해 보였던 달튼의 페이스가 무너지는 게 꽤 재밌었기 때문이다.

"그럼 제가 아윈에게 들은 말들은, 그가 지어낸 말인 걸까요?"

"······제길. 수습할 수가 없네."

"재미있는 사람이네요, 당신."

나는 소리 내어 웃었다. 우린 과거에도 시시껄렁한 대화를 나누며 웃음을 터뜨렸을까.

달튼은 웃고 있는 내 얼굴을 넋이 나간 사람처럼 바라보았다. 그러곤 홀린 듯이 내게 좀 더 다가오기 시작했다.

그는 테이블에 기댔던 몸을 반듯하게 일으켜 한 발자국, 그리고 두 발자국 내 앞까지 다가왔다. 달튼은 서로의 숨결이 느껴질 거리에서 걸음을 멈추었다.

올려다본 그의 얼굴엔 당황한 기색은 말끔히 사라져 있었다. 그는 돌연히 진지해진 얼굴로, 고해하듯이 말했다.

"용서해 줘."

나는 알고 있었다. 그가 용서받기를 바라는 것이 무엇인지. 그가 얼마나 끔찍한 일을 저질렀는지.

그럼에도 나는 그를 용서했다고 한다. 아윈에게 들은 바로는 그렇다. 그렇기에 나는 기꺼이 너그러운 사람이 되어 보기로 했다.

"이미 용서받은 일이잖아요. 어찌 되었든 지나간 일은 지나간 일이에요. 돌이킬 수 없는 잘못에 더는 얽매이지 말고, 앞으로는 착하게 살아요. 저는 두 번 용서해 주지 않아요."

또한 기꺼이 조언자도 되어 보기로 한다.

"그리고 저 말고 다른 여자를 좋아해 보도록 노력해 봐요."

"······."

"당신, 방탕자잖아요. 마음만 먹으면 누구든 유혹할 수 있을 텐데. 당신을 좋아하는 사람을 만나세요."

달튼은 아직도 나를 사랑하고 있을까?

아윈은 달튼이 나를 무척 좋아했다고 했다. 나는 그 사실을 믿을 수 없었다. 아름다운 두 남자가 나를 동시에 사랑했다는 건, 너무도 비현실적인 일이 아니던가.

하지만 그런 내 생각이 무색하게 달튼은 단언했다.

"넌 여전히 틀렸어."

"네?"

"다른 이의 사랑은 필요 없어. 설령 엄청 대단한 사람의 사랑이라고 해도."

"……."

"내게는 누구에게 사랑받느냐가 더 중요하니까."

"달튼……."

"그리고 지금 내가 바라는 건, 네 사랑뿐이야."

아름다운 두 남자에게 사랑받는 일은 정말로 비현실적인 일이라고 생각했는데……. 달튼의 고백에 나는 생각을 달리할 수밖에 없었다.

이 남자, 아직도 나를 좋아하는 거라고.

"제가 기억을 잃었기 때문에 당신에게도 기회가 왔다고 생각하는 거예요? 이번엔 아윈을 사랑하지 않을 수도 있어서?"

나는 순수하게 물었고, 달튼은 온순히 대답했다.

"정확해."

나를 사랑하기 때문에 나를 괴롭혔던 달튼. 내가 저를 선택하지 않아서 끝을 생각했던 달튼.

이번에도 그를 선택하지 않는다면, 그는 또다시 끝을 생각할까?

생각하는 것에만 그치지 않고 실행으로 옮겨 버린다면.

달튼의 고개가 기울어진 것은 그때였다. 그는 제 고개를 누그러뜨려 내 어깨 위에 기대었다.

어깨에 닿은 달튼의 이마가 뜨거웠다. 그의 긴 머리카락은 내 목덜미에 닿아 나를 간지럽혔다.

"……네가."

달튼은 촉촉하게 젖은 목소리로 말했다.

"이번엔 나를 좋아해 줬으면 좋겠다."

사랑. 그것이 무엇이길래 당신을 이토록 간절하게 만드는 걸까. 나는 나 때문에 죽음마저도 소원한 달튼을 잘 이해할 수 없었다.

하나 어제, 아윈은 그렇게 말했다.

'이포 벨, 너는 잠든 나를 깨우기 위해 네 목숨을 걸고 달튼을 찾아다녔어.'

내가 기억하지 못하는 과거의 이포 벨 또한 사랑하는 이를 위해 자신의 목숨을 내어놓았다고. 지금의 나로선 완전히 받아들이기 힘든 부분이었다.

아윈을 떠올리기 무섭게 그가 보고 싶어졌다. 그는 제가 해야 할 일을 끝내고선, 우리가 만나기로 약속한 집무실에 자리하고 있으려나.

나를 기다리고 있을 아윈이 염려가 되었다. 아무래도 달튼의 애상 어린 고백은 내게 큰 공명을 주지 못했나 보다. 달튼과 안기듯이 서 있으면서도, 나는 아윈만을 생각하고 있었으니까.

나는 내게 기댄 달튼을 밀어냈다. 달튼은 저항 없이 뒤로 물러났다. 마주한 달튼의 오드아이는 어제보다도 선명한 빛을 띠는 듯했다. 하염없이 내리던 흰 눈 사이로 보았던 그때보다도 훨씬 더.

"당신에게 희망을 주는 말을 해 드릴 수는 없어요."

당신의 고백에도 제 머릿속에 가득 차 있는 사람은 아원이니까요. 나는 거기까지 말하지 못했다.

너무 솔직한 말이었기에 도리어 할 수 없었다. 나의 진심은 달튼에게 커다란 상처가 될 것이다. 그것은 어떤 명약으로도 고칠 수 없는 깊은 상처일 테다.

나는 달튼에게 상처를 입힐 수 없었다. 적어도 오늘만큼은. 자신을 좋아해 주었으면 좋겠다고 바란 지금만큼은.

"하지만 죽지 마요."

달튼은 침묵했다.

"달튼. 어제도 그랬고, 오늘도 마찬가지예요. 저는 당신을 그냥 놔둘 수 없어요. 기억은 잃었지만, 당신에 대한 마음은 남아 있는 거예요. 당신이 나쁜 짓을 저질렀다고 해도, 저는 당신을 용서했고 소중하게 생각하고 있었나 봐요."

무겁게 닫혀 있던 달튼의 입술은 뒤늦게 열렸다.

"그럼 더 소중하게 생각해 줘."

대답해 줄 수 없는 말이라고, 나는 생각했다.

"……이만 가 볼게요."

나는 달튼을 지나쳐 걸어갔다. 하지만 걸음은 곧 멈춰지고야 말았다. 그가 내 손을 부드럽게 붙잡았기 때문이다. 거기엔 폭력적인 기운은 조금도 없었다.

"가야 할 곳이 있어요."

그러니까, 더 이상 나를 붙잡지 말아 줘.

"아윈을 만나러 가는 거야?"

"네, 맞아요. 그가 기다릴 거예요."

"기다리게 놔둬."

"달튼."

그는 맞잡은 손에 힘을 주었다. 마주한 그의 손바닥은 땀으로 축축했다.

"넌…… 아윈과 나누었던 감정적 교류를 모두 잊었잖아. 그러고도 너희가 연인 사이라고 할 수 있을까?"

"기억은 잃었지만, 제 마음은 그를 기억하고 있어요."

나는 '아윈 아스타'라는 이름만은 기억했어.

"네 마음은, 아니 네 심장은 네 것이 아니잖아. 빌어먹을 용의 것이라고."

나는 달튼을 똑바로 올려다보았다. 그의 얼굴은 형편없이 일그러져 있었다.

"그래서 하고 싶은 말이 뭐예요?"

"네 기억을 찾는 걸, 내가 도와줄게."

그것은 정말로 이상한 제안이었다. 달튼은 여전히 나를 사랑한다고 했다. 내가 저를 소중하게 생각해 주었으면 좋겠다고 바랐다.

그는 내가 처한 현실, 즉 내가 기억을 잃은 일을 기회라 여기고 있었다. 내가 기억을 찾게 된다면, 나는 아윈을 사랑했던 마음마저도 완전히 자각하게 될 것이다.

정리하자면 그런 거다. 나를 사랑하는 달튼은, 내 기억이 돌아오지 않기를 바라야 했다.

그것은 다섯 살배기 어린아이도 짐작할 수 있는 단순한 사실이었다. 그런데 내가 기억을 찾을 수 있게 도와주겠다니.

생각은 이어지지 못했다. 달튼이 다시금 말을 건넸기 때문이다.

"내가 누군지 잊었어?"

달튼은 내 얼굴이 복잡해진 원인을 착각한 것처럼 보였다. 그는 내가 제 능력을 의심하고 있다고 여긴 걸까?

"방탕자 달튼 레이서스?"

나는 익숙한 대답을 내어놓았다. 오래전에도 똑같은 질문을 듣고선 똑같은 대답을 내린 듯한 기분.

"기억을 잃어도 대답은 한결같구나."

과연, 내게 든 기분은 틀리지 않은 모양이었다.

"그럼 나도 다시 정정해 줄게. 나는 방탕자이기 전에, 거의 모든 것을 다 할 수 있는 대마법사야."

익숙한 대화의 흐름이 내게 가져다준 것은 막연한 불안함이었다. 달튼이 이런 식으로 내게 미끼를 던진 적이 과거에도 있었던 것 같다.

그는 유혹의 기미가 가득한 미끼를 던져 내가 혹하게 만들어 놓고, 결국 제가 원하는 것을 쟁취했던 이력이 있었던 것 같다.

아윈에게서 들었던 우리의 과거를 헤아려 보았을 때, 그 일은 아마 '아윈의 두 번째 심장을 빼앗은 일'이 아닌가 싶다.(과거의 일들을 얘기해 주었을 때, 아윈은 결과 같은 사실만을 추려서 말했을 뿐, 일이 일어난 과정에 대해선 자세히 설명해 주지 않았다.)

"이 층 복도 끝 방이야."

달튼은 나지막한 미소를 지은 채로 이어 말했다.

"나는 네가 오기를 언제고 기다리고 있어."

"......"

"아주 오래전부터. 지금도. 먼 미래에도."

그러곤 잡고 있던 내 손을 그제야 놓아 주었다. 제가 하고 싶었던 말을 끝마친 양.

나는 달튼을 그대로 지나쳐 방을 나왔다. 방문을 닫자 다리에 힘이 풀리는 듯한 느낌이 들었다. 나는 달튼의 온기가 여전히 남아 있는 손을 가볍게 쥐었다 폈다.

또다시 던져진 달튼의 미끼. 나는 그것을 물지 않을 자신이 있는가. 나는 그에게 또다시 휩쓸리지 않을 자신이 있는가.

난제였다.

집무실까지는 막힘없이 걸어갔다. 떠올린 것은 하나도 없으나 내 몸은 그곳까지 여실히 기억하고 있었다.

그렇게 꺾인 복도를 지나치려던 찰나 눈에 익은 두 사람을 발견하게 되었다. 나는 나도 모르게 꺾어진 복도 뒤에 몸을 숨겨, 두 사람을 지켜보았다.

복도 위, 마주 본 채로 서 있는 두 사람은 한 쌍의 남녀였다. 기다란 은발을 가진 여자는 내가 가지지 못한 귀족스러운 분위기를 풍기고 있었다. 설탕 인형처럼 아름답다.

아리따운 그 여자는 제 앞에 선 남자를 보며 미소 짓고 있었다. 여자의 미소를 마주한 남자는 여자만큼이나 아름다운 미모를 가지고 있었다. 그리고 나는 그의 이름을 알고 있었다.

"......아윈."

아윈에게 찾아온 손님이라는 건, 저 여자였던 걸까?

두 사람 사이에 오간 스킨십은 없었다. 그들은 그저 무언가를 얘기하고 있을 따름이었다. 작별의 인사를 나누고 있는 게 아닐까 싶었다. 중요한 얘기를 복도에서 나눌 리는 없을 테니까.

인정하기는 싫지만, 두 사람은 한 폭의 그림처럼 잘 어울렸다. 그렇게 생각하자, 어찌 된 영문인지 아윈이 멀게 느껴졌다. 어젯밤 물리도록 닿아 있었던 그임에도 불구하고.

짧은 헤어짐을 아쉬워하며 느릿하게 걸어가던 아윈을 비웃은 일이 무색했다. 아윈에게 다가가고 싶다는 바람이 들었다.

저곳으로 냉큼 다가가 아윈의 손을 잡고 싶었다. 그러곤 설탕 인형 같은 여자에게 쏘아붙인다면 더할 나위 없을 테지.

'이 남자는 저를 사랑해요.'

저 여자는 얼마나 황당해할까. 두서없는 당돌한 내 말에 화가 나서, 나를 질타할지도 몰랐다. 확실히는 모르지만, 적어도 나보단 저 여자의 신분이 높을 게 뻔하니까.

그 순간 내 귓가엔 작은 속삭임이 들려왔다.

'뭘 망설이는 거야. 저 여자에게 아윈이 네 남자임을 확실히 보여 줘.'

거부할 수 없는 다디단 귓속말이었다. 나는 다디단 말을 속삭인 장본인이 누군지 알고 있었다.

아윈의 귓가에도 속삭였던 그 소악마. 녀석의 짓이리라.

소악마는 그만두는 일을 잊은 것처럼 내게 연거푸 속삭였다.

'가만히 있다간 저 여자가 아윈을 유혹해 버릴 거야. 아무것도 기억하지 못하는 네게 실망한 아윈이, 저 여자에게 넘어갈지도 몰라.'

하지만 아윈은 나를 사랑한다고 속삭여 주었는걸. 하루아침 사이에 그의 마음이 변할 리는 없다고 여겼다.

그리 생각하면서도, 출처를 알 수 없는 불안함이 들었다. 아윈의 입가에 드리운 가느다란 미소 때문인 듯싶다.

내게 향하지 않은, 다른 여자에게 향한 아윈의 미소가 싫다. 그 미소를 마주한 여자의 얼굴이 밝아지는 게 보기 싫다. 마음이 차갑게 얼어붙는 듯한 기분이었다.

한겨울의 매서운 바람이 내 가슴에 스며든 것만 같았다. 단단히 얼어 버린 심장은, 손을 대면 부서질 것 같았다.

아윈이 내 이름을 불러 주었으면 좋겠다고 생각했다. 내 이름을 다정하게 부르며, 내게 사랑을 속삭여 주었으면. 사랑을 속삭인 그 입술로 내게 입을 맞추어 주었으면. 그의 온기를 내게 나누어 주었으면. 그렇게만 된다면 차갑게 얼어붙은 내 심장은 단번에 녹아 버릴 텐데.

나는 눈을 질끈 감았다. 눈을 감지 않는다면 아윈에게 달려가 후회할 짓을 할 것만 같았다.

내가 기억을 잃지 않았다면, 아윈의 미소는 내게만 닿아 있었을까? 나를 향한 아윈의 마음을, 나는 확신할 수 있는 걸까?

그때 떠오른 것은 달튼의 유혹이었다.

'네 기억을 찾는 걸, 내가 도와줄게.'

그 메시지는 내 귓가를 여러 번 두드리고 있었다. 정신을 바짝 차리지 않는다면 그의 유혹에 함락되어 버릴 것만 같았다.

얼어붙은 내 마음은, 한없이 나약해져 있었다.

마음을 가라앉혀야 한다. 나는 스스로를 거듭 다독였다.

숨을 낮게 고르며 조금 전에 보았던 천연 오가닉 비누를 떠올렸다. 그러곤 미처 다 세지 못한 그것들의 개수를 헤아렸다. 테이블 위에 올려진 비누의 형상이 내 머릿속에서 제법 선명하게 그려졌다.

시간이 얼마나 흐른 것인지 가늠하지 못하겠다. 깨달았을 땐, 내게 다가오는 단정한 구두 소리가 들려왔다.

나는 감고 있던 눈꺼풀을 천천히 들어 올렸다. 이내 밝아진 시야로 천연 오가닉 비누가 아닌 그의 모습이 그려졌다.

"······이포? 언제부터 여기에 있었어?"

아윈이었다. 나는 늦지 않게 대답했다.

"조금 전에요. 제가 여기에 있는지 어떻게 아셨어요?"

아윈의 시선이 내 발치로 떨어졌다.

"네 드레스. 복도 기둥 사이로 보였어."

"아."

"왜 눈을 감고 있었던 거야? 머리가 아파? 의원을 불러올까?"

아윈은 연쇄 물음마처럼 내게 연거푸 질문을 건네었다.

나는 고개를 내저었다. 지금 내게 필요한 것은 의원이 아니었다. 나는 내가 원하는 것을 그에게 토로했다.

"손잡고 싶어요."

"손?"

아윈은 그게 뭐 어려운 일이냐는 듯 내 손을 잡았다. 무려 깍지를 껴 주기까지 했다. 그러자 단단히 얼어붙었던 내 마음은 삽시간 녹기 시작했다.

"떠네."

나는 내 손을 내려다보았다. 손끝이 미미하게 떨리고 있었다.

"추워? 안으로 들어가자. 집무실 벽난로에 불을 미리 지펴 났어."

나는 대답 대신 고개를 끄덕였다. 아윈은 나를 집무실로 이끌기 시작했다. 이곳과 그리 멀지 않은 곳이었다.

안면이 있는 시녀가 차를 내와 주었다. 케이티였다. 그녀는 나와 짧은 눈인사를 한 후에 집무실을 나갔다.

나가기 직전, 한 소파 위에 나란히 앉은 나와 아윈의 모습을 게슴츠레한 눈으로 쳐다보기도 했다.

아윈은 당연하다는 듯이 찰거머리처럼 내 옆에 앉아, 내 손에 직접 차를 쥐여 주었다.

"마셔."

그는 내가 추워서 손끝을 떨었다고 확신한 것 같았다. 나는 그가 쥐여 준 찻잔을 입술 근처로 가져가 찻물을 조금 들이켰다.

입 안엔 찻물이 충분히 감돌았다. 하지만 그럼에도 나는 아무것도 느낄 수 없었다. 무맛. 무취. 감각이 마비된 듯한 기분.

차가 잘못돼서, 케이티가 이상한 차를 내와서 그런 것은 아니었다. 얼어붙은 내 마음이 완전히 녹지 않았기에 그런 것이리라. 아윈이 다른 여자와 담소를 나누던 모습이 내 눈앞에 여전히 어른거려서 그런 것이리라.

나는 들고 있던 찻잔을 테이블 위에 내려놓았다. 조금 떨어진 입술 사이론 진심이 흘러나왔다.

"여자분이랑 함께 있는 걸 봤어요."

설탕 인형처럼 아름다웠던 그 여자. 왠지 모르게 낯익은 여자였다. 내가 기억하지 못하는 과거에, 한 번쯤은 스치듯이 마주친 것처럼.

내 귓가엔 차가운 목소리가 공명했다.

'그렇다면 주제를 알아야지.'

그것은 경고에 가까운 속삭임이었다. 타이르듯 내뱉은 말 속엔 날카로운 가시가 배어 있었다. 지금 울린 목소리는 그 여자의 것인 걸까?

"아…… 그건 사업상. 정말 어쩔 수 없이. 아무 의미 없는 만남이었어."

"하지만 신경 쓰였어요."

아윈은 빙그레 웃었다.

"내가 다른 여자를 만나는 게 신경 쓰였어?"

"네. 당신의 마음속에 있던 소악마가 제 마음속에 침투할 정도로."

"그래서?"

그리 묻는 아윈의 얼굴은 신나 보였다.

"소악마는 제게 속삭였어요. 당신과 그 여자 사이를 떨어뜨려 놓으라고."

아윈은 알 만하다는 듯이 고개를 끄덕였다. 그 다디단 속삭임을 이해한다는 듯이. 그러고선 말한다.

"우리는 같은 감정을 느꼈구나."

소악마의 정체를 아는 것처럼.

"당신은 그 감정의 이름을 알아요?"

나는 아윈과 시선을 맞추었다. 그는 훌륭한 미소가 덧대어진 입술로 내게 속삭였다.

"알지. 네가 가르쳐 줬어."

"……."

"그건 질투야. 네가 가르쳐 준 감정들은 하나도 빠짐없이 내 마음속에 남아 있어."

질투라는 이름을 가진 소악마. 아윈은 무릎에 올려 둔 내 손을 잡아, 자신의 가슴 위에 올려 두었다.

"느껴져?"

눈을 감고 귀를 기울여 보자. 그럼 평소엔 느끼지 못했던 것을 느끼게 될지도 모르니까.

눈을 감자 압도적인 정적에 휩쓸렸다. 귀를 기울이자 정적 사이를 가로지르는 소리가 들렸다.

"당신의 심장이 뛰는 게 느껴져요."

내 마음마저도 평온해지는 당신의 심장 소리.

"어때?"

"빨라요."

그는 담백하게 고백했다.

"너와 대화를 나눌 때마다 설레."

"……."

"다른 여자에게선 한 번도 느낀 적이 없는 느낌이지."

나는 감았던 눈을 떠, 아윈의 눈을 다시금 바라보았다.

"이제 좀 덜 신경 쓰여?"

나는 아윈의 어깨에 얼굴을 기대었다.

"아윈. 당신은 참 사랑스러운 남자였나 봐요."

함께한 추억은 하나도 떠올리지 못하면서, 그에게 질투를 느끼는 일이 옳은 일인가. 내겐 의구심이 들었다.

하지만 아윈은 그런 의구심을 느끼지 못했다는 양 내게 확신을 주려고 노력했다. 제 마음을 설레게 만드는 사람은 나밖에 없다고.

어이없게도 나는 위안을 받았다. 아윈의 노력에, 내 마음을 한순간 지배했던 소악마가 온데간데없이 사라져 버렸다. 흔적도 없이. 멀리 달아나 버린 것이다.

"말했지. 나는 원래 심장에 있던 나사 하나를 잃어버린 남자였다고. 아무것도 느끼지 못했고, 마음에 와닿는 건 아무것도 없었어. 살아 있지만 산다는 것의 의미를 몰랐어. 다음 날의 해가 떴으니 일어났고 숨이 쉬어졌으니 살아 있었어. 그뿐이야. 그런 나를 누군가는 그리 부르더군."

"뭐라고요?"

"빈껍데기라고."

"……"

"그 말에 반박할 수 없었어. 나조차도 고개가 끄덕여졌으니까."

나는 빈껍데기였던 아윈을 잘 상상할 수 없었다. 짧은 시간 동안 내가 겪은 그는 감정을 표현할 줄 아는 남자였으니까.

그는 슬플 땐 눈물을 흘렸고, 기쁠 땐 미소를 지었으며, 나를 원할 땐 격정적으로 굴었다.

'사랑해.'

지난밤 내게 사랑을 속삭인 그의 목소리가 선명했다.

아윈은 이어서 말했다.

"하지만 너를 만나고 달라진 거야. 네가 내게 감정을 일깨워 주었고, 나는 감정을 배워 갔지."

"응."

"너는 사랑스러운 여자였어. 그런 네 옆에 있다 보니 나도 변하게 된 거야.”

“그렇구나.”

“변화가 나쁘다고 생각하지 않아. 내가 변해서 네가 행복해질 수 있다면, 나는 그걸로 됐다고 생각해.”

나는 눈을 느릿하게 깜빡였다. 그가 기억하는 사랑스러운 여자가 되고 싶다는 생각이 들었다.

서로를 위해 변해 갔던 그 시절의 내가 되고 싶었다.

나는 단지 긴 잠을 잤을 뿐인데, 기억하지 못 하는 일이 생겨 버렸음이 애석했다. 나는 그 자리에 그대로 있었을 뿐인데, 내가 모르는, 나를 추억하는 사람들이 생겨나 버렸음이 애석했다.

그들은 내가 알지 못하는 추억을 안고선, 때론 나를 슬프게 바라보았다. 그럴 때마다 나는 그런 생각이 들기도 했다. 그들이 보는 건, 현실 속의 내가 아닌 것 같다고.

하지만 우습게도 나는 그들이, 아니, 조금 더 정확하게 말하자면, 아윈이 추억하는 여자가 되고 싶었다. 그 생각엔 변함이 없었다.

그를 사랑하게 된 걸까? 기억이 없더라도, 그를 운명처럼 사랑하게 된 일이 벌어진 걸까? 이대로 자연스럽게 그와 다시 사랑을 나누어도 되는 걸까?

‘네 기억을 찾는 걸, 내가 도와줄게.’

의미심장한 달튼의 말이 내 머릿속에서 좀처럼 사라지지 않았다. 유혹적인 그 말은 부정적인 기류를 그득하게 풍기고 있었다.

부정적인 달튼의 기류를 몰아내 준 것은 아윈이었다. 그는 다른 화제로 내게 말을 건네었다.

“첫눈이 오면 함께 가려고 했던 곳이 있어.”

나는 그곳이 어딘지 곧바로 알 수 있었다. 아윈이 들려준 이야기 속에 존재했던 곳이니까.

"겨울에만 피는 꽃이 있는 화원. 그곳을 말하는 거죠? 제가 혼자 갔다가, 사고를 당했던 곳."

나는 왜 아윈을 기다리지 않고선, 나 홀로 산에 올랐던 걸까. 무엇이 그리도 조급하다고. 참을성도 없이. 바보 같은 이포 벨.

"응. 네가 다시 눈을 뜨면 함께 가야겠다고 생각했는데…… 넌 어때?"

"저도 가 보고 싶어요."

그곳에 간다면 홀연히 사라진 내 기억이 돌아올지도 몰라.

"언제가 좋을까?"

"글쎄요. 눈이 오는 날이 좋겠어요."

아윈은 "응." 하는 짧은 대답을 남겼다. 그는 내가 뭘 원하든, 심지어 절대로 구할 수 없는 것을 구해 오라고 해도 싱겁게 수긍해 줄 것 같은 분위기를 풍기고 있었다.

바보 같은 것은 나 혼자뿐만이 아니었나 보다. 나는 픽 미소 지었다. 헛웃음에 가까운 미소였다.

"그런데 왜 집무실에서 만나자고 한 거예요?"

"아. 너에게 줄 게 있어서."

아윈은 그제야 우리가 이곳에서 만난 이유를 떠올린 것 같았다.

"잠깐 일어서도 될까?"

나는 그의 어깨에 기댔던 얼굴을 올곧게 세웠다. 아윈은 몸을 일으켜 책상 근처로 걸어갔다. 그러곤 고동빛 책상의 서랍을 열어 무언가를 꺼내었다.

그는 내 옆자리에 다시 자리 잡았다.

"네가 잠들어 있는 동안 편지를 썼어."

아원의 손에는 크기가 작은 흰 봉투 하나가 들려 있었다.

"저한테 줄 편지예요?"

"응. 수신인은 이포 벨, 너 하나뿐이야."

그는 제가 쓴 편지를 내 손에 쥐여 주었다. 나는 그것을 소중하게 움켜잡았다.

"매일 하나씩 줄게. 읽어 줘."

"하나가 아니에요?"

"응. 여러 개."

아원은 머리카락을 멋쩍게 쓸어 넘겼다. 나는 편지의 접착부를 뜯어 지금 당장 편지를 읽으려고 했다. 그러자 아원이 급하게 나를 막아섰다.

"나중에. 내가 없을 때."

바라본 아원의 흰 뺨엔 붉은빛이 도드라져 있었다. 그는 부끄러워하고 있는 듯했다.

옅게 찡그린 미간. 홍조가 드리운 뺨. 이내 그의 귀 끝마저도 붉은빛이 내려앉기 시작했다. 이토록 열없어하는 아원이라니.

나는 그가 귀여워 킥킥거렸다. 심지어 그의 볼을 손끝으로 콕콕 찔러 보기도 했다.

"귀여워요."

"……."

아원은 아무런 대답도 하지 않았다. 그는 또다시 빈껍데기가 된 것처럼 침묵할 따름이었다.

하지만 나는 안다. 감정이 없어서, 귀엽다는 말의 의미를 몰라서, 그가 침묵하는 게 아니라는 걸.

아윈은 어떤 대답을 해야 할지 가늠하지 못하고 있는 것임이 분명했다. 그는 '귀엽다'라는 단어가 자신과는 어울리지 않는다고 생각할 것이다.

하지만 쭈뼛거리는 아윈은 정말로 귀여웠다. 진심이었다.

「친애하는 이포 벨에게.

네가 내 편지를 읽는다면, 네가 살아났다는 의미겠지. 왠지 기뻐. 기쁠 일은 아직 하나도 일어나지 않았는데.

하지만 나는 우리가 해후할 거라고 믿어.

물론 얼마의 시간이 걸릴지 몰라. 얼마만큼의 시간을 갉아먹어야 할지는 잘 가늠할 수 없어.

그래도 헛된 믿음이라고 생각하지 않아. 우리에겐 제법 믿음직스러운 조력자가 존재하거든.

오늘은 눈이 조금 쌓였어. 쌓인 눈을 밟아 보았는데, 꽤 차갑더라. 그러다 문득 얼어붙은 흙바닥 위에서 네가 홀로 죽어 간 일이 떠올랐어.

나는 바보처럼 눈물을 흘리고 말았어.

걱정 마. 본 사람은 아무도 없으니까.」

나는 아윈이 쓴 첫 번째 편지를 몇 번이고 곱씹어 읽었다. 편지를 읽으면서, 그것을 쓰고 있는 그의 모습을 상상해 보기도 했다.

집중한 얼굴. 반듯이 세운 허리. 신중한 펜 끝.

"……보고 싶다."

아윈을 상상하니, 그가 보고 싶었다. 집무실에 있었던 우리는 저녁까지 함께 먹은 후에 잠깐 헤어진 터였다.

뭐, 그렇다고 해서 거리상 엄청 떨어진 건 아니었고, 나 혼자 아윈의 방으로 돌아왔을 따름이었다. 아윈은 후작님답게 미처 다하지 못한 일을 처리하는 중이었다.

내 방에 가는 일보다 아윈의 방으로 가는 일이 자연스럽게 느껴졌다. 아윈이 어느 날 갑자기 "네 방으로 돌아가 줬으면 좋겠어. 오늘은 혼자 자고 싶거든."이라는 말을 남긴다면 좀 서운할 정도.

혼자 남겨진 내가 제일 처음 한 일은 아윈이 준 편지를 읽은 것이었다. 나는 침대 이곳저곳을 굴러다니며, 내용을 세세히 기억할 만큼 편지를 읽었다. 그러자 두 번째 편지엔 어떤 내용이 담겨 있을지 몹시 궁금해졌다.

외울 만큼 읽은 편지는 침대 옆 협탁 서랍 속에 넣어 두려고 했다. 서랍을 연 순간, 한 가지 물건을 발견하게 되었다. 그것은 감색이 웃도는 반지 케이스였다.

나는 그것을 집어 들어 열어 보기도 했다. 내 것이 아니라 잠깐 망설이기도 했지만, 궁금증을 이겨 낼 재간이 없었다.

반지 케이스 속엔 반지가 들어 있었다. 어쩌면 당연한 것일지도 모를 내용물이었다. 금빛을 띤 반지는 별다른 무늬가 없는 심플한 것이었다.

아윈이 것이라고 하기에는 사이즈가 조금 작아 보이는 반지. 프러포즈용으로 안성맞춤일 것 같은 반지. 나는 그것을 물끄러미 내려다보았다.

"반지, 라."

아윈의 방에 있었으니, 그가 준비한 것이겠고. 사이즈가 작으니, 다른 이에게 주려고 한 것이겠고. 그 사람은 여자이거나 손가락 사이즈가 작은 남자…… 일 수도 있겠다.

자연스럽게 달튼의 얼굴마저도 떠올린 후에야 고개를 가로로 내저었다. 나, 도대체 무슨 생각을 하고 있는 거야.

나는 반지 케이스를 원래 있던 자리에 내려놓았다. 아윈의 편지와 반지 케이스가 담긴 서랍은 곧 굳게 닫혔다.

나는 침대에 누운 채로 잠깐 멈추었던 생각을 다시 이어 가기 시작했다.

달튼이 생각나서 그런데…… 달튼은 왜 아직까지 후작저에 머물고 있는 걸까? 아윈은 나에게 그 이유를 설명해 주지 않았다.

달튼은 나와 아윈을 위험에 빠뜨렸던 남자였다. 그럼에도 그가 후작저에 머문 이유는 내게 새로운 심장을 이식시켜 주기 위함이라고 했다.

하지만 그마저도 이젠 모두 완수했지 않던가. 즉, 달튼이 이곳에 머물 이유가 모두 사라졌다는 거다.

며칠 전, 눈이 오던 정원에서 우연히 맞닥뜨린 아윈과 달튼 사이의 기류는 심상치 않았다. 특히나 아윈은 그를 경계하고 있었다. 그는 달튼에게 명백한 적의를 내비쳤다. 일순간이었지만, 나는 그점을 놓치지 않았다.

하지만 그럼에도 달튼을 후작저에서 쫓아내지 않는다, 라…….

거기엔 내가 모르는 그들만의 사정이 존재하는 걸까?

"모르겠다."

내가 알 수 없는 것이 너무 많다. 헤아릴 수 없는 사정들이 내 머릿속을 가득 메우고 있었다.

나는 눈을 감고선, 생각의 방향을 다른 곳으로 옮겼다.

아원은 언제 돌아올까. 얼른 와 주었으면 좋겠는데.

그것이 내가 잠들기 전에 마지막으로 한 생각이었다.

다시 눈을 떴을 때, 침대 옆 커다란 창문을 제일 먼저 바라보았다. 창밖, 밝아진 하늘에선 하얀 눈이 내리고 있었다. 등 뒤에서 누군가의 목소리가 들린 것은 그때였다.

"오늘 꽃을 보러 갈래?"

그리 말한 누군가는 내 허리를 깊숙이 감싸 안았다. 그러고선 내 몸과 제 몸을 가깝게 밀착시켰다. 도망갈 틈 없는 견고한 포옹이었다.

"좋아요."

가까이 닿은 그에게선 좋은 향기가 났다. 그에게 영원히 안겨 있고 싶다는 바람이 들게 만드는. 그런 좋은 향기. 아원의 향기.

우리는 오랫동안 서로의 몸에 기대고 있었다.

눈은 계속해서 내리고 있었다.

"벨. 아직도 기억을 떠올리지 못한 거지?"

케이티는 내가 기억을 얼른 떠올리기를 바라는 것 같았다. 나는 솔직하게 털어놓았다.

"응. 무언가가 뜨문뜨문 짧게 기억나기는 하지만 떠올리고 싶은 건 하나도 기억하지 못했어."

"그래서 마음이 상했구나."

그녀는 내 목소리에 밴 씁쓸함을 정확하게 인지한 듯싶었다. 나는 대답했다.

"응."

"내가 네 기억이 돌아오기를 기도해 줄게."

"고마워."

"네가 기억하지 못하니까, 너랑 후작님 사이의 이야기도 듣지 못하겠다."

케이티는 사실 그 사연이 듣고 싶어서 내 기억이 돌아오기를 바란 게 아닐까 싶었다.

"궁금해?"

"완전! 엄청나게."

흥분한 케이티는 내 머리를 조금 세게 빗었다. 나는 머리카락이 당기는 것을 느꼈지만, 아무렇지 않은 척 미소를 지었다.

단장을 도와줄 시녀는 필요 없다고 아원에게 거듭 말했음에도, 그는 구태여 케이티를 불러 나를 단장해 줄 것을 지시했다. 케이티가 싫어할 일일지도 모르는데.

하지만 그것은 과한 걱정이었는지, 케이티는 기분 나빠하는 기색 하나 없이 내 단장을 도와주었다. 마치 예전에도 이런 일이 있었던 것처럼.

화장대에 나란히 앉아 같은 거울을 보고 있는 케이티와 나. 거울로 본 케이티의 얼굴엔 즐거운 기색이 가득했다. 가식은 느껴지지 않는 진실 된 얼굴이었다.

"아! 맞다. 있지, 벨. 네가 깨어난 후에 후작님이 저택에 일하는 모든 사용인들에게 공지한 사실을 알고 있어?"

"무슨 공지?"

"모르나 보구나! 글쎄, 저번에 모든 사용인들을 불러 놓고선……흠흠."

케이티는 목소리를 몇 차례 가다듬은 뒤에 이어 말했다.

"'이포 벨은 내게 아주 소중한 사람이야. 나를 대하듯이 그녀를 대하도록.' 그렇게 말했지 뭐야! 말도 마. 다들 얼마나 놀랐던지. 너와 후작님의 관계에 대해선 알 만한 사람은 이미 다 알지만, 확인 사살당한 건 처음이었거든."

그래서 사용인들이 후작저를 마음대로 돌아다니는 나를 보고도 아무런 말을 하지 않았구나. 그들은 오히려 나와 눈이 마주칠 때마다 고개를 조금 숙이곤 했다.

아윈이 그와 걸맞은 귀여운 짓을 했기에 그런 것이었다.

아윈의 소중한 사람인 나. 그의 서랍 속에 있던 반지 케이스. 사이즈가 작은 반지. 그것은 내 것이 아닐까?

나는 섣부른 기대를 했다. 이 기대가 실망으로 귀결되지 않을 것임을, 나는 직감했다.

내가 다른 생각을 하고 있는 사이, 케이티는 갑작스러운 말을 꺼내었다.

"……미안해."

"갑자기?"

갑자기 웬 사과람.

나는 반지에 대한 생각을 접어 두고선, 그녀를 바라보았다. 케이티는 쥐고 있던 빗을 힘없이 내려놓았다.

"너는 기억하지 못하겠지만, 예전에 네가 후작님을 좋아하게 되었다고 내게 고백한 적이 있었어. 그때 나는 '왜 그런 소모적인 사랑을 하는 거야?'라고 너를 질타했어."

나는 그녀의 고해를 잠자코 들어 주었다.

"하지만 너는 보란 듯이 후작님과 사랑의 결실을 맺었고, 그 후에도 나를 비웃기는커녕 도리어 내게 용기를 주었지. 신분의 고하가 있든, 또 다른 어떤 사정이 있든, 좋아하는 사람을 끝까지 포기하지 말라고."

케이티는 정성스럽게 빗은 내 머리카락 위에 털로 된 모자를 씌워 주었다. 평소에 모자를 잘 쓰지 않아서, 모자를 쓴 내 모습이 어색하게 느껴졌다.

"멋진 충고였어. 그때 심하게 말한 걸 사과하고 싶었는데, 이제야 제대로 사과하게 되었네."

그러곤 그녀는 머쓱하게 다른 말을 꺼냈다.

"외출 준비 끝!"

내가 기억하지 못하는 일에 대한 사과를 어떻게 받아들여야 하는지는, 나도 잘 모른다.

그렇다면 지금 내가 할 수 있는 일을 하자. 내가 아는 일에 대한, 내가 해야 하는 일.

나는 케이티의 볼에 짧게 입을 맞추어 주었다.

"준비하는 걸 도와줘서 고마워."

나는 느른한 미소를 지었다. 그러자 케이티는 양 뺨을 조금 붉힌 채로 고개를 끄덕였다.

◈

두꺼운 외투까지 걸친 뒤, 방을 나가자 아윈이 보였다.

그는 일찍이 준비를 끝마친 듯 벽면에 등을 기댄 채로 나를 기다리고 있었다. 아윈은 무슨 생각을 하는지 내 인기척을 듣지 못한 듯했다. 내리깔린 그의 시선은 들리지 않은 채였다.

나는 그의 모습을 조용히 관찰했다. 두꺼워 보이는 검은빛의 외투, 목에 두른 흰빛의 단정한 크라바트, 장갑을 껴도 감춰지지 않는 예쁜 손. 총평한다. 몹시 근사하다고.

누가 보아도 멋진 남자. 그리고 이 남자는 나를 사랑하고 있다.

"아윈."

나는 그의 이름을 제법 사랑스럽게 불러 보았다. 물론 아윈은 눈치채지 못할 테지만.

"……언제 나왔어?"

아윈은 내리깐 시선을 들어 올려 나를 쳐다보았다. 옷차림만 훌륭한 줄 알았는데, 이게 웬걸. 얼굴이 훨씬 더 근사하잖아.

나는 부드러운 미소를 지으며, 그에게 가까이 다가갔다.

"방금요. 무슨 생각을 그렇게 해요?"

"음. 나가서 얘기할까? 너랑 같이 걸으면서 얘기하고 싶어."

나는 고개를 끄덕이며, 그에게 자연스레 손을 뻗었다. 손을 잡아 달라는 의미였다. 그것은 내가 인지하지 못한 새에 해 버린 행동이었다.

민망했는데, 뻗어진 손을 거두어들이는 건 보류했다. 아원과 손을 잡고 싶었으니까.

그는 제게 뻗어진 내 손을 물끄러미 내려다보기만 했다. 내가 더 더욱 민망해질 정도로.

"왜 안 잡아요?"

"……기뻐서. 네가 내게 손을 뻗어 주었잖아."

바라본 그의 검은 눈동자가 불투명진 것처럼 보였다.

"설, 설마 울어요?"

"아……니……야. ……망했다. 멋있게 보이고 싶었는데."

아원은 침착하지 못하게 제 얼굴을 손으로 쓸었다. 웃음이 삐죽 나오려고 했다. 하나 입술을 둥글게 말며 웃음을 참아 냈다. 내가 웃으면 아원이 더 민망해할지도 몰라.

"아원. 멋있어요. 잘생겼어. 근사해. 예쁜 남자는 우는 것도 멋진걸요."

"……."

"그래서 제 손은 언제 잡아 주는 거예요?"

아원은 대답 대신 내 손을 박력 있게 잡았다. 그러면서도 나와 눈을 마주치지는 않았다. 촉촉해진 제 눈가를 들키고 싶지 않았나 보다. 대신 나에 대한 총평을 뒤늦게 했을 따름이었다.

"네가 더 예뻐."

"하."

내뱉은 숨에서 새어 나온 하얀 입김이 공중에 흩날렸다. 나는 메마른 숨을 몇 차례 뱉어 냈다.

"추워? 우산…… 가져올 걸 그랬나?"

나는 곧바로 대답했다.

"아뇨, 춥지 않아요. 그냥 입김이 예뻐서."

"그렇다면 다행이긴 한데."

아윈은 영 탐탁지 않아 하는 것 같았다. 후작저의 현관문을 나서던 순간, 우산을 쓰고 가자던 그의 말을 거절한 터였다. 아윈은 그 까닭을 물어보았고, 내 이유는 간단했다.

'이제 아프지도 않고, 건강해졌으니, 건강함을 만끽해 볼래요. 눈을 맞으면서 걸을래. 당신은요?'

그리고 아윈의 대답 또한 간단히 흘러나왔다.

'네가 하자는 대로 할게.'

그리하여 우리는 내리는 눈을 여과 없이 맞으며 걷고 있었다.

나는 아윈이 이끄는 대로 묵묵히 발걸음을 옮겼다. 우리는 어느새 후작저 뒤에 있던 야트막한 산길을 오르기 시작했다.

눈발은 더욱 거세지고 있었다. 모자를 쓰고 나와서 다행이라는 생각이 듦과 동시에, 모자를 쓰지 않은 아윈이 걱정되었다. 그의 검은 머리카락은 벌써부터 조금 젖어 있었다. 감기에 걸리려나.

이상한 생각인지도 모르겠다. 아윈은 감기에 걸리지 않을 것 같다는 생각이 들었다. 그가 가진 비현실적인 외모 때문에 그런 것인지. 그 또한 나와 같은 인간일 텐데.

겨울에만 피는 그 꽃이 그리 먼 곳에 있지 않다고 하니, 그 점이 다행일 성싶다.

그렇게 얼마나 더 걸었을까.

흰 눈이 꽃처럼 매달린 여러 나무를 지나치고, 입고 있던 드레스 끝마저도 꽤 젖어 버렸을 때, 아원의 걸음이 멈췄다.

"다 왔다."

그는 내 손을 잡지 않은 나머지 손으로 어딘가를 가리켰다. 그의 손끝엔 근사한 화원이 있었다.

흐드러지게 핀 보랏빛 꽃. 그 위에 내려앉은 흰 눈.

"절경이다."

직접 보지 않고선 잘 믿을 수 없는 광경이었다.

나는 훌륭한 경치를 내 마음속에 깊이 새겨 두었다. 눈을 감고도 선명히 그릴 수 있을 정도로.

이토록 아름다운 꽃을 혼자 보러 왔다가 죽었다는 거지.

아원은 잡고 있던 내 손을 놓아, 그 손으로 내 어깨를 감싸 안았다. 그는 내 어깨를 조금 끌어당겨 서로의 몸을 완전히 밀착시켰다.

"아까 무슨 생각을 하느냐고 물었지? 이 화원에 대해서 생각하고 있었어."

"의미가 있는 곳이에요?"

"응. 이곳은 돌아가신 어머니가 가꾸던 곳이야."

아원의 어머니. 그녀는 아원과 닮았을까?

나는 그의 말을 잠자코 들었다.

"예전에, 우리 사이에 교점이 하나도 없었을 때. 네가 나한테 물은 적이 있어. 왜 자신의 부탁을 한 번에 들어준 거냐고."

"제가 어떤 부탁을 했는데요?"

아원은 화원을 그대로 내려다본 채로 대답했다.

"하룻밤을 함께 보내자는 부탁."

"……아."

……나 엄청 대담했나 보네.

하긴, 그땐 죽음에 직면해 있을 때라 내겐 주저함이 없었을 것이다. 나는 하고 싶은 것을 해야 직성이 풀리는 성격이었다.

그렇기에 아원을 남몰래 짝사랑했다면, 그에게 주저 없이 토로했을 테다.

'당신의 밤을 가지고 싶어요.'

죽음에 직면한 여자가 원한 사랑하는 남자와의 마지막 밤. 나는 그것을 소원했을 것이다. 간절하게. 정성스럽게.

"나는 네 눈물을 보고, 네 부탁을 곧바로 들어준 거야."

아원은 희미한 미소가 밴 목소리로 말했다. '하룻밤을 함께 보내자는 부탁.'이라는 말에 내가 당황한 것을 그도 눈치챘나 보다. 나는 아무렇지 않은 척, 그에게 물었다.

"제가 울었어요?"

"넌 잘 울었어. 네 표현을 빌리자면, 소금 맛이 어떤 맛인지 알 때까지 울었지."

"저 완전 울보였네요. 그래서요?"

"그래서 나는 대답했어. 눈물에 섞인 말은 진심이라서, 네 부탁을 들어주었다고."

그때의 내 부탁은 엄청난 진심이 맞을 것이다. 나는 확신했다. 이윽고 아원은 눈물에 섞인 말이 진심이라는 말의 출처를 읊조렸다.

"그건 어머니가 하신 말이야."

나는 화원을 보던 시선을 비틀어 그의 얼굴을 올려다보았다. 돌아가신 어머니를 논한 그의 얼굴엔 아무런 감정도 띠어져 있지 않았다.

슬프지 않아서 무표정했다기보다는, 시간이 오래 지나서 그 슬픔이 희석된 것처럼 보였다.

"어렸을 때, 마차 사고를 당했었거든. 내가 감정을 잃어버린 아주 큰 사고였어. 그날 이후 어머니는 매일 울면서 말했어. 사고를 겪게 만들어서 미안하다고. 나는 잘 이해할 수 없었어. 마차 사고를 일으킨 건 어머니가 아닌데……. 어머니가 왜 사과를 해."

아윈은 이어서 말했다.

"그래서 나는 어머니의 눈물을 닦아 주면서 말했어. 울지 말라고. 그럼 어머니는 물었지. '내 진심을 믿니?' 빈껍데기인 나는 대답해. '잘 모르겠어요.' 그럼 어머니는 또다시 말해. '아윈. 눈물에 섞인 말은 진심이란다.' 나는 그 말을 기억해. 머리가 크고. 성인이 되고. 그리고 널 만나서도."

화원만을 고집스럽게 바라보던 아윈의 시선에 내게 닿았다. 어머니에 대한 회상은 이제 끝이 났으니, 현실 속 제 곁에 존재하는 내게 집중하겠다는 것처럼.

그의 검은 눈동자에는 아련한 빛이 감돌고 있었다.

"이포 벨."

그는 한 번 들으면 절대로 잊히지 않는 목소리로 내 이름을 불렀고, 나는 거기서 무언가를 떠올렸다.

'이포 벨. 어째서 나와 하룻밤을 보내자고 한 거지?'

'그럼 당신은 어째서 저를 허락하신 거죠?'

'……울었잖아.'

'네?'

'눈물에 섞인 말은 진심이라고 들었어.'

그때, 당신은 매정한 목소리로 내게 말했던 것 같아.

설핏 떠오른 과거 환영 속 아윈의 얼굴과 현실 속 아윈의 얼굴이 겹쳐졌다.

"아윈. 그날 일이 어렴풋이 기억나는 것도 같아요."

"희소식이다."

그의 얼굴에 화색이 묻어났다. 아윈은 내가 과거를 조금 기억해 낸 사실을 기뻐하는 것 같았다.

"기억이 없는 제게, 매번 실망하지 않나요?"

"물론 하나도 실망하지 않았다고 단언하지는 못해."

"네."

"처음엔 실망했지. 절망했지."

절망했다던 아윈은 미소 지었다. 그 속엔 서운함도, 원망도 없었다. 따사로운 감정만이 스며 있을 뿐이었다.

아윈은 제가 따스한 미소를 지은 이유를 늦지 않게 토로했다. 실망하고, 절망했음에도 불구하고.

"그래도 넌 내 이름을 기억하잖아."

"……."

"내 머릿속엔 네 이름이 있고, 네 머릿속엔 내 이름이 있어."

내 어깨를 감쌌던 아윈의 손이 천천히 내려와, 차가워진 내 손을 그러잡았다.

"너는 내 이름만을 유일하게 기억해 줬어. 나는 너를 원망하지 않아. 도리어 내 이름만 기억해 준 사실이 기쁜걸."

흰 눈 사이로 보이는 아윈의 얼굴. 아스라이 울리는 당신의 목소리.

"기뻐."

아윈은 기쁘다는 말을 연거푸 내뱉었다. 그 말이 가진 의미를 섬세히 헤아려 보려는 듯이.

"이포 벨."

"네."

"내 머릿속에 있는 네 이름은 영원할 거야."

나도 장담해. 내 머릿속에 있는 당신의 이름이 영원할 거라고.

"기뻐요."

"너도 기뻐?"

"응. 이유는 잘 모르겠지만, 저는 당신에게 제 이름이 기억되기를 바랐나 봐요."

나를 내려다보는 아윈의 시선이 그윽해졌다. 그는 우리 사이에 이름과 관련된 어떤 일화가 있었다는 듯이 굴고 있었다.

대화는 끊겼고, 우리는 시선을 맞추기만 했다. 그러다 그윽해진 그의 시선이 가까워진 듯한 기분이 들었다. 고개를 비틀고, 눈을 감는다면 우리의 입술이 마주칠지도 모르겠다.

나는 본능적으로 눈을 감았다. 아윈과 나누는 키스에 거부감은 일절도 들지 않았으니까.

하지만 한참이 지나도 그의 입술은 느껴지지 않았다. 내 입술 위론 차가운 눈송이만이 내려앉았을 뿐이었다.

감았던 눈을 조금 떴을 때, 이마에 웬 딱밤이 놓였다. 나는 눈을 완전히 떴다. 이마가 꽤 얼얼했다.

가까웠던 아윈의 고개는 다시금 위로 들려 있었다. 그는 먹구름이 가득한 하늘을 올려다보며 말했다.

"지난밤은 꿈에 취했던 거잖아. 이번엔 맨정신이니까."

그래서 내게 키스하지 않은 걸까. 해도 되는데.

아윈은 알 것이다. 아까, 그대로 밀어붙였다면 나와 키스할 수 있었으리란 사실을.

하지만 아윈은 무언가가 석연치 않다는 것처럼 주저했다. 그는…… 내가 저와의 키스를 바라지 않는다고 여기는 걸까?

자신이 너무 밀어붙여서, 내가 분위기에 휩쓸려서 입술을 맞춘 것이라 여긴 걸까?

그것은 정말로 바보 같은 생각이었다. 잠에 취하든 분위기에 취하든, 결국 선택은 내가 한 것이었으니까.

나는 아윈과 키스를 하기를, 더해 더한 행위를 하기를 바라고 있었다. 명백히. 부정할 여지없이. 그는 그 사실을 제대로 알 필요가 있었다.

"춥다. 이제 그만 내려가자."

아윈은 한 발자국 걸음을 옮겼다. 나는 그가 더 이상 나아가지 못하게, 잡고 있던 손에 힘을 주었다.

"하고 싶어요."

"……어?"

"잠에 취하지 않았어요. 지극히 맨정신이에요. 하지만 당신과 입술을 맞추고 싶어요."

그는 조금 놀란 듯 입술을 벌렸다. 내가 그런 말을 하리란 것을 예상하지 못한 얼굴이었다. 나는 그가 원했을 법한 말을 내어놓았다.

"키스해 줘요."

놀란 아윈의 얼굴엔 곧 미소가 번졌다.

미소 가득한 입술 사이론 기저에서부터 울리는 듯한 훌륭한 목소리가 새어 나왔다. 이포 벨.

"고마워."

아윈은 내 뺨을 감싸고 고개를 완전히 기울였다. 곧이어 서로의 입술이 부딪혔다. 석양보다도 붉은 그의 입술은 여름 햇살보다도 뜨거웠다.

얼굴엔 차가운 눈이 내려앉았고, 내 입술엔 아윈의 뜨거운 숨결이 와 닿고 있었다. 나는 그 극명한 온도 차가 좋았다. 아윈의 체온이 더욱 면밀히 느껴지는 것 같았으니까.

그와의 키스는 우리가 나누었던 격렬한 밤을 떠올리게 했다. 서로의 숨결을 나눌 때마다 달아올랐던 체온. 그의 맨살에 닿았던 촉감. 그의 야릇한 교성.

이내 입술이 떨어졌을 때, 아윈은 무언가를 바라는 듯한 눈으로 나를 지그시 바라보았다. 나는 그가 무슨 말을 원할지 짐작해 보았다.

사랑을 뜻하는 말을 바라고 있는 게 아닐까?

그가 바라는 것이 무엇인지 알면서도 나는 침묵했다. 물론 그를 좋아한다. 사랑…… 까지는 잘 모르겠으나 그가 싫지 않다.

하지만 망설여진다. 나는 누군가의 진심과 제대로 마주한 적이 한 번도 없었다.

사랑의 풋내기는 아니다. 하지만 아윈만큼의 진심을 가진 남자를 만난 적은 없었다.

내게 진심인 상대에게 어설픈 말을 해 주고 싶지 않다. 그를 좋아한다는 말을 내뱉는다면, 온 마음을 다해 말해 주고 싶다.

나는 아직 그 정도의 감정에 도달하지 못했다.

아원에게 진심을 다해 '좋아한다'는 말을 남기는 일이, 나는 잘 상상되지 않았다.

올라갈 땐 꽤 힘들었다고 생각했는데, 하산은 금방이었다. 우리는 왔던 길을 금세 되돌아왔다. 그사이에도 눈은 그치지 않았다.

그렇게 후작저로 들어가려던 찰나였다. 어디선가 날카로운 시선 하나가 느껴졌다. 나는 시선이 느껴지는 방향으로 고개를 들어 올렸다.

그곳은 후작저의 여러 방 중 하나로, 커튼이 쳐져 있지 않은 방이었다.(후작저의 거의 모든 방 창문엔 커튼이 쳐져 있었다.)

나는 그 안을 빤히 들여다보았다. 하나 사람의 그림자는 조금도 보이지 않았다. 그저 잘 젖혀진 크림색 커튼만이 보일 뿐이었다.

착각한 걸까.

"이포?"

아원은 돌연히 걸음을 멈춘 나를 의아하게 여겼다. 나는 그 방을 바라본 채로 물음을 건네었다.

"아원. 저 방은 누구의 방이에요?"

아원의 시선이 나를 따라 들렸다. 그는 방의 위치를 눈으로 대강 어림잡아 보고선, 대답했다.

"……달튼 레이서스."

달튼. 나는 그가 알려 준 그의 방 위치를 떠올렸다.

'이 층 복도 끝 방이야.'

눈짐작으로 헤아려 본 그 방의 위치는 이 층 복도 끝 방이었다.

"지켜본 걸까요?"

아원은 긍정도 부정도 하지 않았다.

"글쎄. 하지만 마법사들은 몰래 훔쳐보는 데에 능한 자들이지."

몰래 훔쳐보는 데에 능한 마법사.

내겐 달튼이 우리를 염탐했으리라는 확신이 들었다. 이상한 기분
이었다.

오후에 산을 다녀왔기에 그런 것일까? 아니면, 겨울 해가 몹시도
짧았기에 그런 것일까? 밤은 일찍 찾아왔다.

나는 진즉부터 졸음의 기운을 느끼며 침대에 몸을 누이었다. 물
론 아원의 방, 그의 침대 위였다. 아원이 쫓아내지 않는 한 이곳에
머물고 싶을 따름이었다.

오늘 나에게 많은 시간을 할애해 준 아원 또한 내 옆에 자리하고
있었다.

우리는 망망대해처럼 넓은 침대 위, 조금 떨어진 채로, 옷을 모
두 갖춰 입은 채로 잠들 준비를 하고 있었다. 지난밤, 뜨거운 몸의
대화를 나누었다는 사실이 무색했다.

나는 눈을 느릿하게 깜빡였다. 얼마 못 가 지독한 잠에 빠져들
것 같은 기분이었다. 그러나 그전에 아원과 진득한 행위를 나누어
도 나쁠 것 같지 않았다.

그가 나를 원한다면 나는 그가 원하는 바를 들어주고 싶었다. 하지만 아원은 담백하게 내 손을 잡을 뿐이었다. 그는 산에서처럼 나와의 스킨십을 주저하는 듯했다.

물론 그렇다고 해서 그가 스킨십을 원하지 않는 것은 아니라고, 나는 자신한다.

나는 나를 바라보는 아원의 열기 가득한 시선을 안다. 그는 나와 가깝게 밀착되고 싶어 했다. 언제든. 시간과 때를 가리지 않고.

나는 열망으로 가득 찬 그의 시선과, 내게 닿으려는 그의 손길이 싫지 않았다. 그에게 닿고 싶었다.

"자?"

아원의 목소리는 정적을 반듯하게 가로질렀다. 나는 대답했다.

"아뇨. 하지만 곧 잠들 것 같아요."

"응."

"왜요?"

"일어났을 때…… 그때도 나를 기억해 줄래?"

나는 곧바로 대꾸했다.

"응. 기억할게요. 성심을 다해."

아원은 나를 따라 말했다.

"응."

그것이 대화의 끝이었다. 나는 감은 눈꺼풀을 다시 들어 올리지 못했다. 나는 수마에 단단히 사로잡혀 버렸다.

그날 밤엔 또다시 꿈을 꾸었다.

꿈속엔 어느 절벽이 나왔다. 꽃도, 나무도, 바람도 없는 황량한 절벽. 나는 그곳에 위태롭게 서 있었다.

나는 절벽 밑을 가만히 내려다보았다. 절벽 밑은 새카맸다. 밑바닥이 보이지 않을 정도로 아득한 높이를 가지고 있었던 것이다.

절벽 밑, 시커먼 어둠은 나를 희구하고 있었다.

어서 이리로 와. 끝까지 다가와.

절벽 밑엔 근사한 것이 있어.

한번 떨어져 볼래?

그것은 나의 희생을 바라며, 내가 추락하기를 바랐다.

절벽 밑에 무엇이 있는지 궁금했다. 그 바람은 꺾일 기세 없이 고조되었다.

나는 한 발자국 앞으로 걸어갔다. 곧 절벽의 끝이었다. 하나 걸음을 멈출 수는 없었다.

나는 이곳에서 떨어져야 했고, 뜨거운 피를 흘려야 했다. 죽음과 재생. 그리고 사명에 따라.

이윽고 한쪽 발이 허공에 떴다. 한 걸음만 더 떼어 낸다면, 나는 꼼짝 없이 떨어지고 말 것이다. 그러나 걸음을 멈출 수는 없었다.

나머지 발마저도 앞으로 한 걸음 떼어 냈다. 그러자 내 몸은 허공에 일순간 떠 있다, 급작스럽게 밑으로 추락하기 시작했다.

밑으로 더 밑으로.

추락하면 할수록 주변은 조용해졌다. 나는 왠지 모를 쓸쓸함을 느끼며, 곧 닿을 밑바닥엔 무엇이 있을지 상상했다. 아니, 기저엔 아무것도 없을지도 몰랐다. 심지어 밑바닥이라는 게 없을지도 몰랐다.

나는 끝없이 추락만 하게 되는 것이다.

밑으로 더 밑으로.

시간이 얼마나 흘렀을까. 깨달았을 땐, 나는 더 이상 추락하고 있지 않았다. 나는 감았던 눈을 떴다.

주변은 사물을 인식할 수 있을 정도의 옅은 빛만이 존재했다. 누워 있던 상체를 일으킨 순간, 손끝에 닿는 것이 있었다. 그것은 차가운 덩어리 같은 무언가였다.

나는 옆을 바라보았다. 그곳엔 익숙한 남자가 반듯하게 누워 있었다. 그는 나보다도 훨씬 더 일찍 절벽에서 떨어진 것처럼 보였다. 나는 남자의 이름을 되뇌었다.

아윈. 당신도 절벽의 부름을 들은 걸까?

당신은 내가 잊어버린 아윈인 걸까?

나는 잠든 듯 눈을 감은 아윈의 얼굴을 들어, 내 무릎 위에 올려놓았다. 그러곤 그의 뺨을 매만져 주었다. 손끝에 닿은 그의 뺨은 차가웠다. 이미 죽기라도 한 듯이.

당신이 눈을 떠 주었으면 좋겠어.

바라기가 부섭게 감긴 그의 눈꺼풀 사이로 뜨거운 액체가 흘러내리기 시작했다. 그것은 눈물이었다.

붉은 눈물. 하얗게 질린 그의 뺨에서 흘러내리는 피 같은 눈물.

내 손끝엔 아윈의 눈물이 붉게 스며들었다.

"하아……."

눈을 떴을 땐, 꿈에서 깨어나 있었다.

나는 까닭 없이 가빠진 숨을 몰아쉬었다. 현실로 돌아왔음에도, 붉은 눈물을 흘리던 아윈의 모습이 생생했다.

부정적인 기류가 가득하다. 그것은 나를 꼼짝 없이 옥죘다. 나는 두 손으로 양팔을 감싸 안았다. 팔뚝엔 소름이 돋아 있었다.

나는 손을 더듬으며 내 옆에 잠들어 있어야 할 아윈을 찾았다. 하나 내 손에 잡힌 것은 아무것도 없었다. 마치 그가 존재하지 않는 것처럼.

"아윈……?"

그의 이름도 불러 보았으나 돌아오는 대답은 없었다. 나는 뒤늦게 방 안을 둘러보았다. 그 어디에도 아윈은 존재하지 않았다.

어디로 간 걸까. 아직 어두운 주위. 뜨지 않은 내일의 태양. 깊은 새벽. 아윈은 어디로 사라져 버린 걸까.

절벽이 그를 부른 것은 아닐까.

나는 침대를 황급히 벗어났다. 생각할 시간이 없었다. 나는 살아 있는 아윈의 존재를 확인해야 했다. 내 눈으로. 내 손끝으로.

❖

방 밖을 나오기는 했는데, 어디로 가야 할지 막막했다. 꿈속에 나온 절벽으로 찾아갈 수는 없는 노릇이었다.

그 절벽이 후작저 근처에 존재할 거라는 생각은 일절 들지 않았다. 그래서 나는 일단 복도를 거닐었다.

그 순간 문득 떠오른 것은,

'이 층 복도 끝 방이야.'

달튼 방의 위치였다.

나는 그곳으로 걸음을 옮기기에 이르렀다. 이유는 잘 모르겠다.

그저 그곳에 아원이 존재하리란 묘한 예감이 들었을 뿐이다.

이내 이 층 복도를 거의 끝까지 걸어갔을 무렵이었다. 칠흑처럼 어두운 복도 위를 가로지르는 한 줄기의 빛이 보였다.

그 빛은 조금 열린 어느 방문에서 새어 나온 빛줄기였다. 부주의한 누군가가 채 닫지 않은 방문.

나는 발걸음의 소리를 죽인 채로 방문 근처까지 걸어갔다. 그러고선 자세를 웅크려, 열린 틈새에 귀를 기울여 보았다.

"후작저에서 나가 주었으면 좋겠군."

그토록 찾았던 아원의 목소리가 들렸다. 나는 안도가 밴 숨을 짧게 뱉어 냈다. 곧이어 달튼의 목소리도 들려왔다.

"이곳을 떠나면 죽어 버릴 텐데?"

끝. 죽음. 달튼은 나로 인해 끝을 생각했다고 했었다.

"나보고 죽지 말라고 한 건 너야, 아원."

"네 죽음으로, 네가 나를 협박할 자격은 없어."

아원의 말에 달튼은 비웃는 소리를 냈다.

"왜 내가 이곳을 떠나길 바라? 기억을 잃은 그녀가 나를 좋아하게 될까 봐 걱정돼?"

"아니라고 말하지는 못해."

"넌 그렇게나 자신이 없어?"

"네가 판단할 문제는 아니지."

아원은 의연하게 대꾸하고 있었다. 감정이 고조된 것은 달튼뿐인 것만 같았다.

"내가 너였다면…… 나는…….”

달튼은 제 말을 잇지 못했다. 나는 거기까지 듣고선 서둘러 방으로 다시 돌아왔다.

아윈이 무사함을, 그가 절벽으로 가지 않았음을 직접 확인했으니까. 더 엿듣고 있다간 그들에게 들킬지도 모를 일이었다.

침대에 누워 몸을 조금 뒤척이고 있을 때, 아윈이 돌아왔다. 그는 들고 나갔던 등불을 테이블 위에 올려놓고선, 내 옆에 자리 잡았다.

"어디 갔다 와요?"

나는 아윈 쪽으로 몸을 틀어 누웠다. 마주한 아윈의 얼굴엔 놀란 빛이 드리워져 있었다.

"깼어? 그냥 잠깐 밖에. 잠이 안 와서."

나는 대답 대신 그를 바라보기만 했다. 아윈이 달튼을 왜 쫓아내지 않는지 궁금했는데…… 나는 이제야 그 이유를 알 성싶었다.

내가 엿들은 대화로 판단해 보자면, 아윈은 달튼을 강경하게 내쫓지 못하고 있었다. 그건 아마도 달튼이 진짜로 죽을까 봐 염려가 되어서 그런 게 아닌가 싶다.

무신경하게 생긴 주제에 마음은 한없이 여린 아윈.

그는 연약한 시선으로 나를 보며, 나약한 말을 꺼내었다.

"안아 줄래?"

어미의 품을 찾는, 작고 여린 짐승 같은 아윈.

나는 두 팔을 수평으로 벌렸다.

"이리 와요."

"응."

아윈은 내게 가까이 다가와 내 품에 안기었다. 나는 벌렸던 팔을 오므려 그의 등을 감싸 안았다. 내 품에 안긴 그에게선 살아 있는 자의 온기가 느껴졌다.

나는 그라는 존재를 온전히 만끽했다. 절벽 밑에서 느낀 그의 차가움을 잊을 만큼. 계속해서.

그녀가 빈집을 떠나간 이후 제대로 잠든 적이 한 번도 없었다.

달튼은 몇 달 내내 이포가 남긴 편지를 눈이 닳도록 읽고 있었다. 그 때문에 편지지는 조금 헤져 버렸고, 이포의 단정한 글자가 번진 부분도 생겨 버렸다.

제게 남긴 그녀의 편지가 훼손되는 일이 끔찍하게 싫었음에도 불구하고, 달튼은 그것을 읽는 일을 멈출 수 없었다. 편지를 읽지 않고 있으면, 죽고 싶다는 바람만이 들었으니까.

그녀가 온전히 저를 위해서 준 것은 그 편지가 처음이었다. 아니, 어쩌면 마지막일지도 모르겠다.

대마법사인 달튼에겐 값진 것들이 아주, 그 수를 헤아릴 수 없을 정도로 많았지만, 그는 이포가 준 편지 한 장이 제일 소중했다. 적어도 지금은 그러했다.

언제까지 그녀의 편지가 제일 소중할지, 달튼은 그 시간의 무게를 가늠할 수 없었다. 숨이 끊어질 때까지 그녀의 편지에 비등될 만한 것이 생기지 않는다면……

달튼은 침대 등받이에 등을 기대고 앉아 창가에 내려앉는 붉은빛을 바라보았다. 석양의 붉은빛은 유보 없이 내리깔리며 이윽고 달튼의 손에 쥐어진 편지마저도 빨갛게 물들였다.

정말로 딱 한 번만 더. 진짜 마지막으로 편지를 읽어 보자. 편지지 위에 내려앉은 석양빛이 예뻤으니까.

달튼의 시선이 내리깔렸다.

「방탕자 달튼 레이서스에게.

편지를 적을 때, 제일 처음엔 자신에 대한 소개를 해야 한다고 배웠어요. 그런데 있죠. 편지를 통해서 제 소개를 하려니 왠지 기분이 이상하네요. 이건 지극히 부정적인 의미예요.

그런 의미로, 제 소개는 건너뛸게요. 제가 누군지 이미 알 것 같으니까.」

누가 이포 벨 아니랄까 봐, 당돌하고 쿨하다.

달튼은 미친 사람처럼 킥킥거렸다. 혼자 남겨진 그에겐 제 웃음소리를 들어줄 사람도, 봐 줄 사람도 없었다.

「서두가 조금 길었어요. 본론을 얘기할게요.

이제부터 여러 이유를 늘어놓을 건데, 무엇에 대한 이유인지를 짐작하면서 읽어 주세요.

이건 부탁이 아니라 협박이에요.」

유서인지, 장난을 치려는 편지인 건지. 하지만 편지 내용은 지극히 이포다운 것이라서, 달튼은 그마저도 좋았다.

「첫 번째. 인정하기는 싫지만, 당신은 무지 잘생겼어요. 고로 미인을 잃는 건, 국가적인 큰 손실이에요.

두 번째. 추켜세워 주는 건 아니지만, 당신의 마법 실력은 훌륭해요. 고로 당신 같은 마법사를 잃는 건, 여러 사람이 슬퍼할 일일 테죠.

세 번째. 당신은 조금 짓궂기는 하지만, 따뜻한 마음을 가지고 있어요. 그 마음을 다른 사람들이 알아주었으면 좋겠어요. 더해 방탕자, 탕아…… 그런 말이 아닌 마음이 따뜻한 마법사라는 꼬리표가 따라붙으면 더 좋을 테고요.

네 번째. 이 말은 이미 한 말이지만, 그래도 중요하니까 한 번 더 말할게요. 원래 중요한 말은 두 번, 심하게는 세 번 정도 더 해도 부족하지 않다고 생각해요.

제가 하고 싶은 말은 그래요. 당신이 좋아하는 제가, 당신이 제 몫까지 오래오래 살기를 바라요.

네 번째 이유까지 겨우겨우 적었는데, 더는 생각나지 않네요. 이유의 개수가 중요한가요? 중요한 건 진심이에요. 네 가지 이유에 거짓은 하나도 없었어요.

자, 달튼. 이제 당신 차례예요. 제가 늘어놓은 여러 이유들이 뜻하는 바가 무엇인지 예측해 보았나요?

당신은 똑똑한 사람이니까, 진즉 눈치챘을 거라고 확신해요.

음…….

당신은 아마 제 인생에서 심장병 다음으로 저를 제일 힘들게 만들었다고, 저는 자신할 수 있어요.

어떨 땐 당신이 너무나도 미웠어요. 뺨 한 대를 때리는 것으로 만족되지 않을 만큼.

좀 잔인한 말이지만, 당신의 가죽을 전부 다 벗겨 버리면 얼마나 좋을까, 라는 생각을 하기도 했죠. 식겁하지 마세요. 그러려는 시도는 실제로 하지 않았으니까.

제게 마법사의 재능이 없다는 사실을, 당신은 깊이 감사해야 할 거예요. 감사해하고 있나요?

왠지 미소 짓고 있을 것 같네요. 」

말을 어쩜 이렇게 잘해.

한 번 읽으면 도중에 그만둘 수 없는 글귀들이었다. 달튼은 새삼 그녀의 편지에 홀리는 듯한 기분이 들었다.

그의 얼굴엔 진득한 미소가 배어 있었다.

'왠지 미소 짓고 있을 것 같네요.'

이포가 한 예언처럼.

「 그러려고 한 건 아닌데, 얘기가 점점 길어지고 있네요.

이제 슬슬 결론지어 볼게요. 아쉽다고 생각해도 어쩔 수 없어요.

한때를 영위했던 계절도, 값비싼 돈을 주고 산 드레스도, 열렬히 사랑했던 사람도…… 모두 끝이 존재하는 거니까요.

당신이 제게 준 것들을 잊지 않을게요. 그것들은 모두 다 제 마음 깊은 곳에 기억한 채로 눈을 감을 거예요.

안녕. 」

장황하게 시작한 서두와는 어울리지 않는 싱거운 끝인사였다. 편지, 아니, 그녀의 유서를 모두 읽은 달튼은 그것을 제 품에 소중히 끌어안았다.

앞부분이 모두 부정적인 그녀의 여러 이유들. 거짓이라고는 하나도 없다던 그 이유들. 그것이 '무엇'의 이유인지 그는 단번에 알 수 있었다.

왜냐면 이포의 말처럼 자신은 똑똑한 사람이었으니까. 강조하고 싶은 건 아닌데, 그녀가 먼저 자신의 영민함을 인정해 주었으니 자신 또한 인정하는 바다. 어디 대마법사가 흔하게 존재하나 싶다.

그러나 그토록 특출 난 재능을 가졌어도, 남들이 부러워하는 외모를 가졌어도, 달튼은 행복하지 못했다.

그는 무릎을 세워 몸을 웅크린 채로 혼잣말을 읊조렸다. 이포의 여러 이유들이 가리키는 그녀의 바람을. 참으로 한결같은 그 바람을.

"내가 죽지 않기를 바라는 거겠지."

그녀의 고집스러운 바람은 자신을 비참하게 만들기도 했다. 계속 살아서 자신을 사랑해 주지 않았던 그녀를 추억하라는 것인지. 마음이 공허해지는 것을 얼마나 더 느끼라는 것인지.

깊은 진공 속에 빠져들게 된다면, 지금 느끼는 아픔, 슬픔…… 모든 부정적인 것들을 느끼지 못할 텐데.

연명하지 않는 것이 가장 속 편한 일임을 안다. 하나 우습게도 달튼은 이포의 마지막 부탁을 들어주지 않을 수가 없었다. 거기엔 거스를 수 없는 어떤 마력이 있었다.

그녀에게 마법적 재능이 하나도 없다는 걸 알면서도, 편지 속엔 웬 속박 마법이 걸려 있는 것만 같았다.

달튼은 이포가 사주한 속박이라는 족쇄에 채워져, 죽지도 못한 채로 사자처럼 살아갔다. 그녀가 되살아나기 전까지, 그는 무의미한 삶을 살고 있었다.

드디어 되살아난 그녀는 아윈과 사랑했던 기억을 모두 잊은 채였다. 달튼은 그녀의 사정이 내심 기뻤다. 빌어먹을 용은 싫지만, 녀석이 한 짓은 제법 마음에 들었다.

그 용이 어떤 생각으로 이포의 기억을 지운 것인지는 모르겠다. 그러나 그 일은 달튼에게 있어 기회로 느껴졌을 따름이었다.

어쩌면…… 어쩌면 이번엔 이포가 나를 좋아해 줄지도 몰라. 그녀의 사랑을 내가 독차지할 수 있을지도 몰라. 체념하는 것에 익숙했던 삶이 변화할지도 몰라.

무의미한 삶 속에서 헛된 기대를 품고 그녀를 바라고 추억하는 일을 이젠 그만둘 수 있을지도 몰라.

그 덕에 슬퍼할 아윈? 그게 무슨 내가 알 바야. 일단은 내가 살아야지. 그 일이 제일 중요한 일인데.

이포가 자신을 바라보지 않았던 시간, 그녀가 사멸해 버린 시간, 달튼은 시간을 마모시키며 한 사람만을 기다렸다. 보상 없는 기다림이 언제 끝날지도 모른 채로. 그렇게. 하염없이.

애석한 사실은 기억이 증발한 이포가 무언가에 끌리는 것처럼 아윈에게만 시선을 준다는 것이다. 그러나 그 정돈 충분히 감수할 수 있었다.

급하게 굴지 말자. 서서히, 천천히, 그녀가 제게 관심을 가질 수 있게 만들자.

'네 기억을 찾는 걸, 내가 도와줄게.'

구미가 당기는 미끼를 던져 그녀를 현혹하자. 제가 얼마나 그녀를 사랑하는지 표현하자.

설령 제 마음이 또다시 그녀에게 완전히 닿지 못한다고 할지라도. 전하지 못한 진심이라도. 그것이 진심이라는 데엔 변함이 없으니까.

깨달았을 땐, 사방이 완전히 어두워져 있었다. 달튼은 침대에 몸을 가지런히 누이었다.

지난 몇 달간 제대로 잠들지 못한 그는 무척이나 노곤했다. 마법으로 피곤을 물리칠 수만 있다면 당장 그러고 싶을 정도였다.

안타깝게도 피로를 물리는 마법은 제 능력 밖이었다. 아무리 대단한 마법사라고 해도 불가능한 것은 늘 존재했다.

눈꺼풀이 지나치게 무거웠다. 하지만 눈을 감는다고 해서 잠들 수 있으리라 여겨지지 않았다.

잠들지 못한 채로, 끝없이 눈을 감고 있으면 자신이 사라져 버릴 것만 같은 기분이 들었다. 달튼은 매번 현실과 이상의 경계 속에서 시간을 죽였다.

무거워질 대로 무거워진 그의 눈꺼풀이 내리 덮였다.

눈을 감자 떠오른 것은 과거의 기억이었다. 좀 더 구체적으로 알려 주자면, 이포가 절벽에서 떨어지던 그날의 기억이라고 해야 할까.

달튼은 절벽에서 떨어지던 그녀의 모습을 세세히 그려 보았다. 허공에 흩날리던 그녀의 시녀복을. 당황한 그녀의 얼굴을. 제가 아닌 아윈에게 뻗어진 가녀린 손끝마저도.

'달튼. 저를 정말로 밀 줄은 몰랐어요. 진짜 최악이야.'

"응. 난 네게 최악이었어."

그렇지만 그날 네가 절벽에서 떨어지지 않았다면, 너에 대한 마음을 훨씬 더 뒤늦게 알아차렸을 거야.

달튼은 허공에 손을 뻗어 보았다. 상상 속, 뻗어진 이포의 손을 그러잡아 주고 싶었다.

하나 다시 눈을 떴을 때, 허공에 뻗어진 그의 손은 아무것에도 닿지 못한 채였다. 희미하게 떨리는 그의 손은 이윽고 침대 시트 위로 떨어졌다.

간절하게 바란 것은 끝내 갖지 못했다. 그것은 제게 주어진 숙명처럼, 늘 그랬다.

그래서 이번만큼은 꼭 운명을 거슬러 보고 싶다. 그렇게만 된다면, 절벽을 찾아가지 않아도 될 텐데.

하지만 예감이 좋지 않다. 눈 오던 날 지겹도록 보았던 회색빛 먹구름이 제 주변을 맴도는 것만 같았다.

그 먹구름은 불길한 기운만을 가지고 있었다.

이른 아침, 먼저 깨어난 나는 언제 시들지 모를 보랏빛 꽃을 작은 꽃병에 담아 두었다.

그것은 아원과 함께 간 산속 화원에서 주워 온 것이었다. 비록 무언가로 인해 줄기가 꺾였지만, 그 꽃은 조금도 바래지 않은 채였다.

노란 심지와 보랏빛 꽃잎. 아름다웠다.

그것은 아름다운 것은 물론이요 강인한 생명력도 가지고 있었다. 겨울에 피는 꽃다운 면모였다.

꽃병을 막 창틀 위에 올려놓은 순간, 잠에서 깬 아원이 지겨운 물음을 건네었다.

"이포. 몸은 괜찮아? 어디 아픈 곳은 없고?"

그것은 요즘 아윈이 아침 인사처럼 건네는 말이었다. 어디 아픈 곳은 없는지, 어디 불편한 곳은 없는지…….

아무것도 모르는 이가 듣는다면, 나를 불치병 환자쯤으로 착각할지도 몰랐다. 나는 짧게 하품한 후에 대답했다.

"아윈. 저는 이제 시한부가 아니라면서요."

내뱉고 나서도 새삼 통감하는 사실이었다. 시한부가 아니다, 라. 나는 내 죽음을 막연하게 생각하고 있었다. 언제 죽을지 정확하게 알 수 없었기 때문이다. 적어도 내가 기억하는 이 년 전까진 그랬다.

삼 개월 후에 죽으리란 것을 알고선 짝사랑하던 아윈에게 고백한 나는, 어떤 마음이었을까. 어떤 각오로 아윈에게 내 마음을 전한 걸까?

우리의 사랑은 얼마나 큰 각오와 역경을 헤친 다음에 이뤄진 걸까?

"하지만 걱정되는걸."

아윈은 부드러운 미소를 지었다. 나는 침대 모퉁이에 걸터앉았다.

"아픈 곳은 하나도 없어요. 저는 되레 당신이 걱정돼요."

"내가?"

그는 피곤한 것인지 잘 떠지지 않는 눈꺼풀을 겨우겨우 들어 올렸다.

"당신 얼굴이 해쓱해요. 그건 제가 처음 눈을 뜬 날에도 그렇고, 지금도 다름이 없어요."

"내 걱정했어? 나는 괜찮아."

나는 대답 대신 손을 뻗었다. 아윈은 내 손이 닿을 거리에 누워 있었고, 나는 그의 이마에 손바닥을 올려놓았다.

"이마가 뜨거워요. 머리카락 끝은 젖어 있고요."

"네 손 시원하다."

"의원을 불러와야 할까요?"

아윈은 고개를 작게 내저었다.

"네 손이면 충분해. 아픈 게 아니거든."

"그럼요?"

"이상한 꿈을 꿨어. 그래서 그래."

"어떤 꿈을 꾼 건지 궁금해요."

이상한 꿈이라면 나도 꿨었는데.

나는 어제 꾼 기묘한 꿈을 생각했다. 나를 끊임없이 부르던 절벽. 그 끝에 선 나. 추락하는 몸. 밑바닥에서 조우한 아윈의 차가운 몸. 그리고 그의 붉은 눈물. 이윽고 아윈이 대답했다.

"절벽에서 떨어지는 꿈."

나는 숨 쉬는 것도 잊은 채로 깜짝 놀랐다. 내가 꾼 꿈은 아윈이 꾼 꿈과 연결된 것이었을까?

깊은 어둠 속에 빨려 들어간 아윈의 말로를 내가 본 것이라면. 내 손끝에 스몄던 그의 붉은 눈물이 부정적인 무언가를 의미하는 거라면.

"……떨어져서 어떻게 되는데요?"

"그게 끝이야. 어디에도 닿지 못해. 한없이 추락할 뿐이지."

한없이 추락했던 아윈은 이내 차갑고 캄캄한 밑바닥에 홀로 남겨지게 되었고, 그린 그를 내가 발견하게 된 건 아닐까.

나는 우리가 꾼 연결된 꿈이 의미하는 바가 무엇인지 잘 가늠할 수 없었다.

"아 참. 꿈 얘기가 나와서 그런데, 내 재킷 속에 네게 줄 두 번째 편지가 들어 있어."

나는 가지러 가도 되냐는 듯이 아원의 재킷이 걸린 옷걸이 쪽을 손짓했다. 그의 이마에 얹힌 손이 아닌, 나머지 손이었다.

아원은 매정하게 말했다.

"안 돼."

여태껏 내게 물렁하게 굴었던 그의 모습과는 판이한 모양새였다. 나는 괜히 심술이 나서 그의 이마 위에 올려 둔 손을 들어 올렸다. 그러자 아원은 또다시 강경하게 말했다.

"안 돼."

그는 제 손을 올려, 이마에서 조금 떨어져 버린 내 손을 잡아 원래 있었던 자리에 얹혀 놓았다. 나는 그 완고함이 우스워 작게 킥킥거렸다.

"하지만 당장 읽고 싶어요."

"어제 내가 쓴 편지는 어땠어?"

"좋았어요. 그러니까 두 번째 것도 기대가 되는 거잖아요. 기대하면 안 돼요?"

아원은 한결같은 대답을 늘어놓았다.

"안 돼."

그러고선 저도 어이가 없는 것인지 헛웃음을 흘렸다. 뜨거웠던 그의 이마는 본래의 체온을 되찾아 가고 있었다.

"두 번째 편지도, 역시나 당신이 일하러 가고 난 후에나 읽을 수 있는 거죠?"

"응. 그건 규칙."

"누가 정한 규칙이람."

아윈이 몸을 일으킨 것은 그때였다. 그는 상체를 일으켜, 내 어깨를 감싸 안았다. 그는 나를 제 쪽으로 끌어당겼다.

내 손이 올라가 있었던 그의 이마에 내 이마가 닿았고, 이내 우리의 코끝마저도 맞닿았다. 그런 자세가 되어서야 아윈은 뻔뻔하게 말했다.

"내가 정한 규칙."

그는 내 입술에 짧게 입 맞춘 다음, 뜬금없이 고백했다.

"오늘도 사랑해."

어쩜. 미소가 새어 나올 수밖에 없는 진심이었다.

아윈이 일을 하러 나가 혼자가 된 시간. 그 시간은 바로 아윈이 준 편지를 읽을 타이밍이었다.

나는 소파에 앉아 아윈의 재킷 속에 소중히 들어 있었던 흰 봉투를 뜯었다. 그러곤 그 속에 든 편지를 읽기 시작했다.

「이포 벨. 너는 지금 어디에 있을까? 무슨 꿈을 꾸고 있을까?

네가 깊게 잠든 이래로, 나는 절벽에서 떨어지는 꿈만 꿔. 나는 절벽 밑으로 한없이 추락하고, 아무도 날 구해 주지 못해. 어두운 진공 속으로 끝없이 빨려 들어갈 뿐이지. 꿈은 그렇게 끝이 나.

그렇게 꿈에서 깨어나면, 늘 깨닫는 사실이 있어. 추락하는 나를 구해 줄 사람은 너 하나뿐이라는 사실.

네가 깨어난다면, 나는 그 꿈을 다신 꾸지 않을 거라고 믿고 있어. 하지만 믿음과 현실은 별개의 일이지.

어떨까?

네가 이 편지를 읽는 지금, 나는 어떤 꿈을 꾸고 있을까? 」

아윈의 두 번째 편지는 제가 꾼 꿈에 관련된 이야기였다. 그는 내가 깨어난다면, 그 꿈을 다신 꾸지 않을 거라고 믿었다.

하지만 '믿음과 현실은 별개의 일'이라는 아윈의 표현처럼, 내가 깨어났음에도 불구하고 아윈은 그 꿈을 또다시 꾸었다.

무언가 석연치 않은 구석이 있다. 반복된 꿈에는 어떤 메시지가 깃들어 있다. 하지만 우리는 숨겨진 메시지를 알지 못했다.

그 메시지를 알아낼 수 있는 사람은 누구일까?

울림이 좋은 천둥소리가 들려왔다. 나는 읽은 편지를 테이블 위에 올려 두고선 창가로 다가갔다.

"비다."

오늘은 눈이 아닌 비가 내렸다. 요즘 들어 날씨가 통 좋지 않은 듯한 기분이었다.

나는 하늘을 올려다보았다. 한낮임에도 불구하고, 우중충한 먹구름 덕에 하늘은 완전히 컴컴해져 있었다.

그러다 조금 기묘한 사실을 발견하게 되었다. 그것은 바로 먹구름들이 후작저 근처에만 몰려 있다는 사실이었다.

저 멀리, 아득한 곳에는 비가 내리고 있지 않는 것처럼 보였다. 마치 비를 몰고 다니는 자가 후작저 근처에만 인위적으로 비를 내린 것처럼 느껴지기도 했다.

하늘을 보던 시선을 끌어내렸을 때, 익숙한 검은 우산이 보였다. 그것은 눈 오던 날, 달튼에게 씌워 주었던 그 우산이었다.

내가 내려다보기 무섭게 우산이 천천히 들리며 우산을 쓴 남자의 얼굴이 보이기 시작했다. 선이 가는 턱선, 옅은 미소가 새겨진 붉은 입술, 반듯한 콧대, 그리고 색이 묘한 오드아이.

"……달튼."

그의 오드아이가 부드러운 곡선을 그리고 있었다. 달튼은 우산을 들지 않은 손으로 내게 손짓했다. 정원으로 내려오라는 뜻 같았다.

나는 고개를 내저었다. 비가 오는 정원에 구태여 내려가고 싶지 않았거니와,

'이번엔 나를 좋아해 줬으면 좋겠다.'

'그럼 더 소중하게 생각해 줘.'

그런 말을 남긴 달튼을 만나는 일이 약간은 부담스러웠다. 그가 자신의 마음을 또다시 고한다면, 그때 어떤 말을 해 주어야 할지 난감했으니까.

나는 이미 내 마음을 거짓 없이 밝힌 터였다.

'당신에게 희망을 주는 말을 해 드릴 수는 없어요.'

그 생각에는 변함이 없었다.

내 거절을 인지한 듯, 연거푸 내게 손짓하던 달튼의 손이 힘없이 축 늘어졌다.

그는 들고 있던 검정 우산을 놓아 버렸다. 우산이 바닥으로 추락하자 달튼은 내리는 비를 그대로 맞기 시작했다. 진눈깨비를 맞던 그날과 조금도 달라지지 않은 풍경이었다.

빗발이 얼마나 거셌던지 달튼은 금세 쫄딱 젖었다. 하나 그의 얼굴이 찡그려지는 법은 없었다. 달튼은 미소 지은 채로, 내게 또다시 손짓했을 뿐이다.

그는 내가 저를 만나러 내려와 줄 때까지 비를 맞을 기세였다. 비가 그칠 때까지. 비가 그치지 않는다면 영원히.

나는 이마를 짚었다. 왜 저런 무모한 시위를 하는 거야.

마음이 약한 게 죄다. 아니면, 달튼이라는 남자에게 나도 모르게 자꾸만 휩쓸리고 있는지도 모르겠다.

나는 창가에서 떨어져 나와, 아윈의 방에 우산 같은 것이 있는지 살펴보았다. 다행히도 옷장 속에 흰 우산이 하나 더 있었다. 나는 그것을 집어 들고선 방을 나섰다.

아윈의 우산을 두 개째 마음대로 써도 되려나. 오늘은 달튼에게 우산을 주지 말아야지.

객쩍은 생각은 이어지지 못했다. 나는 잰걸음으로 정원까지 걸어가기 시작했다. 이내 현관문을 나서며 흰 우산을 펼쳐 들었다.

달튼은 꼿꼿이 선 채로 내가 다가오기만을 기다리고 있었다. 나는 차가운 겨울비를 가로질러 갔다. 한 걸음씩 떼어 낼 때마다 드레스 끝이 조금씩 젖어 들고 있었다.

습기를 머금은 바람에 익숙해질 무렵, 달튼 앞까지 다가가게 되었다. 얼어붙은 것처럼 그 자리에 서 있던 달튼의 시선이 내게 꽂혔다.

"드디어 와 줬네."

달튼이 한 말엔 이중적인 의미가 새겨져 있는 것 같았다. 나는 그의 머리 위에 우산을 씌워 주었다. 키가 얼마나 컸던지 손을 제법 많이 들어 올려야 했다.

"비 맞으면 감기 걸려요. 같이 들어가요."

달튼이 입고 있던 흰 셔츠와 바지는 돌이킬 수 없을 정도로 푹 젖어 있었다. 그는 물기를 잔뜩 머금어 축 처진 기다란 앞머리를 쓸어 넘겼다. 그러곤 퍽 여유로운 한마디를 내뱉었다.

"감기에 걸리면 간호해 줄래?"

달튼의 입술 사이로 하얀 김이 새어 나왔다. 자세히 보니 몸을 조금 떠는 것 같기도 하다.

한겨울의 차가운 비다. 그것을 온전히 맞고 있는데, 몸을 떨지 않는 게 이상한 일일 성싶다. 설령 그가 대단한 마법사라 할지라도 말이다.

달튼은 대답하지 않는 나를 닦달하지 않았다. 그 대신 내가 쥐고 있던 우산의 손잡이를 제가 들어 주었다. 우산 손잡이를 감싼 그의 흰 손도 희미하게 떨리고 있었다.

"나 내일이면 아플 것 같아."

"아원과 함께 간호해 줄게요."

그것은 내가 내릴 수 있는 최고의 처우였다.

달튼은 실망한 기색을 숨기지 않았다. 부드러운 곡선을 그리고 있던 그의 눈꼬리가 눈에 띄게 처졌다.

"네 마음속에…… 아원이 어제보다도 더 커졌어?"

"네."

"내일은 더 커질 예정이야?"

"아마도."

깨달았을 땐, 그 크기를 감히 헤아릴 수 없을 정도로 커져 버릴지도 몰라요. 나는 직감했다.

내 진심을 모를 달튼은 물었다.

"나는 어때?"

나는 말없이 달튼의 얼굴을 바라보기만 했다. 달튼은 영락없이 물에 젖은 생쥐 꼴이었다. 하지만 그마저도 아름다웠다.

아름다움엔 여러 종류가 있다고 생각한다. 지금 달튼에게서 느껴지는 아름다움은 처연한 아름다움이었다.

어디론가 갈 곳 없는. 제 마음을 속 편히 털어놓을 곳 없는. 왠지 빈집과 어울리는 황량한 아름다움. 건드리면 부서질 것만 같아.

대단한 능력을 가진 그일 텐데, 왜 이리도 나약해 보이는 걸까.

비 내리는 광경 속, 고고한 아름다움을 뽐내는 방탕자 달튼이 내게 사랑을 구걸하고 있었다.

나는 잠깐 생각했다. 이 남자와 사랑을 나누어도 나쁘지 않을 것 같다고. 그는 아름다웠고, 여러 여자가 탐내는 남자였고, 내게 진심이었으니까.

하지만 나는 알고 있었다. 그것은 찰나에 스치고 지나간 옅은 생각이라는 것을. 내가 사랑하고 싶은 상대는 아윈밖에 없다는 것을.

나는 아윈과 숙명적인 사랑에 빠질 운명을 가지고 있음을 또다시 직감했다. 그렇기에 내가 할 수 있는 대답은 또 다른 물음뿐이었다.

"다른 남자를 좋아하는 저를 진심으로 좋아해요?"

"응."

"왜요?"

"몰라."

나는 헛웃음을 흘렸다. 달튼이 모르겠다는 말을 너무도 빨리 꺼냈기 때문이다. 고민의 흔적이라곤 조금도 보이지 않는 무성의한 대답으로 느껴졌다.

"그냥 너만 생각나. 뭘 하든. 사소한 일을 할 때에도."

이유 없이 사랑에 빠지는 일이 존재할까? 나는 아윈을 왜 사랑하게 된 걸까? 단지 외적인 것 때문에?

해답을 알 수 없는 여러 난제들이 머릿속에 떠다녔다.

"이포? 나 지금 진지하게 말했는데, 다른 생각을 하는 거야?"

"……아."

"서운하네. 적어도 얼굴을 마주 보고 얘기할 땐, 내게 집중해 줘."

"음. 좋아요. 그렇다면 한 가지만 더 물어볼게요."

그는 느른히 미소 지으며 허세를 부렸다.

"백 가지라도 상관없어. 대마법사 달튼 레이서스는 모르는 게 없지."

좀 어이없어서 나도 모르게 픽 웃고 말았다. 내가 웃자 달튼의 얼굴에 머물렀던 실망의 기운이 말끔히 사라져 버렸다. 좋아하는 상대의 태도에 따라 자신의 기분도 급변하는 것인지.

"당신은 여태껏 당신이 원하는 여자를 별 어려움 없이 만나 왔죠?"

달튼은 고개를 끄덕였다.

"거의 그렇지."

"하지만 저는 그렇지 않았어요. 당신은 저로 인해 처음으로 좌절을 맛보았고, 그런 저에게 집착하게 된 거죠."

"집착."

달튼은 그 말을 두어 번 반복해서 되뇌었다.

"그건 사랑이라기보다는 갖지 못한 것에 대한 미련이 아닐까요? 물론 당신의 마음을 낮잡게 생각한 건 절대로 아니에요. 오해하지 마세요."

"갖지 못한 것에 대한 미련. 내가 예전에 했던 말과 비슷하네."

"우리가 그런 대화를 나누었어요?"

달튼은 또다시 고개를 끄덕였으나, 우리가 나눈 대화 내용을 자세히 알려 주지는 않았다.

"우리는 미련에 대한 대화를 나누었지. 떠올리는 건 네 몫."

그는 그럴싸한 숙제를 남겨 주었다. 떠올리는 건 내 몫.

"미련이든 집착이든 의외성이든. 아무튼 확실한 것은 너를 진심으로 원하고 있는 내 진심이지."

"……."

"그리고 내가 좌절을 맛본 상대는 네가 처음이 아니야. 넌 두 번째. 그 녀석이 거기까진 말해 주지 않았나 봐?"

"아윈이 당신의 사정까지 제게 자세히 얘기해 줄 필요는 없으니까요."

"그럼 내 사정은 궁금하지 않아?"

대화를 자기 쪽으로 가져가는 게 엄청 자연스러웠다. 달튼은 우리의 이야기에서 아윈의 이야기로 포커스가 맞춰지는 일을 달가워하지 않아 했다.

"솔직하게 말하면 약간 궁금해요. 당신의 마음이 왜 그렇게까지 망가진 건지…… 기억이 돌아오지 않는 한 알 수 없는 것이니까요."

그 자리에 굳은 듯이 서 있던 달튼이 한 발자국 앞으로 걸어왔다.

"……달튼."

그는 내 부름에 따라 한 걸음 더 가까이 다가왔고, 나와의 거리를 완전히 좁혔다. 달튼은 제 고개를 기울여 내 귓가에 작게 속삭였다.

"그러니까. 내가. 네 기억을 찾는 걸 도와주겠다고 했잖아."

빗소리를 말살시키는 낮은 목소리였다.

그래서일까? 그것은 호의라기보다는 협박으로 느껴졌다.

'내가 제안한 것을 받아들여.' 그렇게.

달튼은 가깝게 닿은 제 얼굴을 물리지 않았다. 그는 곧 스킨십이라도 할 것처럼 내 눈을 빤히 들여다보았다.

그 순간 격렬한 천둥이 내려쳤다. 주위는 일순 밝아졌고, 달튼의 얼굴엔 작은 빛이 맴돌았다. 빛이 반사된 그의 오드아이가 묘한 분위기를 내비쳤다.

서로의 얼굴이 너무나도 가깝다. 묘한 분위기를 가진 그의 오드아이에 빨려 들어갈 것만 같다.

이번에 달튼의 얼굴에 새겨진 것은 외면할 수 없는 특별한 아름다움이었다.

그와의 스킨십을 본능적으로 바라지는 않았으면 좋겠다고 생각했다. 달튼의 특별한 아름다움에 현혹되지 않았으면 좋겠다고.

아윈을 좋아하는데, 아윈이 나를 사랑하는데, 달튼과 스킨십 하는 일이 옳지 않게 느껴졌다. 물론 과거의 이포 벨은 이런 식으로 달튼에게 유혹당해 결국 그와 입을 맞추었을지도 모르겠지만 말이다.

"나를 바라도 좋아."

달튼은 내가 하고 있는 생각을 모두 눈치챈 듯이 말했다. 나는 가까스로 그에게서 시선을 돌렸다. 시선을 비트는 것에만 그치지 않으며 뒤로 한 걸음 물러나기까지 했다.

"예전에도 얼굴이 가까웠던 적이 있었던 것 같아요. 설마 저희가 키스한 적이 있나요?"

내가 제게서 멀어지자, 달튼은 기울였던 고개를 바짝 세웠다.

"물론."

"……더한 것도?"

"할 뻔했지."

"……."

"아쉽네. 자신 있는데."

"아윈을 짝사랑하고 있는데, 당신과 그런 짓들을 했어요?"

나는 과거의 나를 좀처럼 이해할 수 없었다.

이포 벨. 넌, 죽음이 경각에 달했음에도 아윈을 위해 심장을 주었다면서. 목숨을 바칠 정도로 아윈을 사랑했다면서. 그랬다면서 어째서 달튼과 키스를 한 거야?

그리 물어보았으나 돌아오는 대답은 없었다. 침묵. 깊은 바닷속에 가라앉아 버린 과거의 이포 벨은 묵묵부답할 따름이었다.

그사이, 달튼의 입술이 느지막이 열렸다.

"왜냐면 그 녀석이 처음부터 너를 좋아한 건 아니니까. 아윈은 천천히, 느리지만 확실히 네게 스며들었어."

"……."

"넌 그 사실에 상처를 받았고, 기댈 어깨를 필요로 했지. 내가 그 어깨가 되어 주었어."

"그때 당신과 더한 걸 했다면 어떻게 됐을까요?"

"전세 역전."

달튼은 단언했다.

"미래가 변했을지도 모르지."

그는 그때 나와 더한 것을 하지 않았음을 후회하고 있는 것처럼 보이기도 했다. 달튼은 씁쓸한 미소를 지은 채로 계속해서 읊조렸다.

"하지만 이포 네 말대로 지나간 과거는 돌이킬 수 없지. 너는 지금 아원이 좋지?"

"네."

"그렇지만 사랑하는 건 아니고."

"……."

나는 이번만큼은 확언할 수 없었다.

"그럼 내가 어떻게 해야 나를 사랑해 줄래?"

도돌이표 같은 대화였다. 내가 무슨 말을 하든, 우리가 어떤 주제로 얘기하든, 달튼 말의 귀결은 결국 사랑이었다. 좀 더 정확히 말하자면 사랑의 구걸.

그의 머릿속엔 오로지 나를 향한 사랑만이 가득 차 있는 것 같았다.

"미안해요. 잔인하게 들리겠지만, 저는 아원을 사랑하게 될 것 같아요."

"좀 더 신중……."

나는 달튼의 말을 가차 없이 잘랐다.

"저는 여전히 그만을 생각해요."

"……."

"그건 의무감 같은 게 아니라, 제 의지예요. 강요한 사람은 아무도 없는걸요."

달튼의 머릿속엔 환기가 필요하다. 내 사랑이 아닌 다른 것으로 채워져야 할 필요성이 있다. 그러기 위해선 나는 어제보다도 더 그를 잔인하게 몰아붙여야 했다.

"아윈을 좋아하는데, 당신과 입술을 맞출 수는 없어요."

"하지만 네가 잊은 과거를 찾고 싶지 않은 거야? 이건 너를 좋아하는 달튼으로서 말하는 게 아니라 대마법사인 달튼으로서 말하는 건데. 네 기억은 우연히 찾을 수 있는 류의 것이 아닐 거야."

"어째서요?"

"네 심장은 노룡의 심장이니까. 놈이 조장한 일일 거야. 그 녀석이 아무 이유 없이 네 기억을 숨겨 뒀을 리가 없지. 이유 있는 일을 원래대로 되돌리기 위해선, 무언가 의미 있는 일을 해야 해."

이유 있는 일을 원래대로 되돌리기 위해선, 무언가 의미 있는 일을 해야 한다, 라.

"너무 어려워요."

머리가 아플 정도로 어려운 말이었다. 달튼은 우산의 손잡이를 쥐지 않은 나머지 손을 내 쪽으로 뻗었다.

"내 손을 잡아. 그럼 쉬워질 거야."

달튼은 내가 궁금해하는 일의 해답을 안다는 듯이 굴며 나를 유혹했다. 계속해서 들리던 빗소리가 갑작스럽게 사라진 것은 그때였다. 비가 그친 것은 아니었고, 내 귓가가 일순간 정적에 사로잡혀 버린 것 같았다.

머지않아 어떤 소리가 작게 울리기 시작했다. 그것은 빗소리가 아닌, 꿈속에서 절벽이 나를 불렀던 소리였다.

어서 이리로 와. 끝까지 다가와.

절벽 밑엔 근사한 것이 있어.

한번 떨어져 볼래?

메시지는 딱 한 번 메아리쳤다. 그러곤 다시금 빗소리가 들려왔다.

나는 나를 향해 미소 지은 달튼의 얼굴과 내게 뻗어진 그의 손, 그리고 내 손을 차례대로 바라보았다.

내 손끝이 붉게 물들어 있었다. 손끝을 문지르자 끈적거리는 기분 나쁜 감촉마저도 느껴졌다.

붉은 피다. 내 손끝에 스민 것은 누군가의 피였다.

피를 흘리지 않으면, 누군가가 희생하지 않으면, 끝내 갖지 못하는 것.

나는 미간을 옅게 찡그렸다. 눈을 감았다 다시 떴을 때, 상흔처럼 스며 있었던 핏자국은 말끔히 사라진 뒤였다.

"이포 벨."

내 이름을 부르는 목소리에 나는 시선을 들어 올렸다. 바라본 달튼의 신형이 왠지 휘청거리고 있는 것처럼 보였다.

"……하. 얼른 내 손을……."

달튼은 말을 잇지 못했다. 마른 숨을 토해 낸 그의 신형이 무너져 내렸기 때문이다.

"달튼!"

달튼은 축축한 잔디 위에 몸을 누이었다. 그 덕에 잔디에 고인 물이 사방에 튀고, 그가 쥐고 있던 우산은 또다시 저 멀리 나뒹굴었다.

우산이 사라지자 내 머리 위로 빗방울이 떨어지는 게 느껴졌다. 나는 그것을 피할 생각조차 하지 못하며, 쓰러진 달튼 앞에 몸을 웅크렸다.

"이봐요! 정신 좀 차려 봐요!"

나는 그의 어깨를 잡아 거세게 흔들었다. 손에 닿은 그의 어깨가

서늘하기만 했다. 체온이 이렇게 식었는데도 미련하게 비를 맞고
있었다니.

"연기하고 있는 거라면, 당신을 정말로 싫어할 거예요."

최후의 통첩에도 돌아오는 대답은 없었다. 그는 연기 따위가 아
니라 진짜로 정신을 잃은 것 같았다.

나는 현관문 쪽으로 뛰어갔다. 달튼을 옮기는 데에 도움을 줄 누
군가를 찾기 위함이었다.

나는 어느 시녀에게 건네받은 타월로 달튼의 이마를 닦아 주었
다. 그의 이마엔 식은땀이 흥건했다.

"감기래."

담담한 목소리의 주인은 아윈이었다. 그는 침대 모퉁이에 걸터앉
은 내 옆에 선 채로, 달튼을 삐딱하게 내려다보고 있었다.

"넌 괜찮아? 너도 젖었잖아."

나는 여전히 젖어 있는 머리카락 끝을 흘긋 바라보았다.

"괜찮아요. 마른 드레스로 갈아입은걸요."

입술 사이론 휴, 하는 작은 한숨이 새어 나왔다. 불과 몇 분 전까
지 얼마나 긴박하게 움직였는지 모른다.

달튼이 쓰러진 후 현관문으로 뛰어가 사람을 찾고. 달튼을 제
방, 즉 이 층 끝 방까지 옮기고. 시종의 도움으로 달튼의 젖은 옷
가지를 갈아입히고. 아윈에게 찾아가 의원을 부르고. 이전 날 나를
진료해 주었던 의원은 그렇게 말했다.

'감기입니다.'

달튼은…… 거의 모든 것을 다 할 수 있다고 자부했던 주제에 감기에 걸려 버린 것이다. 그의 자부와는 어울리지 않는 질병이라는 생각이 들었다.

"오늘도 창가를 통해 우연히 달튼을 보게 된 건가?"

나는 들고 있던 타월을 침대 옆 협탁 위에 올려놓으며 대답했다.

"제가 정원으로 내려가지 않는다면 비를 계속 맞고 있겠다고 시위했어요."

"비겁하네."

"동의하는 바입니다."

"마음 약한 너는 어쩔 수 없이 달튼에게 우산을 씌워 주었고."

"네."

"비겁한 시위를 하던 달튼이 벌을 받았다. 그런 거군."

아윈은 우리에게 있었던 일을 일목요연하게 정리했다.

"정확해요."

그러고선 그도 내 옆에 걸터앉았다.

"당신의 일을 방해한 걸까요?"

"아니. 때마침 네가 보고 싶다고 생각하던 차였어."

그리 대답한 아윈의 시선은 달튼의 얼굴에만 꽂혀 있었다. 그 눈빛이 얼마나 진지한지, 아윈이 보고 싶어 한 상대가 달튼이었던 게 아닐까…… 하는 말도 안 되는 생각이 들 정도였다.

그러다 아윈은 뜨거워질 대로 뜨거워진 달튼의 이마에 손을 올려놓기도 했다.

"감기에 걸린 건 처음 보네."

"걱정돼요?"

아원은 단언했다.

"아니."

"······."

"그냥 신기해서."

······두 남자. 사이가 좋지 않다는 걸 잠깐 잊었나 보다.

아원의 진지한 눈빛이 의미하는 바를, 나는 그제야 알 수 있었다. 그것은 걱정의 빛이 감도는 눈빛이라기보다는 처음 접한 생명체를 보는 눈빛이었던 것이다. 이를테면 감기에 걸린 걸 처음 본 대마법사라든지.

"큭큭."

"왜 웃어? 웃을 만한 말은 하지 않았는데."

"이번에도 당신이 귀여워서요."

달튼과 감기의 상관관계에 대해서 생각하고 있는 당신이 귀엽고 사랑스러워. 아원은 나를 하나도 이해할 수 없다는 듯한 얼굴을 했다.

"네 '귀엽다'의 기준을 나는 잘 모르겠어. 하지만 그건 나쁜 말이 아닌 거지?"

"당연하죠. 긍정적인 말인걸요."

"그럼 됐어. 귀엽게 남아 있을게."

이럴 때 보면 아원은 꼭 감정 하나 알지 못하는, 심장이 없는 양철 인형 같았다.

우리의 대화는 더 이어지지 못했다. 잠들어 있던 달튼이 미세한 신음 소리를 냈기 때문이다.

그는 강아지처럼 낑낑거렸으나 감긴 눈꺼풀을 들어 올리지는 못
했다. 그럼에도 제 이마에 누군가의 손이 얹힌 사실은 눈치챈 듯
했다.

"……이포? 너…… 손이 좀 커진 것 같다."

그리고 바보처럼 그 손이 내 손이라고 인지한 것 같았다. 나는
곧바로 대답했다.

"당신의 착각이에요."

아주 천연덕스럽게. 달튼이 사실을 눈치채지 못할 만큼.

"……그렇구나."

작은 목소리로 대답한 달튼은 고요한 숨소리를 뱉어 냈다. 그는
다시 잠든 것 같았다. 조금 커진 손이 누구의 손인지도 모르고.

아윈은 그제야 달튼의 이마에 올려 둔 손을 거두어들이며 작게
키득거렸다. 나는 웃고 있는 그의 얼굴을 보며 같이 키득거렸다.
달튼 몰래 만든 우리의 비밀.

"우습다. 그렇지?"

우리는 아픈 사람을 앞에 두고선 제법 행복한 비밀을 만든 듯했
다. 달튼과 함께 있을 땐 한 번도 느껴 보지 못한 행복함이었다.

아윈과 나는 잠든 달튼을 놔두고선, 그의 방을 나섰다. 우리는
서로의 어깨를 나란히 한 채로 복도를 거닐었다. 목적지는 없었다.

"이제 어디로 가실 거에요? 다시 일하러 가시는 건가요?"

아윈은 큰 고민 없이 대꾸했다.

"됐어. 너와 있을래."

나는 그의 얼굴을 올려다보았다. 그의 옆얼굴은 아침에 보았던 것보다도 훨씬 더 메말라 보였다.

"하지만 피곤해 보이는걸요. 쉬는 건 어떨까요?"

"그럼 너와 같이 쉴래."

그 어떤 강력한 것이 들이닥친다 해도 꺾이지 않을 법한 고집스러운 면모. 나와 함께하고 싶다는 그의 고집. 나를 향한 아윈의 맹목적인 바람이 좋았다.

그것은 분명 달튼과 같은 바람일 텐데, 내가 느낀 감상은 극명히 달랐다. 같은 열망이 가져다준 다른 느낌.

나는 바보처럼 비실비실 웃었다. 웃음이 나오는 걸 참을 도리가 없었다.

"뭘 하든 저랑 함께하겠다는 거죠?"

"응. 잘 아네. 혼자 놔뒀다가 나 몰래 또 어딜 가려고."

"제가 어딜 가겠어요."

아윈은 왠지 심술이 난 목소리로 말했다.

"비 내리는 정원?"

당신. 이런 심술도 부릴 줄 아는 거야?

나는 과장되게 대답했다.

"비 맞는 건 싫어요. 추워."

그러자 아윈도 과장된 반응을 내비쳤다.

"이리 와. 안아 줄게."

아윈은 걸음을 멈추고 팔을 수평으로 벌렸다. 당장이라도 나를 꼭 껴안을 기세였다. 그 덕에 당황한 것은 나였다.

"여긴 복, 복도예요."

"뭐 어때. 내가 이곳의 주인인데."

"아윈. 원래 이렇게까지 대담했어요?"

"너한테만 그래. 넌 특별하니까."

어쩜. 말도 참 잘해.

나는 못 이기는 척 그의 품에 안겼다. 그러자 영문 모를 안정감
이 느껴졌다.

아윈의 가슴에 기대어 듣는 그의 심장 소리가 좋았고, 그에게서
나는 좋은 향기도 좋았다. 우리에게 있어 의미가 깊은 아윈의 두
번째 심장 소리.

"있죠, 아윈."

"응. 듣고 있어."

"달튼에게 이제 다시는 그와 키스하지 않겠다고 했어요."

"잘했어."

아윈은 내 머리를 부드럽게 쓰다듬으며 물었다.

"그럼 이제 누구와 키스할 건데?"

답을 다 알면서 물어보는 듯한 기분이었다. 나는 그래서 다른 말
을 늘어놓았다.

"세 번째 편지를 주면 얘기해 줄게요."

"이봐, 이포 벨. 너 혹시 기억이 돌아왔는데 연기하는 거 아니야?"

"왜 그런 생각을 했어요?"

"그냥 느낌. 예전에 대화를 나누었던 그때가 생각나서."

내 미리를 쓰나듬던 그의 손이 잠깐 멈추었다. 아윈은 조금 전,
제가 말했던 것이 마음에 걸린 것처럼 덧대어 읊조렸다.

"기분…… 나빴어? 네 기억이 돌아오기를 재촉하려던 건 아니니까. 오해하지 말고."

"오해 안 했고, 기분도 나쁘지 않아요."

나를 얼마나 좀생이로 아는 거야. 아윈은 내 마음의 크기가 벼룩 정도인 줄 아나 보다. 나는 코웃음 쳤다.

"기억을 잃었다고 해서 과거의 이포 벨이 제가 아닌 건 아니니까. 그때의 저도 분명히 저였고, 지금의 저도 분명히 저예요. 본질은 바뀌지 않아요."

하지만 그럼에도 과거의 나를 떠올리고 싶었다. 우리의 몸이 가깝게 밀착되어 있고, 서로에게만 집중하고, 서로의 심장 소리를 듣고 있다고 해도.

무언가가, 이를테면 아주 중요한 것, 아윈의 표현을 빌리자면 심장 속 나사 하나가 빠져 버린 듯한 기분이었다.

나사를 찾아 그것을 제 자리에 끼워 넣어 내가 완벽해진다면, 우리의 관계 또한 완벽해지지 않을까?

"이상하지. 오늘따라 유난히 행복해."

아윈은 바람에 흩날려 곧 사라질 것 같은 작은 목소리로 말했다.

"내일도 행복했으면 좋겠다."

"내일은 더 행복할 거예요."

"네가 내 곁에 있어 준다면 그렇겠지."

"함께 있고 싶어요."

무슨 일이 벌어지든 당신과 함께 있고 싶어.

나는 그렇게 생각했다.

"어제보다 내가 더 좋아졌어?"

아윈은 그와는 정말로 어울리지 않는 물음을 건네었다. 그것은 달튼이 건넨 물음과 같은 것이기도 했다. 나는 달튼에게 말했듯 주저 없이 대답했다.

"네. 더 좋아졌어요."

"왜?"

그러곤 어이없다고 생각했던 달튼의 대답을 똑같이 내뱉었다.

"몰라요."

나 원. 달튼을 비웃은 일이 이제 와 조금 미안했다. 나도 아윈이 어제보다도 더 좋아진 이유를 토로할 수 없었으니까.

이유는 잘 모르겠다. 어쩌면 소리가 되어 내뱉을 수 있는 이유 따위는 존재하지 않을지도 몰랐다.

그저 어제보다도 아윈의 품이 그리워지고, 그가 더 생각나고, 그의 손이 내게 닿기를 원하고. 그뿐이었다.

"이유는 잘 모르겠지만, 그래도 좋아해요. 계속 좋아질 것 같아요."

아윈은 대답 대신 나를 꽉 안아 주기만 했다. 내 어깨에 묻은 그의 얼굴이 뜨거웠다. 그의 얼굴에서부터 흘러내린 뜨거움은 내 어깨를 지나쳐, 팔뚝 위로 흘러내렸다.

나는 그 뜨거움을 모른 척 내버려 두었다. 그편이 나을 것이라 짐작되었다.

"미리 감겨 줄게."

방으로 돌아온 아윈이 처음으로 꺼낸 말이었다. 아윈은 아직까지 젖어 있는 내 머리칼 끝을 매만졌다.

"젖었잖아."

걱정스러운 얼굴은 덤이었다.

"좋아요."

그렇게 대답하다 문득 얼기설기하게 잘린 아윈의 앞머리를 보게 되었다. 정신을 차렸을 때부터 신경 쓰였던 그 앞머리.

"그런데 아윈."

"응?"

"당신의 삐뚜름한 앞머리는 누가 잘라 준 거예요?"

아윈은 소리 내어 웃었다. 재미 난 말은 하나도 하지 않았는데.

"너."

"네?"

"네가 잘랐다고."

"……."

아……. 그의 미색과 어울리지 않는 해괴한 앞머리를 만든 장본 인이 나였구나.

나는 머쓱한 미소를 지었다. 그러자 아윈의 입가에 띠어진 미소 가 조금 더 짙어졌다. 그는 내가 귀엽다는 것처럼 내 머리 위를 두 어 번 두드렸다.

"욕실로 들어가자."

"……네에, 네에."

그의 앞머리와 관련된 얘기는 그만하고 싶었다.

나는 옷을 입은 그대로 욕조 안에 들어갔다. 욕조 밖으로 고개만 내뺀 채였다. 아윈은 욕조 밖 작은 의자에 앉아, 내 머리카락에 거품을 내고 있었다.

나는 머리카락에 한껏 집중한 아윈을 물끄러미 바라보았다. 그는 내 머리를 감겨 주기 위해 흰 셔츠를 팔꿈치까지 걷어 올린 상태였다.

그 덕에 그의 팔뚝이 자세히 보였다. 피부가 하얀 주제에 그다지 연약해 보이지 않는 팔뚝이었다. 적당한 근육이 잡힌 매끈한 팔.

그러다가 아윈의 손도 쳐다보게 되었다. 힘을 줄 때마다 그의 손등 위로 핏줄이 조금씩 올라왔다. 왠지 모르게 군침이 돌게 만드는 손이었다.

그의 손을 훔쳐보는 일을 아윈에게 들키기 전에, 나는 눈을 감았다. 그러곤 그의 손끝이 지나가는 곳을 피부 깊숙이 느껴 보았다.

"기분이 좋아요. 머리 감겨 주는 데에 소질이 있나 봐."

"어렸을 때 강아지를 씻겨 준 이후로 누군가를 씻겨 준 건 처음이야. 넌 다른 사람이 네 머리를 감겨 준 적이 있어?"

내가 기억하는 과거 속엔 그런 일을 겪은 적이 없었다. 그러나 내가 잊은 지난 이 년 동안 그러한 일이 있었던 것 같기도 하고…….

그 순간 옅은 환영이 아로새겨졌다. 자욱한 김이 서린 욕실. 나는 라벤더 향이 가득한 욕조 물에 몸을 담그고 있었다.

그런 나의 이마에 누군가의 입술이 닿고, 누군가는 내게 속삭였다.

'사랑한다고 말해 줘.'

익숙한 울림을 가진 목소리. 그것은 달튼의 목소리였다.

환영은 곧 예고 없이 사라졌다. 나는 사라진 추억에 아쉬움을 느끼지 않았다.

"잘 모르겠어요. 하지만 당신이 또다시 감겨 주면 좋을 것 같아요."

거품 내기를 끝낸 아윈은 온도가 적당한 물로 내 머리를 헹궈 주기 시작했다.

"내일도…… 감겨 줄까? 매일 저녁에."

아윈은 부끄러워했다. 나는 눈을 떠 아윈의 얼굴을 살펴보았다. 그는 아무렇지 않은 척 내 머리카락만 바라보고 있었지만, 그의 귀끝이 붉게 물들어 있었다.

"프러포즈한 거예요?"

"……."

아윈은 침묵했고, 나는 거들먹거렸다.

"매일 네 곁에서 네 머리를 감겨 줄게. 그러니 내 옆에 있어. 이런 거?"

어쭙잖게 아윈의 목소리마저도 흉내 냈다. 그러자 내 머리카락을 매만지던 아윈의 손길이 멈추었다.

"……하."

그를 놀리는 건 이쯤에서 그만두어야겠다.

"장난이에요. 기분 나빴어요?"

"아니. 그래서 프러포즈 같은 말에 대한 네 생각은 어떤데?"

"당연히 승낙이죠."

"응."

내 수락이 떨어지기 무섭게 멈춰졌던 아윈의 손이 다시금 움직이기 시작했다. 기분 나빴던 건 아니었나 보다.

그는 진짜 미용사처럼 내 머리를 마지막까지 꼼꼼히 헹궈 주었고, 잘 마른 수건으로 내 머리를 감싸 주기까지 했다.

우리는 함께 욕실을 나왔다. 아윈은 나를 소파에 앉혀 두고선 한참이나 머리를 말려 주었다. 마른 수건이 축축해질 정도로.

"아윈. 그쯤 하면 될 것 같아요."

"아팠어?"

나는 고개를 내저었다.

"춥지는 않고?"

"네. 아주 괜찮습니다."

아윈은 내 옆에 앉아 우리의 맞은편에 존재하는 창문을 바라보았다.

"아직도 비가 오네. 젠장할 비군."

"……젠장할? 그런 말도 할 줄 알아요?"

악한 것이라곤 하나도 모를 것 같은 얼굴을 가졌으면서, 여상하게 상스러운 말을 내뱉다니. 나는 새삼 아윈을 다시 봤다.

아윈은 창가를 보던 시선을 돌려 나를 쳐다보았다. 그러곤 신랄한 말을 읊조리는 게 아닌가.

"이것도 네가 가르쳐 준 건데."

"……."

그럼 그렇지. 아윈이 그런 상스러운 말을 알 리가 없지. 아윈과 어울리지 않는 이상한 것들은 죄다 내가 출처였나 봐. 그의 삐뚠 앞머리라든지, 젠장할이라는 저급한 말이라든지……. 나는 한숨을 푹 내쉬었다.

"괜찮아. 뭐 어때. '젠장할'이라는 건, 내 마음을 더욱 잘 표현해 주는 말일 뿐인데."

"제가 한 이상한 짓과 제가 가르쳐 준 이상한 말이 더 있다면, 지금이라도 먼저 알려 주세요."

"이제 더는 없어."

안심했던 것도 잠시. 아원은 덧대어 말했다.

"아마도."

"전 도대체 당신에게 무슨 짓들을 한 거예요."

나는 그의 어깨에 머리를 자연스럽게 기대었다.

"걱정 마. 나쁜 기억은 하나도 없으니까."

그것은 다행이라면 다행인 점이었다.

우리는 한동안 말없이 비가 내리는 광경을 응시했다. 유리창 위로 빗물이 눈물처럼 흘러내렸다.

"어떨 땐 그런 생각이 들어."

내리는 빗발을 바라보던 아원은 무언가를 떠올린 듯이 말했다.

"자기가 하고 싶은 대로 하고 사는 달튼이 부럽다고. 나도 그런 인간이 되고 싶다고 생각하면서도, 막상 그러려고 하면 겁이 나. 나는 용기가 없거든."

"그러셨어요? 겁이 많은지 잘 모르겠던데."

아원은 나긋한 목소리로 대답했다.

"그렇지 않게 보이려고 노력 중이니까."

잠깐의 침묵이 흘렀다. 그리고 아원은 말했다.

"지금 하려는 말도 엄청 고민한 말이야."

"어떤 말일지 기대돼요."

"기대하지 마."

그렇게 말하면 더 기대되는걸.

아윈은 또다시 침묵했다. 그러는 사이 두 번의 천둥소리가 울렸고, 번개가 번쩍거렸다. 며칠 동안 그치지 않을 비처럼 느껴졌다.

이윽고 천둥소리는 소강상태에 빠지기에 이르렀다. 아윈은 그 틈을 타 제가 고민한 말을 늘어놓았다.

"나는 그래. 내가 네 옆에 있기를 바라고, 네가 내 이름을 기억했다고 해서, 의무감 같은 이유로 나를 좋아하려고 노력하지 않아도 된다고."

"네."

"나는 너를 사랑하지만, 네가 행복했으면 해. 자유롭게. 네 의지에 따라."

아윈은 내가 이지가 없는 사람인 줄 아는 것 같았다. 누누이 말하지만, 나는 단지 기억만 잃은 사람이다.

과거의 아윈처럼 빈껍데기가 아니었거니와 타인의 삶을 세세히 헤아려 줄 만큼의 이타적인 사람도 아니었다.

모든 것은 내 의지에서 비롯된 일이었다. 거기엔 거짓이라곤 조금도 없었다.

"아윈. 화원을 보면서 했던 말을 잊었어요? 모든 건 제 의사였어요."

"응."

나는 아윈의 빈 뺨에 쪽 소리 나게 입술을 맞추어 주었다. 그는 놀란 듯 제 몸을 잘게 떨었다.

"당신에게 입 맞추고 싶다는 것도 제 의지."

"……응."

"그리고 당신은 용기 있는 사람이에요."

"어째서 그렇게 생각하지?"

"솔직한 마음을 고백하는 건, 큰 용기가 필요한 일이거든요. 당신은 제가 다시 눈 뜬 순간부터 당신의 마음을 솔직하게 고백해 줬어요."

나는 아원의 빈손을 잡아 주었다. 그는 이번에도 놀란 듯이 손끝을 움찔거렸다.

"당신의 고백은 제 머릿속에 새겨져 있어요."

"응."

"저도 용기 내서 솔직히 말하자면, 지금은 당신을 좋아한다는 말밖에 해 줄 수 없어요. 사랑…… 이란 게 정확하게 뭔지 잘 모르겠으니까."

이상하게도 사랑이라는 감정이 무엇인지 잘 기억나지 않았다. 사랑의 풋내기가 아니었음에도 불구하고.

아원에게는 애석한 일이지만, 그가 내 첫사랑은 아니었다. 나는 수도에 올라오기 전, 가벼운 사랑을 몇 차례 했었다.

하지만 그 시절에 느꼈던 사랑마저도 왠지 잘 기억나지 않았다. 사랑이라는 감정 하나가 내 심장에서 송두리째 사라져 버린 것만 같았다.

내 가슴 속에 타인의 심장이 존재하기에 그런 걸까? 그 심장은 사랑을 모르는 심장이 아닐까?

아원은 좀 전과 마찬가지로 나긋한 목소리로 말했다.

"그걸로도 충분해."

그리고 또다시 천둥이 내려쳤다.

시간은 막힘없이 흘러갔다. 아원과는 저녁 식사까지 먹은 터였다. 잠깐의 티타임을 가지고 있을 때가 되어서야 감기에 끙끙 앓던 달튼이 문득 생각났다.

"달튼은 괜찮을까요?"

"그치를 걱정하는 거야?"

아원은 다소 불만스럽다는 듯이 말했다.

"인류애적인 차원에서의 걱정이에요."

더군다나 달튼은 내가 보는 앞에서 쓰러졌다. 내 눈앞에서 쓰러진 사람을 걱정하지 않는다면, 그것은 너무도 매정한 사람이지 않을까?

"하지만 그치 옆에 시녀를 붙여 뒀어. 깨어난다면 때에 맞춰 식사를 할 거고, 약도 먹을 거야."

아원은 자신의 진심을 숨기며 빙빙 돌려서 말했다. 그러나 나는 그의 진심을 곧장 간파했다.

"괜찮은지 보러 가지 말라는 거죠?"

"……응."

"좋아요. 저보단 시녀가 그치 옆에 있는 게 더 나은 일일 거예요."

"동감하는 바야."

아원은 만족스러운 미소를 지었다.

"그럼 이제 뭘 할까? 잠들기엔 조금 이른 시간인 것 같은데."

"음…… 당신의 세 번째 편지를 함께 읽는 건 어떨까요?"

내 말에 아윈은 미간을 엷게 찌푸렸다. 기분이 나빠서 찌푸렸다 기보다는 무언가를 생각하는 듯한 모양새로 보였다.

"이포 네 말이 맞는 것 같아. 너는 네 의지로 행동하는 사람인 거야."

그는 그 사실을 이제야 인정했다는 것처럼 고개를 끄덕였다. 늦어도 너무 늦은 자각이잖아.

"그래서 오늘 편지 하나를 더 읽어 보는 건 불가한 일입니까? 아윈 후작님."

나는 나답지 않게 존칭을 써 가며 서투른 아양을 떨었다. 아윈은 이마를 짚더니 작은 탄식을 내뱉었다.

"미치겠다. 네가 미칠 듯이 귀여워 보였어."

"얼레. 평소에는 안 귀여웠어요?"

"평소에도 그랬지."

"그래서 편지는 어떻게 되는 거예요?"

"재킷 주머니 속에 있기는 한데……."

잠깐 주저하던 그는 입고 있던 재킷의 안주머니를 뒤적거리기 시작했다. 이내 그의 손엔 내가 그토록 바라던 그의 세 번째 편지가 들려 있었다.

"소리 내서 읽지는 말아 줘."

아윈은 부탁하듯이 말하며, 내게 세 번째 편지를 건네주었다. 그 정도의 부탁을 들어주는 것은 식은 죽 먹기보다 쉬운 일이었다.

"물론이죠."

나는 잘 봉합된 편지 봉투를 익숙하게 뜯고, 그 안에 자리한 흰색 편지지를 펼쳤다.

까닭 없이 가슴이 벅찬 느낌이었다. 보물찾기에서 원하던 보물을 찾았을 때 이런 느낌이 들지 않으려나.

이윽고 나는, 그의 편지를 읽기 시작했다.

「오늘은 고백할 게 하나 있어.

나는…… 위선자야.

네게 새 심장을 줄 하워드가 얼른 죽기를 바랐거든. 너를 살리기 위해 다른 이의 죽음을 바랐다는 거야.

내가 한 바람이지만, 어처구니없는 생각이지.

잘못된 생각임을 앎에도 불구하고, 바라는 일을 멈출 수 없었어. 도리어 시간이 지나면 지날수록 그 바람은 맹목적이게 되었지.

이러한 생각도 내게 돌아온 감정들 중 하나에서 비롯된 것일까? 이 감정을 무엇이라 정의 내려야 좋을까?

네가 깨어나, 이 감정의 정체를 알려 주었으면 좋겠어.

너는 내가 그런 생각까지 했다는 걸 짐작이나 했을까? 네게 좋은 사람으로만 남고 싶지만…… 묻고 싶다.

이런 나조차도 사랑해 줄 수 있어?

도저히 말로는 표현할 수 없을 것 같아서 편지로 고백해. 난 네가 상상하는 것만큼의 좋은 사람이 아니야.

너를 사랑할수록, 내 감정이 모두 돌아올수록, 네게 날것의 내 모습을 보여 줄수록 나는 두려워.

네가 바라고 꿈꿔 왔던 나와, 실제 나 사이에서 괴리감을 느끼는 건 아닐지. 나를 향한 네 사랑이 반감되는 건 아닐지…….

누군가를 사랑한다는 건 이토록 신경 쓸 일이 많은 것이었구나. 나는 새삼 깨달아.

너와 얘기를 나누고 싶다는 바람이 오늘따라 더욱 간절해. 보고 싶다.」

세 번째 편지는 아원의 솔직한 고백에 관한 것이었다.

그는 제가 위선적인 생각을 했다고 내게 토로했다. 그 고백에 대한 내 감상은 그러했다.

그럴 수도 있는 거 아니야? 아무리 착한 사람이라도 '나'를 위주로 생각할 수밖에 없다.

아원은 사랑하는 사람이 다시 살아나기를 간절히 바랐다. 그것이 설령 타인의 죽음으로 이뤄질 바람이라고 해도, 아원은 바라는 일을 멈출 수 없었을 것이다.

애당초 살릴 수 없다면 모를까. 살릴 방법이 있다는데, 어떻게 가만히 있어. 내가 아원이었어도 하워드의 죽음을 바랐을 것이란 생각이 들었다.

하워드, 미안해요.

나는 잘 모르지만 내게 은인인 그에게 사죄했다. 내 사죄가 이번만큼은 그에게 닿기를 바라는 마음이었다.

나는 아원의 편지를 잘 접어 원래 들어 있던 흰 봉투 속에 집어넣었다.

"잘 읽었습니다."

아원은 머쓱하게 말했다.

"감상평은 듣지 않을게."

"좋아요. 하지만 당신이 제게 물은 것에 대한 답변은 해 줘야 할 것 같아요."

"……응."

나는 아윈의 눈을 똑바로 바라보았다.

"당신은 위선자가 아니에요. 저였어도 그렇게 생각했을 테니까요."

그는 느릿하게 고개를 끄덕였다.

"그리고 당신이 궁금해한 감정의 정체는 저도 잘 모르겠어요."

알 것 같은데, 그게 무슨 감정에서 비롯된 것인지 끝내 떠오르지 않았다. 어쩌면 그것은 내가 잊어버린 유일한 감정에서 비롯된 것일지도 몰랐다.

아마도 사랑. 사랑이 늘 아름다운 것은 아니었다.

나는 해답을 어렴풋이 짐작했지만, 아윈에게 말하지는 않았다. 내게도 확신 없는 해답이었기 때문이다.

"다른 이야기를 해도 될까요?"

아윈은 해 보라는 듯이 고개를 까딱거렸다.

"편지를 읽으니까, 당신에 대해서 더 알고 싶다는 생각이 들어요."

"내가 얼마나 더 추악한 인간인지 알고 싶다는 거야?"

그리 말한 아윈의 입가엔 옅은 미소가 맴돌고 있었다. 그답지 않게 농담을 한 것임이 분명했다. 좀 살벌한 농담이었다.

"아니, 그것도 궁금하지만…… 제가 알고 싶은 건 당신에 대한 전반적인 사실이에요."

"전반적인."

그는 그 말을 몇 번 되뇌었다.

"좋아하는 거, 싫어하는 거, 선호하는 날씨, 생일……. 뭐든 좋아요. 그러니, 아윈."

"응."

"제게 당신을 알 기회를 줘요."

아원의 대답은 곧바로 이어졌다.

"좋아하는 건 너. 싫어하는 건 달튼. 선호하는 날씨는 맑은 날. 생일은 한여름 날. 또?"

나는 '싫어하는 건 달튼'이라는 부분에서 킬킬거렸다.

"생각나는 대로 계속 말해 줘요."

그리고 아원의 말은 이어졌다.

"차를 자주 마시기는 하지만 사실은 커피를 더 좋아해. 큰 이유가 있는 건 아니고, 좀 피곤해서. 면 요리를 좋아해. 식감이 마음에 들거든. 예전에 함께 읽었던 연애 소설도 꾸준히 읽고 있어."

"잠깐만요. 연애 소설? 그런 것도 읽어요?"

연애 소설을 읽는 아원이라. 그것은 어울리지 않는 것을 떠나서 상상하는 것조차도 어려운 모습이었다.

"응. 거기엔 여러 감정을 가진 사람들이 나와서 흥미롭거든."

"제일 재미있게 읽은 소설 제목이 뭔데요?"

"시녀의 유혹."

"왠지 삼류 연애 소설 같은 제목이네요."

"제목이 내용까지 결정짓는 건 아니지. 그 소설엔 엄청 매력적인 시녀가 나와. ……너와 닮았어."

나는 아원이 나와 닮은 소설 속 시녀를 떠올리는 게 달갑지 않아 얼른 대답했다.

"그 얘긴 그쯤하고, 당신에 대한 걸 더 얘기해 주세요."

아원은 생각나는 대로 족족 자신에 대한 것을 알려 주었으나, 그의 말이 오랫동안 이어지지는 않았다. 그는 제가 어렸을 때 키운 강아지 이름까지 말한 후에 입을 다물었다. 할 얘기가 더는 없는 듯했다.

아윈이 키운 개의 이름은 퍼피였다. 뜻이 강아지인 이름을 가진 강아지. 나는 그 강아지를 실제로 영접하고 싶었다. 하지만 이미 죽었다고, 아윈은 덧대어 말했다. 애석한 일이었다.

"어떡하지? 더 이상 말해 줄 게 없는 것 같은데."

아윈은 난감해했다. 나는 괜찮다고 말해 주었다. 아무것도 몰랐을 때보다 조금이라도 알게 된 지금이 훨씬 더 나았으니까.

"그럼 질문해도 돼요?"

"모쪼록."

"당신의 고백을 듣다가 든 의문이에요. 당신은 달튼을 싫어하지만, 그는 후작저에 머물고 있잖아요. 언제 쫓아내실 생각이에요?"

"음……. 그치가 죽을 거라는 생각이 들지 않을 때까지? 내가 아는 이가 죽는 일을 더 이상 겪고 싶지 않아."

"당신은 마음이 약하군요."

"그렇지."

아윈은 무언가 생각하는 듯 눈동자를 굴렸다.

"내 두 번째 심장의 원래 주인인 노룡의 마음이 약할지도. 네가 그랬어. 그 용은 박애주의자였다고."

그것은 내가 아직까지 기억하지 못하는 누군가의 이야기. 아윈은 그 점을 고려해 자연스럽게 얘기를 돌렸다.

"이제 무슨 얘기를 더 하면 좋을까?"

"당신이 아는 저에 대해서 얘기해 주세요."

아윈은 조금 흘러내린 검은 머리카락을 근사하게 쓸어 넘기며 말했다.

"좋아."

그렇게 이야기는 이어졌다.

아원은 나보다도 나를 더 잘 아는 듯했다. 아니, 그는 자신에 대해 아는 것보다도 나를 더 잘 아는 듯한 느낌마저도 주었다.

그는 시시콜콜한 것, 가령 '넌 눈물을 참을 때 입술을 짓뭉개.'라는 사실까지도 내게 알려 주었다. 대화는 지루할 틈 없이 이어졌고, 빗발은 거세졌고, 밤은 깊어졌다.

어쩌다 그렇게 된 것인지 모르겠다. 인지했을 순간엔 우리는 같은 침대에 누워 있었다.

아원은 다정한 손길로 내 머리카락을 귀 뒤로 간간이 쓸어 넘겨 주었고, 나는 아원의 허리에 손을 둘렀다.

나와 관련된 길고 긴 이야기는 곧 구두점을 찍었다.

"……오늘 한 달 치 말할 걸 모두 말한 것 같아."

"힘들어요?"

"무척. 보충이 필요할 정도로."

"제가 뭘 해야 소모된 당신의 기력이 보충될까요?"

아원은 미소 지었다.

"가까이 있으면 돼. 더 바라는 건 없어."

과연 그럴까? 그것이 그의 진심인 걸까?

하지만 내게 닿은 아원의 검은 눈동자는 무언가를 갈망하는 듯한 빛을 내비쳤다. 야만적인 기색을 띤 그의 눈빛이 의미하는 바를, 나는 어렵지 않게 짐작할 수 있었다.

나는 코앞에 있던 아원의 입술을 짧게 지분거렸다. 짧은 입맞춤은 그가 바라는 야만적인 혹은 관능적인 일을 더욱더 원하게 만들

것이다.

"아원은 이번에도 위선자인 거예요?"

물론 내 짐작이 틀렸을 가능성도 있었다. 아주 낮은 가능성이지만.

"⋯⋯."

그는 대답하지 못했다. 그래서 내가 솔직해지기로 했다.

"저는 당신과 지금보다도 더 가까워지고 싶어요."

그것은 당신을 원한다는 말. 아원을 원하게 된 데에 어떤 개연성 따위는 존재하지 않았다.

개연성 없는 삼류 소설 속 연인들처럼, 눈이 맞으면 서로를 갈구해야 하는 운명을 지닌 것처럼, 나는 아원에게 말했다.

"좋아한다는 마음으로 당신을 원한다면, 그것은 잘못된 일인 걸까요?"

무겁게 닫혀 있던 아원의 입술이 그제야 열렸고,

"말했잖아. 내겐 그걸로도 충분하다고."

말이 끝남과 동시에 그는 고개를 기울여 내 입술 위에 제 입술을 묻었다.

입술을 열자 그의 혀가 기다렸다는 듯이 들어왔다. 나는 그의 목덜미를 끌어안으며 내 짐작이 틀리지 않았음을 자축했다.

하지만 아원은 알까? 당신의 눈동자만 야만적인 빛을 띤 게 아니었다는 사실을.

비록 거울로 살펴보지는 않았지만, 나는 확신했다. 아원을 바라보던 내 눈빛에도 야릇한 기운이 맴돌았을 거라고.

생각은 더 이어지지 않았다. 아원의 손이 자극에 예민한 부위를 부드럽게 건드렸기 때문이다.

한때 내게 닿기를 망설였다는 사실이 무색할 정도로, 요즘 그는 내 몸을 격렬히 탐했다. 내 허락이 떨어졌기에 가능한 일인가 싶다.

비 오는 날, 한 마리의 짐승이 되어 버린 아윈을 나는 여러 번 받아 주어야만 했다. 아윈은 몇 차례 제 것을 토해 내고도 기력이 쇠하지 않은 채로 내게 말했다.

"꿈일까 싶어."

그럼 나는 그의 의심이 사라질 때까지 그에게 입을 맞추어 주었다. 하지만 내게도 지금 이 순간이 꿈이 아닐까, 하는 의구심이 어느 정도 들었다.

외전2. 편린

편린

잠에서 깰 때마다 제일 먼저 하는 생각이 있었다. 나는 지금 현실에 존재하는가, 지독히도 긴 꿈을 꾸는 것인가.

관념이 복잡하게 뒤엉켜 있다.

그럴 때면 나는 곁에 잠든 아원을 찾았다. 그의 뜨거운 살갗을 만지고, 그가 내쉬는 고요한 숨결에 귀 기울이고. 현실의 감각을 한참이나 확인하고 나서야 깨닫게 되는 것이다.

꿈을 꾸고 있는 게 아니야.

그럼에도 왠지 부족한 기분이 들 때면, 나는 주저 없이 아원의 너른 가슴팍에 얼굴을 기대 그의 심장 소리를 들었다.

아원은 그런 나를 말리지 않았다. 대신 그 또한 나와 비슷한 감상을 느낀 듯이 읊조렸을 뿐이다.

"꿈일까 싶어."

달튼은 일주일을 앓았다. 그는 꼭 오랜 시간 응어리진 무언가가 터져 버린 사람 같았다. 참다 참다 결국 못 참아서 무너져 내린 것처럼 느껴졌다고 해야 할까.

나는 아윈과 함께 그를 종종 찾아갔다. 그에게 찾아가기를 먼저 제안한 이는, 놀랍게도 아윈이었다.

아윈은 달튼을 싫어했지만, 달튼이 앓는 것은 마음에 들어 하지 않는 것처럼 보였다. 사람의 마음은 참으로 어려운 것이라는 생각이 들었다.

물론 나도 달튼이 오랫동안 앓기를 바라지 않았다. 그가 얼른 기운을 차리기를 바랐고 행복해지기를 바랐다.

함께한 시간은 짧았지만, 나는 그에게 커다란 연민을 느끼고 있었던 것이다.

한없이 맑은 오전, 나는 여전히 열에 취해 있을 달튼을 찾아갔다. 오늘은 아윈과 함께하지 않은 채였다.

아윈은 오늘따라 아주 바빴고, 나 혼자서 달튼을 잠깐 만나는 일을 이젠 어느 정도 용인해 주는 듯했다.

'달튼이 네게 위험한 짓을 할 거라고 생각하지 않아.'

아윈은 그렇게 말했다.

하지만 아윈. 저는 잘 모르겠어요. 그는 제가 잃어버린 기억을 빌미로 저를 협박했으니까요.

나는 아원에게 달튼이 한 구미가 당기는 유혹을 얘기해 주지 않았다. 어차피 수용하지 않을 유혹이었기 때문이다.

기억이 아예 떠오르지 않는 것이 아니었다. 내 기억은 느리지만 확실히 돌아오고 있었다.

비록 돌아온 기억의 양이 조금이라고 해도, 돌아오고 있다는 사실에는 변함이 없었다. 그리고 기억이 없음에도 아원과 제법 잘 지내고 있었다.

그래서 달튼의 유혹은 시간이 지나면 지날수록 그 매력이 점점 더 반감될 것이다. 어쩔 수 없는 일이었다.

똑똑.

달튼의 방문을 두어 번 두드렸으나 대답은 돌아오지 않았다. 여느 날처럼 잠들어 있지 않나 싶었다.(아원과 함께 찾아갔을 때, 그는 대게 잠들어 있거나 잠든 척을 하고 있었다.)

나는 잠겨 있지 않은 문고리를 돌려 방 안으로 들어섰다. 방 안은 언제나처럼 정적으로 가득 차 있었다. 나는 달튼이 누워 있는 침대 근처까지 다가갔다.

눈을 꼭 감은 그는, 오른쪽으로 몸을 비튼 채로 웅크리고 있었다. 독한 감기약에 취해 잠들어 있는 걸까.

잠든 그의 얼굴을 몇 분간 가만히 바라보았다. 그는 한없이 지쳐 보였다. 나는 사라진 그의 생기가 언제 돌아올지 궁금했다.

궁금했던 것도 잠시, 나는 그를 깨우지 않고 방을 나가려고 했다. 구태여 깨울 이유는 하나도 없었다. 하나 돌연히 울린 달튼의 목소리가 내 발목을 붙잡았다.

"……앓는 동안 생각했어. 우리가 나눈 지난날의 추억들, 지금 함께 나눈 대화들."

달튼은 아픈 순간조차도 나를 떠올렸다고 한다. 미련하다 못해 어리석다는 생각마저도 들었다. 그렇고 해서 그가 하찮다고는 생각되지 않았다.

내게 누군가를 좋아하는 마음을 낮잡게 평가할 자격이 있는 걸까. 잘 알 수 없었다. 해서, 나는 그의 말을 외면할 수도 없었다.

"네게 한 내 고백. 고집스러운 네 마음. 지금 생각해도 미소가 나오는 네 언변. 네가 좋아하는 거. 네가 싫어하는 거. 너를 괴롭힌 일. 네게 용서를 구한 일."

"……."

"이상하지? 너를 사랑하기 전에 진심으로 사랑한 아라벨에 대한 기억은 이제 잘 떠오르지 않더라. 그녀를 보내 줬기에 그런 걸까? 그녀는 죽은 사람이고, 넌 산 사람이라서?"

나는 침묵했고, 달튼의 말은 이어졌다.

"그것도 아니라면…… 내 마음이 따뜻하다고 말해 준 사람은 네가 처음이라서?"

내가 언제 그런 말을 했던 걸까. 기억하지 못하는 이 년 중 어느 날에?

비록 떠오른 기억은 없지만, 나는 지금도 달튼의 마음이 따뜻하리라 여기고 있었다. 그가 악하거나 추하다고 느낀 적은 없었다. 단 한 번도.

달튼의 몸이 내 쪽으로 돌아간 것은 그 순간이었다. 그는 감았던 눈을 떠 나와 눈을 맞추었다.

"가지 마."

"달튼⋯⋯."

"네가 죽지 말라고 해서 나는 마음 편히 죽지도 못해. 이게 네가 바랐던 일이야? 내가 철저히 망가지는 일?"

나는 고개를 내저었다. 물론 과거의 내가 그에게 무엇을 바랐는지는 알지 못한다. 그러나 지금 내가 바라는 것은 꽤 명확했다.

"당신이 행복해졌으면 좋겠어요."

"넌 항상 어려운 것만 부탁하더라."

달튼은 조소에 가까운 미소를 지으며 상체를 일으켰다. 그의 얼굴이 며칠 사이에 더욱 수척해져 있었다.

메말랐던 아윈의 얼굴은 제법 보기 좋아졌는데, 그에 반해 달튼의 얼굴은 점점 더 상해 가는 것 같아서 마음이 그리 좋지 않았다.

"그래서 들어주지 않을 거예요?"

"장담하지 못해."

달튼은 긴 한숨을 내쉬며 눈을 감았다. 감은 그의 눈꺼풀 사이로 뜨거운 눈물이 흘러내렸다.

그는 제가 눈물을 흘리고 있다는 사실을 인지하지 못한 듯, 눈물을 닦아 내지 않았다.

"왜 울어요."

그리 말했으나, 달튼은 제가 하고 싶은 말을 꺼냈을 따름이었다.

"안아 줘."

이제 다시는 달튼과 스킨십하지 않으려고 했는데.

하지만 만지면 부서질 듯 연약해 보이는 달튼을 차마 외면할 수 없었다. 역시나 마음이 약한 게 죄였다.

나는 침대 위로 올라가 그를 가볍게 안아 주었다. 달튼은 나를 꽉 껴안지 않으며 내가 안아 준 그대로 제 몸을 기대었다.

"울음 그칠 때까지만 안아 줄 거예요."

"영원히 울면, 영원히 안아 줄 거야?"

"헛소리 그만하고 정신 바짝 차리세요. 제가 깨어난 이후부터 오늘까지 징징거리고만 있다는 거 알아요?"

"성인으로서 부끄러운 일이군."

달튼은 킁 하고 코를 들이켰다. 나는 어깨 밑까지 내려오는 달튼의 금빛 머리카락을 부드럽게 쓰다듬어 주었다.

"아윈이 밉죠?"

"당연한 걸 물어."

"그런데 그에게 해코지하지 않는 건, 당신도 그를 어느 정도 좋아하기 때문이죠? 예전에 한 짓에 대한 미안함도 있을 테고."

서로를 지독히도 싫어하지만 서로에게서 시선을 떼지 않는 두 남자. 그들에게 엉킨 감정의 정체는 무엇일까?

해답은 달튼의 입에서 흘러나왔다.

"그런 걸 애증이라고 해. 나는 아윈에게 애증이라는 감정을 가지고 있어. 그 녀석 또한 그럴 테고. 네 말대로 그에게 해코지하지 못해. 이제 더는 그러고 싶지도 않고. 나는 방탕자이지 악한이 되고 싶은 건 아니거든."

"아윈과 당신, 둘 다 마음이 약한 것 같아요."

"그럼 셋이서 살까?"

"당신이 한 제안 중에 제일 그럴싸한 제안이네요."

적어도 내가 없으면 죽겠다느니 하는 말보다는 훨씬 더 괜찮은 소리로 들렸으니까.

나는 잠깐이나마 셋이서 함께 살면 어떨까, 하는 쓸데없는 생각을 했다. 아윈은 나를 위한 요리를 해 주고, 달튼은 집을 지키고…….

달튼은 꽤 든든한 집지킴이가 될 것 같았다. 대문을 지키는 머리세 개 달린 개가 필요하지 않을 정도로.

"아윈에게 물어볼게요."

"나는 네 생각을 물은 거야."

"당신은 제집을 지키는 충직한 개 역할이 어울릴 것 같아요. 그것도 괜찮다면 고려해 볼게요."

달튼은 또다시 기다란 한숨을 내쉬었다. 그는 무슨 대답을 해야할지 가늠하지 못하는 것 같았다.

"있죠, 달튼."

"응."

나는 아이를 달래듯이 그의 등을 토닥이며, 이어 말했다. 달튼의 흐느낌은 더 이상 들리지 않았다.

"저도 어렸을 때 엄청 가지고 싶었는데 갖지 못한 것이 있었어요."

"그게 뭔데?"

"새요. 새를 키우고 싶었거든요. 그냥 새가 아니라 황금빛 깃털을 가진 새. 엄청 비쌌어요."

달튼은 추임새 없이 내 말을 경청했다.

"사는 게 버거웠던 부모님은 황금빛 새를 당연히 사 주지 못했어요. 저는 몇 달간 그 새만 생각했어요. '그 새가 있다면 하늘을 나는 기분이 들 거야.' '그 새만 있다면 행복해질 거야.'라고. 하지만 우습게도 몇 년 뒤엔 그 새를 까맣게 잊어버렸어요. 그렇게 가지고 싶어 했는데……. 왜일까요?"

"……모르겠어."

"다른 일로 바빴으니까요. 일을 시작하고 난 후부터 새를 잘 볼 수도 없었어요. 시야에 닿지 않으니 집착했던 마음도 서서히 사라져 버린 거죠. 물론 그 후엔 다른 것들이 갖고 싶어졌어요. 예쁜 드레스라든지 장신구라든지. 결국 그때 그 시간에 제 시야에 닿는 것들을 더 원하게 된 거예요."

"응."

"제가 보이지 않는 곳으로, 멀리 여행을 떠나 보는 건 어떨까요?"

눈에 보이지 않으면 마음도 멀어지는 법. 나는 대답 없는 달튼을 그대로 두고선, 하고 싶은 말을 이어 갔다.

"저 때문에 죽기엔 너무 아깝잖아요. 당신이 지금까지 이뤄 낸 것, 가지고 있는 것, 앞으로 가져야 할 것, 모두."

거기까지 말한 나는 안고 있던 달튼을 놓아 주었다. 그는 거부 없이 내게서 물러났다.

다시 마주한 달튼의 얼굴, 나는 그의 눈가에 맺힌 미처 흘러내리지 못한 눈물을 손끝으로 닦아 주었다.

"목숨을 소중히 여겨 줬으면 좋겠어요. 내일을 기대할 수 없는 사람의 간절함을, 당신이 알아줬으면 좋겠어요."

진심이었다. 아윈을 사랑하게 될 거라는 내 고백과도 비견한 진심. 또 다른 내 진심이 달튼에게 제대로 전해졌으면 좋겠다고, 나는 생각했다.

달튼의 오드아이엔 초점이 흐려졌다. 그는 지나간 추억을 생각하고 있는 듯했다. 마치 제가 아는 '내일을 기대할 수 없는 사람'을 떠올리기라도 하는 것처럼.

그러다 그는 조용히 미소 지었다.

"생각해 볼게. 긍정적으로."

나는 그의 것과 닮은 상냥한 미소를 지었다.

이번엔 내 진심이 그에게 통한 것 같다고 느꼈다.

"달튼에게 다녀왔어?"

집무실 문을 열자마자 건네진 아원의 물음이었다. 나는 방문을 닫으면서 대답했다.

"네."

아원은 책상에 앉아 있던 몸을 일으켜 내게 가까이 다가왔다.

"깨어났던가?"

나는 고개를 끄덕였다.

"깨어난 그에게, 행복해지기를 바란다고 했어요."

"그치가 행복해진다면 우리에게도 평화가 오겠지."

"왜 그렇게 삐딱해요?"

"네가 허락한 대로 네게 집착하는 중이라서."

아원은 그리 말하며, 내 손을 잡았다. "앉아서 얘기하자." 그러곤 꼭 내가 오래 서 있어서는 안 되는 사람처럼 말했다.

그가 나를 곧 죽을 사람 취급한다는 사실엔 변함이 없었다. 솔직히 나보다도 아원이나 달튼이 훨씬 더 나약해 보이는데 말이다. 외적으로나 내적으로나. 모두.

우리는 변화라는 것을 잊은 사람들처럼 소파에 가까이 붙어 앉았다. 내 얼굴을 세세히 관찰하는 아원의 시선에 새삼 두근거렸다. 나는 오늘따라 그에게 눈을 맞출 수 없었다.

그렇게 한동안 내 얼굴을 살피던 아원은 한 가지 사실을 알아차린 듯했다.

"그치가…… 울었어?"

어떻게 알았는지 모르겠다. 내 어깨춤에 달튼의 눈물이 얼룩져 있기라도 한 걸까?

나는 부정도 긍정도 하지 않은 채로 애매한 미소를 지었다. 내 미소에 서린 의미를 아원 또한 눈치챘을 것이라 여겨졌다.

"달튼을 여전히 싫어해."

"……네."

"하지만 네 바람처럼 모두가 행복해졌으면 좋겠다."

나는 그제야 아원과 눈을 맞추었다. 그의 눈빛엔 진심이 묻어났다. 우리는 같은 것을 소망하고 있었다.

"달튼이 셋이서 같이 살자고 하던데…… 당신 생각은 어때요?"

"그치가 집 밖에서 목줄을 찬 채로 집만 지키는 역할이 아니라면, 싫어."

"……!"

나는 깜짝 놀랐다. 진심으로. 두 눈이 커질 정도로.

"왜 그렇게 놀라?"

"저도 똑같이 생각했거든요."

"우리는 대마법사를 취급하고 싶은 방법이 비슷한가 봐."

우리는 서로의 얼굴을 본 채로 킥킥거렸다. 한동안 그리 웃다, 아원이 한 가지 일을 갑작스럽게 제안했다.

"오늘은 시내에 나가 볼래?"

"오늘 할 일은요?"

그는 한껏 여유롭게 대답했다.

"내일로 미루지 뭐."

"그래도 돼요?"

"어려운 일이 아니야. 물론 내일의 내가 좀 괴롭겠지만."

"그럼 나가요."

마침 날도 좋으니까.

"내일의 당신이 괴로워지지 않기를 바랄게요."

우린 외투만을 대충 걸친 채로 후작저를 빠져나왔다. 기억을 잃은 후에 처음 하는 외출다운 외출이었다.

정원에 정차된 마차에 올라타려고 할 때였다. 아윈의 얼굴이 창백해진 것이 눈에 띄었다.

"아윈? 괜찮아요?"

아윈은 손끝으로 제 관자놀이를 꾹꾹 눌렀다. 엷게 구겨진 그의 미간은 펴질 기미가 조금도 보이지 않았다.

"아…… 미안. 마차 사고를 당한 후에 되도록 마차는 잘 안 타서."

"그럼 걸어갈까요?"

아윈은 고개를 내저었다.

"추워. 타고 가자. 가까운 거리는 괜찮아."

그는 정말로 괜찮다는 듯이 마차에 완전히 올라타 마차 문을 닫았다. 이윽고 마차는 출발했지만, 아윈의 창백한 낯짝은 여전했다.

"마지막으로 마차를 탄 게 언제였어요?"

"네가 오랫동안 잠들기 전에…… 급한 용무가 있어서 어쩔 수 없이."

급한 용무가 무엇인지도 묻고 싶었지만, 아윈은 거기까지 묻지 말라는 티를 역력히 풍기고 있었다. 나는 조금 벌렸던 입술을 오므렸다.

마차의 창밖으론 눈이 쌓인 거리가 내비쳤다. 제법 아름다운 광경이었지만, 내 머릿속에 든 생각은 하나뿐이었다.

어떻게 해야 창백해진 아윈의 낯빛이 다시 좋아질까, 하는 생각.

"이포. 진짜로 괜찮아."

그는 내가 하고 있는 걱정을 헤아린 듯싶었다.

"걱정돼요."

"너랑 같이 타니까, 진짜로 괜찮은 것 같아."

"……."

"그렇잖아. 같은 광경이라도 누구와 함께 보느냐에 따라서 감상이 달라진다고. 너와 함께 타니까, 마차에 대한 감상이 변하는 기분이야. 그전엔 끔찍하다고만 생각했는데, 지금은 그렇지 않거든."

아윈은 심호흡하는 것처럼 눈을 감고 숨을 길게 들이쉬었다 내뱉었다. 그에 따라 그의 가슴이 눈에 띄게 부풀어 올랐다 내려앉았다.

그 움직임에 따라 조금 긴 아윈의 검은 머리칼이 작게 흔들렸다. 어쩌면 조금 열어 둔 창밖에서 들어온 겨울바람 때문에 흔들린 것일지도 모르겠다. 아무튼 나는, 얼기설기한 아윈의 앞머리를 매만지고 싶었다.

서두가 길었는데, 내가 하고 싶은 말은 그러하다. 오늘따라 그가 더욱 비현실적으로 보인다고.

핏기 없는 하얀 얼굴, 고요히 감은 두 눈, 부드럽게 흔들리는 검은 머리카락. 바라보는 이의 마음을 절로 설레게 하는 모습이었다. 나는 감탄했다.

내 심장은 그가 내 얼굴을 세세히 살폈을 때보다도 훨씬 더 거세게 뛰고 있었다.

시간이 흐를수록, 하루하루를 넘길수록, 아윈이 더 좋아지는 것 같았다. 부정할 수 없는 사실이었다.

"……어때? 내 얼굴이 아직도 창백한가?"

두어 번의 심호흡을 끝낸 아윈이 물었다. 그는 감았던 눈을 다시 뜬 채였다. 나는 그의 얼굴에서 시선을 떼지 못한 채로 대답했다.

"아까보단 괜찮아진 것 같아요."

허언이 아니었다. 심호흡 덕분인지, 그의 뺨에 작은 생기가 돌기 시작했으니까.

아윈은 이번엔 안도의 기운이 밴 숨을 길게 내뱉었다.

"다행이다."

한겨울 날, 차가운 바람이 머무는 거리엔 사람의 모습은 거의 보이지 않았다.

언젠가 하늘 위로 아름답게 솟아올랐을 분수는 꽁꽁 얼어붙은 채였다. 우리는 꽁꽁 언 분수를 말없이 바라보았다.

"예전에 이곳에 함께 온 적이 있었어."

"이곳에서 뭘 했어요?"

아윈은 대답했다.

"심장에 새긴, 뜻깊은 데이트를 했지."

"광장에서 한 데이트라."

그는 분수 근처에 있던 드넓은 광장을 바라본 채로 이어 말했다.

"함께 춤을 췄어. 넌 내 손을 잡았고, 난 네 손을 잡았지. 그러다 네가 가슴을 부여잡고 휘청거렸어."

"맙소사. 그래서 어떻게 됐어요?"

"춤추는 걸 그만두고선 네게 물었어. '괜찮아? 이럴 땐 내가 어떻게 해 줘야 하는 거지?' 그러자 네가 대답했지."

"잠깐만요. 제 대답을 알 것만 같아."

아윈을 열렬히 사랑했던 나는 그렇게 대답하지 않았을까? 나는 과거의 내가 바라는 것일지, 지금의 내가 바라는 것일지 모를 말을 읊조렸다.

"그냥 안아 주시면 돼요."

내 말이 떨어지기 무섭게 아윈의 얼굴엔 놀라운 빛이 스치고 지나갔다. 나는 그 순간 직감할 수 있었다.

정답이로구나.

놀랐던 것도 잠시, 아윈은 나를 실제로 끌어안았다. 그의 품에 안기자 영문 모를 애절한 마음이 들었다. 절절할 상황은 조금도 벌어지지 않았건만.

"안아 준 다음에 네가 원한 게 있었어."

나는 대답 대신 그의 가슴에 얼굴을 더욱 깊이 기댔다. 그는 훌륭한 목소리로 말했다.

"이포 벨."

거기엔 사랑스러운 기류만이 배어 있었다. 내가 아윈의 이름을 부를 때보다도 훨씬 더 감정적인 목소리였다.

"너는 네 이름을 불러 주기를 바랐지."

좋다. 내 이름을 불러 주는 이가 아윈이라서 기뻤다.

한 것이라곤 포옹하기, 이름 불러 주기밖에 없는데, 나는 세상에서 제일 행복한 여자가 된 것 같았다. 이대로 시간이 멈추었으면 좋겠다고 생각했다.

"기분이 어때?"

"아주 좋아요."

"나는 그때 그날처럼, 오늘도 내 심장에 새겼어. 너는 어때?"

"저도 마찬가지예요."

새기지 않을 수가 없잖아. 나는 이미 마차에서부터 뜻깊은 감상을 느껴 버렸는걸.

그때 문득 그런 생각이 들었다.

과거의 내가 얼기설기하게 자른 아윈의 앞머리는 언제 기르는 걸까, 하는.

석양이 질 무렵, 우리는 후작저로 다시 돌아왔다.

활기를 잃은, 얼어붙은 시내에서 할 수 있는 일은 그다지 없었기 때문이다.

후작저로 돌아가는 마차를 탄 아윈의 얼굴은 아주 평온했다. 나는 그 점이 다행이라고 생각했다.

마차에서 함께 내렸을 때, 아윈은 불현듯이 생각난 사실을 내게 물어보았다.

"……그러고 보니 최근에 만난 시녀장이 내게 묻더군."

"뭐라고요?"

"너랑 언제 결혼할 거냐고."

"킥."

나는 외마디 놀란 소리를 내뱉었다.

"그게 그렇게 충격적인 말이었나?"

아윈은 다소 충격받았다는 듯이 말했다.

"아뇨. 충격적이라기보다는 놀라서."

"……아. 미안. 강요하듯이 물은 건 아닌데…….."

"괜찮아요, 아윈."

"그러니까 내가 하고 싶은 말은 그래. 시녀장이 무언가의 사실을 내게 직접적으로 물은 건 처음이었다고……. 다들 내게 다가오는 걸 주저하거든. 시종이든 시녀든 심지어 보좌관마저도."

"그만큼 저희의 결혼을 바랐던 게 아닐까요? 다들 티 내지는 않지만, 저희에 대해서 궁금해하나 봐요."

"적어도 부정적인 뉘앙스는 없었다고 생각해."

나는 아윈과 함께 정원을 거닐며 그와 결혼하는 건 어떨까, 하는 생각을 했다. 아윈의 방 협탁 서랍 속에 있던 반지를 내가 끼고선 그와 백년해로를 맹세하는 거다.

기왕 할 거라면 하얀 눈이 내리는 날이었으면 좋겠다. 내리는 눈을 맞으며 행하는 결혼식은 얼마나 로맨틱할까?

"아윈. 저는 눈 내리는 날에 결혼식을 올리고 싶어요."

생각만 한다는 것이, 나도 모르게 말로 나와 버렸다. 아윈은 나를 가만히 내려다보다 이내 웃는 소리를 냈다.

"왜 웃어요?"

"귀여워서. 네가 나를 귀엽다고 말할 때마다 이런 기분을 느꼈던 걸까?"

"……."

나는 대답하지 않으며 입술을 일자로 꾹 다물었다. 왠지 모르게 아윈이 얄밉게 느껴졌다. 그도 내가 제게 귀엽다고 할 때마다 이런 감상을 느꼈던 걸지도.

나누는 대화가 즐거워 정원을 가로질러 현관문까지 가는 길이 길게 느껴지지 않았다. 우리는 시종이 열어 준 현관문을 통해 저택 안으로 들어섰다.

그렇게 복도를 조금 거닐었을 때였다. 저 멀리서 어느 시녀가 분주한 걸음으로 우리에게 다가오는 것이 보였다.

그녀는 몹시도 조급해 보였다. 마치 아윈에게 꼭 알려 주어야 할 소식이 있다는 듯. 그 소식에 부정적인 뉘앙스가 가득할 것 같은 예감이 들게 뭐람.

시녀는 금세 우리 앞까지 다가와 걸음을 멈추었다. 아윈과 나는 약속한 것처럼 동시에 그녀를 바라보았다. 그녀는 가빠진 숨을 고르지 않고선 띄엄띄엄 말했다.

"후작님……. 대마법사님께서 사라지셨어요."

그녀의 말엔 부정적인 뉘앙스만이 가득했다. 내 예감은 조금도 틀리지 않은 채였다.

"달튼이 사라졌다고? 언제?"

아윈은 침착하게 대꾸했다.

"정확히는 잘 모르겠어요. 저녁 식사를 챙겨 갔는데, 보이지 않으셔서……."

"잠깐 나간 건 아니고?"

시녀는 고개를 내저었다.

"옷가지와 물건들도 전부 다 사라져 있었어요."

"……알겠어. 가 봐."

시녀는 제가 하고 싶은 말을 끝냈다는 듯 고개를 조아리다 급하게 한 마디를 덧대었다.

"아, 그런데 테이블 위에 웬 비누들이 놓여 있었어요."

비누. 달튼과 연관이 있는 비누라면 천연 오가닉 비누밖에 없었다. 아윈은 고갯짓으로 대답을 갈음했다. 이번에야말로 할 말을 끝마친 시녀는 복도 저 멀리로 걸어갔다. 나는 시녀의 모습이 완전히 사라지고 나서, 그에게 말을 건네었다.

"아윈. 그가 후작저를 떠난 걸까요?"

내 물음에 아윈은 고개를 갸웃거렸다.

"글쎄. 확답은 내릴 수 없어. 일단은 사람들을 시켜 근처에 그가 있는지 찾아보라고 해야겠지."

나는 고개를 끄덕이며 낮에 보았던 달튼의 얼굴을 떠올렸다. 그는 살아달라는 내 부탁에 어렴풋한 미소를 지었다.

'생각해 볼게. 긍정적으로.'

꽤 희망찬 대답을 내뱉기도 했다. 그런 그가 어째서 돌연히 사라져 버린 걸까?

달튼이 이토록 허무하게 사라져 버렸다는 사실이 좀처럼 믿기지 않았다. 인사라도 해 주고 떠나기를 바랐다면, 그것은 나의 과한 바람이었던가.

달튼이 남기고 간 비누를 확인해 봐야겠다는 생각이 들었다.

나는 마음먹은 김에 달튼의 방을 그대로 찾아갔다. 아윈이 따라온다고 했지만, 나는 고개를 내저었다.

'혼자 가 볼게요.'

그는 내 제안이 마음에 들지 않는다는 것처럼 미간을 옅게 찌푸렸다. 하지만 그러지 말라든지, 그래도 같이 가겠다는 말은 하지 않았다.

'그래.'

그는 짧은 대답으로 일축했을 뿐이다.

그리하여 찾아간 달튼의 방, 그 안은 휑했다. 시녀의 말대로 그의 옷가지와 몇 없던 물품들이 전부 다 사라진 채였다.

언제고 누군가를 엿보려는 듯 활짝 열려 있던 커튼마저도 웬일인지 완벽하게 드리워져 있었다.

휑뎅그렁한 전경 속, 돋보이는 존재감을 자랑하는 것이 하나 있었다. 그것은 어느 테이블 위에 놓인 비누들이었다.

촘촘하고 견고하게 쌓아진 비누의 개수는 총 22개. 그러지 말라고 했음에도 불구하고, 그는 내 비누 개수를 300개로 채워 주려고 한 듯싶었다. 거기에 무슨 의미가 있냐고. 고작 비누일 뿐인데.

그는 제 물건을 모두 다 가져갔음에도 비누만은 남겨 두었다. 마치 그것이 내 것인 양.

나는 그의 방 안에 짙게 밴 비누 향기를 폐 깊숙이 들이마셨다. 천연 오가닉 비누 향 속에 달튼의 체취가 희미하게 섞여 있는 듯한 기분이 들었다.

제일 위에 쌓인 비누 하나를 들어 올렸을 때였다. 비누 밑에 웬 작은 쪽지가 있는 게 보였다.

나는 그것을 집어 침대 위에 자리 잡았다. 쪽지의 수신인이 나일 거라는 이상한 확신이 들었다.

잘 접힌 쪽지를 펴자, 그 속엔 달튼의 것이라 추정되는 유려한 필기체가 존재했다.

나는 그 내용을 읽어 보았다.

「처음이었어. 누군가의 사연에 깊이 공감하고, 서로의 사연을 나눈 건. 모든 사람의 마음을 쥐락펴락할 수 있다고 자신했지만, 그럴 수 없었던 것 역시.

여전히 다른 사람을 좋아하는 너라도…… 나는 너를 좋아해. 알고 있니?

너는 나를 행복하게 만들기도 했지만, 내게 제일 큰 상처를 주기도 했어. 하지만 네게 받은 상처도 좋더라. 그 상처로 인해 너를 계속 떠올릴 수 있으니까. 너를 영원히 잊을 수 없으니까.

나는 가 봐야 할 곳이 있어. 그곳이 나를 부르는 것 같아. 한 번쯤은 가 봐야지…… 생각만 하고 있었는데, 지금이 그때인 것 같아.」

쪽지 속 내용은 짧았다.

예상한 대로 쪽지의 수신인은 나였고, 감기가 나은 달튼은 '그곳의 부름'으로 인해 그곳으로 가 버린 듯했다.

"그곳이라……."

절벽이 생각나는 이유는 왜일까? 그도 내가 들은 절벽의 부름을 들은 걸까?

나는 잘 정돈된 침대 시트를 손끝으로 쓸며, 허공에 대고 말했다.

"달튼, 당신은 절벽에 간 거예요?"

물론 돌아온 대답은 없었다.

다음 날이 되어서도 달튼은 돌아오지 않았다.

그의 행방은 오리무중. 후작저 근처에서 그를 보았다는 사람 또한 한 명도 없었다.

나는 오전쯤에 아윈의 집무실을 찾아갔다. 그는 일이 손에 잡히지 않는 것인지, 방 안을 배회하고 있었다. 심지어 내가 낸 인기척도 알아차리지 못한 채였다.

"아윈. 저 왔어요."

그는 그제야 걷던 걸음을 멈추고선 나를 쳐다보았다.

"……왔어?"

바라본 그의 얼굴엔 수심이 가득했다. 나는 아윈의 맞은편까지 걸어갔다.

"시리진 딜튼이 신경 쓰여요?"

"아니. 신경…… 쓰지 말자. 알아서 잘 살겠지. 그 작자 때문에 우리가 얼마나 고생했는데. 그가 사라진 일이 우리에게 더 나은 일일지도 몰라."

나는 손을 뻗어 그의 뺨을 쓸어 주었다. 맞닿은 그의 뺨이 차가웠다.

"하지만 당신의 얼굴이 좋지 않아요."

그는 어젯밤, 함께 잠들던 순간에도 얼굴이 좋지 않았다. 나는 사라진 달튼보다 아윈이 더 걱정되었다.

"그런가."

아윈은 혀끝으로 제 입술 위를 핥았다.

"달튼이 걱정되는 거죠?"

"……."

"걱정하는 거죠?"

"……."

"그를 찾고 싶은 거죠?"

아윈은 거듭 침묵했으나 마지막 물음에는 답변을 해 주었다.

"……내가 이렇게까지 잔정이 많다는 걸, 오늘 처음으로 깨달았어."

역시나 아윈은 사라진 달튼을 걱정하고 있었다.

자신을 궁지에 몰아넣었던 남자를 걱정하고 있다니. 그러자 떠오른 것은 애증을 논하던 달튼의 말이었다.

'그런 걸 애증이라고 해. 나는 아윈에게 애증이라는 감정을 가지고 있어. 그 녀석 또한 그럴 테고.'

"혹시 짚이는 곳이 있나요?"

아윈은 내 시선을 외면했다. 나는 그 회피의 의미를 알 수 있을 것만 같았다. 긍정. 아윈은 달튼이 찾아간 그곳이 어디인지 알고 있는 듯했다.

그 순간 절벽의 부름이 아스라이 들려왔다.

어서 이리로 와.

그 소리는 선명했다. 누군가가 내 귓가에 입술을 바짝 대고 속삭였다고 생각될 정도로.

달튼은 정말로 절벽을 찾아간 게 아닐까?

물론 그것은 가정일 뿐이다. 하지만 거기엔 충분한 가능성이 내재되어 있는 것만 같았다. 생각해 보니, 달튼은 이전 날 절벽을 운운하기도 했었다.

'응. 이제 더는 살아갈 이유가 없다고 생각했거든. 그래서 어느 절벽에 가려고 했어.'

그는 어떠한 절벽의 존재를 알고 있었다. 그리고 자신의 끝을 그 절벽에서 보고자 했다. 그것만큼은 분명한 사실이었다.

"아윈. 후작저 근처에 절벽이 있나요?"

후작저 근처에 그럴싸한 절벽은 없을 것이라 생각했던 것이 무색했다. 아윈은 손쉽게 긍정했다.

"있어. 설마 무언가를 떠올린 거야?"

"아뇨. 그런 건 아니에요. 그 절벽. 저희와 관련 있는 곳이에요?"

"……네가 예전에 거기서 떨어진 적이 있었어. 충격받을까 봐 일부러 얘기하지 않았는데."

뒤늦게 사실을 고백한 아윈은 제 머리카락을 거칠게 쓸어 넘겼다.

"당신은 달튼이 그곳에 있으리라 짐작한 거죠?"

아윈은 또다시 대답하지 않았지만, 늦지 않게 고개를 끄덕였다.

"찾으러 가자는 소리는 절대로 하지 마. 그치가 너를 또다시 그곳에 떨어뜨릴지도 모르니까."

아원은 처음으로 큰소리를 냈다. 그는 화가 나 보였다.

내게 화난 것이 아니라 우리가 처한 상황에 대해서, 미래에 닥칠지도 모를 상황에 대해서 화를 내고 있는 것처럼 느껴졌다. 아니, 그는 화가 났다기보다는 두려워하고 있는지도 모르겠다.

불어오는 바람은 없었지만, 어디선가 거센 바람이 부는 듯한 착각이 일었다.

그것은 부정적인 소용돌이. 우리는 피할 겨를 없이 그 속에 휩쓸리고 있었다. 서서히. 하지만 완벽하게.

"미안. 네게 화내려고 했던 건 아니었어."

나는 두려워하는 그를 안아 주었다. 함께 있고 싶다. 무슨 일이 벌어지든 당신과 함께였으면 해. 내 생각에는 변함이 없었다.

"절벽에서 떨어지는 꿈을 꿨다고 말해 줬지? 어쩌면 모든 게 정해진 일이었던 걸지도 몰라. 우리가 다시 그 절벽에 가게 될지도 모른다는……."

품에 안긴 아원은 토하듯이 말했다. 나는 뒤늦게 고백했다.

"그 꿈. 저도 꿨어요."

그러자 아원은 내 어깨에 파묻었던 고개를 들어 나를 똑바로 바라보았다. 그는 조금 당황한 것처럼 보였다.

"이포…… 너도?"

"저는 그 절벽의 밑바닥에 몸을 누인 당신을 봤어요."

"……."

"잠든 것처럼 보였던 당신은, 눈물을 흘리고 있었어요."

나는 내 손끝에 스몄던 아원의 붉은 눈물을 아직 기억하고 있었다. 그 끈적거리는 감촉마저도.

끔찍했다. 꿈과 현실이 이어진 듯한 기분이 들었으니까.

"저도 두려워요. 꿈속에서처럼 당신이 그곳에서 떨어질까 봐. 결국 구원받지 못하게 될까 봐."

"모든 귀결이 그곳에 존재하고 있는 걸까? 달튼도. 네 기억도."

내게도 그런 생각이 들었지만, 섣불리 인정할 수는 없었다. 그곳은 불온한 기류로 가득 차 있었기 때문이다.

"절벽에 가는 일은 아무래도 불길하게 느껴져요. 그곳만큼은 가지 않는 게 옳은 일인 것 같아요."

"……이포."

"기억이 돌아오지 않아도 괜찮다면서요. 저는 이대로도 좋아요."

마음속의 공백이 메워지지 않더라도, 공백을 안고 살아가도 괜찮겠다는 생각이 들었다.

내 곁엔 아원이 있었다. 그리고 나는 그와 함께인 미래를 꿈꾸고 싶었다. 우리에게 저어될 만한 일은 조금도 없었다. 그 절벽에 찾아가지 않는 이상.

꽉 닫아 놓았던 창문이 벌컥 열린 것은 그 순간이었다. 나와 아원은 약속한 것처럼 동시에 창문 쪽으로 몸을 돌렸다.

열린 창문 사이로 겨울의 차가운 바람과 웬 핑크빛 꽃잎이 휘몰아치듯이 들어왔다. 겨울이라는 계절감과 괴리된 핑크빛 꽃잎의 정체는 벚꽃 잎이었다.

벚꽃 잎은 눈처럼 내리기 시작했다. 아원은 본능적으로 나를 제 뒤에 숨기며, 수변을 경계했다. 곧이어 열린 창문으로 누군가가 다가오기 시작했다.

그는 유려한 발놀림으로 허공을 지르밟고 있었다. 결 좋은 그의 금빛 머리카락이 눈에 띄게 빛났다.

달튼이었다.

창문까지 완전히 다가온 달튼은, 창틀에 엉덩이를 깔고 앉아 우리를 가만히 바라보았다.

마주친 달튼의 눈동자는 이지가 상실된 것처럼 보였다. 거기엔 희망도 절망도 슬픔도, 그 어떤 감정도 없었다.

해탈. 달튼은 모든 것을 내려놓은 것처럼 보였다.

머릿속에선 경종이 울렸다. 위험하다. 필시 좋지 않은 일이 벌어질 것이다. 나는 잡고 있던 아윈의 손에 힘을 주었다. 손바닥이 눅눅해지기 시작했다.

"안녕, 이포. 아윈."

"달튼! 어디 갔다 온 거예요?"

"아윈이 예상한 곳에 다녀왔지. 기력을 회복한 김에 소풍이라도 갈 겸. 겸사겸사."

아윈이 예상한 곳. 그곳은 바로 부정적인 의미가 깃든 절벽이었다. 달튼은 이어서 말했다.

"좋더라. 그래서 셋이서 함께 감상하고 싶어졌어."

그는 빙그레 미소 지었다.

"그런 의미에서 같이 가자. 재밌는 일이 벌어질지도 모르니까."

우리에게 대답할 기회는 주어지지 않았다. 열린 창가로 들어온 벚꽃 잎들이 좀 더 거세게 휘몰아쳤기 때문이다.

그것들은 나와 아윈을 꼼짝없이 감싸며 우리를 포위시켰다. 이윽고 내 시야엔 집무실 광경과 달튼의 모습이 보이지 않게 되었다.

눈앞엔 끝없는 벚꽃 잎만이 그득했을 뿐이다. 눈을 뜰 수 없을 정도의 거센 소용돌이였다.

아원은 나를 꽉 끌어안았다. 어떤 위험한 일이 도래하더라도 나를 절대로 놓지 않을 것처럼. 나도 그의 허리를 붙잡았다.

우리는 이제 어떻게 되는 걸까?

우리에겐 어떤 미래가 닥칠까?

나는 심히 두려웠다. 이전에도 한 번 겪은 적이 있는 것 같은 익숙한 두려움이었다.

벚꽃이 비처럼 내리던 날. 서로의 마음을 확인한 아원과 나들이를 나온 날. 어디선가 나타난 달튼. 그때에 느낀 맹렬한 두려움. 그날 아원은 달튼에게 두 번째 심장을 빼앗겼었다. 나는 과거를 희미하게 기억해 냈다.

깨달았을 땐, 우리 주위에 휘몰아치던 벚꽃 잎들이 사라진 후였다.

잠잠하다. 그것은 두려움을 가중시키는 침묵이었다. 곧이어 솜털이 곤두설 정도의 한기가 느껴졌다. 나는 아원의 품에 파묻었던 얼굴을 들어, 주위를 살펴보았다.

장소는 급변해 있었다. 넓어진 시야 사이로 쾌청한 겨울 하늘이 보였고, 그 밑으론 깎아지른 듯한 낭떠러지가 보였다.

'어서 이리로 와.'

나를 계속해서 부르던 그 절벽. 우리가 기어코 그 절벽으로 오게 된 것이라 믿어 의심치 않았다. 눈앞의 절벽은 내가 꿈에서 본 것과 한 치의 오차도 없이, 똑같았다.

후작저에서 한순간 절벽 근처로 우리를 이동시킨 달튼은 절벽의 낭떠러지 근처에 서 있었다.

그가 입고 있던 품이 큰 얇은 셔츠가 불어오는 바람에 흩날리고 있었다. 물론 그의 금빛 머리카락 또한 정처 없이 나부끼고 있었다.

위태로워 보였다. 달튼은 언제고 떨어져도 이상하지 않을 분위기를 풍기고 있었던 것이다.

"어때? 절경이지?"

그는 무언가에 한껏 도취된 듯이 말했다.

"저희를 후작저로 다시 보내 주세요."

제법 담담한 내 말에 달튼은 웃는 소리를 냈다.

"어쨌든 이곳에 와 버렸는데, 감상이라도 해 보는 건 어때?"

이번엔 아윈이 대답했다.

"이미 와 봤던 곳이야. 더는 감상하고 싶지 않아."

"하지만 이포는 이곳을 기억하지 못하잖아."

나는 달튼의 말에 따지듯이 대꾸했다.

"달튼. 당신은 왜 제 의견을 묻지 않는 거예요? 저는 별로 감상하고 싶지 않다고요."

그러면서 잠깐 놓았던 아윈의 손을 다시금 그러잡았다. 마주한 아윈의 손바닥은 땀으로 흥건했다. 아니, 그것은 내 손바닥에 스민 땀일지도 몰랐다.

아윈은 나를 내려다보았다. 교차한 시선 속, 그의 검은 눈동자가 희미하게 떨리고 있었다.

"이포. 돌아가자. 걸어서라도 돌아가."

나는 고개를 끄덕였다. 예상할 수 없는 불길한 일이 일어나기 전에, 이곳을 벗어나는 게 좋을 성싶었다.

그렇게 뒤돌아가려던 순간이었다.

"멈춰."

낮게 가라앉은 달튼의 목소리가 절벽에 메아리쳤다. 작은 소리였지만 그 울림이 범상치 않았다. 그 속에 깃든 감정이 따사롭지 않기에 그런 것일까?

애절하게 혹은 다정하게 내게 말을 건네던 달튼답지 않다고 생각했다. 나는 그가 낯설게만 느껴졌다.

얼마 못 가 달튼의 목소리가 다시금 울려 퍼졌다.

"그리고 이리로 와."

주문을 외듯 읊조린 목소리에 따라 우리의 몸이 끌려가기 시작했다. 아윈과 나는 끌려가지 않으려 애썼지만 속수무책이었다.

제멋대로 움직이는 우리의 다리는 앞으로 한 걸음, 그리고 또 한 걸음을 내디뎠을 뿐이다. 그것은 멈출 기세 없이 앞으로 내지르고 있었다.

"끝까지 다가와."

우리의 몸은 이내 달튼이 위태롭게 서 있던 절벽 앞에 당도하게 되었다. 그러자 그제야 제멋대로 움직이던 다리가 멈춰 섰다. 직접 겪고도 믿을 수 없는 일이었다.

나는 몸을 움직이려고 했다. 그러나 지면에 단단히 고정된 내 발은 조금도 떨어지지 않았다. 달튼의 마법이 그 까닭인 듯했다. 나는 달튼에게 따지듯이 말했다.

"달튼. 위험한 짓을 하려거든 그만둬요. 두 번의 용서는 없다고 말했잖아요."

이 이상의 위험한 짓은 하지 말라는 경고였으나 달튼에겐 씨알도 먹히지 않았다. 그는 도리어 비실비실 미소 짓고 있었으니까.

"넌 내가 위험한 짓을 할 거라고 왜 확신해?"

"그럼 아니에요?"

"네가 그렇게 말하니까, 위험한 짓을 해 보고 싶네."

달튼은 허공에 손을 들어 올려 검지를 까딱거렸다. 그와 동시에 내 손을 잡고 있던 아원의 몸이 달튼 근처로 훅 당겨졌다. 두 남자는 서로에게 안긴 듯 가까이 붙게 되었다.

"아원!"

그의 이름을 절규하듯이 불렀으나 아원은 침묵했다. 나는 아원에게 무슨 일이 일어났음을 그때 직감할 수 있었다. 절벽까지 몸이 당겨진 이후부터 아원이 침묵으로 일관하고 있다는 사실 역시.

꼿꼿이 선 아원에게선 이렇다 할 움직임은 보이지 않았다. 달튼이 아원에게 이지를 상실하게 하는 마법을 건 것이 아닐까?

나는 굳어 버린 아원과 근접해 있는 절벽을 번갈아서 바라보았다. 절벽은 그 밑이 아득하게 보일 정도로 높았다.

그 순간 떠오른 것은 꿈속에서 보았던 광경이었다. 누군가의 구원을 받지 못하며 한없이 떨어지기만 했던 아원. 절벽 밑에서 붉은 눈물을 흘렸던 아원.

그 일이 실제 하게 되는 걸까? 그것은 미래의 일을 예견한 꿈이었던 것일까?

달튼의 말은 이어졌다.

"네가 사랑하는 남자가 이곳에서 떨어진다면…… 넌 어떨까?"

나는 그의 말이 끝남과 동시에 소리쳤다.

"그, 그만둬요!"

나는 달튼이 무엇을 위해서 이런 짓을 꾸민 것인지 좀처럼 이해할 수 없었다. 사랑. 또다시 그것 때문에?

"아윈이 잘못된다고 해서, 제가 당신을 좋아하게 되는 건 아니에요."

그 말은 지극히 진심이었다. 아윈을 사랑하는 일과 달튼을 사랑하게 되는 일은 별개의 일이었으니까. 나는 달튼이 그 사실을 알아주었으면 했다.

하지만 일찍부터 결심이 선 듯한 달튼은 내 말에 동요하지 않았다. 그는 오히려 앞으로 한 발자국 더 내디디며 곧 절벽에 떨어질 듯한 모습을 내비쳤을 뿐이다.

나는 숨을 짧게 내뱉은 다음, 그를 타이르듯이 말했다.

"달튼. 악한이 되고 싶은 건 아니라면서요, 그에게 해코지할 수 없다면서요."

"이포. 내 말을 어디까지 믿어?"

하나도 믿지 않아. 그래도 당신이 괜찮은 사람일 거라고 생각한 며칠 전의 내가 어리석다고 여겨질 만큼.

나는 대답하지 않으며 입술을 뭉그러뜨렸다.

"대답해 주지 않는구나. 그럼…… 이번에도 구미가 당기는 제안을 해 볼게."

"……."

"네가 나와 함께 떨어진다면 아윈을 놓아 줄게."

달튼의 아름다운 오드아이가 나를 오롯이 쳐다보았다. 그의 눈에는 거짓의 기운은 없었다. 그는 더할 나위 없이 진심이었던 것이다.

끝. 사랑에 실패한 그가 소망했던 것. 달튼은 이번엔 나와 함께하는 끝을 바라고 있는 걸까?

입안이 바싹 말라 왔다. 바싹 마른 입술 위를 스치고 지나가는 바람이 찼다. 나는 아랫입술을 세게 짓이겼다.

"이포. 네가 그를 대신해서 희생할 수 있냐고 묻고 싶어."

달튼은 나의 희생을 바라며, 내가 추락하기를 바라고 있었다. 그것은 꿈속에서 절벽이 내게 원하던 것과 같은 것이었다.

나는 짧은 시간 동안 고민했다. 고민이 채 끝나기도 전에 대답은 제멋대로 흘러나왔다.

"할 수 있어요."

대답한 나조차도 믿을 수 없는 확고한 대답이었다.

기억을 잃은 내가 유일하게 기억한 이름을 가진 그를. 나보다도 나를 더 잘 아는 그를. 나보다도 나를 더 사랑하는 그를. 나는 아윈을 구원해 주고 싶었다. 그가 끝없이 추락하기를 바라지 않았다.

"제가 대신 떨어질게요."

달튼은 내게 손을 뻗었다.

"내 손을 잡아."

그의 말이 떨어지기 무섭게 굳어 있었던 두 다리가 움직이기 시작했다. 나는 세 걸음 정도 앞으로 걸어갔다. 걸어가는 내내 다리가 후들거렸다.

아윈을 위하고 싶지만, 그렇다고 해서 절벽에 떨어지는 일이 두렵지 않은 것은 아니었다. 나는 모든 것이 무서웠다. 의중을 알 수 없는 달튼도, 그 끝이 아득한 절벽도.

모든 것이 꿈이었으면 좋겠다는 바람마저도 들었다. 하지만 이내 맞닿은 달튼의 손은 차가웠다. 그것은 지금 닥친 일이 현실임을 증명해 주는 지표처럼 느껴졌다.

달튼은 드디어 잡게 된 내 손을 빤히 내려다보았다.

"……왠지 벅차오른다."

그리 말한 달튼은 내 손을 잡지 않은 나머지 손으로 아윈의 몸을 밀쳐 냈다. 이지 없는 양철 인형이 된 그는, 그대로 땅바닥에 몸을 누이었다.

달튼은 맞잡은 손을 제 쪽으로 끌어당겨, 내 몸을 부드럽게 껴안았다.

"가자."

이어지는 말은 없었다. 왜 이런 일을 조장했는지, 무슨 생각을 하고 있는지, 달튼은 하나도 알려 주지 않은 채로 절벽 밑으로 몸을 내던졌다.

우리는 절벽 아래로 떨어지기 시작했다. 지면에 닿았던 발이 허공에 완전히 떠 버렸을 때, 눈가에서 눈물 한 방울이 흘러내렸다.

그때, 나는 그동안 잊고 있었던 제일 중요한 것을 깨달은 듯한 기분이 들었다. 나는 아윈에게 닿지 않을 메시지를 마음속으로 읊조렸다.

아윈. 이런 상황에서 내 감정을 완전히 자각하는 건 진짜 웃긴 일인 것 같은데……. 이제 확신할 수 있을 것 같아요.

당신을 위해서 목숨을 버려도 괜찮을 거라는 생각이 든 이유. 내 목숨보다도 소중해진 당신의 의미. 나는 그것의 의미를 알 것 같아요.

사랑. 알 듯했지만, 결국은 알지 못했던 그 감정.

사랑해요, 아윈.

깨닫기 무섭게 마음속에 있던 공백이 채워진 듯한 느낌이 들었다. 나는 비로소 완벽한 심장을 가지게 된 것이다.

그 순간 시야가 일순 어두워지기 시작했다.

내 몸을 감싼 채로 함께 떨어진 달튼의 금빛 머리카락의 움직임
이 멈추었고, 귓가에 들리던 바람 소리도 잦아들었다. 어떤 일이
또다시 벌어지려고 한다. 나는 예감했다.

눈물로 얼룩진 눈을 감았다 뜨자 놀라운 일이 벌어졌다. 주변 광
경이 완전히 변해 버린 것이다.

황량한 절벽은 온데간데없이 사라져 있었다. 사라진 것은 절벽
하나뿐만이 아니었다. 나를 안고 있던 달튼의 모습 또한 완벽하게
사라진 후였다.

나는 주변을 둘러보았다.

······구덩이?

나는 산속 동물을 잡기 위해 사냥꾼이 파 놓은 구덩이 속에 들어
가 있었다.

갑자기 웬 구덩이일까? 이상한 일이었다.

나는 환상 같은 현실을 조금 더 면밀히 살펴보았다. 구덩이의 입
구는 좁다란 구형이었는데, 그 위로 보이는 하늘은 맑기만 했다.

구름 하나 없는 푸른 오전, 추위 또한 느껴지지 않았다. 구덩이
속에 존재하는 것은 나 혼자가 아니었다. 그 속엔 이미 오래전에
이곳에 빠진 듯한 여자아이가 있었다.

프릴이 화려한 드레스를 입은 여자아이는 무릎을 세운 채로 그
사이에 얼굴을 파묻고 있었다. 아이의 드레스와 머리는 잔뜩 흐트
러져 있었다.

기시감이 드는 풍경이었다. 나는 떠올리려고 노력해야만 떠오르
는 과거의 기억을 상기했다. 수면 밑에 가라앉아 있었던 기억은 곧
바로 떠올랐다.

그 기억의 정체는 그러했다. 저 여자아이 나이일 무렵의 내가 구덩이에 떨어졌던 기억. 그날 들은 새소리가 아직도 잊히지 않았다.

구덩이의 좁은 구멍 위로 누군가의 목소리가 들린 것은 그때였다.

"우둔한 아해야. 칠칠맞지 못하게 구덩이에 떨어지다니. 쯧."

나는 고개를 들어 올렸다. 그러자 아까 올려다보았을 땐 보이지 않았던 남자가 보였다.

남자는 동그란 입구에 걸터앉아 있었다. 특이한 복색을 입은, 기다란 은빛 머리가 인상적인 남자였다.

여자아이는 무릎에 파묻고 있었던 고개를 들었다.

"구, 구해 주세요."

흘러나온 목소리는 잔뜩 쉬어 있었다. 아이는 지쳐 보였고, 간절해 보이기도 했다.

안쓰러운 마음이 들었다. 아이는 얼마나 오랫동안 이곳에 혼자 있었던 걸까?

나도 여자아이에게 한 마디를 보태고 싶었지만, 나는 아무것도 할 수 없었다. 말이 나오지 않았을뿐더러 몸도 움직이지 않았다.

나는 돌연히 등장한 남자와 지친 여자아이에게 관여할 수 없었다. 마치 누군가의 기억 속에 존재하는 일을 훔쳐보고 있는 것처럼.

간섭할 수 없었기 때문에, 나는 일단 그들을 지켜보기로 했다. 구덩이 입구에 다리를 꼬고 앉은 남자의 시선이 내리깔렸다.

찬란한 태양, 그 빛에 반사된 남자의 청록빛 눈동자가 아름답게 반짝였다.

저 남자. 동공이 세로다.

아주 특이한 눈동자라는 생각이 듦과 동시에 남자가 영문 없이 낯익게 느껴졌다.

남자는 심드렁하게 대꾸했다. 여자아이가 가진 절박함을 조금도 이해하지 못한다는 양.

"그 전에 먼저 해야 할 일이 있어."

"그게 뭐예요? 그걸 해 주면 저를 구해 주는 건가요?"

"물론."

"제가 뭘 해야 하는지 가르쳐 주세요."

남자의 입가엔 만족스러운 미소가 피어올랐다. 그는 여자아이가 그리 말해 주기를 기다린 듯했다.

그는 대단히 어려운 걸 부탁할 분위기를 풍긴 주제에 퍽 싱거운 말을 내어놓았다.

"내 이름을 불러 다오."

미남인 얼굴과는 별개로 말투가 좀 구식이었다. 오백 년 산 어르신 말투 같다고 해야 할까.

나만 그렇게 생각한 것은 아니었나 보다. 여자아이는 제가 도움을 구하고 있는 상황이라는 사실을 깜빡 잊은 것처럼 대꾸했다.

"말투가 이상해요."

맹랑한 대답이었다. 그 덕에 남자의 말문이 잠깐 막혀 버렸다.

"……."

"아무튼 이름이 뭔데요?"

당황했던 것도 잠시, 남자는 다시금 여유로운 미소를 지으며 자신의 이름을 알려 주었다.

"하워드."

……하워드?

나도 아는 이름이었다. 내 새 심장의 원래 주인 이름. 생을 마감해 윤회의 길로 들어섰다던 그 노룡.

나는 하워드의 얼굴을 제법 빤히 쳐다보았다. 어떻게 생겼을까, 종종 궁금했었는데…… 아주 미남이었잖아.

나는 그와 있었던 일화들을 떠올리려 노력했다. 하나 당장 떠오르는 것은 하나도 없었다.

떠올리지 못하는 건 그렇다 치더라도, 하워드와 눈이라도 한 번 마주쳤으면 좋겠다고 생각했다.

그러나 이곳은 내가 관여할 수 없는 곳. 그의 시선이 내게 닿는 일은 없었다. 하워드도 내가 그들의 만남을 지켜보고 있다는 사실을 눈치채지 못한 것 같았다.

그사이, 여자아이는 그의 이름을 자연스럽게 불렀다.

"하워드."

그 부름에 하워드의 얼굴엔 작은 파문이 일었다. 조금 벌어진 그의 붉은 입술 사이로 나지막한 탄식이 새어 나왔다.

"아."

많은 감정이 응축된 듯한 소리였다.

"하워드. 저 좀 구해 주세요. 혼자인 건 너무 무섭고, 외로웠어."

여자아이는 앉았던 몸을 일으켜 하워드를 향해 손을 뻗었다. 의연한 척 굴었지만, 아이의 얼굴은 울음의 기운으로 물들어 있었다.

여자아이는 터질 것 같은 울음을 참으려는 듯 미간을 옅게 찡그린 채였다. 미동 없이 앉아 있던 그의 몸이 움직이기 시작한 것은 그 순간이었다.

하워드는 구덩이 안으로 훌쩍 뛰어 내려와 여자아이의 몸을 가볍게 들어 올렸다. 거기엔 작은 주저도 없었다. 그러곤 구태여 하지 않아도 될 말을 읊조리는 게 아닌가.

"딱히 구해 주고 싶은 건 아니지만, 그렇다고 해서 구해 주지 않을 것도 아니야."

여자아이는 볼멘소리로 대답했다.

"구해 준다는 말이에요? 아니라는 말이에요?"

그러면서도 아이는 하워드의 목덜미에 제 손을 단단히 둘러 그가 도망가지 못하게 만들었다.

그 모습이 꽤 귀여워서, 미소가 새어 나올 것만 같았다. 내가 처한 상황을 잊은 것인지.

하워드는 대답 대신 힘차게 도약했다. 그는 내려왔을 때와 다름 없이 가뿐하게 지상 위로 올라가기에 이르렀다.

그에 따라 내 시야도 변했다. 구덩이 속에 있던 나는 어느새 구덩이 밖에 자리하게 되었다.

이내 하워드의 발이 지면 위에 닿는 순간 엷게 흩날렸던 기다란 은빛 머리카락이 부드럽게 내려앉았다.

종을 알 수 없는 푸른 잡초들 위, 고고히 서 있는 장발 미남은 참으로 훌륭한 것이었다. 할 수만 있다면 내 눈에 새겨 넣어, 아름다운 광경이 그리워질 때마다 이따금 꺼내 보고 싶을 정도로.

누구의 말처럼, 절경이었다.

하워드는 안고 있던 여자아이를 제법 다정하게 내려 주었다. 그러곤 허리를 굽혀 아이의 이마 위에 자연스럽게 입을 맞추기도 했다.

거기엔 성적인 뉘앙스는 하나도 없었다. 경애하는 마음에서 비롯된 입맞춤. 그런 느낌만이 들었을 뿐이다.

"이번 생엔 내 이름을 조금 더 오랫동안 기억해 줘, 이포 벨."

이포 벨. 그것은 내 이름. 하워드는 여자아이를 내 이름으로 불렀다. 심지어 엄청 다정하게.

물론 나도 어렸을 때 구덩이에 빠진 적이 있으나 저 여자아이는 내가 아니었다. 외향이 완전히 달랐기 때문이다.

여자아이는, 흔한 갈색 머리에 호박색 눈동자를 가진 이포 벨이 아니었다. 아이의 머리카락 색은 백금발에 가까웠고, 눈동자 색은 제 머리색보다 진한 금빛이었다.

이목구비도 나와 너무도 달랐다. 다소 흔하게 생긴 나와는 다르게 아이의 이목구비는 뚜렷했다. 여자아이에게선 절제된 아름다움이 느껴졌다.

키가 크고 성인이 돼 절제된 아름다움이 표출되었을 때, 아이가 얼마나 아름다워질지 나는 감히 짐작할 수 없었다.

여자아이는 하워드의 입술이 닿은 이마를 손으로 문질렀다. 부끄러워하는 듯해 보였다.

"……제 이름은 이포 벨이 아니에요."

하워드는 알 만하다는 듯이 고개를 끄덕였다.

"그럼?"

여자아이는 작은 목소리로 대꾸하기 시작했다.

"제 이름은……."

내가 엿본 것은 거기까지였다. 하워드와 여자아이의 모습이 무너져 내리기 시작했다. 녹음이 울창한 숲의 전경마저도 무너져 내리며 이윽고 시야가 또다시 컴컴해졌다.

눈을 다시 떴을 때, 현실의 감각이 모조리 돌아와 있었다. 절벽 밑으로 곤두박질치는 몸, 서늘한 겨울바람, 내 손을 잡은 달튼의 차가운 손…….

모든 것이 사라져 버리자 아쉬운 마음이 들었다. 그들이 어떻게 되었을지 궁금하기도 했다. 혹시나 하는 마음에 두어 번 눈을 깜빡여 보았지만, 그들의 모습은 끝내 나타나지 않았다.

누군가의 기억일지 모르는 영상을 오랫동안 지켜보았다고 생각했다. 하나 믿을 수 없게도, 눈앞에 그려진 것은 눈을 감기 전과 똑같은 광경이었다.

나와 달튼은 마지막으로 발을 딛고 있었던 절벽 끝자락에서 약간 벗어난 채였다. 시간이 조금도 흐르지 않은 것이다.

멈춰 있었던 시간은 곧 원래대로 흐르기 시작했다. 추락하는 몸은 중력에 이끌려 가속도가 서서히 붙고 있었다.

절벽 끝으로 누군가가 뛰어든 것은 그때였다.

"……아, 아윈?"

마법에 걸려 이지를 잃었던 아윈, 그가 망설임 없이 절벽으로 뛰어들며 내 쪽으로 손을 뻗었다. 나는 잡고 있던 달튼의 손을 과감히 놓아 그를 향해 손을 뻗었다.

아. 예전에도 이런 적이 있었던 것 같아. 그때도 절벽에서 떨어지며 당신에게 손을 뻗었던 것 같아.

하지만 과거의 그때 뻗어진 내 손은 아윈에게 닿지 못했다. 나는 좌절했고 실망했고 눈물을 흘렸다.

아윈이, 절벽에서 떨어지던 내게 손을 뻗어 주지 않았다는 사실에 깊은 상처를 받았다.

하지만 오늘은 그때 느꼈던 감상을 느끼지 않을 듯했다. 절벽 위로 몸을 던진 아윈은 내게 금세 다가와 내 손을 완벽하게 쥐어 잡았기 때문이다.

아윈은 떨어지는 내 몸을 소중히 감싸 안은 채로 속삭이듯이 말했다.

"날…… 혼자 두지 마."

나는 그의 등을 꽉 껴안았다.

무슨 일이 벌어지더라도, 함께 있고 싶어.

끝내 말해 주지 못했던 고백이 입술 사이로 흘러나왔다.

"사랑해요."

사랑을 기억해 낸 심장의 완벽한 한 마디였다.

그 순간 내가 잃어버린 지난 이 년간의 기억들이 머릿속에 차곡차곡 새겨지기 시작했다. 잊힌 기억이 돌아오고 있었다.

돌아온 기억들은 조금의 흐트러짐도 없이 제자리를 찾아갔다. 시간과 장소가 섞이지 않은 채였다.

그동안 잊고 있었다는 사실이 애석한 나의 소중한 기억들. 나는 아윈과 나 사이에 있었던 지난 이 년간의 추억을 곱씹어 보았다.

그 속에 하잘것없는 추억은 하나도 없었다. 아주 작은 기억, 가령 서로의 손끝이 우연히 닿았던 추억마저도 내겐 의미 있는 것이었다.

모든 기억이 돌아왔을 때, 문득 떠오른 말이 있었다.

'이유 있는 일을 원래대로 되돌리기 위해선, 무언가 의미 있는 일을 해야 해.'

그것은 달튼이 남긴 수수께끼 같은 말이었다. 나는 이제야 비로소 달튼이 행한 터무니없는 짓의 이유를 알 것 같았다.

내 기억 속 빈 공간을 메우기 위한 의미 있는 일. 그것은 바로 하워드의 심장에서 딱 하나 부족했던 '사랑'의 의미를 깨우치는 것. 달튼은 꽤나 폭력적인 방법으로 내게 사랑을 일깨워 준 것이다.

나는 변하지 않은 그 폭력적인 실험에 헛웃음을 흘렸다. 달튼의 의중을 헤아리기 무섭게 나를 옥죘던 두려움은 말끔히 가시기 시작했다.

나는 달튼이, 우리에게 해가 될 만한 일은 저지르지 않을 거라고 생각했다. 그것은 생각을 넘어선 확신이었다.

나는 아윈의 너른 가슴에 파묻었던 고개를 약간 비틀어 내 옆에 있을 달튼을 쳐다보았다.

우리의 눈은 곧바로 마주쳤다. 달튼은 언제부터인지 모르게 나를 쳐다보고 있었던 것 같다. 마치 내가 제게 시선을 줄 때까지 기다리기라도 한 듯이.

그는 내 짐작에 쐐기를 박는 말을 건네었다.

"……기억. 돌아왔어?"

나는 일그러진 미소로 회답했다. 그러자 달튼은 내 미소와는 상반되는 완연한 미소를 지으며 눈을 감았다.

절벽 밑바닥에 거의 닿을 듯했던 우리의 몸이 부유한 것은 그 순간이었다. 떨어지는 데에 가속도가 붙었던 우리의 몸은 이윽고 허공에 둥둥 떠 있기에 이르렀다.

얼마 못 가 우리는 절벽의 밑바닥에 천천히 내려앉게 되었다. 끔찍한 추락도, 꿈속에서 흘렸던 아윈의 붉은 피도 보지 않은, 꽤 안정적인 착지였다.

"하."

나는 숨을 길게 내뱉었다. 나쁜 일이 일어나지 않아서 다행이라고 생각했지만, 떨리는 다리는 좀처럼 진정되지 않았다.

절벽 밑바닥에 안전하게 자리했음에도 아윈은 껴안은 나를 놓아주지 않았다. 그는 내게 어떤 위험이 들이닥치는 건 아닐지 끝까지 경계하는 듯했다.

나는 아윈의 등을 부드럽게 토닥였다.

"아윈. 이제 괜찮아요."

"……."

"아무 일도 벌어지지 않았어요."

우리에게 험난한 일은 더 이상 일어나지 않을 거야. 내가 느낀 확신이 그에게도 닿았으면 하는 바람이었다.

아윈은 그제야 안고 있던 나를 천천히 놓아주었다.

"……괜찮아?"

그리 묻는 그의 목소리가 희미하게 떨리고 있었다. 마음 약한 이 남자가 나를 또다시 잃는 것은 아닐지 얼마나 걱정한 걸까.

나는 몇 분 사이에 해쓱해져 버린 그의 뺨을 쓰다듬어 주었다.

"응. 모든 게 끝났어요."

우리 사이로 달튼이 끼어든 것은 그때였다. 그는 근사한 저음으로 속삭이듯이 말했다.

"희생하지 않으면 갖지 못하는 것."

그것은 이전에 내가 예감한 일이었다.

피를 흘리지 않으면, 누군가가 희생하지 않으면, 끝내 갖지 못하는 것.

비록 피를 흘리지는 않지만 우리는 피를 흘릴 각오로, 희생을 감내할 각오로 서로를 위해 목숨을 바쳤다.

그 각오는 내가 사랑을 깨우칠 수 있게 해 주었고, 나의 새 심장을 완벽하게 만들어 주었다.

나는 따지듯이 대꾸했다.

"당신이 그걸 어떻게 알았어요?"

"잊었어? 나는 거의 다 할 수 있는 대마법사 달튼 레이서스야."

으스대는 꼴이 우스워도 그렇게 우스울 수가 없었다. 제가 얼마나 간 떨어지는 일을 저지른 것인지 전혀 인지하지 못한 모습이었다.

어이없다고 느낀 것은 나 혼자뿐만이 아니었나 보다. 아윈은 달튼에게 달려들어 그의 멱살을 쥐어 잡았다.

달튼은 별다른 저항 없이 자신의 멱살을 내어 주었다. 아윈에게 멱살이 잡히리라는 사실 또한 일찌감치 예감한 것처럼 보였을 따름이었다.

"됐어. 일단 한 대 맞고 시작해."

그것은 아윈의 입에서 나왔다고 믿을 수 없는 과한 말이었다. 아윈은 그냥 한 말이 아니라는 듯 달튼의 몸을 있는 힘껏 밀었다.

몸이 밀린 달튼은 바닥에 그대로 몸을 누였고, 아윈은 그 위에 재빨리 올라탔다. 이내 주먹 쥔 아윈의 손이 허공에 들렸다.

하나 그는 제가 내비친 완고한 기세와는 다르게 주먹 쥔 손을 쉬이 내리꽂지 못했다. 아윈은 주저하고 있었다.

"왜…… 도대체 왜 매번 이렇게 위험한 짓을 하는 거지?"

토하듯이 내뱉은 아윈의 목소리는 격앙되어 있었다. 그는 끓어오르는 자신의 감정을 주체하지 못하고 있었다.

"원래 위험 부담이 큰 일을 행할수록 의도한 바를 이뤄 낼 가능성이 큰 법이니까."

"……."

"극적인 일이 없었다면…… 이포는 평생 저대로 살아가야 했을걸?"

"너, 미쳤어."

허공에 올라간 아원의 주먹이 달튼의 얼굴 위로 내려앉기 시작했다. 말리고 싶다는 생각은 딱히 들지 않았다. 오히려 달튼이 두어 대쯤은 맞아도 괜찮겠다 여겼다.

나는 말리지 않았고, 달튼은 모든 것을 감내하겠다는 것처럼 눈을 감았다. 그렇게 아원의 주먹이 달튼의 뺨에 닿으려던 찰나, 그의 손이 또다시 멈추게 되었다. 달튼의 말 때문이었다.

"하지만 결국 내가 행한 일 때문에 이포의 기억이 돌아왔잖아."

그 일은 아원에게 있어 내가 절벽에서 떨어진 일보다도 더욱 충격적인 일일지도 몰랐다. 아원은 믿을 수가 없다는 듯이 되물었다.

"이포의 기억이…… 돌아왔어?"

"못 믿겠으면 직접 물어봐."

달튼에게 닿아 있던 아원의 시선이 내게 닿았다. 그는 차마 말을 내뱉지 못하며 나를 빤히 바라보기만 했다.

나는 그 시선에 담긴 의미에 대한 답을 해 주었다. 아마도 아원이 소망하고 또 소망했을 일을.

"완벽한 기억과 완벽한 심장을 가지게 되었어요."

아원은 무언가에 홀린 것처럼 나를 계속해서 바라보았다. 그러다 달튼 위에 타고 있던 몸을 일으켜 비척비척 내게 다가오기 시작했다.

가까이 다가온 아원은 나를 부드럽게 껴안아 서로의 몸을 밀착시

컸다. 그러곤 묻는다. 일어나지 않을 법한 일이 실제로 일어난 현실을 거듭 확인하듯이.

"정말로 나를 완전히 기억해 냈어?"

나는 대답했다. 그것은 일어나지 않을 일이 아니었음을 증명하듯이.

"응. 당신의 앞머리를 잘랐던 날을 기억해요."

"하아."

아윈은 긴 숨을 뱉어 내며, 내 등을 더듬거렸다. 이번엔 저를 기억해 낸 나라는 존재를 확인하려는 것처럼.

"네 기억이 돌아오지 않아도 괜찮다고 했던 건 다 거짓말이었나 봐."

"그럴 것 같았어요."

"나 너무 기뻐. 조금 전까지 엄청 화났던 주제에."

"마음껏 기뻐해요."

나도 당신만큼이나 기쁘니까.

우리는 서로가 느낀 같은 기쁨을 만끽하듯 서로를 오랫동안 끌어안았다. 그 순간만큼은 이 세상에 우리 둘밖에 없는 듯한 느낌이 들었다.

얼마나 시간이 흘렀을까. 서로의 체온을 완벽하게 공유한 무렵, 아윈은 안고 있던 나를 놓아주었다. 그러자 보인 것은 여전히 바닥에 몸을 누인 채로 우리를 쳐다보고 있는 달튼이었다.

아, 맞아. 저치도 함께 있었지. 나는 뒤늦게 그의 존재를 상기했다.

이전 날, 신호탄을 쏜다는 이유로 나를 절벽에서 밀었던 날만큼이나 달튼이 미웠다. 할 수만 있다면 그의 가죽을 전부 다 벗겨 버리고 싶은 심정이었다.

물론 내 기억이 돌아오는 데에 도움을 준 점은 기특하게 생각하지만, 달튼이 저지른 일은 매번 도가 지나쳤다.

　'네 기억을 찾는 걸, 내가 도와줄게.'

　결론적으로 그가 한 유혹은 거짓말이 아니었다. 범인이 아닌 달튼은 묘책을 알고 있었던 것이다.

　묘책을 어떻게 알아차린지에 대한 것보다도, 나는 달튼이 왜 나를 도와준 것인지가 더 궁금했다.

　아무리 생각해도 내 기억이 돌아오는 건…… 그에게 도움이 되는 일이 아니었으니까. 나는 달튼과 시선을 교차시켰다.

　"달튼. 왜 제 기억이 돌아오도록 저를 도와준 거예요?"

　달튼은 누워 있던 상체를 일으켜 느릿하게 대꾸했다.

　"얼레. 그냥 도와준 거 아닌데……."

　"그럼요?"

　"나도 내 나름대로의 실험을 한 거야. 이런 일을 겪고도 네가 아윈에 대한 사랑을 자각하지 못하거나 그에 대한 기억을 떠올리지 못한다면…… 그땐 조금 더 밀어붙일 생각이었지. 내게 기회가 있음이 확실해진 거니까."

　거기까지 말한 달튼은 몇 가닥 흘러내린 앞머리를 쓸어 넘겼다. 그의 얼굴엔 씁쓸한 미소가 배어 있었다. 그는 제가 원하는 대로 상황이 돌아가지 않아서 애석해하는 것 같았다.

　"아무튼 결론적으로 나 때문에 네 기억이 돌아온 거니까, 두 사람 다 나를 너무 미워하지 마."

　"달튼……."

　당신은 그 정도로 만족하는 거예요? 정말로?

달튼이 부정적인 생각을 다시 하는 것은 아닐지 걱정되기도 했다. 늘 그랬듯 위험한 일을 벌였지만, 나는 그가 여전히 걱정되었던 것이다.

사랑하면 닮는다던데, 마음이 약한 것은 아윈뿐만이 아니었다.

"춥다. 일단은 돌아가자."

달튼의 말이 떨어지기 무섭게, 우리의 머리 위로 익숙한 벚꽃 잎이 내리기 시작했다. 그것은 우리의 몸을 부드럽게 감싸 안으며 우리의 시야를 가리기에 이르렀다.

나는 이번엔 두려움을 느끼지 않았다. 곧 돌아갈 아윈의 후작저를 떠올렸을 뿐이다. 곧이어 우리를 감쌌던 벚꽃 잎들이 모두 사라졌다.

인지했을 땐, 우리는 황량한 절벽이 아닌 친숙한 집무실에 존재한 채였다. 나는 절대로 놓지 않을 것처럼 내 손을 꽉 잡은 아윈을 올려다보았다.

"아윈. 하고 싶은 말이 있어요."

"응."

재생한 내게 주어진 첫 번째 사명.

'아윈 아스타'라는 이름을 가진 얼굴이 창백한 남자를 기억해 내는 일.

나는 결국 그것을 완수한 채로 '어서 와.'라는 그의 첫 마디에 대한 대답을 뒤늦게 내어놓았다.

"다녀왔습니다."

아윈에게 진심을 다해 좋아한다는 말을 남기는 일을, 나는 잘 상상할 수 없었다. 하지만 나는 이제 온 마음을 다해 그에게 내 진심을 표할 수 있었다.

"사랑해요."

두서없고 뜬금없는 내 고백에 대한 아원의 대답은 눈물이었다. 아름다운 눈동자에서 흘러내리는 고결한 눈물.

그는 눈물을 닦지 않았다. 제가 눈물을 흘리고 있다는 사실을 깨닫지 못한 것처럼.

나는 비어 있는 손을 들어 그의 뺨을 닦아 주었다. 내 손끝에 묻어난 그의 눈물은 뜨거웠다. 나는 그 눈물이 붉은빛을 띠지 않음에 다시금 안도했다.

"다시 만난 당신은 눈물이 왜 이렇게 많아졌는지 몰라."

나는 아원의 울음이 멈추기를 바라는 마음으로 능청을 떨었다. 하나 돌아온 것은 아원의 진지한 대답이었다.

"그래서…… 우는 남자는 싫어?"

나 원. 그건 이미 오래전부터 답이 정해진 물음이잖아.

나는 울음을 참으려는 듯 우습게 일그러진 그의 입술 위에 짧게 입을 맞추었다.

"늘 말했잖아요. 당신이 뭘 하든 제 눈엔 사랑스럽고 멋있게만 보인다고."

진심을 담은 내 말에도 아원은 한참이나 눈물을 쏟아 냈다. 나는 그가 울음을 그칠 때까지 참을성 있게 기다려 주었다. 그러면서 생각했다.

과거, 감정 하나 없던 그 남자와 지금, 눈물이 많은 이 남자가 같은 남자가 맞는지 의심이 간다고. 어느 순간, 내가 인지하지 못한 사이에 바꿔치기 된 것은 아니려나……. 내가 한 생각이지만 정말로 쓸데없는 생각이었다.

얼마 안 가 아원은 울음을 그쳐 냈다. 그의 울음이 그치고 나서
야, 우리에겐 주위를 둘러볼 여력이 생겼다. 그리고 뒤늦은 깨달음
을 얻게 된다.

아. 달튼이 보이지 않는구나.

그는 우리와 함께 후적저로 돌아오지 않은 것이다.

달튼의 행방은 또다시 오리무중이 되었다.

사람을 시켜 저택 내부를 샅샅이 뒤져 보았지만 끝끝내 찾지 못
한 듯했다. 달튼을 찾기 위해 잠깐 나갔던 아원이, 제 방으로 들어
오자마자 고개를 내저었으니 말이다.

"애물단지네요."

달튼에 대한 나의 총평이었다. 완전히 버릴 수도 없거니와 완전
히 안아 줄 수도 없는 존재.

오늘 하루, 많은 일을 겪은 아원은 지친 목소리로 대꾸했다.

"그러게. 이번에는 어디로 사라진 걸까?"

"글쎄요. 그 작자가 어디로 가든 상관없지만, 끝을 생각하지는
말았으면 하는 바람이에요."

"나도 같은 생각이야."

하지만 말이다. 사라진 달튼이 죽음을 택할 것이란 생각은 들지
않았다. 왜냐면 달튼에게 족쇄를 달아 두었기 때문이다.

그가 죽지 못하게, 그의 발목에 채워 둔 족쇄는 바로 달튼에게

남긴 내 유서였다. 그가 내 유서를 진심으로 읽었다면, 스스로 목숨을 끊는 비참한 일은 저지르지 않을 것이리라. 나는 그렇게 생각했다.

"아윈. 괜찮을 거예요. 왠지 그런 예감이 들어요. 제 예감, 꽤 잘 들어맞는다는 거 알고 있나요?"

노만이든 하워드이든, 노룡의 심장과 연관이 있어서 그런 걸지도 모르겠다. 나는 종종 예언을 뜻하는 꿈을 꾸곤 했다. 반복된 꿈이 현실로 일어나지 않았던 적은 한 번도 없었다.

물론 달튼과 관련된 꿈을 꾼 것은 아니었지만, 나는 내 예감이 맞으리란 묘한 확신이 들었다. 이러다간 누군가의 점괘를 봐 주어도 이상하지 않을 것 같기도 하다.

"알아."

"너무 걱정하지 말아요. 우리가 손쓸 방법이 더는 없으니까."

달튼을 위해서, 내가 아윈의 곁을 떠날 수는 없는 노릇이니까.

우리는 달튼을 안타깝게 생각했다. 그렇기에 그가 도모한 여러 위험한 일을 겪었음에도 그를 마음 놓고 미워하지 못했다.

'두 사람 다 나를 너무 미워하지 마.'

그리 말한 달튼도 알 것이다. 우리가 저를 온전히 미워할 수 없다는 사실을.

달튼이 사라진 것은 여전히 걱정되는 일이지만, 나는 이제 아윈과 둘만의 시간을 가지고 싶었다. 어찌 되었든 오늘은 내 기억이 돌아온 의미 있는 날이기 때문이다.

나는 방 안에 우두커니 서 있던 아윈의 손을 잡아, 그 손끝을 만지작거렸다.

"아윈. 당신과 다시 마주 보며 얘기할 수 있는 날을 얼마나 고대 했는지 몰라요."

대화가 환기되자 무표정했던 아윈의 얼굴이 밝아졌다.

"나도 그랬어. 나는 매일 너만 생각하면서 네게 줄 편지만 썼어."

"편지는 총 몇 장을 쓴 거예요?"

내가 읽은 그의 편지는 총 네 장. 그의 재킷 속엔 얼마나 더 많은 편지들이 들어 있는 걸까?

"일곱 장쯤? 어느 날은 편지 내용이 너무 별로인 것 같아서 버린 적도 있어."

"아까워라."

"하지만 앞으로 네게 편지를 써 줄 날이 많잖아."

"계속 써 줄 거예요?"

아윈은 나지막이 미소 지었다.

"내 심장이 멈추는 날까지 계속 써 줄게."

나는 문득 아윈의 가슴 속에 존재하는 두 개의 심장 중 어떤 심장 이 먼저 사멸할지가 궁금해졌다. 그러나 묻지는 않았다. 중요한 일 이 아니었으니까.

지금 중요한 일은 서로에게 집중하는 일. 다시 만난 그를 마음껏 느끼는 일. 내가 되살아났음을 뼛속 깊숙이 깨닫는 일.

겨울날의 이른 밤이 찾아왔다. 나는 지친 그를 침대로 이끌어, 함께 자리 잡았다.

"저의 형편없는 죽음에, 제게 실망하지는 않았나요?"

아윈은 침묵했다. 내가 죽은 날을 생각하는 듯, 내리깔린 눈동자 엔 초점이 없었다.

"당신을 기다리지 못하고 혼자 죽어 버렸으니까요. 죽은 다음에야 뒤늦게 후회했어요. '아, 아원이 주려고 한 것을 확인하고 죽을걸. 왜 혼자 산길을 오른 걸까.' 하고."

"……형편없지 않았고, 실망하지도 않았어. 오히려 너를 잠깐이나마 혼자 둔 내게 자괴감이 들었을 뿐이야."

"다행이다. 그럼 이제 알고 싶어요. 당신이 제게 주려고 했던 것이 무엇인지."

"음."

아원은 짧은 침음을 남겼다. 그는 '그 물건'을 지금 주어도 되는 것인지 고민하고 있는 듯했다.

나는 그 물건이 무엇일지 예상해 보았다. 감이 좋은 나답게, 나는 그것의 정체를 곧바로 생각해 낼 수 있었다.

아원이 방, 침대 옆 협탁 서랍 속에 들어 있던 감색의 케이스. 그리고 그 안에 든 사이즈가 작은 반지 하나.

그것이 주인공이 아닐까?

기억이 없을 때도 내 것이 아닐까 추측한 터였다. 변함없는 내 추측이 맞아떨어지기를 소원했다.

괜스레 미소가 새어 나올 것 같아 입술을 안쪽으로 둥글게 말아 넣었다. 아원이 저리도 진지한데, 내가 미소 지을 수는 없었다.

이내 고민을 끝낸 아원이 움직이기 시작했다. 그는 앉아 있던 몸을 일으켜 협탁 쪽으로 걸어갔다. 협탁 서랍은 그로 인해 매끄럽게 열렸고, 그는 그 속에서 감색 케이스를 꺼내 들었다.

역시나 내가 예상한 대로의 진행이었다. 아원은 내 옆에 다시 자리 잡은 채로 말했다.

"지금 주어도 되는 건지 잘 모르겠어."

"……."

"하지만 시간을 재며 적당한 타이밍을 찾기엔 내가 너무 조급해."

그는 손에 쥔 반지 케이스를 엄지 끝으로 몇 차례 쓸었다. 내리깔린 그의 시선이 들리며, 그는 내 눈을 빤히 들여다보았다.

"전해 주기까지 너무 오래 걸렸어."

나 또한. 당신을 기억하기까지 너무 오래 걸렸어. 금방 떠올렸어야 했는데.

아윈은 꽉 닫혀 있던 반지 케이스를 열어 그 속에 든 반지를 빼냈다. 이전에 내가 몰래 꺼내 보았던 그 반지였다.

나는 먼저 본 티를 내지 않았다. 그저 조금 놀란 얼굴을 했을 뿐이다.

"이포 벨."

"네."

"나와 영원히 함께해 줘."

불온한 일, 낌새, 그림자…… 부정적인 모든 것들을 다 날려 버리는 근사한 말이었다.

아윈이 한 말처럼 재는 일은 우리에게 더 이상 필요하지 않았다. 나는 왼손을 그에게 내밀었다.

"제 심장이 멈추는 날까지 함께해요."

아윈의 입꼬리가 귀에 닿을 듯이 올라갔다. 근래에 본 그의 미소 중 제일 환한 것이었다.

아윈은 내 왼손 검지에 반지를 끼워 넣었다. 반지는 딱 맞았다. 그는 반지를 낀 나를 보며 말했다. 왠지 벅찬 목소리였다.

"꿈일까 싶어."

거듭된 같은 말에 대한 해답은 간단했다. 나는 아윈의 손을 들어 올려, 그의 손등에 입술을 맞대었다.

꿈일까 싶은 일이 현실임을 인지하는 데에 제일 좋은 해답은 서로의 체온을 느끼는 일.

내가 함께한 추억을 기억하지 못해 내게 닿기를 망설였던 아윈. 나는 그에게 말했다.

"이제 주저하지 않아도 돼요."

그는 대답 대신 내 뺨을 감싸고, 내게 입술을 맞추었다. 그간 주저했던 것을 한 번에 보상받으려는 듯한 진한 키스였다.

키스가 더해지고, 서로를 원하는 손길이 짙어질수록, 기억이 없어 답답했던 것들이 해소되는 듯한 기분이 들었다.

나는 아윈과 이렇게 되기를, 조금 더 자세히 말하자면, 그와 완벽한 사랑을 나누기를 바랐었나 보다. 어렵지 않게 짐작할 수 있었다.

아윈은 제가 원하는 만큼, 그리고 내가 원하는 만큼 내게 제 흔적을 남겼다. 문제가 하나 있다면 서로를 원하는 횟수가 조금 과하다는 사실이었다.

아윈의 것에 점성이 없어질 무렵이 되어서야 우리는 침대 위에 가지런히 몸을 누일 수 있었다. 체력은 완전히 바닥난 채였다.

쉼 없이 나를 몰아붙인 아윈은 숨을 몇 차례 몰아쉬며 내게 물었다.

"지금 무슨 생각을 해?"

나는 반지 낀 왼손을 허공 위에 들어 올려 손가락을 쫙 펼쳤다. 보고 또 보아도 참으로 마음에 드는 반지였다.

"제 이름이 당신에게 기억되어서 기쁘다는 생각."

우리의 말로가 서로에게 상처가 되지 않았음이 다행이라는 생각.

그 목소리가 들린 것은 그때였다.

'나도 이제 사랑의 의미를 알 것 같군.'

한마디를 남긴 목소리는 아득히 멀어졌다.

당연히 아원의 목소리가 아니었다. 그리고 나는 그 목소리의 주인이 누구인지 알고 있었다.

……하워드.

사랑을 몰랐던 나의 다정한 친구. 내게 제 심장을 준 채 어딘가로 가 버린 그 노룡. 내게 새 생명을 주고 홀로 죽기를 택했던 당신.

나는 동굴 속에서 보았던 하워드의 모습을 잠시나마 떠올려 보았다.

하워드. 당신은 지금 무엇을 하고 있나요?

말로는 설명할 수 없는 수많은 일이 있었던 겨울. 끝나지 않을 것 같았던 계절은, 깨닫지 못하는 사이에 끝이 나 버렸다.

봄은 진즉 찾아왔지만, 내게 있어 봄을 절감하게 하는 것은 벚꽃이었다. 하나 벚꽃이 피기엔 아직 이른 봄인 듯싶다.

나는 지난겨울 아원의 정원에 심어 놓은 몸통이 흰 묘목을 바라보았다. 그것은 달튼을 찾기 위해 찾아간 그의 빈집에서 가져온 것이었다.

어린나무를 가져올 당시엔, 그것은 비쩍 말라 있었고 누군가의 관리가 필요해 보였다.

그 나무를 후작저로 가져온 이유는 두 가지였는데, 그 첫 번째론 우리는 그 나무가 시들지 않기를 바랐다. 그리고 두 번째론 그것을 아윈의 정원에 심어 두면 달튼이 찾아오지 않을까 싶었다. 어린나무는 아라벨의 화신이었으니까.

그러나 그럼에도 달튼은 제 모습을 내비치지 않았다. 지나간 연인을 미련이라 정의 내려서 그런 것인지……. 어쩌면 우리 몰래 찾아왔을지도 모를 일이었다.

아무튼 어린나무는 우리의 각별한 보살핌을 받아 가며 무럭무럭 커 가는 중이었다.

그 방증으로 내 허리까지밖에 오지 않았던 어린나무는, 어느새 내 키와 비슷하게 자라 있었다. 그리고 웬걸. 어쭙잖은 봉오리도 물고 있는 게 아닌가.

봉오리는 핑크빛이었다. 마치 벚꽃이라도 피울 것처럼.

달튼의 나무. 종이 벚나무였던가.

나는 봄이 왔지만 여전히 행방이 묘연한 달튼을 잠깐 떠올렸다. 그는 어디에서 무엇을 하고 있을까.

이따금 그가 죽은 것은 아닐까, 염려하기도 했으나 나는 그가 어딘가에서 잘 살고 있으리라 결론짓곤 했다.

자기 위안은 아니었다. 달튼이 정말로 죽기를 결심했다면, 내게 시그널을 보내지 않았을까 싶었기 때문이다. 설령 아주 사소한 것이라도.

"이포. 뭐 해?"

듣기만 해도 미소가 나오는 목소리였다. 그 목소리의 주인은 당연히 한 사람밖에 없었다.

"아윈. 꽃봉오리를 보고 있었어요."

"꽃이 필 때까지 조금 더 기다릴 걸 그랬나?"

나는 고개를 내저었다.

"저도 더는 못 기다리겠는걸요."

"응. 그럼 이제 시작하자."

볕 좋은 어느 봄날. 잘 가꾸어진 아원의 정원. 겨울을 이겨 낸 푸른 잔디 위. 우리는 서로의 손을 맞잡은 채로 영원한 맹세를 내뱉을 준비를 했다. 아원은 저와 어울리는 검은 턱시도를, 나는 하얀 드레스를 입은 채였다.

후작저에 기거하는 모든 사람들이 밖으로 나와 우리를 둘러싸고 있었다. 이전보다 증인이 확연히 는 것 같아 괜스레 민망하기도 했다.

지난겨울, 급하게 치렀던 우리의 첫 번째 결혼식과는 다른 풍경이었다. 하지만 그럼에도 변하지 않은 것도 존재했다.

그것은 바로 서로를 향한 마음, 그리고 서로를 바라보는 따스한 눈빛. 영원히 변하지 않을 것들이었다.

아원은 그때와 똑같은 맹세를 읊조렸다.

"나 아원 아스타는 이포 벨을 사랑해."

몇 번을 들어도 질리지 않는 고백이었다. 나는 이미 오래전부터 정해진 대답을 내어놓았다.

"저도 당신을 사랑해요."

아원은 잡고 있던 내 왼손을 들어 올려, 네 번째 손가락 위에 입을 맞추어 주었다. 그곳엔 처음 했던 결혼식엔 존재하지 않았던 반지가 끼워져 있었다.

우리의 맹세가 끝나기 무섭게 박수갈채가 쏟아졌다. 마음이 벅차

올랐다. 이전 같으면 눈물을 왈칵 쏟아 냈겠지만, 나는 울음을 참아 냈다.

오늘만큼은 눈물을 흘리고 싶지 않았다. 오늘 하루는 웃는 얼굴로, 완벽하게 마무리 짓고 싶었을 따름이었다.

내 손등 위로 무언가가 내려앉은 것은 그때였다.

"벚꽃이다."

하늘 어딘가에서 떨어지기 시작한 벚꽃 잎들은 이윽고 아름답게 흩날리기 시작했다.

아윈의 정원 속, 벚나무는 하나도 없었다. 더해, 벚나무가 개화할 시기도 아니었다. 그렇지만 뜬금없는 벚꽃 잎들의 출처를 알 것 같았다.

달튼이다. 그가 어디선가 우리를 지켜보고 있는 것임이 틀림없다.

나는 주위를 둘러보았지만, 그의 모습은 찾을 수가 없었다. 그 순간, 누군가의 목소리가 내 귓등을 때렸다.

'죽지 않는다면 여행을 가고 싶다고 했던 네 말을 기억해? 넌 바쁠 테니까, 내가 널 대신해서 여행을 다니고 있는 중이야. ……내가 보고 싶어지면 언제라도 내 이름을 불러줘. 나는 늘 너를 기다리고 있으니까.'

거봐. 무사하게 잘 지내고 있을 거라는 내 생각이 맞았잖아. 다행이다.

나는 회미한 미소를 지었다. 어디선가 우리를 보고 있을 달튼이, 내 미소를 봐 주었으면 좋겠다고 여겼다.

달튼의 바람대로 그의 이름을 입 밖으로 내뱉지는 않았다. 그가 보고 싶기는 했으나 내가 그 이름을 불러 그가 다시 괴로워지기를 바라지 않았으니까. 대신, 마음속으로나마 내 진심을 전하였다.

달튼. 두 번은 용서하지 않겠다고 했지만, 저는 당신을 두 번째로 용서해 버렸어요. 당신이 저를 절벽에서 또다시 떨어뜨린 일을 용서해요. 그러니 제발 행복하게 지내 줘요. 안녕.

마음속으로 보낸 메시지가 끝나기 무섭게 하늘에서 내리던 벚꽃 비가 멎었다. 그것은 언제 내렸냐는 듯 자취를 완전히 감추어 버렸다.

"가 버린 걸까?"

아원도 갑작스러운 벚꽃의 출처를 알아차린 듯했다.

"네. 그런 것 같아요."

아원은 하늘 위를 한참이나 올려다보았다. 구름 하나 없는 깨끗한 하늘이었다.

"아원."

그는 내 부름에 따라 들었던 고개를 똑바로 해 나와 시선을 맞추었다.

"응."

우리가 함께한다면, 우리가 서로의 이름을 잊지 않는다면, 그 어떤 일이라도 이겨 낼 수 있을 거야. 내가 영원히 기억할 이름은 당신 이름 하나뿐이야.

나는 오래도록 기억하고 싶은 그의 이름을 한 번 더 불렀다.

"아원."

"응."

"제 이름을 불러 주세요."

아원은 그 어느 때보다 다정하게 내 이름을 불렀다.

"이포 벨."

당신에게 영원히 기억되기를 바랐던 내 이름.

근사한 미소가 스민 아윈의 입술이 내 입술 위에 짧게 닿았다 떨어졌다.

"내 마음을 울리는 네 이름."

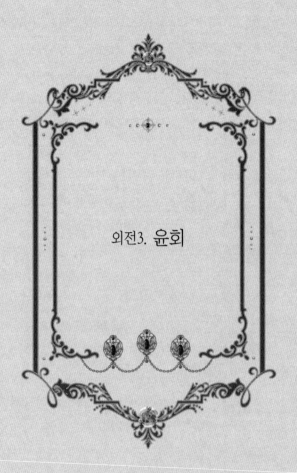

외전3. 윤회

윤회

'아이야, 깨어나렴.'

울림이 낮은 목소리는 익숙한 것이었다. 하워드는 낯익은 목소리를 따라 오래도록 감고 있던 눈꺼풀을 들어 올렸다.

하워드가 눈뜬 곳은 그에게 있어 익숙한 곳이었다. 노만의 아지트인 협곡 속 동굴. 그곳이었다.

누워 있던 몸을 일으키자 그가 보였다. 허리까지 내려오는 기다란 금발과 큰 키를 가진 그는, 저를 등지고 서 있었다.

"노만. 오랜만이군."

하워드의 목소리에 노만의 몸이 비틀렸다. 노만은 오랜만에 만난 하워드에게 인사에 가까운 말을 건네었다.

"친우여, 즐거운 여행이었나."

그것은 윤회의 시작과 이전 생의 끝을 알리는 말. 그리 말한 노만의 목소리엔 희미한 미소가 배어 있었다.

"그냥 그랬어. 이전과 다를 게 없지."

"다 속여도 나는 못 속여. 뜻깊은 여행이었다는 거 다 알아."

"……됐어. 이 동굴부터 나갈래. 답답해."

하워드는 다시금 눈을 감아 작은 목소리로 무언가를 읊조렸다. 그러자 그의 몸은 순식간에 동굴 밖으로 이동돼, 절벽 위에 자리 잡게 되었다.

하워드는 절벽 위에 덩그러니 누운 채로 봄날의 청량한 하늘을 올려다보았다.

"뜻깊은 여행이라……."

노만은 눈치가 너무 빨라서 탈이다.

함께한 세월을 증명하듯 노만은 제게 있었던 일을 속속들이 다 알아차리곤 했다. 심지어 아주 사사로운 일마저도.

결론부터 말하자면, 노만의 말은 한 치의 틀린 점도 없었다. 처음으로 마음에 든 인간을 만났던 이전의 삶, 매우 의미 깊은 시간들이었으니까.

하워드는 느른히 팔베개를 하며, 어느 노랫말을 작게 흥얼거렸다.

"어서 이리로 와. 끝까지 다가와. 절벽 밑엔 근사한 것이 있어. 한번 떨어져 볼래……."

"웬 노래야?"

하워드는 소리가 들린 방향을 흘긋 쳐다보았다. 목소리의 주인은 금세 저를 따라온 노만이었다. 그는 꼿꼿하게 서서 팔짱을 낀 채로 하워드를 내려다보고 있었다.

"그냥 어디선가 들었던 노래. 가사가 좋지 않아?"

노만은 고개를 내저었다.

"난 별로. 왠지 기괴해."

"그런가."

"그건 그렇고, 윤회한 소감은 어때?"

윤회한 소감이라. 하워드는 구름 하나 보이지 않는 하늘을 올려다보며 대답했다.

"올 것이 왔구나."

그녀를 다시 만날 기회가 왔구나. 사랑을 알려 준 네게, 빚을 지우는 게 아닌 보답을 해 줄 때가 왔구나.

하워드의 대답에 노만은 조금 놀란 얼굴을 했다.

"이전과는 많이 달라졌네. 무언가를 각오한 말투 같군."

"각오했지. 단단히."

"네가 삶에 의욕적인 건 처음 보는 것 같아."

"별거 아닌 이유 때문에 그렇게 되더라. 아니…… 이미 별거 아닌 이유가 아니게 된 건가."

별거 아닌 이유가 되어 버린 너, 이포 벨.

하워드는 그녀의 얼굴을 떠올리며 생각했다.

인간 여자 넌……. 이번 생엔 어떤 이름을 부여받았을까.

"……궁금하구나."

하워드의 귓가로 누군가의 목소리가 어렴풋이 들린 것은 그때였다.

'누구라도 좋으니까, 제발 나 좀 구해 줘.'

하워드는 누워 있던 몸을 벌떡 일으켰다. 그는 그 부름의 주인이 누구인지 알고 있었다.

"노만. 나는 이만 새 삶을 즐기러 가 봐야 할 것 같아."

"벌써?"

"어. 가 봐야 하는 곳이 생겼거든."

노만은 빙그레 미소 지었다. 알 만하다는 듯한 미소였다.

"나를 대신해서 그 녀석을 잘 구해 주기를 바라."

"흠흠. 너는 관여하지 마. 아는 척도 하지 마."

그것이 하워드의 마지막 말이었다. 그의 몸은 허공에 먼지처럼 슥 사라져 버렸다.

대화를 나눌 이가 사라져 갑작스럽게 혼자가 된 노만은 커다란 웃음을 터뜨렸다. 그는 기다란 금빛 머리카락을 쓸어 넘기며, 나지막한 혼잣말을 했다.

"혼자 보기엔 아까운 일들이 벌어지겠구나."

❖

오랜 시간이 지나 다시 만날 네 앞에 어떤 모습으로 나타나면 좋을까.

하워드는 자신의 인간 모습을 짧게 훑어보았다.

그 여자. 긴 머리를 좋아했던가, 짧은 머리를 좋아했던가. 아윈인가 뭔가 하는 남자는 머리가 길지 않았는데…….

생각은 오래도록 이어지지 않았다. 일단은 두려움에 떨고 있을 그녀를 구하는 게 먼저였으니까.

하워드는 조급한 시선으로 그녀가 빠졌을 구덩이를 찾아보았다. 분명 그 구덩이 근방으로 이동해 온 터인데.

"……! 저곳이로군."

하워드는 움푹 파인 곳을 향해 걸음을 재촉하기 시작했다. 그러다 구덩이에 가까이 다다랐을 땐, 황급히 온 기색을 숨기고선 구덩이의 입구에 걸터앉았다. 여유로운 척 다리를 꼬기도 했다.

그는 숨을 낮게 고르고 난 후에야 구덩이 밑을 가만히 내려다보았다. 밑바닥엔 몸을 웅크리고 있는 한 여자아이가 보였다.

예전에 만났을 때와 모습도, 연령도 달랐지만, 하워드는 한눈에 알아볼 수 있었다.

너구나. 재회하기를 고대하고 또 고대했던 너.

네가 어떻게 태어나든, 네 미추와는 상관없이 나는 너를 알아볼 수 있어.

"우둔한 아해야. 칠칠맞지 못하게 구덩이에 떨어지다니. 쯧."

처음 건네는 말이었는데…… 다정하게 말할 걸 그랬나.

하워드는 후회했다. 하나 후회는 잠깐이었다. 무릎에 제 얼굴을 파묻고 있던 여자아이의 고개가 서서히 들렸기 때문이다.

하워드는 여자아이의 얼굴을 빤히 바라보았다. 비록 흙투성이인 얼굴이지만, 아이는 아름다운 얼굴을 가지고 있었다. 시간이 좀 더 흘렀을 때, 얼마나 더 아름다워질지 감히 헤아릴 수 없을 정도로.

"구, 구해 주세요."

여자아이가 내뱉은 목소리는 잔뜩 쉬어 있었다.

마음이 애잔했다. 하워드는 당장이라도 구덩이에서 그녀를 꺼내 주고 싶었다. 그러나 그 전에 그녀에게 듣고 싶은 말이 하나 있었다.

"그 전에 먼저 해야 할 일이 있어."

"그게 뭐예요? 그걸 해 주면 저를 구해 주는 건가요?"

"물론."

"제가 뭘 해야 하는지 가르쳐 주세요."

하워드는 만족스러운 미소를 짓고선, 이어 말했다.

"내 이름을 불러 다오."

"말투가 이상해요."

하워드의 말문이 잠깐 막혀 버렸다. 이포 벨을 떠올리게 하는 맹랑한 대답이었기 때문이다.

너는 새로운 생을 부여받았어도 한결같구나.

애잔했던 마음에 그리움이 덧대어졌다. 새 삶을 부여받아 새로이 생긴 심장 어귀가 간질간질한 기분마저도 들었다.

"아무튼 이름이 뭔데요?"

"하워드."

여자아이는 거리낌 없이 그의 이름을 불렀다.

"하워드."

그 부름에 하워드의 얼굴엔 작은 파문이 일었다. 그의 입술 사이로 나지막한 탄식이 새어 나왔다.

"아."

눈물이 날 것 같아.

하워드는 눈을 감았다. 눈을 감자 마지막으로 보았던 이포의 모습이 환영처럼 어른거렸다. 노만의 동굴에서 생의 길로 보내 줬던 그녀.

그녀가 제 죽음으로 인해 눈물을 흘리던 순간, 하워드는 그녀를 붙잡고만 싶었다. 그녀를 붙잡아 시간이 흐르지 않는 곳에서 영원히 함께하고 싶었다.

하지만 그녀를 보내 주었다. 그녀가 사랑하는 남자를 만나기를 바랐으니까. 그게 그녀가 원하는 것이었으니까.

하워드는 뒤돌아서 걸어가던 그녀의 마지막 뒷모습을 하염없이 바라보았다. 억겁의 시간이 흐른 다음, 다시 만날 날을 고대하며. 그녀의 새 심장이 돼 사랑을 깨우치게 되기를 바라며.

결실은 기대했던 것보다 훨씬 더 컸다. 이포에게 준 제 심장이 완벽한 심장이 되던 순간, 그는 사랑의 의미를 깨달을 수 있었다.

노만의 동굴에서 그녀를 붙잡고만 싶었던 바람의 정체가 '사랑'이었다는 사실을 깨닫게 된 것이다.

뒤늦은 깨달음이었다. 경애가 아닌 사랑한다는 말을 했다면…… 그녀는 어떤 표정을 지었을까.

"하워드. 저 좀 구해 주세요. 혼자인 건 너무 무섭고, 외로웠어."

하워드는 감고 있던 눈을 떠 자신을 향해 손을 뻗은 여자아이를 응시했다. 행동은 재빨랐다. 그는 구덩이 안으로 훌쩍 내려와 여자아이의 몸을 가볍게 들어 올렸다.

"딱히 구해 주고 싶은 건 아니지만, 그렇다고 해서 구해 주지 않을 것도 아니야."

"구해 준다는 말이에요? 아니라는 말이에요?"

여자아이는 볼멘소리로 대답하면서도 하워드의 목덜미에 제 손을 단단히 둘러 그가 도망가지 못하게 만들었다. 그 모습이 제법 귀여워서 하워드의 얼굴엔 작은 미소가 새겨졌다.

미소는 오래가지 않았다. 지상에 올라와 안고 있던 여자아이를 내려 준 하워드의 얼굴은 다시금 심드렁하게 돌아와 있었다.

하워드는 허리를 굽혀 아이의 이마 위에 입술을 짧게 맞추어 주었다. 경애하는 마음에서 비롯된 입맞춤이었다.

"이번 생엔 내 이름을 조금 더 오랫동안 기억해 줘, 이포 벨."

여자아이는 하워드의 입술이 닿았던 이마를 문지르며 대답했다.

"……제 이름은 이포 벨이 아니에요."

하워드는 그런 대답이 돌아올 것이란 사실을 예감했듯이 고개를 끄덕였다.

"그럼?"

"제 이름은…….

자주 꾸는 꿈이 있었다.

곧 죽을 여자가, 제가 사랑하는 남자와 사랑의 결실을 맺고 결국 죽지도 않게 되는…… 꽤 슬픈 꿈이었다.

그녀는 오늘도 그 꿈을 꾼 터였다.

꿈을 꿀 땐 꿈속 내용이 엄청 선명했던 것 같은데, 막상 깨어나면 꿈속에서 본 사람들의 얼굴이 잘 떠오르지 않았다. 이상한 일이었다.

하지만 마음은 항상 슬펐다. 어떨 땐 눈물을 흘리고 있던 적도 있었다.

"아가씨. 오늘도 슬픈 꿈을 꾸신 거예요?"

가까이 다가온 시녀가 그녀의 눈가를 닦아 주었다.

오늘은 눈물을 흘리지 않은 줄 알았는데, 오늘도 결국 흘렸나 보구나.

"응. 또 같은 꿈."

"그 꿈은 아가씨에게 의미 있는 꿈이려나요. 저도 궁금하네요."

"글쎄. 나도 잘 모르겠어. 그런데……."

그녀는 누워 있던 몸을 일으키며 이어서 말했다.

"그 남자. 아직도 백작가를 떠나지 않은 거지?"

그녀의 물음에 시녀는 고개를 끄덕였다.

"응접실에서 아가씨가 깨시기를 기다리고 계세요."

"언제부터?"

"새벽부터요?"

시녀는 낮게 미소 지었다. 그녀는 시녀의 반응과는 반대로 인상을 옅게 구겼다.

저를 기다리는 그 남자는, 구덩이에 빠진 자신을 꺼내 준 은인과도 같은 남자였다. 이름은 하워드. 아직까진 정체를 잘 알 수 없는 남자.

그는 자신을 백작가까지 안전하게 데려다준 후에도 제집으로 돌아가지 않고 있었다.

물론 자신을 구해 준 남자였기에, 그에게 보답해 주는 것이 옳은 일임을 안다. 그렇기에 이곳에서 하루 묵겠다는 그의 청을 허락해 준 것이기도 했고.

하지만 백작가에 그 남자를 계속 기거하게 해 주어도 되는 것인지 잘 모르겠다. 좋은 조언자가 되어 주실 백작 부부, 즉 그녀의 부모님은 애석하게도 출타 중이었다.

하워드는 나쁜 사람처럼 보이지 않았다. 하나 그의 눈빛이 묘하게 신경 쓰였다. 아름다운 청록빛 눈동자 속 세로로 긴 동공, 그 속에 맺힌 열기가 심상치 않아 보였던 까닭이다.

무언가를 간절히 갈구하는 것 같은 눈빛이었다고 해야 할까. 거기엔 위험한 기류가 분명히 존재했다.

"좋아. 내가 직접 가서 만나 볼게."

아무래도 그와 얘기를 더 나누어 보아야겠다고, 그녀는 생각했다.

그녀는 시녀의 도움을 받아 몸단장을 끝낸 후 응접실까지 단번에 걸어갔다. 이윽고 응접실 안으로 들어서자 그가 보였다.

방 한가운데에 있는 상앗빛 소파에 앉아 다리를 꼰 하워드. 그는 백작가에 있는 그 어떤 물건들보다도 고풍스러운 아름다움을 내비치고 있었다.

결이 좋아 보이는 기다란 은빛 머리카락, 서역의 상인들이 많이 입을 법한 신기한 옷…….

방문이 열리는 기척을 들은 듯한 하워드의 시선이 비틀렸다. 하워드를 관찰하던 그녀의 눈과 그의 눈이 곧장 마주쳤다.

시선이 부딪혔을 때, 그녀는 저도 모르게 숨을 삼켰다.

아름답다. 어제 보았을 때보다도 훨씬 더 멋있는 것 같다. 머리가 긴 남자는 질색이라고 생각했는데, 그것이 얼마나 섣부른 판단이었는지 일깨워 줄 정도였다.

나이는 몇 살일까.

장신에 덩치도 제법 있어서 나이가 꽤 있어 보였으나, 수염 하나 없는 매끈한 흰 얼굴을 보자면 소년 같기도 했다. 나이를 추측할 수 없는 묘한 얼굴이었다.

하워드의 청록빛 눈은 거의 깜빡이지도 않은 채로 그녀를 빤히 바라보았다. 또다. 또. 그의 눈빛 속에 기묘한 열기가 맴돌고 있었다. 그녀는 그에게서 시선을 떼지 못하며, 물음을 건네었다.

"왜 저를 기다리신 거예요? 그것도 새벽부터!"

돌아온 대답은 퍽 느른했다.

"보고 싶어서."

그녀는 왠지 모르게 빨라진 심장 박동을 느꼈다. 정체를 알 수 없는 남자가 내뱉은 보고 싶다는 말에 심장이 떨리다니…….

"설, 설마 저한테 반하신 거예요?"

보고 싶다느니, 하는 오해할 만한 말을 꺼낸 주제에 하워드는 픽 비웃는 소리를 내었다.

"꼭 그렇다는 건 아닌데, 그렇지 않은 것도 아니야."

"도대체 말은 왜 그렇게 하는 거예요?"

"내 마음."

"……."

"이리로 와. 앉아서 얘기해."

그녀는 한 걸음, 두 걸음 천천히 걸어가 하워드의 맞은편 소파에 자리 잡았다. 그녀가 소파에 앉기 무섭게 하워드의 설교가 시작되었다.

"숲엔 왜 들어갔어? 구덩이에 떨어지기나 하고."

"평소에 부모님이 계실 땐 숲에 못 들어가게 하거든요. 그런데 마침 두 분 다 출타하셔서……. 저는 숲을 좋아해요. 숲길을 거닐다 보면 기분이 좋아진다랄까. 물론 구덩이에 빠지게 될 줄은 상상도 못 했어요."

그녀는 그리 대답하다가도 기분이 이상해졌다. 나, 왜 이렇게 소상히 얘기하고 있는 거지?

하워드는 미소 하나 스미지 않은 무신경한 얼굴로 말했다.

"숲길은 좋아. 하지만 너 같은 꼬맹이한텐 위험해."

"꼬, 꼬맹이 아니거든요! 올해 벌써 열여섯이라고요."

"……잡아먹기엔 양심의 가책이 느껴지는 나이로구나."

하워드의 목소리가 너무도 작았던 까닭일까. 그녀는 그가 한 마지막 말을 제대로 듣지 못했다.

"뭐라고요?"

"됐고. 숲길이 그렇게 좋으면 내가 같이 가 줄게. 그럼 위험하지 않을 거야."

그녀는 고개를 갸웃거렸다. 분명히 어제 처음 만난 사람인데, 대화를 나누는 게 너무도 자연스러웠기 때문이다.

심지어 숲길에 같이 가 주겠다는 하워드의 말이 따사롭게 느껴지기까지 했다. 그녀는 그의 정체가 더더욱 궁금해졌다.

"그러고 보니 어제 구덩이에서 날아다니던데…… 마법사나 기사 같은 거예요? 아니면 귀족?"

"뭐…… 비슷해."

그는 생긴 것이나 풍기는 분위기를 보면 기사보다는 귀족에 가까워 보였다. 하지만 가끔 간 연회에서 하워드를 본 적은 한 번도 없었다.

"당신은 도대체 정체가 뭐예요? 당신에 대한 건 하나도 추측하지 못하겠어."

그녀의 물음에 하워드는 나지막한 미소를 지었다.

아름다운 얼굴에 새겨진 미소는 몹시도 훌륭한 것이라서, 그녀는 잠깐 넋이 나간 채로 그의 얼굴을 쳐다보았다.

하워드는 꽤 다정한 목소리로 대답해 주었다.

"당신이 아니라 하워드. 내 이름을 기억해 준다면, 나에 대해서 알려 줄게."

"하워드…… 좋아요. 이름을 불러 줄 테니까, 당신에 대해서 알려 주세요."

하워드는 기꺼이 그러겠다는 듯이 고개를 끄덕였다.

"그리고 당신도 제 이름을 기억해 주세요."

"네 이름……."

"네. 어제 가르쳐 드렸잖아요."

조금 벌어진 하워드의 입술에서 그녀가 부여받은 새로운 이름이 흘러나왔다.

"아라벨. 기억할게."

하워드는 어제 들었던 그녀의 이름을 되뇌었다.

'제 이름은…… 아라벨이에요.'

그러곤 그 이름을 입 안에서 몇 차례 굴렸다. 입에 잘 붙는 이름이라고, 그는 생각했다. 그리고 희한하게도 이포 벨과 비슷한 이름이었다.

어디 이름만 비슷할까. 맹랑한 목소리로 자신의 이름도 기억해 달라고 청하는 모습은 어쩐지 그녀를 떠올리게 했다. 그러자 이포 벨이…… 좀 보고 싶어졌다.

하워드의 눈동자 속에 비친 아라벨의 얼굴 위로 이포 벨의 얼굴이 오버랩 되기 시작했다.

이포의 환생이지만, 다른 이름을 가지고 태어난 그녀를 같은 사람이라 여겨도 되는 걸까. 하워드는 고민되었다.

"부모님은 언제 돌아와?"

그는 무릎 위에 올려 둔 두 손을 깍지 끼며, 꼰 다리의 발끝을 까딱거렸다.

"일주일쯤 뒤에요."

"그럼 그때까지 이곳에 머물러도 될까? 좀 더 길게 머물 수 있다면 더욱 좋고."

"……부모님과 상의해 봐야 해요."

"부모님이 돌아올 때까지는 머물러도 된다는 소리구나."

"구덩이에서 구해 준 보상이에요. 다른 생각이 있는 건 절대로 아니고요."

"그래, 알겠다. 부모님과 상의해야 하는 꼬맹아."

"꼬맹이가 아니라 아라벨이라니까 그러네."

계속된 장난에 토라진 듯 입술을 부루퉁하게 내민 그녀의 얼굴이 밉지 않다. 하워드는 헛웃음에 가까운 웃음소리를 내었다.

오래 산 주제에 저리도 작고 연약한 아이가 귀여워 보인다면, 제 눈이 잘못된 것인가. 이포 벨이 보고 싶었던 제 마음이 빚어낸 귀결인 것인가.

다른 건 잘 모르겠다. 한 가지 확실한 것은 아라벨과 같이 있고 싶다는 사실이었다. 그녀와 조금 더 시간을 보내다 보면 어떻게든 되겠지, 싶었다.

"그래, 인간 여자 아라벨."

"말투가 너무 이상해요."

하워드는 아랑곳하지 않으며 제 말을 이어 갔다.

"좋아. 그럼 아라벨아. 너는 나 말고 처음 본 다른 남자들도 네 집에 머물게 했었나?"

제가 아무리 은인이라고 해도 그렇지. 경계심이 너무 없잖아.

어젯밤, 아라벨은 심지어 제 정체를 의심하는 백작가의 경비병들에게 '이 사람의 신분은 내가 보장할게. 다들 걱정하지 마. 내 손님이니까.'라는 말을 하며 제가 편안히 쉴 수 있게 만들어 주었다.

그녀 또한 저와 연결된 인연의 실마리를 어렴풋이 느낀 것인지, 아니면 단지 사람이 좋은 것인지. 기왕 답을 내려야 할 논제라면 전자 쪽이 훨씬 더 좋겠다고, 하워드는 생각했다.

그사이, 아라벨은 또다시 발끈한 채로 대답했다.

"아뇨! 사람을 뭘로 보고."

아무나 제집에 들이지 않고, 자신만 특별히 들인 것이라.

하워드의 입가엔 느른한 미소가 감돌았다. 그는 기분이 좋았다. 그녀에게 특별 대우를 받는 느낌이 썩 나쁘지 않았다.

"그래. 그러지 마. 특히 검은 머리카락에 검은 눈동자를 가져 가지곤…… 감정 없는 인형처럼 삐거덕거리는 놈에겐 절대로 친절을 베풀지 말도록."

아원인지 하는 놈 또한 환생했을지는 모르겠지만, 안 했으리란 보장은 없으니까. 그녀에게 특별 대우를 받는 사람은 자신 한 사람으로 족했으면 했다.

너무도 자세한 인상착의에, 아라벨은 고개를 또다시 갸웃거렸다.

"혹시 그렇게 생긴 사람이랑 척을 졌어요?"

"그런 건 아닌데, 완전히 그렇지 않은 것도 아니야."

"또 이상한 말투."

"대충 알아들어."

"대충 알아들어도 이상한 말투거든요?"

하워드는 이마를 짚었다.

"하. 나 원."

한 마디도 지지 않고 바락바락 대드는 모습이 더더욱 귀여워 보여서 큰일이다.

하워드는 고개를 좌우로 내젓기에 이르렀다.

유한한 삶을 산다면 얼마나 좋았을까, 라는 생각을 가끔 했다. 정해진 흐름에 따라 자연스러운 죽음을 맞이하고 영면하게 된다면.

제가 인간이었다면 어땠을까.

"……."

별도 뜨지 않은 깊은 밤, 하워드는 창가에 선 채로 창밖을 내려다보고 있었다. 그의 시선 끝에는 정원의 어느 벤치에 앉아 있는 아라벨의 모습이 담겨 있었다.

그녀는 잠도 오지 않는 것인지 벤치에 앉아 무언가를 하염없이 생각하고 있었다. 그는 그녀가 무슨 생각을 하고 있을지 짐작해 보려고 했다.

그러나 떠오르는 것은 하나도 없었다. 저 조막만한 머릿속에 어떤 앙큼한 생각이 들어 있는지 조금도 짐작하지 못하겠단 거다.

하워드는 혼자만의 시간을 보내고 있는 아라벨에게 쉬이 다가가지 못했다. 왠지 주저됐다.

"어떻게 하면 좋으려나."

그가 머물고 있는 방은, 백작가의 여러 빈방 중 아라벨이 내어 준 방이었다.

이포 벨이었을 땐 가진 게 그리 많지 않던 그녀였다. 그녀는 제가 줄 수 있는 것이라곤 시녀복밖에 없다고 자신 있게 말하곤 했으니까.

하지만 아라벨로 환생한 그녀는 제법 유복한 환경에서 태어난 듯했다. 번듯한 집이 있는 것은 물론이요 제게 방 하나를 떡하니 내어 주기도 했고, 볼 때마다 좋은 옷차림새였다. 하워드는 그 점이 다행이라고 생각했다. 적어도 손에 물을 묻힐 일은 없을 듯하여.

아라벨에 꽂혀 있던 그의 눈동자가 조금 커진 것은 그때였다. 허리를 꼿꼿이 편 채로 앉아 있던 아라벨의 신형이 무너졌기 때문이다.

하워드는 얼른 이동 마법을 썼다. 그러자 고작 몇 초 사이에 아라벨 앞에 서 있게 되었다.

그는 무너져 내리는 그녀의 머리를 얼른 받아들었다. 동작이 얼마나 빨랐던지, 추락하던 그녀의 머리는 벤치 위에 닿지 않았다.

"갑자기 왜, 왜 그래?"

놀라서 말을 조금 더듬거렸다. 하워드는 얼른 벤치에 앉아, 받아 든 그녀의 머리를 제 허벅지 위에 올려 두었다.

아라벨은 이렇다 할 저항 없이 제 허벅지 위에 머리를 누이었다. 가느다란 기침은 덤이었다.

낮에 본 패기로 짐작하자면 벌써부터 엄청나게 따져야 할 그녀였다. 하나 그녀는 침묵으로 일관할 뿐이었다. 하워드는 거기서 왠지 모를 심상치 않음을 느꼈다.

"……어디 아파?"

그녀에게서 질병의 존재는 느끼지 못했는데…….

하워드는 일순 정신을 집중한 채로 그녀의 몸을 살폈다. 살피던 와중, 그 전엔 발견하지 못했던 것을 하나 발견했다.

그녀의 심장. 세 개의 혈맥과 이어졌어야 할 심장. 그 심장에 혈맥 하나가 부족했다. 아라벨은 두 개의 혈맥을 가진 채로, 치명적인 결함을 지닌 채로 살아가고 있었던 것이다.

하워드는 미간을 일그러뜨렸다. 어찌하여 처음부터 알아차리지 못한 걸까. 다시 만난 그녀가 너무도 반가워서 알아차리지 못한 것인가.

왜 너는…… 새 삶을 얻었음에도 같은 질병을 앓고 있는 걸까.

마음이 쓰라렸다. 그녀를 위해 제 심장을 또다시 주어야 하는 게 아닐까, 라는 생각마저도 들었다. 자신의 심장을 바치는 일에 주저는 없었다. 언젠가 그날이 온다면 그렇게 하리란 각오를 다잡았을 뿐이다.

누군가를 위한 희생이 달가운 것은 생을 부여받은 이래 두 번째였다.

"……하워드. 붙잡아 줘시 고마워요."

"괜찮아?"

아라벨은 느릿하게 대답했다.

"네. 이제 괜찮아졌어요. 갑자기 숨이 차서……."

그건 네가 가진 선천적인 심장 결함 때문이겠지. 하워드는 차마 그렇게 말하지 못했다.

"그런데 어떻게 제가 쓰러지는 타이밍에 딱 맞춰서 제 앞에 등장한 거예요? 신기하다. 구덩이에 빠졌을 때도 그러더니."

"다 아는 수가 있지."

"웬 자신감이람."

아라벨은 코웃음을 쳤다. 그러자 조금 발끈한 하워드가 질책 아닌 질책을 하기 시작했다.

"넌…… 왜 늦은 밤에 정원에 나와 있었던 거지? 봄날이라고 해도 밤바람은 아직 찬데. 일찍 자야 키도 크거늘……."

"잔소리가 부모님보다도 훨씬 더 심하네요."

아라벨은 그의 허벅지에 누이었던 고개를 들어 올려, 하워드를 똑바로 마주 보았다. 나란히 앉은 두 사람의 거리가 퍽 가까웠다.

교차한 시선 속에서 아라벨은 제가 정원에 있었던 이유를 토로하기에 이르렀다.

"잠이 안 와서 밖에 나와 있었어요. 내일 연회가 있는데, 어떤 드레스를 입고 가야 할지 고민됐거든요."

하워드는 고작 그런 이유 때문에 잠을 청하지 못하는 그녀를 이해할 수 없었다. 그래서인지 대답하는 목소리가 딱딱하게 흘러나왔다.

"무엇을 입어도 괜찮을 텐데. 쓸데없는 걱정이군. ……내가 지금 너를 칭찬하는 건 절대로 아니다."

하워드는 멋쩍은 헛기침을 두어 번했다.

이포 벨은 제가 솔직해지기를 바랐지만, 그것은 그에게 있어 여전히 힘든 일이었다. 그는 한평생 솔직하지 못하게 살아왔으니까.

아라벨은 눈치가 제법 좋았다. 그녀는 그의 진심을 곧바로 간파한 듯이 말했다.

"칭찬인 것 같은데…… 맞는 것 같은데……."

"흠흠. 알아서 생각하도록."

"아무튼 솔직하지 못하네요."

다른 얼굴을 한 채로 같은 말을 내뱉는 너를 어찌하면 좋을까. 하워드는 시름이 깊은 한숨을 내뱉었다.

"있잖아요. 하워드는 연회에 가 본 적이 있어요?"

"아주 예전에 몇 번."

여러 삶을 살았으니 그만큼 겪은 일도 많았다. 숱한 경험 속엔 연회장에 참석한 일도 존재했다.

그러나 그 일에 대한 기억은 희미했다. 아무리 오래된 과거라고 해도, 재미가 있었다면 선명하게 기억했을 텐데…….

하워드는 제가 연회를 따분하게 생각했음이 틀림없다고 확신했다. 그렇지 않고서야 이토록 기억나지 않을 리가 없으니까.

"와. 진짜로 가 본 적이 있어요? 설마 그런 옷을 입고? 긴 머리를 휘날리면서?"

아라벨은 믿지 못하겠다는 듯이 연거푸 물음을 건네었다. 그러자 요번엔 하워드가 코웃음을 쳤다. 그는 "잘 보아라."라는 말과 함께 제 중지와 엄지를 딱, 하고 튕겼다.

놀라운 일은 곧 벌어졌다. 가슴이 보일 듯 말듯 넥 라인이 깊게 파진 옷을 입고 있던 하워드의 옷차림이 완전히 변하게 된 것이다.

그는 여느 귀족이 입을 법한 검은빛 제복 차림새로 변모한 터였다. 옷의 재질하며 옷에 달린 장신구들마저도 아주 훌륭했다. 아라벨은 감탄했다.

"오……!"

"이번엔 반했나?"

"꽤 봐줄 만하네요."

통명스럽게 답하기는 했지만, 아라벨은 하워드에게서 눈을 뗄 수 없었다. 검은 제복, 그 위에 수놓아진 은빛 머리카락이 참으로 아름다웠기 때문이다.

칠흑처럼 캄캄한 밤, 하워드는 그 속에서 유일하게 빛나는 존재 같았다. 적어도 그녀가 느끼기엔 그랬다.

깨달았을 땐, 그녀는 그의 머리카락 끝을 매만지고 있었다. 부드러워. 무엇으로 관리하면 이토록 머릿결이 좋아지는 걸까. 아라벨은 무언가에 홀린 듯이 말을 건네었다.

"머리 묶어도 돼요?"

"마음대로 해."

하워드의 허락이 떨어지기 무섭게 아라벨은 앉아 있던 몸을 일으켰다. 그녀는 재빨리 벤치 뒤로 가, 허리까지 내려오는 그의 은빛 머리카락을 제 손에 쓸어 담았다.

빗은 필요하지 않았다. 손바닥에 모인 그의 머리카락이 너무나도 매끄러웠던 까닭이다. 그렇게 그의 머리를 한참 매만지다 아라벨은 뒤늦게 깨달았다. 나, 머리끈 없는데.

해서 그녀는 그의 머리카락을 땋기 시작했다. 땋는 거라면 자신 있으니까. 그렇게 반쯤 땋았을 때였다.

"묶으라고 했지, 땋으라고 한 건 아닌데."

"헤헤. 들켰네. 하지만 머리끈이 없는걸요."

"그럼 도대체 왜 묶어 주겠다고 한 거야?"

아라벨은 솔직하게 대답했다.

"만지고 싶었거든요. 예쁜 건 탐나고, 제 손끝에 닿았으면 해요. 드레스든 뭐든."

"허허."

하워드는 이상한 웃음소리를 내었다.

"그 희한한 웃음은 뭘 의미하는 거예요?"

"좋은 의미."

"더 자세히 말해 줘요."

"인간이 되고 싶다고…… 잠깐 생각했어."

인간이 되어, 소소한 행복을 같이 나누고 싶다고. 하워드는 거기까진 말하지 못했다.

"하워드는 인간이 아니에요?"

"아마도."

인간이 아니라는 그의 고백에도, 그녀는 그다지 놀라지 않았다. 왜냐면 그가 가진 비현실적인 외모와 비상한 능력 때문이었다.

하워드는 조금도 평범해 보이지 않아서, 인간이 맞는다고 했다면 도리어 그 사실을 의아하게 생각할 정도였다. 그렇다면 인간이 아닌 그의 정체는 무엇일까?

"정체가 뭐예요?"

"용인데?"

"파충류?"

아라벨에게 있어 용이라는 건, 고서에서만 보았던 존재였다. 고서 속에 그려진 용의 모습은 커다란 주둥이를 가진 몸집만 큰 파충류였다.

아라벨은 그가 커다란 파충류로 변모될 모습이 잘 상상되지 않았다.

"……."

하워드는 잠깐 침묵했다. 제 정체를 스스럼없이 밝혔음에도 놀라지 않은 아라벨이 기막힐 따름이었다.

"……안 놀라?"

아라벨은 땋았던 머리를 풀어 주며, 그의 옆에 착석했다.

다시 마주한 그의 눈동자 속, 세로로 긴 그의 동공은 이제야 비로소 파충류를 떠올리게 만들었다. 아라벨은 그의 눈을 빤히 들여다본 채로 대답했다.

"글쎄요. 당신을 보고 있으면 사람처럼 느껴지지 않아서, 별로 놀라지 않았나 봐요. 사람이 아님을 예감했다고 한다면…… 제 말이 이상한가요?"

"이상하지 않아. 네가 그렇다면 그런 거겠지."

"그럼 하워드는 인간이 될 수 없는 거예요?"

"글쎄. 사례는 없어."

그리 말한 하워드는 아라벨에게 머물렀던 시선을 비틀어 밤하늘 어딘가를 응시했다.

그의 눈동자엔 초점이 없었다. 마치 누군가를 떠올리고 있는 것처럼. 그가 지금 떠올리고 있는 사람은 누구일까?

하워드는 그이를 끊임없이 떠올리며, 한 마디를 툭 내뱉었다.

"내가 최초의 사례가 되어 볼까."

그의 시선이 아라벨 쪽으로 다시 옮겨 왔다.

"인간이 돼서 뭐 하게요? 용인 게 훨씬 더 나은 거 아니에요? 엄청 강할 것 같은데."

용은, 원하는 것은 마법으로 만들고 원치 않는 것은 하지 않는 삶을 살지 않을까? 여러모로 인간보다 편리한 삶임이 분명하다고, 아라벨은 생각했다.

용이 가진 모든 이점을 제쳐 두고서 인간으로 살고 싶다는 하워드의 이유는 간단했다.

"인간과 같은 시간을 영위하고 싶어."

그가 말한 인간은 누구일까.

"어떤 인간이랑?"

당신이 조금 전까지 생각하던 '그 사람'인 걸까?

하지만 아라벨은 거기까지 묻지 못했다. 물어야 할 것과 묻지 말아야 할 것이 있음을 안다. 그 물음은 그에게 물어선 안 되는 물음이라는 사실을 본능적으로 직감했다.

역시나 돌아온 대답은 퉁명스러웠다.

"몰라도 돼."

아라벨은 다른 건 몰라도, 한 가지 사실만은 정확하게 알 수 있었다. 하워드가 같은 시간을 영위하고 싶어 하는 사람이 적어도 제가 아니라는 사실.

아라벨은 내심 서운했다. 안 것은 고작 하루 정도인데, 왜 이리도 섭섭한 마음이 드는 걸까. 그와 얘기하면 할수록, 그에게 친밀함을 느꼈기 때문일까?

그것은 여태껏 만난 사람들에게선 단 한 번도 겪지 못한 느낌이었다. 출처를 알 수 없는 친밀함과 유대는, 하워드를 낯설지 않게 만들었다.

마치 오랫동안 알고 지낸 사람 같아.

아라벨은 불만스럽게 대꾸했다.

"나랑이라고 얘기하지. 바보."

슬쩍 던진 말인데, 하워드는 부정하지 않았다. 외려 부끄러워했을 뿐이다.

"그, 그걸 면전에 대놓고 어떻게 말해!"

이상하다. 나인 것 같지는 않았는데. 아라벨은 눈가를 게슴츠레하게 떴다.

"오, 자백."

"야아! 인간아."

"인간이 아니라 아라벨."

"……."

"우리, 서로의 이름을 기억해 주기로 했잖아요."

아라벨의 말에 하워드의 눈빛이 돌연히 구슬퍼졌다. 그는 툭 치면 눈물이라도 흘릴 법한 얼굴을 하고 있었다.

서로의 이름을 기억해 주기로 했다는 말이 그토록 슬픈 말이었던가. 침묵은 그렇게, 제법 오래도록 이어졌다.

"하워드."

정적을 깬 이는 아라벨이었다. 그녀는 맹랑하게 대답했던 것이 무색하게 제법 진중한 목소리를 냈다.

"……어."

"지금 누구의 이름을 떠올리고 있는 거예요?"

까칠한 당신을 슬프게 만든 사람이 누구야?

아라벨은 그 사람이 좀 전보다도 더 궁금해졌다. 하워드가 가진 사연이 알고 싶어졌다. 아마도 슬플 그의 사연을 이해해 주고 공감해 주며 깊은 유대를 쌓고 싶었다.

그것은 일방적인 호의이자, 역시나 처음 느낀 감정이었다. 거기까지 생각했을 때, 문득 떠오르는 이름이 하나 있었다. 그것은 하워드가 내뱉었던 제 이름이 아닌 다른 이름이었다.

"이포 벨…… 그 여자의 이름을 떠올려요?"

무겁게 닫혀 있던 하워드의 입술이 천천히 떼어졌다.

"아니, 잘 모르겠어. 너인지, 그녀인지."

어렵다. 아라벨은 그의 말을 좀처럼 이해할 수 없었다.

자세히 알려 달라고 말하려던 그때였다. 뺨 위로 뜨거운 무언가가 흘러내리는 것이 느껴졌다.

저와 눈을 맞추던 하워드의 시선이 뜨거운 무언가에 옮겨지는 것 또한 보였다. 이내 그의 얼굴이 딱딱하게 굳어 가기 시작했다.

"울어?"

뜨거운 무언가의 정체는 눈물이었다. 아라벨은 눈가를 손끝으로 훔쳤다. 손끝엔 눈물이 잔뜩 배어들었다.

"이상해요. 왜 눈물이 나지?"

왜일까. 울 것 같은 얼굴을 한 건 정작 그였는데.

"이름을 기억해 주기로 했다는 말이 슬퍼요. 이포 벨이라는 이름이 슬퍼요. 제가 아는 사람 중에 그런 이름을 가진 사람은 없는데……."

하워드는 아라벨 쪽으로 손을 뻗었다. 그의 손이 그녀의 눈물을 무정하게 닦아 내기 시작했다. 제가 만족할 만큼 눈물을 닦아 낸 그는, 그녀의 눈물로 얼룩진 손을 혀로 핥아 냈다.

"같은 맛이네. 짜다."

"그, 그걸 왜 맛봐요?"

"싫으면 눈물을 흘리지 말든가."

그의 이상한 위로 때문인지, 뭔지는 모르겠지만 그녀의 눈물은 금세 그쳤다. 애당초 흘리고자 했던 눈물이 아니었기에 일찍이 그친 것일지도 모르겠다.

아라벨은 자신의 눈물을 또다시 맛보는 하워드를 보며, 말했다.

"하워드는 정말로 이상한 사람이에요."

"하지만 싫지는 않은 거지?"

"……."

아라벨은 대답할 수 없었다. 그가 싫지 않았으니까.

잘 알지도 못하는 여자의 눈물을 핥아 먹는 그가 왜 싫지 않은 걸까. 너무도 솔직한 진심은 이따금 내뱉는 게 주저될 때가 있다. 지금이 꼭 그러했다.

하워드는 엷은 미소를 지은 채로 그녀의 머리카락을 헝클어뜨렸다. 침묵한 그녀의 대답을 죄다 알아차렸다는 얼굴이었다.

"이제 그만 들어가자. 너, 콧물 흘러. 더러워."

"……! 말이 너무 심해요!"

사과의 말은 돌아오지 않았다. 그는 그녀에게 손을 내밀었을 따름이었다.

"가자. 손잡아."

아름다운 얼굴로 달콤한 목소리를 내는 건 비겁한 일이야. 아라벨은 하워드의 제안을 거절할 수 없었다. 제게 뻗어진 하워드의 예쁜 손, 그 손을 잡고 싶었다.

이윽고 그녀의 손이 그의 손바닥 위에 얹혔다. 그녀의 손이 닿자마자 하워드는 그 손을 완전히 그러잡았다. 절대로 도망가지 못하게. 다시는 놓아주지 않을 것처럼.

닿은 건 손 하나뿐인데, 그 열기가 지나치게 짙었다.

아라벨은 괜히 부끄러웠다. 손끝과 발끝이 저릿하고, 마음이 어지러웠다. 잔바람에 작게 흩날리는 하워드의 은빛 머리카락은 여전히 아름다웠다.

아, 그를 사랑하고 싶다는 생각이 들어.

마음을 단단히 부여잡지 않는다면 꼼짝없이, 이대로 사랑에 빠질 거라고, 아라벨은 생각했다. 그것은 예감을 뛰어넘은 확신이었다.

나를 보며 다른 여자를 떠올리는, 인간이 아닌 남자를 마음에 담아 두어도 되는 걸까.

"당신의 손을 잡고 싶어서 잡은 건 절대로 아니에요."

부끄러운 마음 때문인지, 대답이 까칠하게 흘러나왔다.

"이상한 말이군."

"당신이 매번 이렇게 말하잖아요!"

"내가 언제?"

"하……."

하워드는 낮게 킥킥거렸다. 그러고선 맞잡은 그녀의 손을 이끌기 시작했다.

늦은 밤, 아무도 없는 정원, 들리는 소리라곤 잔디가 밟히는 소리밖에 없었다.

좋았다. 누군가와 손을 잡고 걷는 것이 이토록 좋은 일이라는 걸, 그는 몇백 년 만에 처음으로 알게 되었다.

그녀를 만나기만 하면 된다고 생각했는데……. 손이 닿은 걸로는 왠지 부족하다는 마음이 들기도 했다. 부드러운 곡선을 그린 하워드의 눈이 그녀를 내려다보았다.

너는 언제 자라게 되는 걸까.

하워드는 오늘따라 달빛이 유난히 밝다고 생각했다.

다음 날, 석양이 지는 오후, 아라벨은 예정된 연회에 참석하기 위해 정원에 자리하고 있었다.

그녀는 정차된 마차에 쉬이 올라타지 못하며 누군가를 기다렸다. 그렇게 백작저의 현관문 쪽을 하염없이 흘긋거렸지만, 꽉 닫힌 문이 열릴 기미는 조금도 보이지 않았다.

"배웅 나왔으면 좋겠다."

정원에 혼자 서 있는 게 왜 이리도 쓸쓸하게 느껴지는 걸까. 혼자인 것은 당연한 일인데…….

어젯밤, 그와 함께 정원을 거닐었기에 그런 것일까?

아라벨은 오늘 한 번도 보지 못한 하워드가 보고 싶었다. 물론 아주 보고 싶다는 것은 아니고, 벼룩의 간만큼 정도로만 보고 싶었다.

그를 하루 종일 그리워한 것은 아니다. 저를 찾아오지 않던 그에게 서운함을 느낀 건 아니다. 절대로.

아라벨은 몇 분을 우두커니 서 있었다. 그러다 기약 없는 기다림이 지겨워져 마차에 올라타려던 순간이었다.

현관문을 등진 자신의 어깨 위를 툭툭 건드리는 손끝이 있었다. 아라벨은 기대했다. 한없이 기다리던 그일까 싶어서.

그녀는 재빠르게 뒤를 돌아보았다. 그러자 언제 제 뒤로 왔을지 모를 하워드가 보였다.

"보고 싶……."

보고 싶었다는 말을 자연스럽게 내뱉으려다가, 아라벨은 황급히 입술을 다물었다. 그 말을 했다간 그에게 놀림을 받을지도 몰랐기 때문이다.

아라벨은 다른 말을 꺼내기에 이르렀다.

"어디 갔다 왔어요?"

하워드는 심드렁하게 대답했다.

"잠깐 친구 만나러."

"친구도 있었어요?"

"……그 물음이 가진 의미는 뭐지? 내가 친구 하나 없게 생겼어?"

아라벨은 큰 고민 없이 고개를 끄덕였다. 하워드는 말주변이 없어서 친구가 없을 것 같았으니까.

"하. 있어, 친구 있다고. ……물론 많지는 않지만."

설마 한 명은 아니겠지. 아라벨은 차마 그리 묻지 못하며 입술을 꾹 다물었다.

"그건 그렇고, 지금 입은 게 고민 끝에 고른 드레스인 건가?"

"네, 맞아요. 어때요?"

아라벨은 고심 끝에 고른 드레스를 하워드에게 선보였다. 적당한 프릴이 들어간 핑크빛 드레스였다.

하워드의 시선이 그녀의 드레스를 훑었다. 그러곤 그는 짧게 평했다.

"나쁘지 않네."

애매한 대답과는 별개로 하워드의 양 뺨이 조금 붉어져 있었다. 얼굴이 워낙 하얀 까닭에 옅게 드리운 붉은빛을 감출 수 없었다.

아라벨은 그 점을 놓치지 않았다. 너무 예뻐서 얼굴을 붉히는 거냐고 놀리려다가 이내 고개를 내저었다.

"나쁘지 않다는 말 말고, 예쁘다고 말해 주세요."

"내가 왜?"

"제 이름은 아라벨 스완. 저는 백작가의 장녀이자 출타 중인 부모님을 대신한 백작가의 임시 가주라고요. 그런 제가 당신에게 따뜻한 보금자리를 내어 주었어요. 적어도 예쁘단 말 한마디는 해 줄 수 있잖아요. 실제로 예쁘기도 하고."

그녀를 보는 그의 눈빛이 가느다래졌다. 하워드는 노려보는 듯 불만 가득한 눈으로 그녀를 바라보다, 웃음을 터뜨렸다.

"하, 하하. 나 참. 할 말이 없게 만드는군."

"얼른요!"

"그래. ……예쁘네."

하워드는 머쓱한 듯이 헛기침을 두어 번했다.

그는 예쁘다는 말을 하는 데에 일가견이 없어 보였다. 어쩌면 그 말을 손에 꼽을 정도로만 내뱉은 것일지도 모르겠다.

아라벨은 하워드가 귀엽게 느껴졌다. 할 수만 있다면 그의 볼을 한껏 꼬집어 주고 싶다는 바람이 들 정도로.

하지만 그의 볼을 꼬집는 건 다음으로 미뤄 두자. 참석해야 할 연회에 가는 것이 우선이니까.

하워드와 대화를 나누는 사이, 석양은 제 자취를 완전히 감추어 버렸다. 그와 얘기를 더 나누다간 연회에 늦을지도 모를 일이었다.

"고마워요. 저는 이만 연회장에 가 볼게요! 제가 없는 동안 백작가를 잘 지키고 게셔야 해요."

"늦게 오지 말고. 일찍 일찍 다니고."

"아무튼 잔소리는."

아라벨은 손을 한 번 흔들고선 정차되어 있던 마차에 올라탔다. 마차는 곧 출발했고, 하워드는 그녀가 탄 마차가 사라질 때까지 그 자리에 굳은 듯이 서 있었다.

"보내기 싫다는 바람이 드는구나."

하워드는 큰 한숨을 내쉬었다. 그녀의 귀가가 조금이라도 늦어진다면 꼭 마중을 나가야겠다고, 그는 생각했다.

❖

아라벨을 보낸 뒤, 혼자 남겨진 하워드가 한 일은 그러했다. 이포 벨이 남겼던 유서의 내용을 곱씹어 보는 일.

그녀의 유서는 이전 생의 것이라 가시적인 것들은 모두 사라졌지만, 그 글귀만은 하워드의 머릿속에 여전했다. 아주 선명하고 뚜렷하게.

그의 방, 침대 위에 가지런히 누운 하워드는 그녀가 마지막으로 남긴 메시지를 되뇌었다.

「인간은 아니지만, 인간보다도 더욱 인간 같았던 하워드. 문득 그런 생각이 들었어요. 당신은 인간이기를 바란 적이 있을까, 하는 생각.

인간은 나약하고 감정에 잘 휩쓸리고 주어진 생은 짧지만, 당신이 딱 하나 알지 못했던 것을 누구보다도 잘 알고 있어요.

사랑. 그것의 의미를 당신에게 완전히 깨우쳐 주지 못한 채로 눈을 감게 된 사실이 애석하네요.

계속해서 이어질 당신의 삶 속에서, 당신이 저보다도 더 좋은 인간들을 많이 만났으면 좋겠어요.

그러다 언젠가 '이포가 말한 사랑이란 게 바로 이런 거구나.' 라고 깨닫게 된다면 더욱 좋을 테고요.

그런 날이 오기는 올까요? 그렇게 되기를 바라지만, 그런 날이 오리라고는 확신하지 못하겠어요.

제가 끝까지 너무 솔직했죠?

솔직하게 한마디만 더 할게요. 당신의 앞날에 축복만이 있기를 바라요.

안녕. 」

"우습구나. 죽는 주제에 마지막까지 내 걱정이라니."

그녀의 유서 속엔 자신의 죽음에 대한 감상은 하나도 적혀 있지 않았다. 그녀 또한 제 죽음이 필시 슬펐을 터인데.

하워드는 혀를 찼다. 면전에 대고 그녀를 한껏 비웃어 주고 싶은데, 그러지 못해 애석할 따름이었다.

'이포가 말한 사랑이란 게 바로 이런 거구나, 라고 깨닫게 된다면 더욱 좋을 테고요.'

그녀가 마지막까지 확신할 수 없었던 그 일.

하지만 이포 벨은 알까? 그녀의 심장이 되어, 제가 사랑의 진짜 의미를 알게 되었다는 사실을 말이다. 아마 영영 모를 것이다.

하워드는 그 사실이 허탈함과 동시에 그녀의 또 다른 모습인 아라벨에게만큼은 확신을 주어야겠다고 생각했다.

세가 사랑의 의미를 얼마나 잘 알고 있는지. 그 고결한 감정의 전조 현상이 무엇인지.

유서의 글귀가 사라진 하워드의 머릿속엔 지난 밤, 정원을 함께 거닐었던 아라벨의 모습이 그려졌다.

맞잡은 그녀의 손이 참 따뜻했었는데……. 거의 동시에 그의 입가엔 비스듬한 미소가 새겨졌다.

아라벨을 떠올릴 때마다 마음이 따스해지는 기분이 들었다. 그것이 무엇을 뜻하는지, 그는 누군가에게 소리 내어 묻지 않아도 알 수 있었다.

어느 후작가의 연회에 온 아라벨은 따분했다.

그녀는 안면이 있는 몇몇의 귀족들과 의례상 인사를 나눈 다음, 도수가 낮은 와인만을 홀짝였다. 딱히 춤추고 싶은 사람이 없었고, 얘기를 나누고 싶은 사람도 없었다.

연회가 원래부터 이리도 지겨웠나 싶기도 했다. 그것이 아니라면, 지금 제 머릿속에서 제일 큰 부분을 차지한 이 때문에 무료함을 느끼는 것이 아닐까 싶다.

그이는 바로 하워드였다. 백작저에 남겨 둔 그는 무엇을 하고 있으려나. 제 생각을 하고 있으려나.

와인을 마시는 일마저도 지겨워졌을 때, 아라벨은 연회장을 나섰다. 그러곤 후작저의 낯선 정원을 거닐기 시작했다.

인적이 드문 정원은 제법 아름다웠다. 봄을 만끽하게 해 주는 벚나무들 때문이었다. 그것들은 이미 만개하여, 불어오는 옅은 바람에 따라 벚꽃 잎을 떨어뜨리고 있었다.

아름다운 광경을 보고 있자니 혼자라는 점이 쓸쓸해졌다. 함께